O BARBEIRO DE VILA RICA

FUAD G. YAZBECK

O BARBEIRO DE VILA RICA

1ª edição

EDITORA RECORD
RIO DE JANEIRO • SÃO PAULO
2014

CIP-BRASIL. CATALOGAÇÃO NA PUBLICAÇÃO
SINDICATO NACIONAL DOS EDITORES DE LIVROS, RJ

Yazbeck, F. G. (Fuad Gabriel), 1938-2013
Y37b   O barbeiro de Vila Rica / Fuad G. Yazbeck. – 1. ed. – Rio de Janeiro:
Record, 2014.

ISBN 978-85-01-03040-5

1. Romance brasileiro. I. Título.

                            CDD: 869.93
14-11087   CDU: 821.134.3(81)-3

Copyright © by herdeiro de Fuad G. Yazbeck, 2014

Texto revisado segundo o novo Acordo Ortográfico da Língua Portuguesa

Direitos exclusivos desta edição reservados pela
EDITORA RECORD LTDA.
Rua Argentina, 171 – 20921-380 – Rio de Janeiro, RJ – Tel.: 2585-2000

Impresso no Brasil

ISBN 978-85-01-03040-5

Seja um leitor preferencial Record.
Cadastre-se e receba informações sobre nossos
lançamentos e nossas promoções.

EDITORA AFILIADA

Atendimento e venda direta ao leitor:
mdireto@record.com.br ou (21) 2585-2002

Passou um louco montado.
Passou um louco a falar
Que isto era uma terra grande
E que a ia libertar.
...
...
Por aqui passava um homem
— e como o povo se ria! —
Que não passava de alferes
De cavalaria!

Por aqui passava um homem
— e como o povo se ria! —
"Liberdade ainda que tarde"
Nos prometia

Cecília Meireles
Romanceiro da Inconfidência
(Romances XXX e XXXI)

Para o Bernardo e a Ana,
pelas alegrias que deram com suas nascenças.

Agradecimentos

A Avelino Koch Torres, Décio Bracher, Ivanir Yazbeck e José Alberto Pinho Neves, que com suas críticas e preciosas sugestões em muito contribuíram para lapidar esta obra, despendendo tempo e paciência.

Em especial ao Laurentino Gomes por seu inestimável incentivo — até assumiu o risco de prefaciá-la — e que muito contribuiu para sanear seus erros. A Iza Salles por suas observações sempre pertinentes e que prontamente aceitou também o risco de escrever o texto da orelha. Ao Bruno Torres Paraiso e a Guiomar de Grammont, pelas judiciosas críticas e observações.

À memória do Helinho Fernandes, que ainda teve tempo de me aconselhar na construção do arcabouço do enredo.

Os erros que permaneceram, após todos os esforços desses amigos, são de minha inteira responsabilidade e teimosia.

Minha gratidão não poderia deixar de se estender aos doutores médicos Milton Prudente e Leonardo Barbosa, sem cuja ciência e dedicação este livro não teria sido terminado

Sumário

Prefácio 13
Nota 19

PRIMEIRA PARTE

Capítulo I   25
Capítulo II   41
Capítulo III 59
Capítulo IV   69
Capítulo V   85
Capítulo VI   99

SEGUNDA PARTE

Capítulo I   109
Capítulo II   121
Capítulo III 133
Capítulo IV   143
Capítulo V   153
Capítulo VI   163
Capítulo VII 175

TERCEIRA PARTE

Capítulo I   185
Capítulo II   195
Capítulo III   207
Capítulo IV   217
Capítulo V   225
Capítulo VI   235
Capítulo VII   245
Capítulo VIII   261
Capítulo IX   271
Capítulo X   281
Capítulo XI   295
Capítulo XII   307
Capítulo XIII   319
Capítulo XIV   325
Capítulo XV   335

Posfácio   343
Bibliografia   347

Prefácio

O barbeiro de Vila Rica proporcionou-me uma viagem fascinante, plena de surpresas e descobertas. Li-o de um só fôlego ao longo de 48 horas, entre o anoitecer de uma sexta-feira e o entardecer de um domingo. No final, ficou-me aquela estranha sensação que sempre me acompanha ao término da leitura de um bom livro: eu queria mais. A viagem parecia-me mais breve do que eu gostaria. Desnecessário dizer que a impressão logo se dissipou diante de uma análise mais cuidadosa desta obra do mineiro Fuad Yazbeck. À primeira vista, o texto parece simples, ligeiro e despretensioso. É só aparência. Ao avançar pelas primeiras páginas, o leitor logo se dá conta de estar diante de uma história bem contada, na medida exata, sem mais nem menos, que o leva a jornada de dois séculos e meio atrás pela História do Brasil. Começa nas ruínas do Grande Terremoto de Lisboa, em 1755, e vai até o pé da forca de Joaquim José da Silva Xavier, o Tiradentes, no Rio de Janeiro, quatro décadas mais tarde. O fio condutor são as aventuras e desventuras de Alexandre, português de nascimento, barbeiro em Vila Rica e cúmplice de Tiradentes nas conspirações que o transformariam em mártir da Inconfidência Mineira.

Ao longo do caminho, conduzido pela narrativa hábil de Fuad Yazbeck, o leitor fica sabendo que Tiradentes nem de longe foi o principal personagem da Conjura Mineira. Era um ator secundário, às voltas com dificuldades para manter um padrão de vida razoável na próspera Vila Rica (atual Ouro Preto), a cidade em que o ouro brotava da terra como por milagre até meados do século dezoito. Sua condição de simples alferes no grupo de inconfidentes dominado por coronéis, advogados, padres, fazendeiros e outras pessoas de grande importância não permitia prever o papel de protagonista dos acontecimentos que a História lhe daria. Tratado com reserva e certo desprezo pelos companheiros de conspiração, a certa altura deixou de até mesmo ser avisado de uma das reuniões em que se discutiria a Conjura, à qual compareceu sem convite prévio. Inteligente e perspicaz, no entanto, Tiradentes tinha sonhos ousados de riqueza e ascensão social. Chegou a propor às autoridades portuguesas um audacioso plano de abastecimento de água do Rio de Janeiro que só não foi adiante na época porque ele, devido a sua inferior condição na sociedade colonial, não tinha prestígio nem meios para financiar o projeto.

No livro de Fuad Yazbeck, esse mesmo Tiradentes às vezes frustrado e injustiçado na vida pessoal destaca-se, porém, como o mais apaixonado e destemido de todos os inconfidentes na hora de assumir e defender as ideias que o animavam, mesmo diante do risco de pagar sua firmeza com a própria vida, o que afinal se confirmou. E só isso já justifica a auréola de herói com que entraria para a História. Tiradentes foi um apóstolo incansável na pregação das ideias da Inconfidência Mineira e, uma vez preso e processado, jamais renegou suas convicções, enquanto os demais participantes, com raras exceções, se empenhavam desesperadamente em salvar a própria pele. Ao percorrer as páginas de *O barbeiro de Vila Rica*, o leitor se surpreenderá também ao descobrir que Joaquim Silvério dos Reis não foi o único delator da Inconfidência. E saberá ainda que os maçons do Rio de Janeiro, embora defendessem em suas reuniões secretas princípios de liberdade individual e coletiva contra a tirania dos soberanos, relutaram até o último momento, por medo ou conveniência política, em dar aos inconfidentes mineiros o apoio de que eles tanto careciam.

Fuad Yazbeck colecionou toda essa preciosa matéria-prima ao longo de mais de quatro anos de profunda pesquisa nos documentos e fontes históricas. Fez isso na condição de um apaixonado pelo tema. A certa altura, no entanto, o resultado final de tanto esforço foi seriamente ameaçado por um problema pessoal de saúde, que o autor enfrentou e venceu com a coragem e a determinação que sempre demonstrou diante das alegrias e tristezas naturais da vida. Com as informações resultantes da pesquisa em mãos, Fuad poderia ter feito um excelente livro de História do Brasil na categoria não ficção, gênero hoje muito promissor no mercado editorial brasileiro. Preferiu, no entanto, arriscar-se num terreno mais incerto e desafiador, o da literatura de ficção, que, segundo disse, lhe dá mais liberdade criativa. *O barbeiro de Vila Rica* é, portanto, um romance histórico, ou seja, a história romanceada de personagens e acontecimentos reais do passado.

São bem conhecidos os benefícios e os riscos que envolvem a produção de um romance histórico. A maior vantagem está na oportunidade de ampliar o interesse pela História, tarefa na qual, infelizmente, as escolas e os historiadores acadêmicos nem sempre têm sido bem-sucedidos. Ao oferecer uma narrativa mais atraente e fluida graças aos recursos próprios da literatura de ficção, o autor pode atrair mais leitores para o tema. Converte-se, dessa forma, em um missionário na divulgação e na popularização da História, papel de suma importância num país sem memória como o Brasil. Por outro lado, a ausência de metodologia acadêmica e de obrigação de fidelidade às fontes originais e autorizadas pode induzir o leitor à confusão entre história fictícia e História real. Escrever romances históricos exige, portanto, do autor disciplina e profundidade na disciplina, mas também uma atitude de grande transparência de propósitos em relação ao leitor. É preciso deixar claro desde o início que não se trata de um livro de ficção, mas de História romanceada.

Infelizmente, são numerosos os escritores de romances históricos que se refugiam atrás da ficção como se bons historiadores fossem, sem dar conta disso aos leitores. Usam a fantasia apenas como disfarce para esconder lacunas do conhecimento histórico que não foram capazes de preencher pela pesquisa. Esse não é o caso de *O barbeiro de Vila Rica*. Fuad Yazbeck sai-se bem do desafio do romance histórico tanto pela capacidade de pesquisa como pela louvável disposição de avisar ao leitor a respeito de seus propósitos logo nas primeiras linhas da apresentação da obra: "...este não é um livro de História, mas uma narrativa que pretende contar a História como se história fosse", escreve ele, deixando bem claro o roteiro que pretende seguir. "A maioria dos personagens é real. Os poucos que não o são aparecem como se fossem, pois participam dos fatos e interagem com o que deve ter sido a realidade sem ofender ou falsear o que a História dá como verdadeiro." Em resumo, Fuad fez um romance, mas, descontando-se os óbvios personagens e acontecimentos fictícios, que o leitor facilmente identificará, a estrutura é toda baseada em sólida pesquisa histórica.

O uso criterioso e transparente dos recursos da literatura de ficção em O barbeiro de Vila Rica tem o mérito de aproximar os personagens e acontecimentos da Inconfidência Mineira do leitor comum de hoje. Nas escolas, os estudantes geralmente são apresentados a uma História do Brasil repleta de heróis épicos. Um exemplo é o próprio Tiradentes, tantas vezes glorificado à esquerda ou à direita pela história oficial. Não é isso que se vê na saga da Inconfidência Mineira que salta da cuidadosa pena de Fuad Yazbeck. Essa é uma história habitada menos por heróis épicos e mais por seres humanos em carne e osso que, com suas coragens entremeadas por medos e dúvidas, suas óbvias fragilidades intercaladas por virtudes inesperadas, seus sonhos de futuro grandioso permeados por traições e interesses imediatos às vezes mesquinhos, vão construindo o enredo de um episódio profundamente transformador na História do Brasil.

O roteiro de O barbeiro de Vila Rica tem como agentes três narradores distintos. Na parte inicial, quem conta a história é a mãe do barbeiro Alexandre. Na seguinte, o próprio protagonista. Por fim entra em cena um misterioso narrador isento, "sem a paixão dos anteriores", que o leitor logo perceberá tratar-se de ninguém menos que o autor. O resultado é cativante. Prepare-se o leitor para atravessar cenas de grande impacto visual e emocional, como o relato de um aborto realizado no Rio de Janeiro colonial ou da extração de dentes no interior do Brasil em uma época em que a ciência da Medicina e da Odontologia estava mais próxima da realidade dos açougues e matadouros de animais do que das modernas clínicas e hospitais. A descrição da paisagem da antiga Estrada Nova, que ligava o Rio de Janeiro às montanhas de Minas Gerais, faz a imaginação voar no tempo tanto quanto a apresentação da magnífica Vila Rica, a capital do ouro do Novo Mundo, com suas faiscantes igrejas barrocas, seus casarões caiados de branco e suas ruas encarapitadas nos morros de onde brotavam os veios dourados.

Tudo culmina em um desfecho próprio de um bom *thriller* cinematográfico, o que desde já candidata esta obra a novas adaptações que vão além do papel impresso. O final surpreendente que Fuad reserva ao seu livro tenta decifrar um enigma que há mais de dois séculos acompanha a história de Tiradentes. Ficção ou realidade? Fica à imaginação do leitor oferecer a resposta ao cabo desta bela jornada literária.

Laurentino Gomes
University Park, Pensilvânia, EUA — junho de 2012

Nota

Como o leitor poderá ver desde a titulação, este não é um livro de História, mas uma narrativa que pretende contar a História como se história fosse. A maioria dos personagens é real. Os poucos que não o são aparecem como se fossem, pois participam dos fatos e interagem com o que deve ter sido a realidade sem ofender ou falsear o que a História dá como verdadeiro.

A Inconfidência Mineira é, talvez, ao lado da proclamação da Independência, o mais emblemático episódio da História do Brasil. Embora vista por muitos como apenas uma dentre outras tentativas de emancipação da colônia, ou um simples movimento de endividados contra as pressões tributárias do colonizador, não se manifestou apenas como tal, pois propunha também alterar profundamente toda a estrutura política e de valores então vigente, planejando ações que pretendiam criar uma nação moderna, fundada nos princípios filosóficos que então revolucionavam o mundo, tomando como modelo o que se fazia com sucesso ao norte desta mesma América.

É óbvio que a História não pode ser avaliada por conjunções condicionais, "*se...*", o que não invalida a afirmação, mesmo que redundante, de que a História do Brasil teria sido bem diferente e os rumos desta nação teriam sido outros *se* a Inconfidência alcançasse sucesso, o que lhe dá maior significância dentre os demais eventos históricos.

O outro episódio marcante da criação da nação brasileira, a Independência, foi um gesto contraditório do próprio colonizador, que por consequência de suas dissensões internas acabou permitindo que se estabelecesse aqui um império independente, mas fundado e governado pela mesma família de reis da metrópole portuguesa. Ao retornar a Portugal, Dom João VI fez ver a seu filho uma recomendação: "Pedro, se o Brasil tiver de se separar, antes seja para ti, que me hás de respeitar, do que para qualquer um desses aventureiros." Deriva daí o Brasil de hoje.

A importância da Inconfidência Mineira se demonstra sobretudo pelo volume de pesquisas e obras que a têm como tema central. A documentação sustentadora de sua historiografia, notadamente os *Autos da Devassa da Inconfidência Mineira*, no entanto, nem sempre pode ser tomada como isenta de intenções, pois muitas vezes escrita por partes interessadas em dar-lhe forma condizente com os interesses da ocasião. Muitas das obras posteriores, por outro lado, também foram sustentadas em entendimentos pessoais tão diversificados quanto a documentação que as apoiou, o que, por vezes, as torna contraditórias. Somem-se a tudo isso os muitos acréscimos da história oral e não oficial, tão farta nas lendas e tradições das terras seculares das Minas Gerais.

Ao permitir interpretações por vezes contraditórias, a historiografia da Inconfidência dá liberdade a interferências conscientes ou inconscientes de paixões e interesses, ainda que os cientistas da História sustentem que o verdadeiro historiador é aquele que se afasta delas. Reafirme-se, contudo, que este não é um livro de História

As controvérsias sobre a Inconfidência Mineira, não contente com divergências na interpretação dos acontecimentos, suas origens, causas e consequências, avançam também sobre o caráter de seus personagens, a começar pelo mais famoso, o Tiradentes. Os *Autos da Devassa da Inconfidência Mineira* mostram que durante o julgamento alguns conspiradores não se comportaram tão bravamente como algumas versões históricas procuram apontar. Incriminaram-se duramente uns aos outros, buscando cada um atenuar ou justificar sua participação e responsabilidade culpando os demais, cabendo somente a Tiradentes manter a postura digna de aceitar a culpa que lhe foi imposta sem incriminar ninguém, atraindo para si a maior responsabilidade pelo movimento. Nem assim deixou de ter contestada sua liderança que, mesmo não absoluta, como afirmam alguns, não permite que se lhe dê apenas o papel de simples "bode expiatório", como pretendem outros.

Ao exigir de si a necessária isenção e frieza no trato dos fatos, a História acaba por aplicar esta mesma temperatura a seus personagens, mostrando-os, às vezes, como não humanos, não sujeitos a paixões, fraquezas e arroubos, e, mais que tudo, muitas vezes não admitindo que seus rumos possam ter sido decorrentes de simples ação ou inação de um personagem menos importante. Mesmo tendo que analisar a História pela lógica e princípios, digamos, científicos, o historiador não pode desprezar a evidência de que ela é a descrição analítica detalhada e pormenorizada de eventos que decorrem da interação das paixões de seus protagonistas, e que estas ainda estão longe de ser bem compreendidas e reduzidas a um corpo de leis ou doutrinas.

De tal modo, um romance que pretenda fazer-se no âmbito da História permite — até exige — que seus principais atores sejam mostrados como eles verdadeiramente devem ter sido: passionais, frios, acovardados, heroicos, gentis, cruéis, leais, egoístas, vaidosos, ambiciosos, geniais nas ideias, estúpidos nos comportamentos, santificados nos ideais, endemoniados nas ações; humanos, enfim, apenas humanos.

Não espere o leitor tirar deste livro mais que um presuntivo proveito da leitura e o conhecimento de uma época, de personagens de fato, e acontecimentos históricos que, embora não se pretenda afirmar correspondam à integral verdade — ainda que esta tenha sido intensamente procurada —, podem bem ter acontecido tal como narrados. Se não o foram, pelo menos se buscou bem arranjá-los. Afinal, é sempre possível buscar apoio nas palavras de Umberto Eco (*O pêndulo de Foucault*, pág. 554, 3ª edição — Rio de Janeiro: Bestbolso, 2011): "Para que escrever romances? Reescreva a História. A História que depois se transforma"

O autor

PRIMEIRA PARTE

Onde uma idosa mãe consola o filho no cárcere, relembrando fatos que mostram como um terremoto e outros eventos, grandes e pequenos, podem determinar o destino das nações e das pessoas.

CAPÍTULO I

Foi na manhã enevoada e fria do Dia de Todos os Santos de 1755, enquanto o chão começava a se mover, como que obedecendo às ordens dos trovões que vinham do fundo da terra, que tua cabeça, Alexandre, despontou entre as pernas abertas de tua mãe natural, deixando-me, como parteira, a opção de correr para salvar minha própria vida ou continuar meu trabalho e salvar também a tua, agora em minhas mãos. O dilema se resolveu quando o tremor se ampliou e fez desabar uma das paredes da casa, desprendendo do teto uma grossa trave que atingiu a parturiente, a criada e a rezadeira que acompanhavam a parição, esmigalhando seus crânios. Apesar dos estilhaços que me atingiram, ainda pude rapidamente te puxar, num arranco que arrebentou o cordão umbilical, logo te embrulhando entre os panos que estavam à mão, e fugir em disparada para o meio da rua, esquivando-me das telhas, madeiras e tijolos que dos altos caíam como chuva sólida.

Todas as construções de Lisboa, até as mais robustas, tremiam como a própria terra que as sustentava e desabavam em explosões enraivecidas. Nem mesmo as grossas muralhas e paredes do Castelo de São Jorge ou a grande e rija Catedral da Sé pareciam capazes de suportar a fúria das forças que, vindo das profundezas da terra, faziam os prédios dançar como bêbados exaltados em busca do apoio que o chão lhes negava. Casas e capelas, onde ardiam as velas dos oratórios, as basílicas de São Paulo e Santa Catarina, os conventos do Carmo e do Espírito Santo, e quase todas as outras inúmeras igrejas da cidade, repletas de fiéis, se desmontavam, enterrando as pessoas antes mesmo que a morte interrompesse suas orações. As paredes e as madeiras dos telhados dos hospitais esmagavam seus pacientes impossibilitados de fugir e desamparados de seus assistentes, agora preocupados em salvar a própria pele. Os muitos palácios e palacetes que adornavam a cidade, a Biblioteca Real, os prédios públicos, tudo ruía, enterrando seus ocupantes, muitas vezes ainda vivos, negando-lhes a sorte da morte rápida sob alguma grande trave ou pedra desprendida do alto.

Nas ruas, os vivos corriam aflitos e estonteados, cobertos de poeira, com os corpos empapados pelo sangue das feridas provocadas por tudo que do céu caía. Gritavam desesperados, abraçados a cruzes e imagens de santos, soluçando ladainhas e clamando ao céu através da poeira: "Misericórdia! Misericórdia!" Corriam sem rumo e sem equilíbrio sobre um chão que continuava a dançar ao som macabro e sem ritmo dos roncos mortais do terremoto, tentando esquivar-se das fendas que se abriam em longas armadilhas nas ruas estreitas e tortuosas. Iam tropeçando nos entulhos e restos dos telhados e paredes desabadas, que se amontoavam por todos os caminhos e que também gingavam como a terra, parecendo tentar barrar o caminho dos que fugiam sem qualquer rumo.

Os que buscaram escapar correndo para as áreas abertas do porto e as praias nas margens do Tejo viram o rio se esvaziar como que sugado por gigantesco ralo, mostrando os restos de embarcações, as cargas perdidas e os detritos jazidos no fundo, após algum tempo retornando, trazido pelo mar elevado numa parede de água que em turbilhão invadiu as partes baixas da cidade, afogando tudo e todos, inclusive o próprio Palácio Real erigido às suas margens.

A poeira dos escombros, densa e forte como uma nuvem de tempestade, encobriu a luz da manhã, escurecendo as esperanças e asfixiando as gargantas que ainda se mantinham vivas e procuravam ar. O fogo, como se tivesse ciúmes dos feitos destruidores dos outros elementos seus irmãos, a terra, a água e o ar, logo começou a alastrar-se em incêndios que prometiam destruir tudo o que o terremoto viesse a poupar.

Por três vezes, a intervalos insuficientes para restabelecer a compreensão e o alcance da tragédia, os ruídos naturais da cidade foram substituídos por roncos da terra, pelo ribombar dos desmoronamentos e os gritos dos feridos, contraponteados pelos gemidos dos soterrados que dos escombros clamavam pelo quase impossível socorro. A perplexidade e o pavor inicial foram rapidamente transformados em loucura: homens, mulheres e crianças, correndo sem saber do que nem para onde, tropeçando nos montes de restos, tentando varar a poeira e a fumaça das madeiras em chamas que agora ocupavam o lugar em que antes existia uma faustosa capital, com suntuosos palácios, belas residências, prédios públicos, conventos, igrejas e capelas, construídos no decorrer de um tempo tão longo quanto foi curto o da sua destruição.

Superado o espanto do forte primeiro tremor, diante do que parecia ser o fim do mundo, me dei conta de que o filho que deixara dormindo em casa também corria perigo e contigo nos braços disparei em direção a ela, driblando os entulhos acumulados que desfiguravam as ruas a ponto de impedir seu reconhecimento.

Os primeiros intensos tremores do chão, embora diminuídos, ainda provocavam o enjoo decorrente da desconformidade entre a esperada firmeza do solo e os movimentos que faziam o corpo se mover em descompasso com a vontade, quando um novo choque ainda mais forte se fez sentir, acabando por derrubar os muros e paredes que resistiram apenas abalados ao primeiro.

Após longos minutos, acautelando-me diante da queda do que ainda restara em pé, consegui chegar ao local onde deveria estar minha casa, agora inexistente, pois não restava mais nenhuma construção no que parecia ter sido minha rua. Só gente atônita, feridos, mortos, ruínas e pedaços dos móveis toscos da vizinhança pobre, agora igualada na desgraça aos nobres e potentados.

Ainda segurando nos braços a ti, que chegara havia apenas alguns minutos num mundo que parecia ter chegado ao fim, perplexa com uma terceira onda de tremores, continuava não atinando no que estava acontecendo. Difícil acreditar que Deus estivesse destruindo o mundo e todo o pouco que eu conseguira ter até então. Tudo arruinado: casa, móveis, utensílios, roupas, e o mais grave, talvez até mesmo minha amada criança. Mas, como não via no meio de tantos mortos o cadáver do pequeno, preferi acreditar que ele tivesse sido salvo pela graça de algum santo ou alguma alma caridosa, tal como eu te salvara e ainda te carregava nos braços.

Mesmo estonteada, depositei-te num local que me pareceu seguro, enquanto os que permaneceram vivos, entre gritos e clamores, tentavam desenterrar os soterrados que conseguiam fazer seus gemidos atravessar a barreira dos montes de ruínas. Com fúria passei a escavar uma pilha de pedras, tijolos e madeiras logo atrás da única referência que permitiu identificar minha casa, uma porta toscamente lavrada e pintada de verde que se mantinha intacta dentro da resistente ombreira que teimara em ficar de pé. Cada pedra retirada apenas exibia outras, e o trabalho de escavação foi se mostrando cada vez mais árduo e inútil, pois não produzia qualquer efeito além de mostrar que por baixo existiam outros restos a serem escavados, e, se houvesse alguém ali, por certo estaria morto.

Algumas vezes interrompia o trabalho com as mãos e concentrava-me para ouvir qualquer ruído que vindo de baixo denotasse a existência e a localização de vida. O silêncio que envolvia as ruínas, no entanto, quebrado apenas por gritos e lamúrias advindas de outros montes e restos de habitações, além do esforço improdutivo, levou-me a passar a gritar por uma ajuda impossível de ser recebida, pois cada sobrevivente estava por demais ocupado, cuidando de salvar a si próprio ou algum parente.

Já estava no limite do desespero por não conseguir abrir espaços nos montes de detritos que permitissem achar meu filho vivo, ou confirmassem sua morte, quando um de meus vizinhos, que amparava sua mulher com as roupas ensanguentadas dos ferimentos espalhados por todo o corpo, largou-a por instantes e dirigiu-se a mim.

— Ai, dona Alcina! Não adianta tentares escavar apenas com as mãos. Nada vais conseguir. Até mesmo porque não pode haver ninguém vivo sob estes montes.

— Não digas isto, senhor — atalhei suas palavras agourentas —, meu filhinho está aí embaixo e, por Deus, tenho que encontrá-lo. Pode ainda estar vivo. Tenho a certeza de mãe que ele está vivo!

Apesar de convencido da inutilidade de qualquer esforço de salvamento da criança, mas condoído pela minha obstinação, o homem resolveu ajudar-me, apesar de saber que a busca, por certo, acabaria chegando à dolorosa descoberta do que eu me recusava a admitir. De fato, após minutos de árduo trabalho, o afastamento de uma grossa viga de madeira mostrou o braço esmagado de uma criança que, alimentando um fiapo de esperança de que fosse outro que não meu filho, insisti em identificar, procurando o resto do corpinho, apesar das tentativas do homem em retirar-me dali, procurando poupar-me do acréscimo de sofrimento que viria da visão do corpo estraçalhado de meu filho.

Nasci, Alexandre, e sempre vivi ali, nos arredores da Mouraria, nos contrafortes do Morro do Castelo, e, como competente parteira que era, durante anos ajudei as mães a trazer ao mundo novas crianças. Depois da ida do meu marido para o Brasil, precisei completar meus ganhos com outra atividade, a de carpideira, trabalho de velhas, mas que desempenhava a contento, ajudando as famílias a ampliar suas lamúrias e externar as dores da perda, o que é sempre uma forma de aliviá-las. Apesar da minha idade, já afastada da juventude, não era o que se poderia chamar de mulher desprovida de encantos, abstraídas as gorduras que se acumulavam nos quadris e nos seios que já começavam a cair, o que de resto era até atrativo para certos gostos. Fazia meu trabalho de parteira de forma quase sempre graciosa, deixando ao critério de cada assistida o valor de uma recompensa, que julgava merecer ao contribuir com a reposição na terra das almas que continuamente Deus daqui retirava. Sentia-me enobrecida pelo trabalho de repovoar o mundo com novas vidas, contribuindo para que a humanidade não findasse.

Meu marido, carpinteiro de profissão, profissional competente, mas de poucas encomendas, havia abandonado a oficina que mantinha nos fundos da nossa pequena casa em troca de embarcar num galeão que fazia rotas de comércio com o Brasil, onde havia a promessa de ganhos maiores do que os que vinha obtendo em anos de trabalho. Embarcara havia quatro anos, e o navio retornara e partira para a colônia brasileira por outras tantas vezes, sem que ele voltasse ou enviasse qualquer notícia. O capitão da embarcação dissera que ele havia ficado no Rio de Janeiro desde a primeira viagem, com vista a ganhar algum dinheiro com o comércio de escravos, e que tão logo ficasse rico mandaria buscar-me e ao pequeno que deixara com menos de 5 meses. Esperei pacientemente, embora no fundo da alma sentisse formar-se aos poucos a convicção de que fora abandonada, por vontade ou circunstâncias.

Apesar da ausência dos ganhos do marido, que mesmo minguados permitiam bem sustentar a mim e a ti, as recompensas que recebia das famílias que assistia como carpideira ou parteira davam a segurança de estar distante das fronteiras da fome, vez ou outra até permitindo renovar nossas roupas e agasalhos, ou adicionar alguma nova tralha às coisas da casa. As recompensas em dinheiro eram poucas, mas a grande quantidade de aves, porcos e cabras com que era frequentemente presenteada permitiam-me criá-los nos fundos da casa e revendê-los nos mercados da cidade.

No dia do terremoto fui chamada de madrugada pela criada da parturiente, a jovem esposa de um oficial subalterno da Marinha Real, cujas dores já vinham se intensificando desde a tarde da véspera e que durante a noite expelira toda a água que te protegia na barriga dela. O parto se mostrava relativamente fácil, tua mãe natural se comportando como se aquele fosse não a primeira, mas apenas mais uma de uma sequência de inúmeras gestações, tu em boa posição, mostrando rara disposição de logo abandonar o mundo de tranquilidade e paz em que cresceras durante nove meses.

Deixara minha pequena criança dormindo e tudo levava a crer que terminaria meu trabalho antes que ela acordasse. O parto ia quase no final, tua cabeça já despontada, metade do teu corpo ao alcance das minhas mãos, meus pensamentos por vezes até se desviando para as outras tarefas que me aguardavam naquele dia, quando senti uma estranha sensação de movimento do pavimento, acompanhado de um longo e estranho trovão que parecia vir da terra. A dança do chão e o chacoalhar de louças, vidros e móveis foi se intensificando, enquanto os vidros das janelas começaram a estalar em gritos, espalhando seus cacos para todos os lados. Utensílios e peças sobre os móveis começaram a cair em desordem, como que atacados por endoidecida e furiosa mão. O lampião cuja luz deveria acolher-te caiu, esparramando o óleo que logo explodiu em fogaréu e começou a queimar os lençóis e panos sobre a cama. O reboco das paredes começou a estourar e cair, e as próprias paredes, estonteadas, passaram a dançar como que bêbadas tentando em vão manter-se de pé, retirando na estranha dança sustentação às vigas e treliças do teto que na sua queda pareciam trazer consigo o peso do próprio céu.

O céu, de fato, desabara. A ira de Deus se manifestara em represália aos pecados da humanidade. O mundo havia chegado ao fim. Os clamores por Jesus, pela Virgem Maria e por todos os santos naquele dia reverenciados eram em vão. Por que, todos se perguntavam, as portas do inferno haviam sido abertas e todos os demônios libertados das profundezas? Que pecados tão horríveis havia cometido uma tão beata cidade, a merecer tamanho castigo, como se Sodoma ou Gomorra fosse? A sobrevivência de alguns só se justificando diante da crença numa perversidade ainda maior do plano divino, preservando os vivos para que ainda mais sofressem com as perdas dos que foram abençoados com a morte. Outros não eram meus sentimentos diante do cadáver mutilado do meu filhinho, por fim apresentado por inteiro aos meus olhos rubros pela poeira e pela fumaça.

Meus gritos e lamúrias, exprimidos com todas as forças que a dor de mãe pode expressar, conseguiram, ainda que apenas por instantes, abafar outros gritos de mães, esposas, pais, maridos e filhos, que ecoavam por todos os lados e subiam aos céus na vã esperança de resposta. Ali permaneci por muitos minutos, chorando sobre o pequeno cadáver do meu filhinho, agora em meus braços, até que me dei conta de que te deixara num canto. A terra já se aquietara e as águas do rio, ainda que agitadas, haviam retornado ao seu leito. Apenas o fogo e o ar, pela fumaça e pela poeira, continuavam o trabalho de castigar os sobreviventes e apressar a morte dos moribundos.

Depositando o corpinho morto e mutilado do meu filho ao lado do teu vivo, recém-nascido e aos berros, tomei-te nos braços e verifiquei que ainda estavas coberto pelos restos da placenta e pelo sangue da tua mãe natural. "Precisa ser lavado", foi o pensamento que naturalmente me ocorreu, desviando por instantes minha atenção do outro pequeno, agora cadáver. Era preciso banhar-te, mas onde obter água neste inferno de escombros, morte, agonia e fontes destroçadas? Naquele momento só me foi possível, com os próprios panos com que te envolvera, limpar precariamente a gosma que envolvia teu corpinho, voltando a usá-los para te agasalhar.

Embalando-te, tentando acalmar teu choro, voltei-me novamente para os restos ensanguentados do que havia sido meu filho e meu pranto se reacendeu tão lamurioso como antes, sobrepondo-se ao teu. Por muito tempo, nem mesmo a visão da destruição que me rodeava, mostrando a vastidão da desgraça que atingira a todos, foi capaz de atenuar minha dor, confirmando inexistir para o sentimento egoístico do amor o consolo da desgraça coletiva.

A desordem que se seguiu, os gritos e o corre-corre dos que continuavam tentando salvar alguém ou alguma coisa, a poeira e a fumaça que ocupavam todo o ar de desgraça que pairava sobre a cidade, o desespero dos que vagavam sem rumo, cegados pela incompreensão do alcance da tragédia, ou dos que corriam em vão na busca de um rumo que os levasse à recuperação da existência antes do terremoto, nada disso perturbou meu choro e meus gritos lamuriosos. Com uma vida nova e outra perdida nos braços quedei-me nas ruínas do que fora minha casa, sem conseguir vencer a atonia que me imobilizava, buscando, mais que entender a tragédia que se abatera sobre mim e sobre todos, atinar no que fazer daí em diante.

Somente no fim da tarde, os soldados mobilizados por dom Sebastião José de Carvalho e Melo, ainda apenas ministro real dos Negócios Estrangeiros e da Guerra, foram por fim chamados, em nome d'el-rei dom

José I, para atender às necessidades criadas pela catástrofe, na tentativa quase impossível de dar um pouco de ordem ao caos. "Enterrem os mortos e alimentem os vivos", foram as primeiras ordens do ministro.

Poupado da tragédia, juntamente com o soberano e toda a família real, que por obra das mãos de Deus não estavam em Lisboa no momento da catástrofe, o ministro tão logo tomou conhecimento da extensão dos estragos retornou à capital, mandando que fossem buscados todos os seus auxiliares, funcionários e comandantes militares — pelo menos os que haviam sobrevivido à fúria do terremoto — ordenando as primeiras providências que impedissem que o caos instalado ultrapassasse os extensos limites que alcançara.

Ordens foram dadas para que fossem punidos com rigor os que viessem a especular com a falta de alimentos, e que se reprimisse com toda força a rapinagem, numa tentativa desesperada de restabelecer a ordem pública, tão destroçada quanto a cidade. A confusão que tomou conta do mundo animava os saques promovidos pelos que passaram a buscar comida, água e qualquer utensílio que favorecesse a sobrevivência naquele inferno, além dos escravos e mendigos, miseráveis que passaram a ter ao seu alcance roupas, utensílios, armas, até mesmo joias e o mais que sempre lhes fora negado. Tudo ameaçando não só ampliar os estragos, mas também desencadear uma desordem que poderia abalar os alicerces do reino, alquebrado pelo arruinamento da maior e mais importante parte de sua capital e por estragos, segundo se veio a saber, em algumas outras cidades do país.

A desordem material se refletia ampliada no comportamento dos sobreviventes. Os que haviam perdido tudo se juntavam aos que não haviam perdido nada por nada possuir, todos correndo às tontas, saqueando o que ainda intacto ou aproveitável pudessem recolher para reduzir a miséria imposta ou agravada pelo terremoto. Outros, mesmo feridos, passaram a defender as ruínas de suas posses com qualquer arma ao seu alcance. Para os que não dispunham de uma arma de fogo ou uma boa espada ou facão, não faltavam pedras ou grossos pedaços de madeira capazes de desestimular os mais ousados.

Os soldados do rei se viam obrigados a agir com rigor até maior do que lhes fora recomendado. Como de pouco valia prender, pois até as cadeias se desmoronaram, quase sempre reprimiam o saque com a morte imediata do saqueador, cuja ganância, no mais das vezes desespero, levava ao completo desprezo pelas ordens de conter-se ou afastar-se. Alguns soldados chegavam mesmo a se juntar aos saqueadores, ou em muitas ocasiões reprimir os ladrões para apropriar-se do butim; afinal, embora sendo soldados d'el-rei, também haviam sido tocados no corpo e na alma pela desgraça.

Após os primeiros dias de terror e perplexidade, as medidas ordenadas por dom Sebastião José começaram a produzir efeitos. Iniciada a desobstrução das ruas e a área do porto, navios começaram a chegar pelas águas já acalmadas do rio, trazendo mantimentos e toda sorte de materiais e utensílios, levando os sobreviventes a esquecer por momento suas perdas para se ocupar da reconstrução do que fosse possível de suas vidas anteriores, quase todos privados da presença de alguém da família, mas prontos a retomar uma vida que sabiam que nunca mais seria a mesma, mas que tinha que ser recomeçada.

Não raramente, durante os trabalhos de remoção de escombros ainda se descobria algum vivente moribundo ou milagrosamente pouco ferido. Na maior parte das vezes o que se encontrava eram corpos ali mesmo cremados, quando não já queimados pelos incêndios. Os cemitérios, além de revirados, se tornaram acanhados para tantos a sepultar, levando o ministro dom Sebastião José a ordenar também a abertura de grandes valas, a exemplo do que já se fizera no passado, em tempos de peste. Milhares de cadáveres foram levados para o mar, atados a pedras e despejados a léguas da barra. Apesar de todas as cautelas, a podridão dos cadáveres insepultos sob os escombros, ou ainda nas ruas saciando o apetite de cães, chegou a produzir o alarme da iminência da peste, levando ao consumo de quase todo o estoque de alcatrão e breu que era lançado sobre os corpos em decomposição.

Na carruagem real, que no momento dos abalos se dirigia para Sintra, os tremores da terra haviam apenas ampliado os solavancos que os buracos na estrada produziam. Assim, a visão da tragédia só se mostrou inteira e crua aos olhos do monarca na sua volta a Lisboa, levando-o a decidir que daí em diante somente dormiria sob tendas: "Se algo tiver que cair sobre minha real cabeça, que sejam panos." Tal decisão, no entanto, não o impediu de autorizar a construção de um novo paço imperial.

A construção deste e a reconstrução dos prédios públicos, das cadeias e das igrejas em primeiro lugar, e depois dos aquedutos, fontes públicas, hospitais e armazéns, passou a ser a preocupação principal do governo, que, para atender às grandes despesas que tudo isto representava, esgotou os recursos do Tesouro Real. Empréstimos foram rapidamente contratados com banqueiros ingleses e holandeses, estes últimos, ironicamente, quase todos judeus descendentes dos que foram expulsos de Portugal na perseguição aos anticristãos, perpetrada dois séculos antes pela Inquisição portuguesa. O pagamento dos empréstimos, no entanto, sem maiores sacrifícios de uma população já sacrificada além de sua capacidade, só poderia ser honrado se contratado a prazos maiores e juros menores do que os banqueiros estavam dispostos a conceder, o que levou dom Sebastião José, agora alçado à condição de primeiro-ministro do reino, a estudar medidas para aumentar, na proporção dos novos gastos, a arrecadação de tributos.

De pronto foi decretado um acréscimo nos impostos sobre entradas e criados outros, dados como provisórios e apenas para atender às emergências da reconstrução de Lisboa, mas que me parece se mantêm até hoje. Foram encomendados estudos para avaliar em quanto podiam ser aumentados os tributos que vinham da colônia brasileira, principalmente sobre o ouro das lavras que a cada dia pareciam ser mais fartas e inesgotáveis.

A colônia brasileira, obrigatoriamente, a exemplo de países como a Inglaterra, a França e a Espanha, que pronta e voluntariamente se dispuseram a ajudar Portugal, também deveria atender à reconstrução da cidade. Do Brasil foi exigido que doasse doze mil contos de réis durante os seguintes trinta anos, montante ao qual se adicionavam outros imediatos quatorze contos de réis, além de pesada soma em pedras preciosas.

O ouro brasileiro já era taxado em um quinto de tudo que fosse extraído, viesse de lavra ou de aluvião, estabelecido um mínimo de cem arrobas por ano. Para atender às necessidades geradas pela tragédia e continuar a alimentar o sempre crescente apetite inglês — para quem de fato ia o ouro brasileiro, pois Portugal enviava quase tudo na compra de tudo que consumia e que só a Inglaterra vendia — seria necessário aumentar também o imposto do quinto. Mas como aumentá-lo sem aumentar ainda mais o intenso contrabando, o que por certo viria a ocasionar até mesmo a diminuição do total arrecadado? Por outro lado, notícias da colônia davam conta de que a produção de ouro podia estar chegando ao ponto do esgotamento e que, portanto, o aumento do tributo desestimularia a extração, reduzindo ainda mais a parte real.

Dom Sebastião José contentou-se em manter a tributação do ouro tal como estava, recomendando, no entanto, que se ampliasse a severidade no controle das saídas de ouro e na aplicação da derrama, uma das imposições de Portugal para que os valores mínimos de cem arrobas de ouro por ano fossem alcançados, sempre que a cobrança regular dos quintos não o fizesse, ampliando-se o combate ao contrabando com o confisco dos bens do contrabandista. Enquanto isso ele trataria de ver como poderia diminuir, um pouco que fosse, as remessas de ouro para a Inglaterra, corrigindo aquela posição semicolonial de Portugal. Nunca deixando, porém, de imaginar outros meios de extrair da colônia tudo que dali fosse possível. Como verás, Alexandre, estas foram medidas que acabaram por ditar os rumos da tua vida.

No dia seguinte à tragédia, após passar a noite chorando sobre o cadáver mutilado do meu filho, alternando meus lamentos com ocasionais atenções aos teus incessantes clamores, dei-me conta de que nada mais havia a fazer senão enterrar minha criança e cuidar de ti. Agasalhei-te com alguns outros panos que consegui resgatar dos escombros e decidi adotar-te como meu novo filho. Fiz o que pude para construir um precário abrigo com as pedras, telhas e madeiras recuperados dos restos da casa, e confirmei tua adoção resolvendo dar-te o mesmo nome do filho que havia perdido. O batismo eu sabia que podia ser feito por mim própria, recitando as mesmas rezas que já me fartara de ouvir da boca de sacerdotes, na ausência de padres disponíveis e igrejas intactas, o que era permitido pela Igreja e aceito por Deus diante dos perigos e da iminência da morte da criança, e este era o teu caso.

Com o passar dos dias, o abrigo rústico foi sendo melhorado e o terreno recuperado com a limpeza dos entulhos não aproveitáveis. Como o belo portal verde havia sido preservado, meu tugúrio, ao contrário dos muitos outros erguidos das ruínas, dispunha até mesmo de uma porta. A distribuição de pão promovida pelo reino alimentou-me pelos dias que foram necessários para tentar restabelecer a vida, mesmo que num mero arremedo do que havia sido, pois tua presença ainda não era suficiente para ocupar o vazio deixado por meu filho natural morto, o que com o tempo acabou ocorrendo, pela graça de Deus e das estranhas artimanhas do destino. Uma cabra desgarrada, que imediatamente apropriei no mesmo dia da tragédia, encarregou-se de fornecer o leite necessário a ti. A vida foi aos poucos retomando um ar de normalidade quando retornei às minhas atividades de parteira, ajudando a repovoar o mundo agora em reconstrução.

A cidade também se reconstruía. Dom Sebastião José, que recebera d'el-rei um novo título, o de conde de Oeiras, vindo mais tarde a tornar-se marquês de Pombal, se encarregava de reconstruir a Lisboa destruída. Não simplesmente recompondo o que o terremoto pusera abaixo, mas contratando arquitetos e engenheiros para construir novos palácios, abrir novas ruas, novas praças e espaços, criando redes de esgoto, drenando charcos, tudo buscando dar à cidade uma cara nova, de capital à altura de outras capitais europeias. Mais que tudo o ministro precisava reconstruir as finanças do reino, modernizar também sua economia, retirando Portugal da condição de mero produtor agrícola e mercador marítimo. Não contava para tanto com nada além dos parcos recursos obtidos internamente de uma economia fraca por sua natureza, e ainda mais enfraquecida pelos efeitos da tragédia que se estenderam por muito tempo após o fatídico Dia de Todos os Santos daquele ano da desgraça de 1755.

Pouco se produzia em Portugal além de quinquilharias e os vinhos do Porto. O comércio marítimo e uma indústria naval, que já vivera tempos melhores, completavam a vida econômica do país. Enquanto isso, na Inglaterra, o ouro e tudo o mais que ela obtinha das transações privilegiadas conosco, os portugueses, estavam construindo as indústrias que vieram a torná-la o reino poderoso que hoje se impõe a toda a Europa e ao mundo.

O ouro brasileiro, até então abundante e obtido sem maiores esforços que os exigidos do trabalho de escravos, era a grande fonte da prosperidade portuguesa. Assim, na colônia, deveriam ser aplicados todos os esforços capazes de ampliar as riquezas da matriz, permitindo-a realizar os sonhos de modernização que acalentavam as noites do marquês de Pombal.

Nossa vida, tal como quase toda a cidade de Lisboa, já retomara um certo ar de normalidade: os mortos enterrados e os vivos esforçados nos trabalhos de construção de uma nova cidade e de suas vidas. O esquecimento da tragédia avançando na mesma medida do tempo. Entretanto, o desejo de fugir de uma terra que a qualquer momento poderia voltar a negar sustento aos pés crescia na minha cabeça. O propósito de deixar Portugal e instalar-me contigo no Brasil, que diziam produzir riquezas tantas que mesmo enviadas quase todas para a corte ainda assim permitiam, por suas sobras, a fartura dos seus habitantes, começou a tomar a forma de decisão. Além de tudo, havia sempre o sonho, que nunca abandonei, de reencontrar meu marido, que, apesar dos muitos anos sem manifestar qualquer notícia — o que às vezes me levava a pensar que talvez nem estivesse vivo —, mesmo que me houvesse esquecido como esposa, por certo não se negaria a ajudar-nos num recomeço de vida.

Num novo retorno do galeão *Alcobaça*, após mais uma de suas viagens ao Brasil, anos depois de haver levado meu marido, procurei o capitão e manifestei o desejo de buscar vida nova na colônia. Uma exaustiva negociação, pois o preço da viagem estava muito além das minhas expectativas, acabou por levar-me a aceitar o preço da passagem — perdoe-me por dizer o que por certo não é bom de ser ouvido pelos ouvidos de um filho: deveria servir como mulher ao capitão durante toda a viagem. A proposta logo me repugnou, pois seria a prostituição, e nossa pobreza ainda estava longe desta necessidade extrema. Todavia, pensei que afinal não estaria me prostituindo, pois atenderia apenas ao capitão, de resto uma bela figura de homem. Já me sentindo solitária havia muitos anos, e sendo certo que meu marido não teria ficado todo esse tempo sem mulher, não haveria traição. De resto, por que sofrer a dor moral de fazer algo em contrário aos costumes apenas se o ato a público vier, se o sofrimento não aproveita ou prejudica a ninguém? Tal pecadilho poderia ser purgado no confessionário.

Os parcos recursos obtidos da venda da terra, onde fora reerguida minha nova casinha rústica, e dos bens que consegui acumular depois do terremoto foram dessa forma poupados e garantiram nossos primeiros dias na nova terra.

CAPÍTULO II

No dia marcado o *Alcobaça* levantou as âncoras e abriu suas velas aos ventos que do Tejo levariam a mim e a ti para uma nova existência. Em Lisboa seriam deixadas todas as mágoas e tristeza de uma vida de sacrifícios, temores e sofrimentos, que não exigiria grandes esforços para ser esquecida. A perda do meu primeiro filho no terremoto não estava incluída nas memórias a serem apagadas, eis que as dores de mãe nunca se apagam. A tua presença, porém, Alexandre, como meu novo filho, amenizava as sofridas lembranças, que de resto eram frequentemente afastadas pelos constantes cuidados clamados por ti, agora com mais de 2 anos, apesar de não necessitares afazeres maiores dos que os sempre exigidos pelos miúdos da tua idade.

Na proa do galeão o vislumbre de uma vida nova, diferente e, se Deus o quisesse, melhor. Meu ofício de parteira por certo seria tão bem aplicado no Brasil quanto fora em Portugal, pois já nos primeiros trabalhos eu poderia demonstrar todas as minhas habilidades e ciência. Tu, pequeno Alexandre, portador agora dos mesmos sonhos que eu acalentara para a criança perdida, poderia fazer-te homem, bem preparado para as oportunidades que a colônia oferecia; quem sabe até rico, e por isso respeitado.

Os quase dois meses pelos caminhos do Oceano Atlântico, que resolveu poupar-nos dos temores que lhe são próprios e que fariam esquecer os enfrentados no terremoto, eu os considerei como os de uma viagem de recreio, não fossem os tormentos próprios do desconforto da vida confinada junto com outros passageiros, rudes marinheiros, ratos, piolhos, água arruinada, comida escassa e insossa, e os meus esforços frequentemente reclamados pelo capitão.

Após breve escala na então sede do governo colonial, São Salvador da Baía de Todos os Santos, para reabastecimento de água e frutas frescas, deixamos aquela bela cidade e retomamos o rumo do Rio de Janeiro, aonde chegamos alguns dias depois. A entrada do *Alcobaça* na Baía de Guanabara poderia ser chamada de triunfal, tal a beleza da manhã intensamente ensolarada que exacerbava as cores do mar, da vegetação colorida e das montanhas recobertas de matas que emolduravam a cidade. Os encantos da paisagem levaram-me às lágrimas, acendendo na alma a alegria da certeza da boa escolha, pois terra tão bela não poderia prometer senão regozijo e felicidades. O êxtase produzido pela visão das belezas naturais durou até que nosso desembarque do escaler, que do galeão nos levou até o cais da Praça do Carmo, pôs sob nossos olhos e narizes a visão da desordem, da sujeira, do mau cheiro e da multidão variada e malvestida que ocupava a terra: homens e mulheres de todos os tipos, dos mais miseráveis aos de aspecto mais ilustre; ambulantes, quase todos negros, apregoando toda sorte de mercadorias; carroças de carga e pescadores com seus balaios recendendo a peixe e maresia; marinheiros ruidosos, sempre perseguidos por marafonas, e numerosos grupos de escravos, que se movimentavam em trabalhos na grande praça que se abria diante do cais.

Por ali desembarcavam os passageiros e as cargas regulares vindas da corte, enquanto os navios chamados negreiros, que transportavam os escravizados africanos, ancoravam em outro ponto, longe de olhares mais suscetíveis. Ao fundo da praça situavam-se o Convento e a Igreja do Carmo e à esquerda o Paço dos Governadores. Era em torno dela e suas imediações que se concentrava a maior parte dos negócios da cidade, o mercado de escravos e o grande mercado de peixe, responsáveis pelo cheiro nauseante que a envolvia, quase intolerável para narizes neófitos.

A chegada de uma embarcação vinda da metrópole, apesar de não rara, era motivo de constante curiosidade e expectativa, atraindo grande quantidade de pessoas pelas novidades que sempre trazia da corte e do resto do mundo. Os muitos agentes de pensões, hospedarias e albergues, que também se acotovelavam na praça, se encarregavam de assediar os recém-chegados, oferecendo os serviços de seu comércio, sempre assegurando serem seus agenciados o que de melhor e mais barato havia na cidade.

Contigo nos braços, nossas tralhas carregadas pelo negro que acompanhava o agente de uma pensão que me pareceu de bom preço, encaminhei-me para o novo pouso, situado na Rua do Cano, algumas poucas e pequenas quadras além da igreja que fechava a praça do lado oposto do cais. Dividiríamos um pequeno quarto com uma senhora que aparentava estar completando a maturidade, de belos e sensuais olhos verdes emoldurados por grandes cílios e grossas sobrancelhas, ainda portadora dos encantos que costumam adornar as mulheres maduras cuja beleza juvenil o tempo teve preguiça de apagar. Chamava-se Beatriz e era também portuguesa, mas vivia no Brasil desde os 15 anos.

Senti-me bem instalada e feliz, pois a pensão, um sobrado com uma grande sala no térreo, que pelo balcão caruchento e as muitas e variadas mercadorias amontoadas em desordem nas prateleiras parecia ser também uma espécie de armazém, mostrava-se calma e acolhedora. Uma cozinha ampla onde os hóspedes faziam as refeições, também no térreo, e uma dezena de quartos no andar superior completavam as instalações, que me convenceram ser, e de fato eram, bem mais confortáveis do que nossa tosca morada em Lisboa, apesar do pouco cuidado que parecia merecer da proprietária, demonstrado nas paredes descascadas e encardidas e picumãs nos cantos do teto.

O alívio da chegada, após uma viagem sem grandes transtornos, e as muitas expectativas que brotavam no meu bestunto levaram-me a sair imediatamente em busca de meu marido, animada pelo sonho ingênuo de logo encontrá-lo e merecer a manifestação de surpresa e emocionada alegria que acompanham os bons encontros inesperados. Por saber que ele havia se metido no negócio de tráfico de escravos, não pensei em outro lugar para iniciar a procura senão pelo mercado de negros. Este, segundo me informou a mulher com quem compartilhávamos o quarto, situava-se no prolongamento da mesma praça por onde desembarcamos, beirando o mar, e era o local onde se realizava a maior parte dos negócios de compra e venda de escravos, digamos, no varejo.

Instaladas nossas poucas coisas, percorrido o restante do casarão, ciceroneados pela proprietária, para bem conhecer nossa nova moradia e nossos novos vizinhos, dirigi-me, contigo nos braços, ao mercado de escravos, esperançosa de encontrar de pronto as tão preciosas informações acerca de meu marido, quem sabe, até mesmo o próprio, antegozando com indisfarçável ingênua euforia a surpresa que nossa inesperada presença provocaria nele.

O mercado não era um local que se pudesse dizer aprazível para vistas desacostumadas à miséria e à degradação que ali se expunham, mesmo que insuficientes para obscurecer a esperançosa alegria que iluminava minha alma. Por lá circulavam os negociantes, pregoeiros e compradores, além de outros homens de aspecto rude que, pelas vestimentas toscas e sujas, portando quase sempre um chicote ou uma vara nas mãos, alguns até armados de pesados arcabuzes, logo se via, eram capatazes, encarregados de guardar e organizar os lotes humanos oferecidos à venda, expondo sempre na frente os homens mais fortes, as mulheres mais vistosas e as crianças mais robustas, todos com a pele untada de óleo para torná-la lustrosa e brilhante, fazendo-os parecer saudáveis. Além deles, muitos outros passantes e curiosos, por vezes até mesmo senhoras bem-vestidas, denotando boa posição social, formavam a população dos frequentadores daquele mercado que, não fossem seres humanos sua mercadoria, bem poderia ser tido como qualquer outro de gêneros ou animais.

O espaço ocupado pelo mercado, apesar de agitado e barulhento, não era grande o bastante para impedir-me de percorrê-lo olhando atentamente cada fisionomia de homem branco, abstraindo-me da sujeira, do mau cheiro e sobretudo da ignominiosa função do lugar, esperando encontrar de pronto meu marido. A pesquisa, porém, foi infrutífera. Afinal, pensei, naquele momento ele poderia estar em muitos outros lugares, o que me levou a passar a perguntar aqui e ali aos homens que pelas atitudes e aparência me pareciam ser os do ramo, se conheciam meu marido, Vasco Vasconcelos, também metido naqueles negócios. As respostas, quase sempre secas e muitas vezes ásperas, foram todas negativas, o que fez brotar em mim um princípio de angústia, já vendo passar, como lampejos na imaginação, a possibilidade de haver embarcado numa aventura cujo desfecho seria ver-me sozinha, contigo ainda criança de colo, numa terra estranha e semisselvagem, com recursos que mal nos sustentariam por alguns poucos meses.

Das parcas informações úteis que obtive, vim a saber que havia outro local distante dali, próximo do ponto de atracação dos navios negreiros, de onde os escravos eram desembarcados e mantidos em grandes depósitos para serem separados em lotes e preparados, após recuperados dos estragos produzidos pela viagem, para venda no mercado da Praça do Carmo. Era a Rua do Valongo, quase toda ocupada por casarões de aparência arruinada e galpões que constituíam os depósitos das pobres criaturas. A rua situava-se além do Morro de São Bento e estendia-se para o interior, numa região chamada de Valonguinho, antes do Saco da Gamboa, bem adiante e à direita do cais onde desembarcáramos. Dona Beatriz dispôs-se a nos levar até as proximidades, abstendo-se, porém, de permanecer conosco, pois aquele ambiente de negros malcheirosos e capatazes violentos não lhe agradava.

Amontoados nos vários depósitos, viam-se às centenas os negros, homens e mulheres, algumas com bebês ainda de peito, ou tendo agarradas às suas pernas nuas outras crianças já capazes de se manter de pé. As crianças que demonstrassem alguma capacidade de vida independente eram mantidas separadas das famílias e tratadas como se adultos fossem, muitas choramingando e recebendo por isso tapas e bordoadas dos capatazes. As que não choravam nem por isso deixavam de demonstrar pavor, estampado nos olhares esbugalhados e estupefatos, assustadas e amedrontadas diante de uma situação para elas incompreensível.

Cada depósito agrupava vários lotes, separados uns dos outros conforme seus respectivos proprietários, cujos capatazes cuidavam para que não se misturassem, o que tornaria quase impossível reclamá-los depois, se ainda não marcados com o sinal do dono, igualados que eram pela humilhação e miséria do tratamento. Aos berros de comando, ao choro de crianças e aos gritos de dor que se seguiam às punições pelas lamúrias, somava-se a agitação do movimento dos lotes de escravos que iam e vinham, dando à cena, por si mesma de horrores, tinturas ainda mais macabras a um ambiente caoticamente infernal por sua própria natureza.

O mercado que existia na praça não era menos horroroso, porém sua menor dimensão, o aspecto mais saudável dos negros ali expostos, e, mais que tudo, o otimismo que me animara nos primeiros momentos, haviam dessensibilizado meus sentidos e minha consciência, agora reavivada diante da nova visão. Eu já vira e até lidara com negros escravos em Portugal, porém nunca em tal quantidade e nem sequer me passara pela imaginação a existência de semelhante local de comércio de gente com seus horrores tão escandalosamente escancarados. Lá as transações com humanos se faziam mais discretamente e em quantidades bem menores, e nunca imaginei que aqui os negros fossem tão desumanamente tratados, aglomerados em número tão grande como naquelas casas e galpões, negociados isoladamente ou em manadas, como gado. Nunca vira ou soubera de um espaço de depósito e negócios em que seres humanos pudessem ser tratados como qualquer outra mercadoria animal vivente, razão por que à visão de horror das imagens se somava minha dificuldade mental em compreendê-la.

Atordoada pela visão e o cheiro nauseabundo que empestava toda a rua, tratei de cobrir teu rosto com um lenço, como a impedir que teus inocentes olhos vissem ou teu nariz cheirasse cenas tão desgostosas. A repulsa ao cenário macabro ampliava-se quando a ele eu acrescentava a figura do meu marido, o que me horrorizava a ponto de começar a pensar que se estava metido em negócios daquela espécie seria melhor não encontrá-lo. Não conseguiria mais conviver com ele, desumanizado que possivelmente fora, a ponto de tratar outros seres de forma tão brutal e desnaturada, maltratando inocentes criancinhas, separando mães de filhos, espancando velhos e outros homens de aspecto nitidamente doentio.

Ao observar algumas negras grávidas, perguntei-me horrorizada como seria terrível para aquelas mulheres dar à luz num ambiente tão pouco condizente com as bênçãos da maternidade, sem qualquer assistência, pior que uma fêmea animal, pois a estas Deus isentara da dor. Sobretudo o terror da mãe obrigada a trazer para o mundo um filho que começaria sua vida no inferno, para onde, por certo, Deus mandará a alma daqueles que as escravizavam.

Por tudo aquilo, Alexandre, decidi que não seria aconselhável que crescesses tendo um padrasto que poderia te manter naquele ambiente e já deveria ter perdido as boas qualidades de caráter necessárias para bem te educar. Vencidos, porém, os primeiros instantes de estupor, raciocinei que pelo menos naqueles primeiros dias precisaria da ajuda de alguém, para bem nos instalarmos na nova vida. Depois... Bem, depois não seria difícil afastar-me dele e tomar novos rumos contigo.

Pensando assim, resolvi continuar a busca acercando-me de um homem alto e gordo, cujos calções apresentavam manchas que bem poderiam ser de sangue, sem camisa e com a cabeça coberta por um chapéu de copa alta e abas largas, que guardava um pequeno grupo de negros, a maioria crianças.

— Senhor, com vossa licença, meu nome é Alcina, acabo de chegar de Lisboa e procuro por meu marido, de nome Vasco Vasconcelos, de profissão carpinteiro, mas que me disseram estaria aqui metido com este negócio de escravos. Por acaso o conheceis?

O homem olhou-me de alto a baixo, estudando-me demoradamente, como a ver se eu buscava de fato alguma informação ou era alguma rameira tentando aproximação sem parecer uma.

— Não, senhora — respondeu ele com certo desdém —, nunca ouvi falar de tal nome.

Vendo que o homem logo se voltou para espancar uma menininha que havia aumentado o volume do seu choramingo, afastei-me repugnada para continuar a busca junto a outros comerciantes e capatazes, repetindo insistentemente a pergunta sem obter, no entanto, qualquer resposta positiva, nem mesmo alguma indicação de onde obtê-la.

Já desanimada, após ouvir negativas de quase uma dezena de bocas, enquanto choramingavas de fome em meus braços, vi esgueirar-se perto de mim um mulatinho mirrado, de feições macilentas e olhar assustado mas atento, como se esquivando de ser observado. Dei conta então que ele estivera sempre por perto nas últimas vezes em que argui alguém acerca de meu marido.

— Eu sei quem a senhora procura.

— Ora, por Deus! — exultei. — Enfim alguém que poderá me ajudar.

— Mas, senhora, estou faminto e talvez não consiga bem ordenar minhas palavras, e minha informação poderá ser confusa se eu não me alimentar bem.

— Senhor, tenho muito pouco dinheiro, mas posso vos pagar um almoço no albergue onde estou alojada. Não é tão longe daqui.

— Não, senhora, eu não quero apenas almoço, mas dinheiro também para o jantar de hoje e o almoço e o jantar de amanhã, e de depois de amanhã, e de depois de depois de amanhã, quiçá.

Assustei-me com as exigências do homenzinho e, apesar de toda a ingenuidade de simples parteira portuguesa, recém-chegada a uma terra que ainda me era estranha, fui capaz de raciocinar que antes mesmo de poder confirmar a informação tão preciosa deveria gastar quantia que por certo faria falta para nossas necessidades de instalação.

— Meu senhor, não tenho recursos para gratificar-vos com algo mais que um almoço. Mas vos peço, em nome de Nosso Senhor Jesus Cristo, que me deis a informação de que preciso, pois dela depende minha sobrevivência e a do meu filhinho nesta terra.

O mulato, sempre nervoso, rolando nas mãos um arremedo de chapéu, olhando temeroso para os lados, como se aguardasse algum perigo iminente, ainda tentou negociar, reduzindo sua exigência apenas ao almoço e o jantar daquele dia e do seguinte. Minha forte resistência, no entanto, levou o homenzinho a contentar-se somente com o almoço, o jantar e as sobremesas daquele dia, aceitando oitocentos réis, quase um cruzado, dos novos instituídos por el-rei, dom José I.

— Vosso marido, o senhor Vasco Vasconcelos, que era conhecido aqui pela alcunha de Peroba, dado seu tamanho e a dureza com que tratava os escravos, trabalhou neste mercado durante pouco tempo, até três ou quatro anos atrás, parece-me. Porém, meteu-se em confusão, com a venda de um lote de escravos que morreram quase todos de doença, alguns dias após a venda. O comprador, um fazendeiro muito rico, dono de engenhos lá para os lados do sertão dos Campos dos Goytacazes, dizendo-se ludibriado reclamou o dinheiro de volta, sob pena de mandar prendê-lo, o que o obrigou a fugir para a capitania das Minas Gerais, onde os negócios de escravos também são lucrativos, em razão das minerações de ouro e diamantes que existem por lá.

— Que certeza posso ter, senhor, da informação que me dais? Sendo ela verdadeira, como faço para ir até essas Minas Gerais? Quanto me custará tal viagem?

— Minha senhora — respondeu o homenzinho, esperando arrancar mais alguns réis das minhas angústias —, são muitas as perguntas que me fazes, e o que recebi valeu por apenas uma resposta.

Logo percebi que não valia a pena continuar a dialogar com aquele homem, que parecia mais estar a fim de arrancar meu dinheiro, além de aparentar não merecer muita confiança. Resolvi que deveria buscar confirmação daquela história com gente de melhor fé, bem como as informações necessárias para alcançar meu marido, caso sua ida para as Minas Gerais fosse mesmo verdadeira, e, sobretudo, me informar como realizar nova viagem e qual seria seu custo.

Ao meio da tarde, como clamavas por alimento com a eloquência própria dos infantes famintos, desisti de continuar com as indagações sobre meu marido, todas tão infrutíferas quanto a primeira vez em que as fizera. As informações do mulatinho mostrando-se cada vez mais indignas de confiança, na medida em que outras respostas negativas se acumulavam, até mesmo diante de minuciosas descrições do tipo físico de meu marido e da declinação do seu apelido. Tudo parecia indicar que ele nunca estivera naquele mercado, ou que sua memória não merecesse ser guardada.

De volta à pensão, enquanto saciava tua fome, externei minhas desilusões a dona Beatriz.

— Deus meu! Esta cidade não é assim tão grande que alguém que tenha aqui desembarcado, e até trabalhado nela durante algum tempo, possa desaparecer sem deixar traço, sem que ninguém, exceto um mulatinho com cara de velhaco, o tenha visto ao menos uma única vez.

— Ora, senhora — respondeu dona Beatriz —, talvez tenha apenas arribado a esta cidade e logo partido. São muitos os que por aqui chegam e logo vão para o interior do país, pois é lá que estão o ouro e as pedras preciosas.

— Mas meu marido, foi-me dito que chegou a ficar por aqui a negociar escravos, e é justamente lá, no mercado de escravos, que estranhamente ninguém o conhece. Se não o encontro, o que será de mim e meu filho nesta terra de costumes tão atrapalhados?

A entonação de choro e desesperança das minhas palavras comoveu dona Beatriz, que se acercou e tomou-te nos braços, continuando a te alimentar, enquanto eu assoava o nariz encharcado com as lágrimas que não me saíram pelos olhos.

— Não desesperes, dona Alcina. Afinal, foi só um dia, de fato apenas uma parte dele, que gastaste na procura de teu marido. Prometo que a partir de amanhã vou conseguir as outras fontes que podem melhor te atender. Talvez mesmo te possa ajudar meu amigo, o senhor brigadeiro Alpoim, funcionário poderoso e próximo do próprio governador, o capitão-general Gomes Freire.

Duvidando que minha companheira pudesse ter acesso a gente tão importante, e julgando mesmo que ela, na ânsia de querer ajudar-nos, apenas delirava, não dei muita importância à oferta, passando a ocupar-me com o teu sono.

No dia seguinte, dona Beatriz chamou-me logo cedo para irmos até o Paço dos Governadores à procura do brigadeiro Alpoim. A desconfiança quanto às alegadas relações de amizade de uma mulher da minha classe com gente do poder e o medo do quase certo insucesso da empreitada teriam que ser compensados, contudo, pela merecida gratidão para com a boa vontade que a pobre senhora demonstrava, oferecendo auxílio a uma até então desconhecida. Assim, não podendo me escusar do favor sem parecer indelicada, me dispus a acompanhá-la. No máximo, pensei, seremos escorraçadas do Paço, e, tendo em vista a proteção que me ofereceria ter-te nos braços, isto não se daria com violência maior que gritos de impropérios. Entretanto, uma breve narrativa durante o percurso até o Paço desanuviou minhas dúvidas.

Durante os áureos tempos de uma juventude que ela julgava ainda não estar completamente perdida, dona Beatriz fora mulher de razoáveis encantos físicos. Maior que seus encantos, porém, era a fama de suas habilidades e conhecimento das artes de alcova. A mais famosa delas, a alardeada capacidade, incomum na grande maioria das mulheres, de produzir certos movimentos no interior de sua gruta de amor, que a mantiveram como mulher constantemente assediada, permitindo-lhe proximidade e muitas vezes intimidades com gente poderosa e de alto coturno, e não necessariamente frequentando todas as camas, pois não era uma reles prostituta. Tão somente se valia de ser objeto de desejo, mantendo acesa em cada homem a chama da expectativa de um dia poder possuir mulher de atributos tão raros.

Apenas as canalhices do tempo pareciam indicar seu afastamento daquele mundo de facilidades e portas sempre abertas. Afastada, mas não esquecida, modelo que continuava sendo na lembrança de antigos amantes, hoje vetustos senhores: "Ah! A Beatriz, aquilo, sim, era prêmio para um homem fogoso." O brigadeiro Alpoim, quando ainda simples e vigoroso capitão, fora um de seus amantes mais constantes e por certo, em homenagem àqueles tempos tão gloriosos, não se furtaria a atender seu pedido.

Homem de fato poderoso e de grande influência junto ao poder, era engenheiro militar de reconhecida competência e grande capacidade empreendedora. Fora encarregado pelo governador-geral Gomes Freire de Andrade da realização da maior parte das obras que marcaram a transformação da cidade do Rio de Janeiro naqueles últimos anos: os novos Arcos da Carioca; o próprio Paço dos Governadores; o Convento de Santa Teresa; o Hospital dos Lázaros; a Casa do Trem, local de armazenamento de material bélico e oficina de armas; o chafariz do Terreiro do Carmo; além de muitas outras obras. Fizera tudo isso com tal competência que veio a se tornar o braço direito de Gomes Freire, o qual, por sua vez, tivera o reconhecimento dos méritos de sua gestão à frente dos negócios do reino na colônia, recebendo d'el-rei o título de conde de Bobadela.

Chegando ao Paço dos Governadores, dirigimo-nos à antessala do brigadeiro, onde um furriel, encarregado de receber os visitantes, ouviu de dona Beatriz o desejo de ser recebida pelo excelentíssimo senhor brigadeiro José Fernandes Pinto Alpoim. O furriel, observando-nos atentamente, logo demonstrou sua indisposição de incomodar o brigadeiro com a presença de mulheres que, pelo aspecto, não demonstravam qualquer importância social e com certeza, deve ter pensado, iriam apenas pedir auxílio para a criança que eu trazia nos braços. Entretanto, a insistência de dona Beatriz, sempre alardeando sua nunca extinguida intimidade com o brigadeiro, e as consequências que poderiam advir para o furriel quando aquele soubesse a quem este estava barrando, acabou por vencer-lhe a resistência, levando-o finalmente a informar o brigadeiro da presença de uma tal Beatriz de Moura e uma outra mulher com uma criança nos braços, que insistiam em vê-lo.

Dona Beatriz de fato contara a verdade. Após breves minutos de espera, o furriel, agora se comportando como se diante de gente muito importante, conduziu-nos a uma grande sala, apenas mobiliada por uma longa mesa e respectivas cadeiras, um grande armário e um conjunto de sofá e duas poltronas de palhinha, encarecendo que nos acomodássemos, pois o brigadeiro logo viria ter conosco. Passados mais alguns minutos, adentrou a sala o ilustre e poderoso brigadeiro Alpoim, que, apesar da proximidade dos 60 anos, ainda ostentava o garbo de um jovem e aprumado cadete, enfeitado que era pelo vistoso uniforme militar, recoberto de botões e alamares dourados e medalhões condecorativos.

— Minha cara senhora dona Beatriz — avançou ele com os braços abertos, num gesto de abraço que acabou por se resumir num afago às mãos da minha companheira —, muito prazer e honra me dá sua visita. O que poderei fazer por vossa mercê?

— Meu caro senhor Brigadeiro — respondeu dona Beatriz, na mesma entonação que tentava disfarçar o passado de intimidades de ambos — esta que me acompanha é dona Alcina Vasconcelos, parteira renomada em Lisboa, que veio a este Brasil em procura do marido, Vasco Vasconcelos, que se tornou conhecido aqui pela alcunha de Peroba. Ele militou algum tempo no mercado de escravos, mas depois, em razão de algum entrevero, despachou-se, segundo informações pouco confiáveis, para a província das Minas Gerais. Nada mais foi possível saber do paradeiro do homem, sequer se tendo confirmação de sua viagem. Daí que, em nome de nossa antiga e estreita amizade, trago-a aqui à vossa ilustre presença, esperando merecer vosso auxílio para a confirmação da história e, se possível, obter novas informações sobre seu paradeiro.

O brigadeiro passou a me observar pensativa e demoradamente, como se tentando ler meus pensamentos, causando certo constrangimento. Após uma longa pausa, perguntou:

— A senhora, com efeito, é parteira, pois não?

— Sim, senhor brigadeiro — respondi com voz embargada por estar sendo arguida por tão alta patente: — Tenho experiência de inúmeros partos e aqui pretendo aplicar da melhor forma minhas virtudes. Porém, mais que tudo, agora preciso encontrar meu marido para que ele me ajude nesse novo começo de vida.

O brigadeiro, até então de pé, sentou-se numa das poltronas e, apoiando o cotovelo sobre uma perna para que a mão apoiasse o queixo, voltou a me examinar, como a estudar de que forma dar prosseguimento à conversa, afirmando ou não sua disposição de me auxiliar.

— Com que então a senhora é parteira? — voltou ele a perguntar com ar pensativo.

— Sim — respondi —, conforme já vos disse.

O brigadeiro, indiferente à resposta confirmatória, ampliou sua expressão de alheamento e manteve-se calado por outro longo tempo, embaraçando a nós duas, incapazes de interromper um silêncio que logo começou a assumir ares de inesperada gravidade.

— Pois, veja — exclamou o militar, quebrando o mutismo —, não é tarefa simples localizar seu marido, ou saber de seus antecedentes numa cidade como esta. Porém... Porém, talvez eu possa levar o pedido da senhora ao chefe de polícia e ele talvez consiga obter as informações que vosmecê busca. Mas me sinto no direito de exigir uma paga por meus serviços.

Diante da inesperada proposta, não fiz mais que arregalar os olhos assustada, o lógico pensamento ocupando minha cabeça: "Deus meu! Se não pude atender o preço do mulatinho no mercado de negros, como poderei pagar tão rico e poderoso senhor?" Meu espanto, tão grande quanto espontâneo, provocou risos no brigadeiro, enquanto dona Beatriz, tão perplexa quanto eu, também não conseguia entender que seu ex-amante estivesse cobrando qualquer preço por favor tão pequeno diante de seus poderes.

— Ora, não se preocupe — disse o militar, com um resto de riso ainda ornando a fala. — Não se trata de cobrar de vosmecê um preço em dinheiro. Mas, se a senhora afirma ser parteira de boa ciência, é com estes serviços que lhe devo cobrar.

Dois suspiros de desafogo saltaram das nossas bocas que, de modo um tanto sem graça, buscaram secundar os risos do brigadeiro, demonstrando descontração.

— O que quero são seus serviços para um parto, digamos, anormal — exclamou o brigadeiro, já agora com expressão séria, enfatizando a última palavra. — Trata-se da jovem filha de um importante servidor d'el-rei nesta colônia, meu amigo muito próximo, estuprada por um mulato que evidentemente já pagou muitas vezes e até com a vida por tal crime, e que desgraçadamente a engravidou. A senhora deverá interromper a gravidez, pois é inconcebível que o filho de um mulato, produzido num ato tão criminoso quanto o estupro de uma mulher branca e nobre, venha a este mundo.

Meus olhos voltaram a se arregalar e meu espírito a se atormentar. "Um desmancho? Um aborto? Meu Deus!", pensei. "Além de ser um ato que nunca pratiquei, é um grave pecado, contra Deus e contra a natureza. É sobretudo um grave risco para a mãe. E se a menina morrer nas minhas mãos? Não posso pagar tal preço, por mais importante e necessário que seja encontrar meu marido." A forma tão direta com que o brigadeiro expusera sua exigência e o alcance dela paralisou a nós duas, que, por longos momentos, ficamos incapazes de expressar qualquer reação.

Compreendendo o quanto seria embaraçoso para mim aceitar de pronto a empreitada, pecaminosa e ilegal, o brigadeiro, procurando assumir um ar de descontração, continuou:

— Vosmecê não precisa se preocupar com os problemas da lei, pois o pai da menina, conforme já lhe disse, é influente e poderoso, e eu próprio estarei afiançando o ato. E a senhora poderá esperar também alguma forma de gratificação por parte do pai, além, é certo, dos esforços que farei no sentido de colocá-la em contato com seu marido.

Minha primeira e enérgica reação foi a negativa. Nunca! Não viera a este mundo para tirar vidas, mas para ajudá-las a entrar no mundo. O preço exigido pelo brigadeiro era por demais alto. Se tal era o valor das informações sobre meu marido, preferia então voltar ao Valongo, ou outro lugar qualquer onde pudessem me auxiliar. Que procurasse outras mulheres que se dispunham a tal ofício, e não a mim. O brigadeiro respondeu afirmando que nunca se disporia a entregar a vida da jovem a qualquer aventureira, mas, diante das recomendações de dona Beatriz, via-me como alguém de confiança e sapiência. Propôs-me, então, pensar durante alguns dias, concluindo, como se reafirmando seu preço, que, quando recebesse minha resposta, por certo já teria informações a dar sobre o paradeiro do senhor Vasco Vasconcelos, vulgo Peroba.

Eu não sabia como me comportar ou o que responder diante de proposta tão estranha: aceitar, correndo todos os riscos para a alma e para a consciência, ou negar, correndo também o risco de afrontar o poderoso brigadeiro Alpoim, perdendo a única oportunidade agora oferecida como concreta de ter notícias ou mesmo auxílio para encontrar meu marido? Tirar uma vida que ainda se formava, mas que eu entendia já possuir uma alma imortal era para mim, que me julgava grata aos olhos de Deus exatamente por trazer ao mundo novas vidas, um crime tão grave que por certo no Juízo Final haveria de superar todos os meus bons atos. E acabaria por me condenar às chamas do inferno. A morte eu sempre encarara como razão de lamento, e, se dela eu tirava algum proveito como carpideira, era para levar consolo, nunca para provocá-la. Por outro lado, permitir o nascimento de uma criança, produzida num abominável ato de estupro, ainda por cima tendo como pai um reles e criminoso mulato, era desgraçar a vida da jovem, de sua família e até mesmo da pobre criança, que acabaria por nunca encontrar seu lugar num mundo onde as origens eram a primeira e indelével marca para o posicionamento social.

Mas por que uma família não podia aceitar uma criança que bem poderia ser criada e educada no seu seio, ainda que bastarda? Não eram tantos os bastardos de reis e rainhas criados nas cortes, até recebendo títulos de nobreza? A menos que isso afetasse os sonhos dos pais de dar à filha um sólido e rico casamento, por certo impossível para uma mãe solteira que, ainda por cima, agregaria ao dote o filho tido com um mulato, tornando para a família o crime de matar quem ainda não viveu menor do que as dores do escândalo. O casamento, de qualquer forma, é quase certo que já estaria afastado de qualquer cogitação quanto ao futuro da jovem; com filho ou sem filho, desvirginada, só lhe restariam agora os caminhos do convento ou do caritó.

As dúvidas começaram a ocupar minha cabeça, chocando-se umas com as outras, cada vez mais me distanciando de uma decisão. Se a maior parte delas era de consciência e de fé, outra parte, mesmo pequena, era mais real e concreta: como desatender pedido, mesmo que imoral e ilegal, de um homem poderoso que poderia ajudar a encontrar meu marido, tornando menos dificultoso meu reinício de vida numa terra para mim ainda totalmente estranha? Não, além de tudo, o preço pedido era alto demais por um favor tão pequeno para quem tinha tanto poder. Não, não aceitaria a tarefa, o brigadeiro e a família da moça que arranjassem outra mulher que se dispusesse a tal pecado e crime. Por certo não seria difícil achar uma naquela cidade.

Assim decidida, logo no dia seguinte manifestei a dona Beatriz a disposição de procurar o brigadeiro para anunciar minha decisão, que expus laconicamente à minha companheira:

— Não vou aceitar a proposta!

Dona Beatriz, que demonstrou não precisar de grandes esforços de consciência para vencer seus eventuais escrúpulos, tentou convencer-me a aceitar a tarefa, a seus olhos tão simples, esperançosa de voltar a merecer as atenções do brigadeiro.

— Ora, comadre — disse dona Beatriz, assumindo um tratamento de intimidade que julgava ser justificado pela proximidade do convívio e poderia reforçar seus argumentos —, criminoso e pecaminoso é adotar-se tal prática como profissão. Fazer uma só vez, para salvar a honra de uma família e a reputação de uma jovem, é quase um ato de caridade.

— Dona Beatriz — empertiguei-me na resposta —, trata-se de cometer um pecado que nem dez confissões apagariam. Não quero torrar no inferno, nem mesmo ao preço de não encontrar meu marido. E se a moça morrer nas minhas mãos? Antes mesmo de cumprir as penas do inferno, serei presa e condenada pela própria gente do brigadeiro. Não se pode confiar nos poderosos.

— Mas, comadre — continuou dona Beatriz —, o que poderia dar errado, se vosmecê é tão entendida no ofício?

— Sou entendida no ofício de dar a vida e não no de provocar a morte, comadre — respondi, aceitando a intimidade implícita no tratamento que busca aparentar laços de amizade mesmo quando não existe uma verdadeira relação de compadrio. — Sei de muitos casos de mulheres que morreram sangrando no ato, ou vieram a morrer depois em dores e febres. E, creia-me, comadre, não é morte das mais dignas.

— Lembra-te — acrescentou dona Beatriz — que parece ser também uma decisão da própria jovem, que quer assumir os riscos e tem o direito de recusar a maternidade, assim como recusou o ato que a engravidou, pois obtido à força.

— Escolha da moça, comadre? Então devemos também ouvir a outra parte — atalhei com sarcasmo. — A criança poderá opinar?

— Então, comadre, talvez seja melhor dar às de vila-diogo — aí a voz de dona Beatriz assumiu um tom de ameaça —, pois o brigadeiro, pelo que o conheço, não vai ficar nada satisfeito com tua recusa.

— Fugir? Mas fugir para onde e por que, comadre? Por recusar cometer um crime?

— Não, comadre, fugir porque agora vosmecê sabe que o brigadeiro Alpoim, um dos homens mais poderosos da colônia, pretende contratar alguém para cometer um ato reprovável.

"Sim, é verdade", pensei, "o brigadeiro não há de ficar alegre com a resposta, e além de negar seu auxílio poderá infernizar minha vida. Mesmo que eu não seja uma ameaça ao seu poder ou às suas pretensões por lhe conhecer um segredo, o que esta gente nobre não gosta é de ser contrariada, e costuma ser vingativa." O dilema agravava-se para mim: atender o brigadeiro e amargar uma crise de consciência, ou desatendê-lo e sofrer a dupla consequência de não encontrar meu marido e enfrentar represálias que poderiam tornar minha vida e a tua, Alexandre, um inferno nessa terra onde parece não existir outra lei senão a dos poderosos.

CAPÍTULO III

No dia seguinte à entrevista com o brigadeiro, amanheceste febril e chorando com a intensidade e a ênfase própria das crianças que ainda não sabem expressar o tamanho e o local de suas dores. Tu até então mantiveras uma saúde incomum para as circunstâncias, criança que foste mantida numa Lisboa onde os maus ares e os miasmas das águas estagnadas, além da imundice das ruas, fizeram as condições já precárias antes do terremoto em muito se ampliarem depois. Além de alguns choramingos, dores de barriga, uma ou outra febrícula, nunca tiveste nada tão grave que algumas rezas, benzeções, infusões de ervas ou cataplasmas não curassem. Agora, porém, as dores, se proporcionais ao teu choro e à febre alta, deviam ser bem mais graves.

Um exame mais acurado mostrou teu ouvidinho vermelho e purulento, denotando uma infecção que explicava as dores e justificava a febre. A dona da pensão aconselhou-me aplicar-te algumas compressas de panos embebidos em azeite quente, após um banho frio que abaixaria a febre. À tarde a febre voltou a subir e teu choro não demonstrou ter a dor diminuído, apesar das compressas quentes. Não fossem poucas as mazelas, ainda resolveste acrescentar-lhes uma forte diarreia, que ameaçava esvair toda a água de teu pequeno corpo.

A estas alturas toda a pensão se mobilizara em torno de ti, fazendo surgir tantas propostas de diagnóstico e tratamento quantos eram os "médicos" presentes. Além das muitas receitas de chás e mezinhas, orações e velas votivas aos santos próprios da doença, eram também recomendações comuns:

a Santo Onofre ou Santo Alberto, confessor, para sezões; a São Ganfrido, para as doenças em geral dos meninos, ou a Santo Ovídio, arcebispo de Braga, para as dores de ouvido. Mandingas e benzeções das mãos de negras velhas também não deixavam de ser recomendadas contra os males que te afligiam, com toda certeza fruto de encostos ou maus-olhados. Os mais práticos propunham enfrentar o desequilíbrio dos humores do teu corpinho: para os calores que levavam à febre, tu deverias não apenas receber banhos frios, mas ser mantido na bacia com água fria; a bile amarelada que saía dos teus ouvidos deveria ser tratada com uma mistura de cinzas e picumã, da mesma forma como se tratavam as feridas purulentas; os panos com azeite quente também foram aconselhados, confirmando as propostas da dona da pensão. Para o choro, é bem verdade, não existiam outros remédios, enquanto perdurasse a dor, senão embalar-te nos meus braços ao som de orações e ladainhas iluminadas por velas votivas para Santo Abraão, abade.

Ao saber que havias sido batizado por mim e não por um padre, a dona da pensão logo correu a procurar um que te aplicasse os ritos completos, o que certamente ajudaria no combate à doença, que bem poderia ser resultante do sacramento mal administrado, o que facilitava os maus-olhados e os quebrantos. Outra noite se passou e tu padecendo das mesmas dores, febre e diarreia, e eu insone pelo choro do teu sofrimento que se juntava às minhas angústias. Pela manhã, o padre chamado na véspera para efetivar o batizado mal administrado chegou acompanhado de um sacristão e, após realizar rapidamente a cerimônia, tomando dona Beatriz como madrinha, aconselhou-me a procurar um médico, pois teu estado merecia cuidados maiores, além das orações e benzeções, uma vez que o batizado somente garantia tua entrada no reino dos céus, caso viesses a morrer. As palavras do padre levaram-me ao desespero.

— Comadre — dirigi-me a dona Beatriz, agora minha comadre de fato e de direito —, o estado do menino é mesmo grave, resultado talvez dos ares não muito bons desta cidade, e tampouco sei como ou onde arrumar um médico, se é que eles existem aqui. O que é que eu faço?

— Calma, comadre, não te desesperes, não será difícil achar um médico. Quem sabe, talvez, com a ajuda do brigadeiro Alpoim?

A sugestão de dona Beatriz foi clara e direta, sem qualquer preocupação em disfarçar a intenção de lembrar-me os poderes do homem que precisava de meus favores, nem a oportunidade ressurgida para ela de ajudar o brigadeiro, reabrindo os caminhos da volta às boas graças do ex-amante. A proposta, pelos termos e pela entonação, soou na minha alma, já bastante fragilizada diante do teu sofrimento, como um ultimato. Ainda mais porque a retribuição agora oferecida era imensamente maior que a simples notícia sobre o paradeiro de meu marido.

— Muito bem, comadre — resignei-me —, vamos procurar o brigadeiro e informá-lo de que estou disposta a atender ao seu pedido, desde que ele acrescente ao que me foi oferecido conseguir um médico que cure meu menino.

Três dias depois tu estavas alegre e disposto, sem febre desde a véspera, e teus ouvidos com coloração que denotava normalidade. Não se pode precisar se pela ação dos panos com azeite quente — tratamento reafirmado pelo médico, juntamente com as gotas de uma infusão por ele preparada para pingar nos teus ouvidos, além das pastas de banana amassada com sal e água para conter a diarreia —, se pelas rezas, promessas e velas votivas, minhas e de toda a pensão, ou pela própria reação da tua natureza forte, não se pode precisar. De qualquer modo, minhas preocupações daí se voltaram ao pagamento do tratamento dispensado a ti. Não ao médico, que em momento algum reclamou por seus honorários, mas ao brigadeiro Alpoim, que encaminhara o médico à pensão e me aguardava para tratar dos detalhes da operação de desmancho.

Pela necessária discrição com que os trabalhos deviam ser envolvidos, o local escolhido foi uma choupana distante, numa área rural nos arrabaldes da cidade, para os lados da praia que orlava as terras do fidalgo João Botafogo, local de moradia de uma velha escrava do brigadeiro, alforriada pela idade avançada que lhe reduzira o juízo, o que garantiria a certeza do sigilo da operação. A tua presença, que ficaria aos cuidados de dona Beatriz enquanto eu desempenhasse minhas funções, era uma boa justificativa para a ida até aqueles confins, objeto que tu sempre poderias ser dos trabalhos de uma benzedeira de fortes e infalíveis mandingas que por ali morava.

Pela manhã, uma carruagem conduziu a mim, contigo em meus braços, e dona Beatriz até as imediações do local, deixando-nos a uma distância segura o bastante para que o cocheiro não pudesse identificar a choupana, situada no meio de outras que formavam uma pequena vila habitada apenas por escravos velhos e velhas, negros já imprestáveis para qualquer trabalho e por isso alforriados para que seus donos se livrassem também das despesas com seu sustento. O brigadeiro, que viera ele próprio conduzindo uma caleça fechada, acompanhado da jovem e aflita paciente, deu ordens ao cocheiro que nos trouxera para que voltasse para a cidade e retornasse no final da tarde, encarregando-se ele próprio de conduzir a todos até a choupana de sua velha ex-escrava, retornando em seguida, encarregando dona Beatriz e a velha de me auxiliarem.

A jovem, aparentando ter não mais que 15 ou 16 anos, embora não se pudesse descrevê-la como "possuidora de grande beleza", ainda exibia a graça e a leveza que só o tempo é capaz de retirar da juventude. A mantilha negra que lhe encobria toda a cabeça, de uso incomum pelas jovens, pois mais própria de senhoras, não era capaz de ocultar seu ar quase infantil e os suaves olhos amedrontados, trazendo novamente à minha cabeça os mesmos pensamentos e angústias que me levaram a recusar com veemência a proposta inicial do brigadeiro por ofensiva aos meus escrúpulos: "Deus meu! Acabar com uma vida mal iniciada, colocando em risco outra ainda pouco mais que nascente. A vida dessa jovem, já tão desgraçada pela desonra, ainda mais ficará com o peso da culpa de haver extirpado do próprio ventre um filho que ali se preparava para viver, pouco importando para ele se gerado pelo amor ou pela violência."

Quantas angústias teriam se passado pela cabeça dessa ainda quase menina, ao ser estuprada; ao tomar conhecimento da gravidez; ao assumir, ou aceitar por imposição, a resolução de abortar e neste caso ter suas dores agravadas pela gravidade da decisão passiva; ao pensar numa vida futura, agora inexoravelmente maculada pela perda da virgindade e pelo peso do ato pecaminoso e imoral do aborto, ou, sem este, pela carga de criar um bastardo que teria nela a única e exclusiva fonte de amor.

Procurei colocar à frente das inquietações da consciência a justificativa de que meu ato estava sendo forçado pela necessidade que tivera de salvar outra vida, já iniciada, plena, em perfeito desenvolvimento e, sobretudo, a mais próxima de mim mesma: a tua, meu filho. Ainda assim, minhas mãos tremiam e não se mostravam tão firmes quanto estariam se estivessem no desempenho da nobre função de trazer as crianças ao mundo, e não de matá-las.

— Não vai doer, vai? — murmurou a menina, com a voz abafada pelo medo indisfarçável, numa entonação que só fez agravar meus precoces remorsos.

— Não, minha pequena, farei tudo de modo a não te machucar — respondi, sabendo intimamente que o que prometia não seria possível, pelo menos não sem a ajuda de Deus, e que Ele certamente nunca daria auxílio para a consecução de crime tão horrendo. — Tomaste os chás que eu mandei?

— Sim. Tomei-os todos, logo antes que me deitei, e me parece que já estão a fazer efeito, pois estou com muitas cólicas.

Eu havia recomendado à jovem que ingerisse, antes de sair de casa, dois copos bem grandes de uma infusão de erva-de-santa-maria, com arruda e jasmim, minhas conhecidas desde Portugal, pois chegavam lá com o nome de "ervas brasileiras" e eram usadas para várias doenças. Algumas eram próprias para a prisão de ventre e quando receitadas recebiam a recomendação de não serem administradas a mulheres grávidas, pois poderiam produzir efeito purgativo não só nos intestinos como também no útero, poucas horas depois de ingeridas. Dona Beatriz encarregou-se de conseguir alguns instrumentos que talvez tivessem que ser usados, caso as ervas não produzissem em tempo hábil os efeitos completos e esperados.

Após acomodar a moça no catre da velha escrava, muni-me de uma grande seringa de borracha e iniciei uma lavagem no útero da jovem com uma solução fortemente salgada, levando-a a se debater, trincando os dentes para conter os gritos que se lhe acumulavam na garganta, enquanto a solução queimava suas entranhas, agravando ainda mais as cólicas provocadas pela infusão das ervas. A jovenzinha passou a se debater fortemente, demonstrando talvez o resultado da soma das dores com um arrependimento tardio. Seu desespero ia se agravando a cada bombada da solução salgada e mal era contido pelos esforços de dona Beatriz, que, pelo suor que lhe empapava as roupas, também dava mostras de desespero por ver que as coisas não se passavam tão simplesmente como poderia ter imaginado. A escrava, por sua idade, nada podia fazer senão resmungar rezas e lamúrias, implorando a seus deuses para que moça não morresse ali.

Decorridas mais de duas horas desde o início das lavagens, a jovem continuava em sofrimento, sem que o feto fosse expelido espontaneamente, ao contrário das fezes que já haviam emporcalhado o catre e consumido quase todos os panos disponíveis na cabana. Tomei então um instrumento, uma vara fina com uma concha na ponta, e o introduzi lenta e cuidadosamente no canal de nascimento, movimentando-o como a procurar lá dentro o corpinho que deveria ser extraído. A dor provocada pela intervenção no interior de seu corpo, agravando as dores das cólicas e da lavagem com a solução de sal, levou a pobre a gritar e espernear ainda mais desesperadamente, impondo a dona Beatriz esforços a que não estava acostumada, procurando conter a moça para que meu trabalho se fizesse sem risco de feri-la internamente de forma mais grave e talvez fatal.

As dores acabaram fazendo a paciente desmaiar, enquanto seu ventre passou a expulsar em espasmos uma massa escura, informe e sanguinolenta, seguida, alguns minutos depois, apenas por sangue, agora puro. Ainda por muitos minutos o sangue continuou a jorrar em golfadas, levando-me, apavorada diante do quadro que me pareceu mais grave do que o esperado, a tentar interromper a hemorragia com o restante dos panos ainda à mão, entupindo com eles a vagina da pobrezinha, cuja palidez começou a preocupar-me vivamente.

Nada mais havia a fazer senão rezar — houvesse algum santo que atendesse em ato tão pecaminoso — e esperar que a hemorragia parasse, o que de fato ocorreu, mais ou menos ao mesmo tempo em que a jovem acordava, ainda mais pálida e atordoada, suando e reclamando de frio. Dei-lhe de beber outra infusão de ervas tranquilizantes e capazes de atenuar as dores que ainda lhe martirizavam o ventre, agasalhando-a e recomendando-lhe acalmar-se e procurar dormir, tentando convencê-la, com a voz mais doce e carinhosa que disfarçasse minha angústia ainda viva, de que tudo havia terminado bem.

Como agora só cabia deixar a jovem repousar, aconselhei a dona Beatriz que se afastasse e cuidasse de ti, até aquele momento abandonado num canto da choupana, deixando-me a sós velando o sono inquieto da garota, para que ela pudesse dormir o maior tempo possível para se recuperar do longo sofrimento.

Quase ao fim da tarde o brigadeiro retornou em sua caleça acompanhado pela carruagem que nos havia trazido, encarregando-se ele próprio de levar a pobre menina ainda estonteada de volta à cidade. O mesmo cocheiro que nos trouxera nos levou de volta, a mim, a dona Beatriz e a ti, que não deixara durante todo o tempo de reclamar pela atenção que te fora negada, até mesmo de tuas alimentações regulares. Eu já havia recomendado ao brigadeiro que procurasse manter a garota o mais calma possível, afirmando que em breve ela estaria plenamente recuperada, devendo apenas cumprir mais alguns dias de repouso.

Decorridos três dias do evento, quando minhas preocupações e angústias morais começavam a se acalmar, aplainadas pelo consolador universal que é o tempo, dona Beatriz entrou esbaforida na sala de refeições da pensão quando eu tratava de te dar as papinhas da manhã e quase me arrastando pelo braço levou-me a um canto.

— A moça morreu! A infeliz voltou a sangrar, no dia seguinte do aborto, presa de náuseas e vômitos. Acabou também sendo atacada por uma febre tão alta quanto fatal. Morreu hoje pela manhã.

Quedei-me paralisada, sentindo todo meu sangue fugir da superfície da pele, procurando esconder-se em algum recôndito do corpo, tentando cumprir a mesma vontade que dominou meu pensamento naquele instante. Com os olhos arregalados, me mantive muda e sem qualquer reação.

— O brigadeiro — continuou dona Beatriz — mandou que eu aconselhasse vosmecê a fugir, pois o médico que atendeu a menina afirmou que foi tudo obra do desmancho malfeito, e a família, inconformada, logo procurou o chefe de polícia para que ele prenda quem cometeu o crime.

Meus pensamentos não conseguiam se organizar, aturdida pela inesperada notícia e pelas reflexas reações de medo e desespero diante das consequências. Tampouco, naturalmente, passou-me pela cabeça que a recomendação de fuga dada pelo brigadeiro visava a proteger a ele próprio, pois seria sempre mais fácil incriminar alguém de paradeiro e identidade desconhecidos, além do que minha ausência, mesmo vindo a ser dada como autora do desmancho, impediria qualquer testemunho. Também, naturalmente, não me passou pela cabeça naquele momento imaginar que o brigadeiro poderia ter sido mais interessado no ocultamento da gravidez da moça do que a própria família, acobertando talvez a responsabilidade de algum protegido impossibilitado de reparar o erro com o casamento. Além de dona Beatriz, cúmplice do ex-amante, eu era a única pessoa que poderia envolvê-lo no caso.

Tuas veementes reclamações pela brusca e injustificada interrupção da refeição trouxeram-me de volta ao mundo das realidades, em que era responsável por uma criança totalmente dependente e onde em breve poderia estar sendo procurada pela polícia de uma terra de comportamentos tão pouco ortodoxos, devendo fugir sem saber para onde nem como.

— Ai, meu Deus! — choraminguei. — Além de condenada por duplo pecado mortal, agora também caçada pela polícia para ser levada à forca. O que será de mim? E deste pequeno, o que será dele se eu for presa e morta?

— Acalma-te, comadre, o brigadeiro não é homem de ingratidões. Embora não tenha havido tempo para conseguir informações seguras sobre o paradeiro do teu marido, ele pensa que as informações do mulato no mercado do Valongo talvez sejam corretas. Vosmecê deve ir para a capitania das Minas Gerais, pois estará distante do alcance da polícia daqui, e tem grandes possibilidades de lá encontrar teu marido.

— Mas, comadre, o que me restou de dinheiro dará para pagar uma viagem e nova instalação naquela terra?

— Isto não é problema. Como te disse, o brigadeiro não é ingrato nem mau pagador. Vosmecê receberá ainda hoje quatrocentos e cinquenta mil réis, quase meio conto de réis, e uma carta recomendando-a a um tal de Zé Papeleiro, tropeiro que deverá partir logo amanhã cedo pelo Caminho Novo, em direção das Minas Gerais até a Vila Rica de Ouro Preto, onde teu marido pode estar, pois é lá que estão as maiores minas e a maior parte dos negócios de ouro e escravos.

Pela madrugada do dia seguinte, a noite ainda longe de ceder sua vez às luzes do dia acobertou nossa saída. Tu num dos meus braços e apenas uma trouxa de roupas no outro, dona Beatriz com o resto da parca bagagem, dirigimo-nos para o Cais dos Mineiros, onde começaria a longa viagem até a província das Minas Gerais.

A inexistência de um simples lampião que iluminasse nossos passos, mas que poderia também denunciar nossa presença, obrigava a uma caminhada lenta e cheia de temores pelas ruas esburacadas e ainda povoada por escravizados, negros alforriados ou fugitivos e agora fora do alcance de seus donos ou dos capitães do mato encarregados de caçá-los, que aterrorizavam as noites da cidade. Alcançado o cais, dona Beatriz apresentou-me ao tropeiro e, após informá-lo das recomendações do brigadeiro, entregou-lhe um saco com moedas que constituíam o salvo-conduto, meu e teu, até os limites da Vila Rica de Ouro Preto.

O porte encurvado de Zé Papeleiro, com uma testa volumosa que parecia espremer seu nariz bojudo contra o lábio inferior que se projetava para a frente, acompanhando o queixo, dava-lhe um ar quase cômico. Seu apelido vinha do fato de estar com os bolsos e a algibeira sempre recheados com as cartas de pedidos de compra e venda e as letras de câmbio dos negócios de sua tropa de mais de quarenta mulas, oito carroças puxadas por juntas de boi, quase cem escravos e vinte e tantos ajudantes brancos e mulatos, encarregados de transportar todo tipo de mercadorias para a população das terras de mineração. O tamanho de sua tropa o colocava como um dos maiores dentre os negociantes que abasteciam as províncias do interior, permitindo que a elas chegasse o que vinha de ultramar, ou seja, quase tudo de que necessitavam.

CAPÍTULO IV

A viagem pelo Caminho Novo começava em embarcações à vela no Cais dos Mineiros, no sopé do Morro de São Bento, além do cais da Praça do Carmo e antes do Saco da Gamboa. As embarcações faziam uma escala na Ilha do Governador e dali até o Porto da Estrela, no fundo da baía, onde, seguindo o Rio Inhomirim, iniciava-se a penosa subida da serra até as margens da nascente do Rio Piabanha pelas quais se seguia até a vila de Sertão da Parahyba. Esta variante chamada de Caminho do Proença abreviava a viagem que antes se fazia desde o Porto do Pilar, pela região do Barreiro, subindo pela serra até a Roça do Alferes. De Sertão da Parahyba, atingia-se o Arraial de Santo Antônio do Parahybuna, passando antes pelo registro de fiscalização e alfândega de Nossa Senhora da Conceição de Matias Barbosa. Cumprida esta etapa, o caminho voltava a enfrentar outra serra, a da Mantiqueira, alcançando nas suas grimpas as localidades de Borda do Campo, depois Queluz de Minas, e Varginha do Lourenço, ou vila de Ouro Branco, na serra do mesmo nome, de onde se retomava o percurso do Caminho Velho até o Arraial do Tejuco. Poucas léguas além da vila de Ouro Branco, chegava-se à Vila Rica de Ouro Preto, centro do poder da capitania das Minas Gerais que emanava do poder maior advindo do metal amarelo, pois era ali que se concentrava a grande parte dos negócios de extração do ouro de toda a região.

O percurso desde o Porto da Estrela era relativamente fácil e tranquilo, tornando-se penoso no acesso pelos íngremes caminhos da subida da serra, por estreitas trilhas que ora cortavam a densa mata que cobria toda a encosta, ora margeavam vertiginosos abismos onde cargas muitas vezes eram perdidas, quando não as próprias carroças de boi que as transportavam, despenhadas nos abismos que muitas vezes engoliam também as mulas e os negros que tentavam segurá-las, extenuando o físico e o ânimo dos homens e animais.

Durante todo o percurso, a partir dos altos da serra, aos riscos da viagem se acrescentava a sempre presente possibilidade de ataques de onças e indígenas que, embora já escassos, ainda se espalhavam por esparsas tribos em toda a região. Bem maior, no entanto, era a possibilidade de assalto pelos numerosos bandoleiros que infestavam o caminho. Apesar de constantemente perseguidos, o valor das cargas nas viagens de ida e o ouro trazido na volta constituíam um atrativo capaz de afastar todos os temores dos ladrões, apesar de estes, não poucas vezes, somente poderem oferecer às fortes milícias que tentavam caçá-los a resistência do suborno.

A aventura da viagem durava, geralmente, de quinze a vinte dias, podendo chegar a até quarenta ou mais na estação das chuvas, quando o lamaçal em que se transformavam os caminhos fazia com que a tropa por vezes permanecesse acampada por dias seguidos, até que as sulcadas veredas voltassem a permitir a passagem das pesadas carroças.

Fomos acomodados num pequeno espaço em uma das carroças, que transportava fardos de tecidos, o que permitiu que eu me ajeitasse e a ti com um pouco de comodidade capaz de atenuar o desconforto dos solavancos provocados pelos buracos da estrada. Ali também passávamos as noites, abrigados do frio e das chuvas. A bolsa com o pagamento da viagem tinha sido bastante para garantir também minha participação nas refeições mais fartas de Zé Papeleiro e seus auxiliares mais próximos: feijão, mandioca, carne-seca ou a carne fresca de alguma caça conseguida pelo caminho, ou boi ou porco comprado ou furtado, e peixes de água doce, além das frutas abundantemente fornecidas pela natureza. O leite para ti era frequentemente obtido nas muitas fazendas e nos pousos e pequenas localidades cruzadas pela tropa.

A viagem não chegou a oferecer transtornos maiores do que os que lhe eram normais. Como a compensar, a monotonia do percurso proporcionava paisagens constantemente variadas e quase sempre deslumbrantes, pela visão de serras azuladas pela distância, vales multicoloridos por flores e todos os tons de verde na enorme variedade da vegetação, florestas cerradas ladeando o caminho, rios ora calmos, ora agitados, riachos cristalinos e a sempre presente e ruidosa companhia de pássaros de múltiplas espécies e animais até então completamente estranhos aos meus olhos que não conheciam mais que os domésticos.

Ainda que os muitos dias pelo Caminho Novo pudessem ser penosos por sua natureza, as tertúlias à noite em volta do fogo, animadas pelas falações quase sempre divertidas de Zé Papeleiro, teriam sido suficientes para torná-los prazerosos, mais que tudo porque, depois que cada um, cansado da estafa do dia e relaxado pela calma da noite, procurava o canto que abrigaria seu sono, o grupo acabava resumido a um único par: eu e o tropeiro.

No entardecer do vigésimo segundo dia de viagem, a tropa alcançou a extensão das terras descampadas da vila de Ouro Branco, protegida ao norte por uma serra íngreme que mais parecia uma gigantesca muralha de pedra, como a barrar a entrada dos que pretendiam ir além. A estrada, porém, em respeito às imposições das montanhas, seguia um percurso paralelo, buscando o ponto em que elas poderiam ser vencidas sem manifestação de desafio.

Zé Papeleiro decidiu estacionar por ali pelos dias necessários para concluir seus negócios e entregar mercadorias encomendadas por fazendeiros e mineradores da região. Decidi, porém, não permanecer junto com a tropa, apesar do relacionamento com Zé Papeleiro já ter alcançado e ultrapassado os limites da simples amizade. O objetivo que me trouxera de Portugal até ali, encontrar meu marido, acabou por vencer meus desejos mais recentes e superar a paciência que seria necessária para esperar o tropeiro concluir seus negócios.

As poucas léguas que nos separavam do final da jornada foram confortavelmente cobertas no lombo de uma mula de boa andadura posta à nossa disposição. Assim, ao entardecer do dia seguinte, transpusemos o estreito curso do Ribeirão do Funil, e teus olhinhos, ainda infantis, puderam vislumbrar pela primeira vez a Vila Rica de Nossa Senhora do Pilar de Ouro Preto, onde tua vida de fato começou.

A vila erguia-se sobre as colinas que formam os primeiros degraus que alcançam os altos de uma serra pedregosa coberta de vegetação rala e escura, onde uma grande pedra chamada Itacolomi, ladeada por outra menor, destaca-se por ser inclinada como se prestes a tombar. Suas construções, elevadas desde as margens do Rio das Velhas e dos ribeirões do Funil e Tripuí, subiam e desciam por três colinas, formando um conjunto harmonioso de um extenso casario, de coloração branco-pardacenta e janelas pintadas em tons vivos que, ondulando por ladeiras e morros, contraponteava com as torres das muitas igrejas erguidas ou em construção. Os quintais e os poucos espaços livres entre as casas exibiam a folhagem das robustas mangueiras e bananeiras que, junto com outras árvores, aqueciam a frieza da rala vegetação que em muitos pontos mal cobria a terra escura e pedregosa que acobertava a razão de ser da própria vila.

Resultado da junção dos arraiais de Ouro Preto e Antônio Dias, mais as localidades menores de Padre Faria, Ouro Podre e Ouro Fino, a cidade era desde 1720 a sede do governo da nova capitania das Minas Gerais e centralizava quase todos os volumosos negócios de ouro da região: extração, fundição e comércio; atraindo por isso toda qualidade de gente capaz de se deslumbrar com o brilho dourado do metal, ou seja, gentes tão variadas quanto as que habitam o mundo: nobres e plebeus; crentes e ateus; padres, madres e confrades; professores e doutores; comerciantes de coisas, de bichos e de escravos; garimpeiros e aventureiros; ladrões; rufiões; prostitutas; e gente como nós dois, mulher em busca de nova vida, e tu, criança em busca de futuro, mas ainda inocente e incapaz de manter tua vida sem um amparo de mãe.

O ajudante de Zé Papeleiro encarregado de nosso transporte até a Vila Rica deixou-nos numa estalagem que afirmou ser familiar, pois outras havia até melhores, mas frequentadas por negociantes de ouro, garimpeiros, capitães do mato e gentes nem sempre muito amistosas, por isso pouco adequadas a oferecer ambiente propício para abrigar uma mulher sozinha com criança de colo.

A estalagem chamava-se Do Pai e Mãe, e tinha tal nome porque o casal de proprietários, ambos já idosos, vangloriava-se de tratar seus hóspedes como filhos, com carinho, paciência e severidade nas exigências de comportamento, embora não chegassem ao extremado e paternal gesto de perdoar dívidas. Ficava mais ou menos na metade do percurso da ladeira que subia sinuosa desde a praça da Igreja de Nossa Senhora do Pilar, nos lados do antigo arraial do Ouro Preto, até o Morro de Santa Quitéria, onde se localizava a praça comprida que dividia as duas partes da vila: o palácio do governador na ponta mais alta e o prédio da câmara e da cadeia na mais baixa. Dali descia-se para o outro lado, correspondente ao antigo arraial de Antônio Dias.

Dona Maria José, a "mãe" do título da estalagem, recebeu-nos com muita alegria e logo caiu de encantos por ti, tomando-te dos meus braços.

— Já tivemos muitas crianças por aqui — exclamou, aplicando-te um beijo sincero —, mas nenhuma com os encantos deste miudinho. Como vosmecê, dona Alcina, enquanto permanecer aqui será nossa filha, o pequeno será tratado como se netinho fosse. Como ele se chama?

— Alexandre — respondi —, e já está por completar 3 anos.

— Venha, venha, dona Alcina, vamos instalá-la num dos melhores quartos da estalagem, perto do nosso, para que possamos bem ajudar vosmecê nos cuidados com esta formosura.

A recepção calorosa de dona Maria José, logo secundada pelas boas-vindas manifestadas pelo "pai", senhor José Maria, produziram em mim aquele misto de euforia e relaxamento próprios de quem busca e alcança ambiente amistoso e seguro. Tudo até ali indicava que minha vida na colônia não seria tão dolorosa quanto era de imaginar caso não encontrasse meu marido, pois as gentilezas recebidas desde o Rio de Janeiro, de dona Beatriz e os demais hóspedes da pensão (excetuado o triste episódio em que me envolvera o brigadeiro Alpoim), de Zé Papeleiro e seus ajudantes, e agora daquele simpático casal de velhos que com tanto carinho nos recebia, pareciam apontar para as possibilidades de uma vida melhor do que em Lisboa. Pensei até, nos cantos secretos da alma que evitam expor-se à consciência, que encontrar meu marido não seria mais tarefa tão importante assim, pois os horrores dos mercados de escravos continuavam a borrar sua imagem e o resto de afeto que ainda pudesse ter por ele. Meus dotes profissionais certamente permitiriam que eu vivesse sem dependência de homem numa terra onde o ouro era moeda corrente, e tu poderias crescer naturalmente, sadio e educado, mesmo sem pai. Afinal, não serias a primeira criança a crescer apoiada apenas nos cuidados de mãe.

Ao expor a dona Maria José que fora parteira em Lisboa, e vencendo a modéstia, afirmando também ser de muita experiência, a velha senhora abriu um largo sorriso.

— Ora! Que felicidade! Uma boa parteira faz falta nesta cidade. Por certo vosmecê poderá ganhar muito dinheiro aqui. Vamos logo tratar de encontrar uma boa escrava que cuide do pequeno, para que vosmecê exerça em paz seu trabalho, pois sabemos que ele não tem hora para ser feito.

Não pude deixar de sentir uma onda de tristeza a percorrer a espinha ao ser levada a pensar no outro Alexandre, morto sob os escombros do terremoto por não ter quem o socorresse no momento preciso. Ainda que neste Brasil não haja terremotos, Alexandre, outros perigos poderiam ameaçar tua ainda tão frágil existência, pois numa terra de aventura e cobiça eles existem ainda maiores, pois provenientes não da natureza, mas dos homens, e por isso mais cruéis e inimagináveis. Assim, a ideia da escrava me pareceu boa, e dona Maria José logo me tranquilizou quanto ao preço de uma, perfeitamente cabível nas minhas posses de então. A escrava, de fato, eu a comprei logo no dia seguinte por oitenta mil réis, preço tido por dona Maria José como uma pechincha, pois era ainda jovem, apesar de um tanto gorda, mas forte e de boa índole, o que bem poderia elevar seu preço para mais de cem mil réis. Tu bem sabes que estou falando da Glória, que me acompanha até hoje.

Uma semana depois de nossa chegada, o alarde da minha profissão de parteira feito por dona Maria José, que não deixara de um tanto exagerar minhas qualidades, levou-me a realizar dois partos, ambos conduzidos a bom termo, valendo recompensas que somaram quase a metade do dinheiro que dispusera para comprar tua ama, Glória.

O dia da compra da escrava dediquei também à procura de meu marido. Por um dos maiores negociantes de escravos da cidade, de quem ele fora agente, fiquei sabendo que seu caráter violento o indispusera com vários negociantes e compradores e que ele saíra da cidade em busca de outros mercados de escravos, dentre os muitos que havia na província. Talvez o do Arraial do Tejuco, região de garimpo de diamantes, terra tão próspera, diziam, quanto Vila Rica. A disposição que, desde a boa recepção no albergue, acalentei de permanecer na cidade e o desânimo de enfrentar contigo uma nova viagem esfriaram minha vontade de seguir na busca. Melhor seria tomar pouso, pelo menos por algum tempo, durante o qual, quem sabe, ele apareceria. Era quase certo que os negócios de escravos em algum momento o trariam de volta a Vila Rica, pois ali era o centro dos negócios e do poder na província.

Na minha cabeça começavam a tomar contornos de realidade as possibilidades que se abriam para nós de uma nova vida, calma e próspera, fazendo crescer meus sonhos e esperanças, na mesma medida que arrefeciam o desejo e a necessidade, antes imperiosa, de percorrer meio mundo atrás de um homem que abandonara a mulher com uma criança, prometera voltar ou buscá-la e nunca mais dera qualquer notícia, permitindo crer que a havia esquecido.

A chegada de Zé Papeleiro a Vila Rica, após ter completado seus negócios na vila de Ouro Branco, esfriou ainda mais minha antes intensa vontade de restabelecer a vida conjugal. Logo na chegada e antes mesmo de iniciar suas visitas aos fregueses habituais, ele tratou de vir ao meu encontro na estalagem Do Pai e Mãe. E não sem quase me provocar um choque foi logo propondo montar uma casa para nós, que seria também a casa dele quando na vila. Era um claro convite para que me tornasse sua concubina. Minha surpresa não foi tanto pela proposta, mas por ter consciência de que ele sabia que eu tinha um marido, possivelmente ainda vivo e se morto com morte ainda não confirmada, o que me transformaria em sua reles amásia, enquanto não confirmada a viuvez.

A figura quase grotesca de Zé Papeleiro permitia a olhos mais intolerantes vê-lo de forma diferente do que era, homem de boa índole, sempre demonstrando ter por mim e por ti sentimentos que poderiam mesmo ser tomados como afetuosos. Mormente porque vindos de um homem rude, afeito à vida árdua e insegura dos tropeiros, repleta de atribulações e riscos, em que os bons sentimentos raramente conseguiam abrir espaço entre o medo, a desconfiança, a astúcia e a permanente cautela diante dos desafios impostos pela natureza e os homens. A proposta, mesmo soando como indecorosa, reacendeu o fogo que já começava a se reduzir em brasa no meu coração de mulher, e os sentimentos voltaram a conflitar: os que nasceram com o corpo contra os que foram cultivados no espírito; o desejo intenso de voltar a ter um homem capaz de atender meu corpo, mesmo que ocasionalmente, chocando-se com os medos que ultrapassavam os escrúpulos e caíam na realidade do possível reencontro com meu marido.

A qualquer momento ele poderia aparecer e saber da minha presença — afinal, a vila não era assim tão grande, e logo, logo me tornaria conhecida como parteira —, e, após fazer valer seus direitos com suas mãos e seu gênio violento, talvez não deixasse também de me acusar de adultério, tanto às autoridades da colônia como aos visitadores do Santo Ofício. Em ambos os casos eu estaria sujeita a mil castigos, dos quais os mais brandos eram a desonra e a excomunhão. Naquela época eu ainda não sabia que os poderes da Igreja, em boa hora contidos pelo marquês de Pombal, já não eram tão fortes e capazes de condenar os transgressores da fé a penas também terrenas.

Com negaças e afirmações dúbias, retórica própria e inata nas mulheres, faladas durante os encontros que mantínhamos sempre que a tropa acampava nas terras da Fazenda do Arranchadouro, nos arredores de Vila Rica, mantive nele as esperanças de uma futura aceitação da proposta, desde que ela tomasse a forma de um pedido de casamento, caso me livrasse dos laços originais de matrimônio, por viuvez declarada ou presumida. Enquanto isso, ainda dedicaria algum tempo à procura de meu marido, confirmando sua existência ou morte. No primeiro caso, tratando de obter dele o consentimento da separação, o que me permitiria conviver com Zé Papeleiro sem remorsos ou constrangimentos de consciência e, no segundo, a certeza da viuvez que poderia me fazer dele uma esposa legítima.

Nossas vidas foram seguindo seu curso na vila que então transbordava sua riqueza e seus luxos, com o ouro brotando da terra como se fora um cereal que a cada tempo renascia das sementes que ele próprio produzira. Enquanto isso, tu crescias forte e sadio sob os cuidados da tua ama, Glória. Eu me consagrando como parteira, logo afamada por somente trazer ao mundo crianças saudáveis e bonitas, o que muito contribuía para que pouco a pouco esmaecessem os remorsos que ainda habitavam minha alma pelo enorme pecado, cometido por imposição da necessidade de garantir a tua sobrevivência, e que resultara na morte de uma vida mal iniciada e de outra ainda não vivida. Os trabalhos que me mantinham quase sempre ocupada, não apenas com os partos, mas também com a assistência às mães enquanto no resguardo, propiciavam renda que nos atendia além das melhores expectativas. Continuávamos morando na estalagem Do Pai e Mãe, aprisionados pelos afetuosos cuidados que dona Maria José e seu marido José Maria dedicavam a mim e, sobretudo, a ti. As visitas de Zé Papeleiro, embora espaçadas, eram sempre razão de prazer ao meu corpo e aos nossos espíritos, acompanhadas que se faziam dos muitos presentes e mimos que enalteciam minha vaidade de mulher e tuas fantasias de criança.

Num dia próximo do teu quinto ano de vida, enquanto subia a Ladeira do Pilar, em direção ao Morro de Santa Quitéria, Glória atrás de mim contigo, uma figura de barba cerrada e longos cabelos, pele crestada e escurecida pelo sol, sobrevestida por uma capa longa que lhe deixava de fora apenas as botas, a cabeça coberta por um grande chapéu que ensombreava seu rosto, parou diante de nós, os olhos se movendo nervosos de mim para ti.

— Alcina?... — apenas murmurou a figura.

Após os segundos que minha mente levou para avaliar o homem que nos abordara e confrontar sua imagem com a outra, sem barba, de cabelos curtos e pele clara, deixada pelo meu marido quando partira para o Brasil, vi que era ele.

— Vasco?... És tu? — expressei-me sobressaltada, recuando um passo.

— Sim! Sou eu... Vasco Vasconcelos, teu marido.

Quedamo-nos mudos, incrédulos, olhando um para o outro como se cada um fosse uma miragem estranha, ambos chocados com o inesperado do encontro, para mim cada vez mais indesejado e longe das esperanças iniciais, e para ele, pelo tanto que seus olhos se arregalavam, como se em contato com o sobrenatural. Senti confirmado no mesmo instante o sentimento que havia muito habitava minha alma: o encontro pelo qual tanto ansiara, e que causara minha vinda para o Brasil, iria revestir-se mais de tristeza e decepção que de alegria, pois já crescia em mim a esperança de não mais encontrá-lo. Dando-o por morto ou desaparecido, consagraria minha alforria conjugal e a consequente liberdade para um possível casamento com Zé Papeleiro. Desde o primeiro momento, mesmo depois de superada a surpresa e durante todo o tempo, nenhum dos dois esboçou um gesto de abraço, de afago, ou simples aperto de mão.

— Como chegaste até aqui? Este pequeno é o nosso Alexandre? — indagou ele, a voz ansiosa, rompendo o silêncio que então ultrapassara o impacto da surpresa e começava a alcançar o constrangimento.

— Este também se chama Alexandre — respondi, tomando-te dos braços da escrava, como que temerosa —, mas não é o nosso filho. Aquele morreu no terremoto e este eu salvei na mesma ocasião, depois do que resolvi vir à tua procura. Lá se vão quase dez anos desde que partiste de Lisboa, prometendo voltar ou mandar buscar-me e ao pequeno Alexandre, nosso filho.

— As notícias que aqui chegaram do grande terremoto davam conta de que tudo tinha sido destruído e quase toda a população havia morrido. Mandei buscar notícias tuas, e na ausência delas julguei-te morta juntamente com nosso filho, o que muito me entristeceu. — A entonação de voz denotava a insegurança de quem se descobre em erro, enquanto seus olhos inquietos saltavam de mim para ti, ainda incrédulo. — Desde então tenho vivido aqui e acolá nesta colônia — continuou —, como se nenhum laço mais me prendesse a Portugal. Vivi pouco tempo no Rio de Janeiro, mas logo me arranquei para estas bandas onde o ouro vem a qualquer mão que o procure, e hoje vivo entre esta Vila Rica e o Arraial do Tejuco, caçando negros fugitivos.

Enquanto ele falava, atentei para os dois negros afastados alguns passos atrás do cavalo que ele trazia pelo cabresto, cabisbaixos, quase nus, com marcas de feridas ainda sangrentas espalhadas por todo o corpo, com os braços amarrados junto ao corpo por uma grossa corda cuja extremidade estava presa à sela. Ao notar meu espanto diante da visão, ele se antecipou à minha interrogação.

— São escravos fugitivos que capturei aqui perto, na vila de Mariana, e devo conduzir até o Arraial do Tejuco, onde vivo atualmente. Como já falei, hoje vivo de caçá-los quando fogem. As recompensas são boas. Mas... Fala-me de ti. Como sobreviveste ao terremoto e como chegaste até aqui?

Durante todo o tempo ele não demonstrou qualquer emoção maior que o assombro diante do inesperado. A euforia e os muitos abraços que deveriam se seguir à alegre surpresa, como eu chegara a imaginar que seria o reencontro de um marido e sua mulher após muitos anos de ausência, não aconteceram, e me dei conta então que também em mim as emoções não estavam aflorando com a alegre intensidade tantas vezes imaginada.

Contei-lhe de todas as tragédias que vi e vivi no terremoto, as circunstâncias do teu nascimento e adoção; das dificuldades que o grande desastre acrescentou à minha vida em Lisboa, já bastante agravadas desde que ele me deixara com uma criança ainda tão pequena; da ausência completa de notícias que me levaram a procurar o capitão do *Alcobaça* e contratar minha vinda para o Brasil, para procurá-lo e recomeçar uma vida nova. Dos nossos anos em Vila Rica falei brevemente, bem como fui breve no narrar o pouco tempo de estada no Rio de Janeiro dedicado à sua procura, omitindo os fatos que me obrigaram a deixar a cidade.

Ao terminar a narrativa, abrindo o espaço de silêncio que deveria ser ocupado para que ele também contasse sua história, vi que estava tomado de certo embaraço para iniciar a fala, o que logo se explicou. Após detalhar sua vida no mercado de escravos do Rio de Janeiro e a desavença com o fazendeiro de Campos dos Goytacazes que o obrigou a se embrenhar nos sertões das Minas Gerais, tornou-se capitão do mato, encarregado de capturar escravos fugitivos. Confessou que se casara, tão logo tomara conhecimento do terremoto de Lisboa e das notícias que davam conta de que todos haviam morrido, permitindo-lhe considerar-se viúvo.

Não manifestei espanto nem aborrecimento com a notícia do seu casamento, pois intimamente cheguei a sentir certo alívio, uma vez que ficava desobrigada de viver com o homem que, agora se confirmava, havia me abandonado e ao seu filho e que se metera nos abomináveis negócios de escravos e na captura daqueles que fugiam do cativeiro, como se criminosos fossem, deixando aflorar sua verdadeira índole: má índole.

— Bem, se então estás casado — expressei lamuriosamente, esforçando-me para evitar qualquer entonação de frieza que pudesse demonstrar minha alegria — e me consideraste como morta, creio que posso também me considerar livre, pois já me sinto pertencente a esta terra e nela pretendo ficar e criar este novo filho, reconstruindo minha vida por inteiro.

Por breve instante, cheguei a temer dele alguma reação de arrependimento, acompanhada de manifestações de alegria diante da possibilidade de reparar seu erro e reiniciar a vida com a família original, ou de raiva pela minha fácil aceitação do seu novo casamento. Mas ele logo expressou o contrário.

— Pelo que vejo de tuas roupas e adornos estás muito bem arranjada. Tens até uma escrava para cuidar do teu pequeno. A mim não é mais possível anular meu novo casamento, que tem mais de quatro anos, e voltar a viver contigo sem passar por um julgamento de bigamia. De qualquer forma, me sinto bem casado com minha nova mulher, que até me deu três filhos, e retomar a vida contigo após tantos anos, junto com uma criança que não é minha, não me parece boa coisa.

A voz, aos poucos assumindo uma entoação de frieza, denotava a convicção do que dizia.

— Não creio que voltarmos a nos unir traria para qualquer um uma vida melhor do que a que temos agora, pois minhas necessidades de mulher estão bem servidas e tuas necessidades de homem parecem estar superadas pelo tempo. Além de tudo o mais, não pretendo abandonar meus três filhos, que sei verdadeiramente meus.

O fim da frase deixava claramente transparecer suspeitas sobre tu seres meu filho natural, o que a seus olhos justificaria o repúdio à esposa legítima e a adoção da nova vida. Os outros argumentos que ele externou, de forma abrupta e grosseira, conforme era seu caráter, eu os aceitei passivamente, exceto quanto às minhas necessidades de homem, que certamente não mais abarcavam a precisão de alguém que me sustentasse, mas sim de um homem que eu ainda buscava para atender minhas necessidades de mulher que ele, ao me ver mais velha do que deixara, julgava superadas. Com os adornos e rebuscamentos próprios da alma feminina, não me foi nem um pouco difícil expressar uma resignada submissão aos fatos, conforme ele expressara.

— Muito bem, senhor Vasco Vasconcelos, embora as leis de Portugal sejam bem válidas nesta colônia, não há aqui qualquer registro de nosso casamento, nem tampouco somos conhecidos como marido e mulher. Façamos, então, de conta que ele não existe e, assim, o senhor não incorre em bigamia, nem eu tampouco, caso venha a me casar de novo, o que julgo passa a ser agora um direito.

Tu sabes, meu querido Alexandre, que os homens estão sempre prontos a mostrar e afirmar sua masculinidade, impelidos pelos permanentes desafios da vida. Mas isso de forma alguma se contrapõe à suposta fragilidade feminina, pois nossa força de mulher reside exatamente no ocultamento que dela fazemos, usando-a sempre de forma dissimulada. Por isso, minha aceitação dos termos afirmados pelo meu marido, eu a fiz com lágrimas nos olhos, parecendo estar me rendendo tristemente aos fatos consumados. Por trás dos olhos lacrimejantes, no entanto, havia uma mente exultante e feliz por de repente sentir que naquele momento estava ocorrendo uma revolução na minha vida. Uma reviravolta que me colocava novamente diante da possibilidade de realização das expectativas que então vinham perpassando meu inconsciente: ser completamente livre para dar à minha vida o rumo que me aprouvesse, liberada da ansiedade da procura, livre para me ajuntar ou me casar com quem bem me aceitasse. Desde então não precisava de homem sequer para me sustentar.

Os fados, ao final, acabaram não se confirmando assim tão favoráveis quanto fantasiados naquele momento, mas de todo modo possibilitaram-me a alegria da inteira dedicação a ti. A busca por meu marido, que me trouxera de Portugal contigo nos braços até os rincões deste Brasil, acabou num encontro inesperado e curto, assim como se fosse apenas para selar, ainda que apenas com palavras, o que ambos vimos ser uma realidade imutável pelos fatos. Daí por diante eu poderia elaborar todos os planos que minha imaginação fosse capaz de criar, e eles havia muito já povoavam as partes mais fundas dos meus pensamentos. Se não afloravam à superfície era apenas pela possibilidade sempre assustadora do reencontro com o homem que me mantinha presa aos laços legais do matrimônio — agora não mais um simples marceneiro de Lisboa, mas um capitão do mato, necessariamente cruel e desumano, rude e brutalizado, muito pouco capaz de voltar a ser um marido terno e um pai carinhoso.

A imagem do casamento com Zé Papeleiro deixou de ser feita com as cores tênues e apagadas de um sonho difuso e passou a receber as tinturas mais fortes e vivas da realidade. Minha cabeça voltou a povoar-se de fantasias e devaneios como se tivesse retornado aos tempos de jovem donzela casadoira, pois nós, mulheres, mesmo tendo cumprido os tempos da juventude e sempre impedidas pelos costumes de manifestar nossas necessidades da carne, nem por isso deixamos de tê-las. Creio mesmo que a idade até as intensificou, o que às vezes até me fazia sentir vergonha de mim mesma, pois meu caráter nunca foi forte o suficiente para resistir às tentações da luxúria.

Passei, a partir daí, a sonhar ainda mais intensamente com a possibilidade de aceitar a proposta de Zé Papeleiro, mesmo certa de que estaria cometendo um pecado ao me casar com ele como viúva que de fato não era. Mas o pecado era apenas aos olhos de Deus, que tudo perdoa. Essa nova ofensa, certamente menos grave do que a que me levara a destruir duas vidas, também acabaria por ser perdoada por Ele, pois dela adviria não a morte, mas a felicidade de três de seus filhos. Meus sonhos eram também acompanhados da esperança de uma nova e tranquila vida, com uma casa pequena e acolhedora, quintal com horta e mangueiras, bananeiras, ameixeiras e abacateiros, como quase todas as casas de Vila Rica; a cada tempo a gostosa ansiedade da espera pela chegada de Zé Papeleiro; tu crescendo como os meninos que correm pelas ruas e quintais cometendo as peraltices que fazem a alegria das crianças, mas também recebendo a educação que te possibilitaria vir a ser um homem respeitável. A vida, enfim, vivida na normalidade que todos buscam, embora estejam permanentemente a embaraçá-la na ânsia de alcançar a máxima segurança, que pela cobiça e pela ambição acabam por torná-la ironicamente mais insegura e sem paz de espírito.

A maior parte dos nossos sonhos, meu filho — tu bem sabes, pois foram eles que te trouxeram até aqui —, quase nunca se realizam. E, quando o fazem, nem sempre são tais como os sonhados. Sonhavas que poderias, junto com teus companheiros, principalmente o Alferes, teu mestre e guia, construir uma nação nova e viver onde os melhores ideais que povoam a cabeça dos homens fossem os verdadeiros reis. No entanto, as conjunções dos inúmeros percalços que moldam as vidas nunca são pensadas nos sonhos, e, assim, eles sempre tomam rumos que não foram sonhados. É bem verdade que nossas ações também condicionam as circunstâncias, as que regem nossas vidas e as dos outros, da mesma forma que as dos outros interferem nos rumos das nossas. Tua vontade de se tornar um barbeiro-cirurgião te aproximou do alferes, naquele tempo então simples tira-dentes que, ao decidir dar à própria vida o rumo que lhe ditavam certos ideais, acabou por decidir também os destinos de muitos outros, inclusive o teu.

CAPÍTULO V

Poucos dias depois do encontro que selou minha alforria conjugal, recebi a notícia da morte de Zé Papeleiro, num embate com um bando de ladrões lá pelas bandas da Roça do Alferes, uma rota já abandonada do Caminho Novo, mas que ele resolvera trilhar na sua última volta ao Rio de Janeiro para fugir da fiscalização d'el-rei, pois o ouro que recebera dos seus negócios não era quintado. Meus sonhos então morreram pela boca do mosquetão de um bandido, e tua vida também tomou outros rumos, desviada que foi pela mesma bala.

Fui tomada de um abatimento que durante algum tempo tornou-me negligente de meus deveres de parteira e até mesmo de meus cuidados contigo. Não fossem as atenções de dona Maria José, terias te sentido no próprio abandono dos órfãos. Sentia-me traída pelo destino e por todas as forças ocultas que conspiravam contra minha vontade e minhas lutas: quase dez anos abandonada e só, lutando e até então conseguindo vencer sucessivos infortúnios, chegando às portas de um esperançoso e promissor recomeço, vendo tudo desabar, jogada de volta ao ponto de partida. Felizmente, as desesperanças, quando não dominam a alma e levam ao desespero extremo, logo são abrandadas pelo tempo, tônico universal para todos os males.

Decidi a partir de então abandonar qualquer ideia de novo casamento, não só pela fidelidade que julguei dever a Zé Papeleiro por tudo que fizera por nós, pelo corpo e pelo espírito, mas também por reconsiderar minha condição de mulher madura que, mesmo tendo assumido a viuvez dando meu marido como morto, não poderia se permitir procurar abertamente por outro sem parecer vulgar e mesmo burlesca. Acabei também por reconhecer que minha idade e meus parcos atributos físicos eram incapazes de trazer um marido até mim. Zé Papeleiro não aconteceria outra vez.

Propostas de amasiamento ou relações ocasionais, vim a receber e rejeitar muitas, pois o ouro, enquanto trazia a riqueza material, trazia também a decadência da moral, eis que os homens estão sempre prontos a abandonar seus mais severos escrúpulos na busca do poder da riqueza, acreditando conseguir restaurar aqueles quando conquistado este. Cuidei de manter a aparência do recato exigido pelos costumes ainda em vigor, cuja ausência poderia comprometer as atividades profissionais que tão bem vinham nos sustentando, o que significaria mesmo o risco da nossa sobrevivência, agora que não poderia contar com qualquer outro auxílio. Decidi também daí em diante abandonar as preocupações com os amores apenas de corpo, ciente que me tornara de que eles somente mascaram por breves instantes a busca que fazemos dos verdadeiros amores da alma, estes, sim, permanentes, pois os instantes do prazer sem amor são tão curtos quanto longas podem ser as dores provocadas pelo amor falseado.

Na quase certeza de que até então procurava mais o desejo do que o desejado, dei como morta minha vida amorosa, curta e somente povoada de quimeras, decidindo dar apenas a ti o sentimento que chamamos de amor, aplicando o restante da minha vida na tua criação, ganhando e juntando o dinheiro que te conduziria ao ponto em que poderias andar lado a lado com os melhores senhores de Vila Rica, membro ativo e respeitado de alguma irmandade; quem sabe mesmo a da Matriz de Nossa Senhora do Pilar, a mais importante de Vila Rica? Ter escravos, uma liteira, ou uma luxuosa carruagem, um belo e bem mobiliado casarão, dono de minas de ouro, rico e poderoso, e eu tua poderosa mãe.

Naqueles tempos, o ouro parecia inesgotável, as jazidas davam mostras de que iriam durar cem anos. Para cada arroba extraída parecia existir um quintal por extrair. Nem mesmo a cobiça d'el-rei, exigindo cada vez mais ouro para suas burras que nunca se enchiam, assim como se não tivessem fundo, era capaz de acabar com a riqueza de Vila Rica. Mas ela se acabou, e a recusa da corte portuguesa em aceitar o que era fatal veio a gerar as circunstâncias que determinaram os destinos, teu e de todos os teus companheiros de conspiração.

Vês, mais uma vez, como os sonhos são sempre apenas sonhos? Como poderia eu imaginar que estaria agora, mais de trinta anos depois, a cuidar de ti nesta masmorra, vendo-te roto, magro, doente, a caminho do cadafalso, rezando a Deus pela clemência de uma rainha que dizem estar afastada do seu juízo, maldizendo a hora em que aceitei que tu te colocasses ao lado daquele tira-dentes para aprenderes dele a profissão.

No fim, não te mantiveste mais que apenas o simples barbeiro que foste até então, vez ou outra ajudando teu mestre a tentar aliviar a dor de algum pobre coitado provocando-lhe dor ainda maior. Aquele tira-dentes, ao final, acabou abandonando a profissão para se tornar soldado d'el-rei, ironicamente adotando o apelido da profissão que abandonara, Tiradentes. Nem assim ele deixou que te tornasses independente dele, mantendo-te como seu ajudante de ordens, que ao termo não era mais que um criado sem libré.

Durante todo o tempo da conspiração não foste mais que mensageiro para ele e para os outros conspiradores. Por que os juízes do tribunal de inquérito visitador não consideraram isso e te julgaram como tal? Por que deram a entender, num erro tão grosseiro, que eras também um dos que queriam ver a colônia separada de Portugal, pretendendo levar-te à condenação como aos demais, como se tivesses a importância dos altos funcionários, bacharéis, padres, militares, poetas, fazendeiros, mineradores e outros homens de poder, te igualando ao próprio líder do movimento que deverá ser condenado à morte na forca? É possível até, como é próprio dos reis, que a rainha sem juízo venha a perdoar os poderosos e ignorar tua existência, mantendo, pois, tua condenação. Ai, que injusto é este mundo!

Tão logo foste preso, enquanto estavas no Rio de Janeiro acompanhando teu mestre e líder, o alferes Tiradentes, acorri em teu socorro e, mesmo velha e alquebrada, amparada por bengala e pelos braços da sempre fiel Glória, acabei por me tornar tão aprisionada quanto tu, mesmo sem ter cometido qualquer crime, que não o de procurar atenuar tuas penas nesta prisão, onde seres humanos são mantidos amontoados em condições negadas até mesmo aos animais que vão para abate. Apenas pelas graças do marquês de Igreja Nova, cujas filhas tiveram seus partos bem atendidos por mim, tenho o direito de permanecer contigo na prisão, pelo tempo que me aprouver, com liberdade para entrar e sair a qualquer hora do dia, trazendo-te roupas limpas, pão não mofado e comida fresca, riquezas impensáveis para esses outros miseráveis prisioneiros d'el-Rei.

Mais que o amparo físico, sei ser bastante minha simples presença para trazer conforto à tua alma atormentada pela sentença ainda não pronunciada, mas a todo instante prenunciada pelos guardas que nunca perdem a oportunidade de lembrar que a traição à Coroa só recebe, e sempre, uma pena: a forca.

Vieste para o Rio de Janeiro, acompanhando o alferes — lá pelos meados de abril do ano da graça de 1789, creio —, onde aquele boquirroto pretendia realizar mais contatos, com vista a expandir o movimento que julgava consolidado e vitorioso na capitania das Minas Gerais. Mal sabia ele que, por sua ânsia de divulgar a revolta, esta já o tornara um notório inconfidente, sendo, inclusive, do conhecimento até do vice-rei, que dispusera dois espiões a seguir-vos os passos por todo o Rio de Janeiro.

Por toda parte onde andavas, seguindo o alferes como um cão fiel, tinhas que também ouvir suas arengas, apregoando ideias que nem de longe eram capazes de permear a carapaça dura da ignorância de um povo incapaz de imaginar uma vida diferente da vivida sob as graças — na verdade, garras — da monarquia portuguesa. Por que não percebeste de pronto, diante das chacotas com que eram recebidas as pregações do Tiradentes, que ele pregava no vazio?

Devo admitir que tenho até alguma simpatia pelas filosofias do Tiradentes, pois a vida, tal como vivida aqui na colônia, não é uma vida digna, eis que não se pode crer, decidir e agir com liberdade, nem sequer expressar pensamento sobre os rumos que julgamos merecer nossa própria existência. Mas é lastimável que propostas tão boas estivessem nas mãos de um ingênuo, que o povo tratava com desdém, às vezes mesmo com desprezo e zombarias, e que pretendia liderar homens mais letrados, ricos e poderosos, que antes de pretender a liberdade do povo almejavam-na sobretudo para seus negócios e a libertação de suas próprias dívidas junto com a Coroa. Mas parece que foi assim também naquela colônia do norte, onde o povo se rebelou com sucesso contra os ingleses por causa de dívidas e impostos. Claro que se deve atentar para o fato de que lá o povo ansiava por liberdade e aceitou a liderança de homens de ação e filósofos, que bem o souberam conduzir. Aqui os que pretendiam guiar o povo eram poetas, padres e militares de fanfarra. Como vês, fracassaram, até porque o povo não foi assim tão sensível à pregação da liberdade que lhe era oferecida como palavra oca, e não como ideologia que pudesse entusiasmá-lo.

Dizem que o tribunal deverá instalar-se nos próximos dias, e aí então serão todos julgados e condenados: muitos à morte, alguns ao degredo, nenhum inocentado, nem mesmo tu que és de fato inocente, pois agora não te veem apenas como aprendiz dos ofícios de tira-dentes outrora praticados pelo alferes, mas como sequaz de seus nefastos ofícios de sedicioso.

Ai de ti! Ai de mim! Ai de todos nós, subjugados pelo poder nas mãos de uma rainha sem juízo, conduzida por acólitos mais interessados em circundar sua loucura para permanecer nas boas graças do poder, buscando sempre mais o próprio interesse do que orientar as decisões da Louca no sentido dos verdadeiros interesses do reino e das pessoas.

Meu amigo e benfeitor, o marquês de Igreja Nova, homem de influência na corte do vice-rei, deixou escapar, apenas para os meus ouvidos — descuidando-se de que do ouvido das mulheres é muito curto o caminho até a boca —, que teria sido deliberado em Lisboa que algumas cabeças poderão ser poupadas. Tal decisão, porém, somente será anunciada após a definitiva sentença de morte proclamada pelo tribunal, alongando um pouco mais a angústia da dúvida e os tormentos da expectativa do fim prenunciado, fazendo tudo parecer expressão da magnanimidade e espírito de clemência da Louca através de seu filho, o príncipe dom João.

Não creio em misericórdia para ti ou para o alferes, que dizem ter sido assungado à condição de líder único da revolta, e alguns outros pés-rapados. Disse-me mesmo o marquês que a Coroa pretende condenar à morte apenas os revoltosos menos qualificados, para retirar do movimento o caráter de relevância que teria se condenados seus membros mais letrados e importantes. A possível clemência da rainha, é quase certo, somente alcançará os padres, os bacharéis, os ricos e os poderosos, que por suas relações anteriores com a administração da colônia, ou com os poderes da Igreja, ou pela oportunidade de se redimirem voltando a servir aos interesses da Coroa, encontrarão junto à corte advogados à altura. Alguns talvez venham a ter sua condenação comutada em confiscos, longas prisões ou o degredo; nenhum, parece-me com certeza, terá mantida a sentença de morte. A maioria há de pagar apenas com seus bens, o que de resto melhor atende à Coroa que suas mortes ou prisões.

A conspiração que o Tiradentes pretendia liderar mostrou não ser mais que uma insurgência de devedores de impostos, que apenas alguns tolos idealistas, ele e tu, além de outros poucos, acreditavam realmente ser capaz de transformar esta terra infame em nação livre e próspera, governada pelo povo e não por reis tiranos, como se tal fosse possível.

Há quem afirme que ele nunca foi sequer colíder do movimento, pois outros havia mais letrados e importantes que ele, simples alferes numa conspiração com militares de maior patente, inclusive o próprio comandante de seu regimento. Não que ele não tivesse importância, pois sei que seu poder de encanto e sedução e sua boa capacidade de argumentação eram atributos de muita valia na atração de seguidores. De qualquer sorte, parece que ele será o bode expiatório e deverá pagar por todos.

Pois vê, o Cláudio Manuel da Costa. Advogado que se formou em Coimbra, doutor em Direito Canônico — seja lá o que isto signifique —, depois de ter estudado no Rio de Janeiro sob os cuidados do próprio governador-geral Gomes Freire, logo na sua volta ao Brasil encontrou colocação a serviço do seu benfeitor. Em Vila Rica, tornou-se um dos homens mais ricos, como minerador e secretário de vários governadores da província. Suas virtudes estavam mais na veia de poeta e mecenas daquele santeiro mulato que chamam de Aleijadinho do que no encabeçamento de uma conspiração, conforme lhe foi imputado, embora não se lhe possa negar o mérito dos bons poemas que exaltavam os novos ideais de liberdade trazidos da Europa, que tu e o Tiradentes abraçaram, além das denúncias que dizem ter feito, junto com o Tomás Antônio Gonzaga, contra o amoral e corrupto governador Luís da Cunha Meneses. Dificilmente se poderia inscrevê-lo ao lado dos mais ativos, apesar de idealista, pois seu caráter era mais de poeta que de conspirador. O coitado acabou morrendo nos porões da casa do arrematante de contrato de dízimos, João Rodrigues de Macedo, antes mesmo de ser julgado. Alguns dizem que foi suicídio por desgosto do insucesso da insurreição, ou remorso por haver confessado tudo que os juízes julgavam necessário para comprometer seus companheiros. Muitos afirmam ter sido assassinado pelos que pretendiam apressar sua desgraça e apropriar-se de seus bens, o que parece mais real, pois é difícil crer que um suicida se enforque numa altura em que pode sustentar o próprio corpo, tal como foi encontrado.

O Inácio José de Alvarenga Peixoto, casado com dona Bárbara Heliodora, lirista como ele, também estudou em Coimbra e, lá mesmo, almejando os serviços do rei, não titubeou em escrever a Sua Majestade declarando-se cristão velho, de limpo sangue, de bons costumes, nunca exercitante de qualquer tarefa manual e fiel súdito da Coroa portuguesa. Não alcançou uma almejada cátedra, mas foi logo nomeado pelo marquês de Pombal para o não menos importante cargo de juiz de fora, em Sintra. Voltando ao Brasil, não desprezou o cargo de ouvidor da comarca de Rio das Mortes, chegando a ser uma das grandes fortunas da província, com fazendas, engenhos de açúcar e mineração.

Outro, o Tomás Antônio Gonzaga, talvez se possa colocar no rol dos mais ativos e idealistas, pois era filósofo e soube bem reproduzir nas letras o pensamento dos franceses que os da América do Norte tão bem aplicaram contra os ingleses. Tal qual o Inácio José, também foi candidato a cátedra em Coimbra, correndo a seu favor o fato de que sua tese foi recusada por expressar ideias mais novas, incompatíveis com as que dominam o reino. Mostrou desde então que não temia os poderosos. Contudo, não perdeu a oportunidade de ser juiz de fora, em Beja, nomeado por influência do pai, desembargador da Casa da Suplicação em Lisboa, ou pelas relações de amizade com o futuro governador da província, o visconde de Barbacena; talvez mesmo pelos próprios méritos, ninguém pode jurar. O fato é que o Tomás ainda conseguiu, ao voltar para o Brasil, ser nomeado ouvidor de Vila Rica. De qualquer forma, mereceria passar para a posteridade por suas diatribes contra o Luís da Cunha Meneses, naquelas *Cartas Chilenas*, e por seus poemas dirigidos a Maria Doroteia Joaquina de Seixas, a quem chamava Marília e se dizia Dirceu: estranho romance de um senhor de quase 40 anos e uma jovenzinha de apenas 17.

Já o José Álvares Maciel, sim, deste se pode afirmar ter agido sempre como um idealista, mas de pés no chão. Aliás, tudo leva a crer que era um dos melhores cérebros da conspiração, por ter mais bem estudado, compreendido e divulgado o que então já ocorria na França e ter contribuído para inflamar ainda mais os miolos não muito consistentes do Tiradentes. "Por que o Brasil, sendo tão grande e tão rico quanto a América do Norte, não pode independer-se de Portugal, tão menor e tão mais fraco que a Inglaterra?", dizia ele. Tinha não só ideias, mas também planos de como desenvolver a nova nação depois de desligada de Portugal, pois, ao contrário dos bacharéis e poetas, era um homem de ciências, sonhador não subjugado pelos sonhos, com a cabeça no alto e os pés na terra, bom conhecedor das riquezas e recursos que ela podia fornecer. Dizem que era ligado a uma seita secreta chamada "Illuminati" e que foi dela que retirou as ideias de que a liberdade e a melhoria das condições de vida dos homens deveriam ser a preocupação maior do espírito humano. Enquanto todos nas Minas Gerais se preocupavam com o ouro, deixando de perceber a generalidade das jazidas que resultava no nome da província, o Álvares Maciel chamava a atenção para a existência de cobre, bem ali nas fraldas do Morro do Saramenha, na freguesia de Antônio Dias, e de arsênico, enxofre e ferro no Morro das Lajes, além de outras riquezas ofuscadas pelo brilho do ouro, mas que poderiam se tornar, juntamente com a instalação de fábricas de pólvora, de panos e de fornos metalúrgicos, de existência proibida pela Coroa portuguesa, quase tão valiosas quanto as minas de ouro, e que dariam à nova nação a garantia de poder e sustento quando se completasse o esgotamento do metal amarelo.

Esses, que os juízes dizem ser os cabeças da conspiração, junto com teu mestre e senhor, o Tiradentes, no fim conspiraram mais com o coração do que com o cérebro, exceto o Maciel. Mas eram todos ricos, mineradores, fazendeiros, donos de muitos escravos, bastante cultos, de certa forma ligados a Portugal, por isso permitindo a suspeita de que pretendiam, juntamente com a libertação da colônia, também proclamar a própria independência, o que lhes permitiria ganhar mais riquezas. Bem, não se deve condená-los por isso, pois nenhum homem se move apenas pela força de ideais sublimes, mas também e quase sempre pelas necessidades e interesses materiais, agindo segundo as regras de caráter, bom ou mau, que a vida lhe vai moldando. Afinal, sempre se pode afirmar que só os santos agem movidos por intenções puras.

E, por falar em santidade, não devo me esquecer dos padres, todos, aliás, bem longe dela. O Carlos Correia de Toledo e Melo, vigário da vila de São José do Rio das Mortes e minerador de sucesso no Arraial da Laje, de boa raça paulista, foi talvez o único dos revoltados a pregar a resistência, afirmando que "melhor seria morrer com a espada na mão do que como carrapato na lama". É estranho que tenha sido um padre, em vez dos militares, o pregador de luta armada de resistência.

O José da Silva Rolim, culto, bem relacionado na corte e na província, foi até acusado de contrabando dos diamantes que extraía no Tejuco. Acabou por isso sendo expulso pelo governador Luís da Cunha Meneses. Teve que refugiar-se na Bahia, andando sempre escondido pelas Minas Gerais, até que daqui partisse aquele governador.

O Manuel Rodrigues da Costa, de palavra fácil, bom pregador e argumentador de talento, também divulgava preocupações e propostas com a educação das crianças. Vislumbrava, tal como o Álvares Maciel, que sem o aculturamento do povo a nação nova não teria futuro, pois os incultos são sempre os mais fáceis de ser dominados.

Ah! Já ia me esquecendo do Luís Vieira da Silva, o mais culto de todos, dono daquela vasta biblioteca onde o Tiradentes se nutria para engordar suas noções libertárias, verdadeiro inspirador dos ideais que pretendiam guiar os inconfidentes. Mesmo pouco atuante, pode-se dizer dele que foi dos mais importantes na implantação dos ideais.

Esses padres foram conspiradores importantes, embora outros também tenham sido. Menos, é verdade, pois nem todos poderosos ou de palavra brilhante como o Manuel Rodrigues da Costa e o Luís Vieira da Silva. Nem por isso esses padres estão sendo vistos como menos culpados e acabarão também pagando algum preço. Mas não há que se preocupar com eles, pois ao final pagarão barato sua participação e conseguirão todos safar-se, eis que a força da Igreja é por vezes até maior que a da Coroa, apesar dos esforços do marquês de Pombal, que não conseguiu ir além da vitória sobre os jesuítas.

Também não me esqueço dos patenteados, militares de profissão ou das forças auxiliares, principalmente do tenente-coronel Francisco de Paula Freire de Andrade, comandante de regimento de cavalaria regular, no qual o Tiradentes também servia como alferes. Vê, daí a incoerência — que creio intencional — de imputar a um alferes a liderança de um movimento que tinha um tenente-coronel como um de seus membros mais ativos, dotado de grande fortuna e poder por seu cargo, cunhado de outro importante membro da conspiração, o José Álvares Maciel. Pois não era no magnífico palacete e na chácara desse Freire de Andrade que se realizava a maior parte das reuniões conspiratórias?

Cumpre também falar de outros militares, como o sargento-mor Toledo Piza, irmão do padre Toledo; o coronel Francisco Teixeira Lopes; o também coronel Francisco Antônio de Oliveira Lopes, minerador de ouro e criador de gado nas encostas da Serra de São José, marido daquela brava mulher, dona Hipólita Jacinta, que dizem conspirava tanto quanto o marido; e o coronel José Aires Gomes, fazendeiro em Borda do Campo, com terras que se estendiam até quase o Parahybuna, bem doutrinado que foi pelo alferes Tiradentes nas propostas de libertação do jugo português, quando este foi encarregado de caçar o bando de criminosos dirigidos pelo famigerado *Montanha* lá na região da Mantiqueira. Mostrou-se tão entusiasmado com a pregação do Tiradentes e se engajou tão ardorosamente na conjuração que vai acabar sendo condenado junto com os principais líderes, apesar de não ter sido um deles. Os capitães João Dias da Mota e Vicente Vieira da Mota, o tenente-coronel Domingos de Abreu Vieira — que, como presidente do Senado da Câmara da Vila do Bom Sucesso das Minas Novas de Araçuaí, comarca do Serro do Frio, teve a coragem de encaminhar carta ao ministro da Marinha e Ultramar, em Portugal, rebelando-se contra as humilhações impostas à província pela tirania portuguesa.

A gente miúda também já começava a conhecer da conspiração e se engajar nela, quanto mais não fosse, manifestando sua simpatia. Os Resende Costa, pai e filho. Aquele, fazendeiro abastado mas inculto, ainda que não o bastante para negar ao filho a educação que o capacitaria à Universidade de Coimbra. O alfaiate Vitorino Gonçalves Veloso, o estalajadeiro João da Costa Rodrigues, estabelecido na Varginha do Lourenço. Todos esses e mais uma porção de gente, como tropeiros, mascates e artesãos, o que mostra que a conspiração havia trespassado as paredes das salas de visitas das casas mais ilustres, alcançando as ruas e por certo também os gabinetes dos que tinham o poder de reprimi-la.

Quando o traidor Joaquim Silvério dos Reis denunciou a conspirata, nada mais fez senão dar forma escrita ao que o novo governador, Luís Antônio Furtado de Castro, visconde de Barbacena, já parecia saber. Diga-se em favor do Silvério dos Reis — se é que isso o favorece — não ter sido o único a informar o governador da existência da conspiração. Também o fez aquele português, o Basílio de Brito Malheiro, conhecido contrabandista de diamantes, comerciante de escravos e sonegador de quintos, afirmando com tocante cinismo que era por lealdade a Portugal, quando na verdade era por submissão ao Silvério dos Reis, a quem devia horrores.

Da mesma forma, o mestre de campo Inácio Pamplona, que chegou a ser conspirador. Ao vislumbrar, porém, que o movimento começava a ultrapassar os limites dos conchavos entre fazendeiros, mineradores e outros poderosos e ganhava as ruas — insuflados todos pelos desmandos e patifarias do Cunha Meneses e seus asseclas —, apressou-se a delatar a conspirata ao visconde de Barbacena, depois que este substituiu o Cunha Meneses, como se estivesse relatando fato até então desconhecido. Chegou até a se oferecer como seu "secreta" junto aos conspiradores, para melhor informá-lo de todos os movimentos planejados. Possivelmente foi por ele, ou pelo Silvério dos Reis, não sei bem, que o visconde acabou sabendo que a revolta seria deflagrada no dia da derrama e que a senha para a ação era "tal dia é o batizado", sendo o "tal dia" a data do início do movimento.

Eis aqui agora, Alexandre, todos subjugados, presos, em vias de serem condenados, sem futuro mesmo os que escaparem da morte, pois seguramente serão punidos com o desterro, o confisco dos bens e a impossibilidade de retomarem suas vidas, mesmo os inocentados, pois sempre serão vistos como desonrados pela suspeita aos olhos da Coroa.

É assim, Alexandre, que se faz a vida dos homens que insistem em alterar os rumos das coisas pré-traçados por Deus. Além dos sempre possíveis fados adversos, lutam quase sempre em desigualdade de forças com os que mantêm o poder sustentando a imutabilidade do mundo. A força das armas e da riqueza nas mãos dos que nasceram com ela só pode ser confrontada quando os que a detêm, enfraquecidos pela exagerada confiança, descuidam-se das cautelas necessárias para manter os pobres em seu lugar.

Os que pretendem reformar o mundo quase sempre sustentam suas crenças nas afirmações de que darão uma vida melhor a todos, mas a pretensão no fim de tudo é assumir o lugar dos poderosos e dos ricos. Esquecem-se de que estes, quando derrotados, acabarão por se tornar os reprimidos e os pobres que tratarão de empreender novas lutas para ocupar novamente o lugar que julgam merecer. Assim, uma revolta acaba por gerar outra, e os homens sempre lutarão uns contra os outros, cada um querendo passar à frente, pois ser ultrapassado é a miséria e ultrapassar significa estar no caminho certo para a felicidade. Soberbamente, alcançado o objetivo, cada um se julga tão poderoso que nunca mais será ultrapassado.

Como os que querem mudar e fracassam acabam sempre recebendo revide maior que a ofensa, pois os vencedores quase nunca tratam os derrotados com a benevolência exigida pela caridade cristã, a violência neste mundo estará sempre crescendo.

CAPÍTULO VI

Cresceste, Alexandre, no apogeu da opulência da vila, embalado pelos mesmos sonhos de felicidade buscada nas riquezas que alimentavam a vida cobiçosa de todos os que chegaram e permaneceram ali apenas por causa do ouro.

Quando completaste 10 anos, a vida transcorrendo com a calma e a placidez que antecede as borrascas, consegui colocar-te junto aos outros meninos nas aulas de catecismo do padre Domingos, um dos auxiliares do pároco da Matriz do Pilar, porque eram secundadas pelos ensinamentos que te permitiriam aprender a ler e escrever, condição essencial para que te tornasses o homem poderoso que imaginei poderias vir a ser. Não que devam ser desprezados o catecismo e os ensinamentos que formam a alma de um bom cristão, mas não haveria outra forma de fazer-te aprender a ler, escrever e fazer contas, pois, apesar de longe da pobreza, minhas posses não permitiam pagar um preceptor para ti, conforme faziam os ricos com seus filhos.

Quatro anos depois, cansado dos catecismos, dos números e das letras, tu te tornaste aprendiz do barbeiro e sangrador Alcebíades, exímio no limpar os rostos e aparar os cabelos, mas verdadeiro carniceiro quando se metia a exercer atividades que seriam mais próprias de um médico. Pretendia curar doenças que sequer sabia designar, apenas afirmando que elas sempre se instalavam no sangue e que, reduzindo o volume deste no corpo, reduzia-se também o malefício. Acabou preso e quase levado à forca, sendo, porém, apenas condenado às galés por prática de curandeirismo e feitiçaria. Isso, quando causou a morte de um minerador, fazendo-o sangrar até morrer para curar a maleita-brava que atormentava o pobre homem. Por obra e graça de Deus não foste reconhecido na ocasião como aprendiz dele, e por isso escapaste de ser também preso e condenado.

Nem assim decidiste abandonar o ofício, sobretudo por haveres herdado os instrumentos do teu infeliz mestre, o que te estimulou a continuar como barbeiro, embora cauteloso no aplicar sangrias. Foi quando conheceste o Joaquim José, na época um reles tropeiro, também dedicado à prática de arrancar dentes, ciência que dizia dominar na teoria que aprendera em livros próprios. Necessitando, como todo mundo, de alguém que lhe bem cortasse os cabelos e aparasse a barba, ao experimentar tuas habilidades resolveu te convidar para ser seu auxiliar na pequena tropa com que na época comerciava pelos campos das Gerais.

Por te ver como bem ajuizado e inteligente, acabou por te tomar também aprendiz nas artes de tirar dentes. Dizia haver pouca distância entre esse ofício e o de usar a navalha para aparar barbas ou cortar veias. Quem bem manejava a navalha bem manejaria outros instrumentos que afetam o corpo. Na tarefa de tirar dentes, bastaria ter habilidade para extraí-los sem trazer junto a caveira e saber como estancar o sangue. Como tirar dentes também envolvia resistência a sangueiras, entre o barbeiro, o sangrador e o tira-dentes existe tanta afinidade quanto entre um soldado, um alferes e um capitão.

Em má hora deixei de ser forte o bastante para contrariar teus desejos de seguir o Tiradentes, proibindo-te de aceitar-lhe o convite, mesmo que para ti parecesse ser uma nova e promissora atividade. Teus sonhos de prestígio e prosperidade acabaram por ser o ponto de inflexão do teu destino, conduzindo-te pelos inesperados caminhos que te trouxeram até esta masmorra.

Bem, de certo modo e por algum tempo conseguiste ser bem-sucedido acompanhando o tresloucado Joaquim José, tornando-te cada dia mais exímio na arte de extrair dentes estragados, quase mesmo suplantando o mestre, permanecendo como seu sucessor e herdando seus fregueses quando ele, depois das novas encrencas que arranjou lá pelas bandas da vila de Minas Nova — que levaram vocês dois à cadeia e ele à falência —, resolveu sentar praça na Companhia de Cavalaria da Guarda dos Vice-Reis. Enquanto ele fazia carreira nas forças militares, tu avançavas nos ofícios da navalha e da lanceta, nunca perdendo de vista o mestre, a quem continuavas atrelado por canina fidelidade, que ele bem soube aproveitar quando se meteu a conspirador.

A Vila Rica naqueles teus tempos infantis era de fato rica; hoje há quem a chame de Aldeia Pobre. Depois de ser um simples aglomerado de arraiais distantes um do outro em às vezes meia légua de mataria, constituídos de aglomerados de toscas casas de taipa, a fartura do ouro fez cada um crescer e se ligar ao próximo, criando isso que hoje é uma vila formosa por seus casarões, suas igrejas, suas pontes, sua gente ricamente vestida. As pessoas tentavam demonstrar, nas roupagens e botas com fivelas de ouro, perucas empoadas e chapéus emplumados, uma riqueza que muitas vezes não era condizente com o exibido, mas tinha que ser demonstrada. Até mesmo figuras menores, como tropeiros, gaiteiros ou alforriados que pelo dinheiro alcançaram a graça da liberdade, exibiam-se buscando ter na suspeitosa elegância a aparência do que de fato não eram.

As festas religiosas eram os eventos sempre esperados nas quais se podia admirar, pelas pompas, o fausto permitido pela riqueza que sobejava dos casarões e transbordava para as igrejas. Os desfiles das irmandades nas procissões, com alas precedidas por guiões de damasco franjados de ouro, cruzes e tocheiros em prata, andores talhados revestidos de dourado que suportavam imagens recobertas por mantos bordados em ouro e pedrarias. Eram obras de arte criadas pelos muitos artesãos e santeiros, como aquele mulato, o Aleijadinho, que podiam bem viver das encomendas dos nobres e dos ricos mineradores e fazendeiros, membros das confrarias religiosas.

Quando eras coroinha do padre Domingos, não podias imaginar meu orgulho e felicidade em ver-te nas procissões do Santíssimo com a batininha vermelha encimada por rendada sobrepeliz, portando os tocheiros que antecediam os irmãos mais graduados da irmandade com suas túnicas encarnadas, que sustentavam o pálio protetor do ostensório portado pelo bispo sobrevestido com as mais vistosas dalmáticas. Todo o clero ricamente paramentado, assim como o governador, os nobres funcionários da Coroa, a nobreza militar, os homens proeminentes da vila e os senhores de minas e fazendas. Menininhas representavam nas vestes e asas imaculadamente brancas os anjos que guarneciam o trono de Nossa Senhora. Mulheres, jovens e senhoras, compenetradas sob véus e mantilhas rendadas, vinham envolvidas em preces, cânticos e orações, mas não a ponto de impedir que vez ou outra dedicassem sua atenção às vistosas e ricas joias e os luxuosos vestidos das outras damas, não raro bordados em ouro e recobertos por estolas das mais finas sedas da China. As mais ricas exibiam terços de contas de diamantes e outras pedras preciosas. Tudo buscando enaltecer a glória de Deus pela demonstração da exuberância da riqueza dos homens.

A riqueza mais ainda se mostrava nas esplendorosas igrejas do que em quaisquer outras construções da vila. Obras dos tempos mais prósperos da Vila Rica foram erguidas pelas várias irmandades leigas que congregavam os nobres e os abastados sem nobreza, cada uma querendo demonstrar ser merecedora do maior apreço de Deus, dedicando-Lhe a igreja mais bela e suntuosa. Estão todas lá para testemunhar o quanto era rica aquela terra e quão poderosa é a força destruidora da ignorância e da ambição desmedida dos homens quando provoca a decadência que amplia o contraste entre duas épocas.

Desde o ano da graça de 1720, quando a primeira matriz foi erigida, até estes dias de hoje, há entre elas algumas que creio enobreceriam qualquer cidade do mundo, em que pese eu não conhecer nenhuma além das de Lisboa antes da destruição do terremoto: Nossa Senhora do Pilar, com sua requintada decoração e seus altares recobertos de ouro; Nossa Senhora da Conceição de Antônio Dias, tão imponente quanto formosa no seu traçado; Nossa Senhora do Carmo, ainda tão novinha, também toda ricamente adornada em ouro; a Igreja dos Homens Pretos de Nossa Senhora do Rosário, simples e despojada como os que a construíram, mas de beleza incomum por suas formas sensualmente arredondadas. Até hoje me pergunto como é que os padres deixaram que os escravos ali expusessem santos e anjos negros. Sem contar as muitas capelas, oratórios e as igrejas em construção de Nossa Senhora do Rosário do Alto da Cruz e a de São Francisco de Assis que, dizem, será a mais bela de todas, pois traçada e decorada pelo mulato Aleijadinho.

No entanto, o mesmo ouro que vale por seu brilho incorruptível e enriquece seus felizes proprietários também respondia pela corrupção dos homens e seus costumes. A fé que transbordava nas igrejas, procissões, novenas e festas religiosas não era capaz de mascarar a dureza dos corações que, fora daqueles breves mas frequentes momentos, se alimentavam da cobiça e da concupiscência. Senhores de escravos que não hesitavam em castigar duramente, muitas vezes aleijando ou até matando os pobres negros ou índios escravizados, já penalizados pela dureza do trabalho de sol a sol nos eitos e betas das minas escavadas nos morros, ou nas bateias nos aluviões, de onde extraíam as riquezas que iriam adornar a fé dos seus senhores.

A crueldade no trato dos negros e índios escravizados traduzia-se também no absoluto desprezo pela vida de qualquer outro, fosse por desafeto ou por obstáculo interposto nos caminhos do poder pelo ouro ou por terras. Matava-se por qualquer "dá cá aquela palha". Emboscava-se com a mesma naturalidade com que se dava uma barretada; nenhum obstáculo na busca do brilho falso da riqueza rápida era intransponível. As punições eram tanto mais frouxas quanto mais poderoso o criminoso. Basta atentar para as instruções válidas desde 1769 dadas pelo conde de Valadares, então governador, que mandava que não se formassem autos contra aqueles que fossem bem reputados: "pessoas bem morigeradas que vivem com sossego, responsáveis por delitos, ainda que feitos de propósito, não devem ser presas."

Nem por isso as cadeias toscas e precárias mantinham-se vazias, pois a queda da moral e dos costumes na Vila Rica e outras vilas governadas pelo ouro e pelos diamantes estendia-se também pelos sertões, dominados por facínoras e ladrões de caminhos, deixando-as sempre repletas de criminosos pés-rapados e capangas já imprestáveis.

Como vês, meu filho, ainda hoje, e sempre, prevalece a lei que pune apenas os crimes cometidos contra os mais poderosos, de nada valendo a Justiça quando quem a busca está abaixo de quem a ofende.

Os costumes também se afrouxavam diante da lascívia dos senhores que faziam sucumbir aos seus desejos as pretas e índias mais novas e mais atraentes por seus atributos físicos, muitos fazendeiros nem sequer se preocupando em ocultar os verdadeiros haréns que mantinham em suas fazendas, repletos de mulheres que se prestavam a serviços domésticos de toda ordem, inclusive, e principalmente, o atendimento aos desejos de seus senhores. É interessante notar, Alexandre, que os frutos dessas relações eram totalmente ignorados e quase nunca reconhecidos ou criados como filhos, ainda que bastardos, contrariando comportamento que até os reis praticavam, pois eram tratados apenas como crias de escravas ou índias, tal como se cuida das crias de animais úteis. Embora quase sempre tivessem garantida a liberdade, apenas alguns desses mulatos e cafuzos conseguiam alcançar meios de vida que lhes permitissem viver fora e longe da dependência do pai gerador.

A educação inexistia fora dos catecismos nas paróquias, ainda assim somente acessível aos apadrinhados, como foi o teu caso pelas graças do marquês de Igreja Nova, membro que era de importância na confraria de Nossa Senhora do Pilar, apesar de morar no Rio, ou mediante preceptores pagos literalmente a preço de ouro. De tal sorte, ampliava-se muito mais a população da vila por seus pobres, escravos e bastardos analfabetos do que pelos brancos letrados e instruídos. Creio que teu chefe, o Tiradentes — ou terá sido aquele Álvares Maciel? —, já observara tal anomalia e propusera um grande esforço na educação das pessoas, tão logo a sedição fosse vitoriosa, pois, dizia ele — ou o outro, não me lembro mais —, sem um povo instruído não se constrói uma nação que preze a liberdade e o progresso, o que vem permitindo a Portugal, ou outro qualquer país forte, dominar estas terras sempre cobiçadas por suas riquezas. Dou inteira razão aos que pensam assim, meu filho, pois a conquista de um povo ignorante faz-se muito mais facilmente pela escravização das mentes do que pelas armas, que não conseguem mais que a conquista dos corpos.

Tivesses ido além dos catecismos do padre Domingos e talvez fosses hoje um padre, com próspera paróquia na Vila Rica, ou noutra vila endinheirada, que não eram assim tão raras nas terras das Gerais. Padres e advogados sempre se deram bem nesta colônia. Teus caminhos, porém, nunca foram senão os dos sonhos, das aventuras que recheavas com lutas sempre vitoriosas, com feitos glorificantes

Não é, de fato, de estranhar tua afinidade com o Tiradentes, pois ele também jamais passou de um sonhador ignorante das realidades que comandam o mundo dos homens, sempre e sempre do lado oposto do que sonham os homens de sucesso obtido no campo da realidade. Cabe até lembrar que a sina do teu venerado Tiradentes poderá repetir a daquele outro pobre-diabo que muitos anos atrás — mais de sessenta, parece, quando foram criadas as casas de fundição para cobrança dos quintos — teve também a infeliz ideia de se insurgir contra a Coroa, o tal do Felipe dos Santos. Meteu-se a conspirar com alguns portugueses, gentes de importância como ouvidores, padres e até um ex-governador da colônia do Sacramento, e acabou sendo dado como chefe da conspiração, quando de fato não era. Condenado à morte, enforcado e esquartejado, acabou por ter seus restos espalhados pelas vilas da província, numa demonstração de poder e dominação pelo terror, própria dos que governam contra a vontade dos governados

SEGUNDA PARTE

*Onde o filho encarcerado acrescenta às memórias
da mãe as suas próprias, narrando fatos que
ela pouco sabia, ou desconhecia.*

CAPÍTULO I

Estou aqui, mofando neste cárcere, mãe, por minhas exclusivas culpas. Apesar de convivermos sob o mesmo teto por muito tempo, nunca fui de falar-vos da minha vida e das minhas andanças. Um pouco pelo respeito que sempre vos devi, um pouco também por medo de vossas reações aos meus atos, nem sempre muito católicos. Os diálogos entre filho e mãe não se fazem com a mesma intimidade que entre filho e pai. E ainda que tivésseis cumprido para mim também o papel paterno, esta condição nunca chegou àquele grau de intimidade. Assim, mãe, creio que há muito da minha vida que não sabeis, assim como também pouco sabeis do meu convívio com o homem que alterou meu destino e me fez chegar a este cárcere, o Joaquim José.

Segui o alferes por acreditar nas ideias que ele pregava, por crer nos seus propósitos sinceros, e por me ter afeiçoado a ele como pessoa, amigo e mestre — quase, diria, como a um pai. E nem me dizeis que aprendi tudo com ele, pois desde minhas primeiras letras com o padre Domingos lá nas aulas na Igreja do Pilar, sempre gostei de ler coisas que iam além dos Evangelhos, dos missais e dos catecismos, movido que sempre fui pela intensa curiosidade de saber o que só os livros sabem. Li os livros que o padre Domingos me emprestou, quase todos sobre vidas de santos ou ensinamentos da Igreja. Depois li também muitos que o Alcebíades me emprestava, todos profanos e alguns até ilustrados com figuras que fariam o padre Domingos corar de indignação e vergonha, e com certeza me faria engoli-los, depois de bem picados e temperados com a mais ardente pimenta, caso soubesse que os tivera nas mãos.

Comecei a trabalhar com o Alcebíades, como sabeis, quando nem tinha completado 14 anos. Na época eu ganhava meus réis ajudando dona Maria José após a morte do seu José Maria. Não querendo, porém, moldar minha vida como mero empregado de uma estalagem, procurei tomar algum ofício que me permitisse avançar não só nos ganhos das pecúnias, mas também no respeito dos outros. Por isso aceitei ser auxiliar e aprendiz de barbeiro-sangrador e me envolvi com todo entusiasmo no aprendizado da profissão. Observava todos os movimentos do meu traquejado mestre quando cortava cabelos, aparava barbas e moldava bigodes; ouvia atentamente suas explicações sobre os procedimentos de sangrias, o uso das lancetas, os pontos de corte e aplicação das sanguessugas; conheci as dezoito veias da cabeça, as doze dos braços e as doze das pernas que se podiam sangrar; aprendi como sangrar atrás das orelhas para combater catarros e doenças da cabeça; na testa e no canto dos olhos para enfermidades dos olhos ou da face; debaixo da língua para as dores de garganta; e também dentro e fora do nariz e dos lábios.

Iam, então, bem avançadas minhas práticas de aprendiz, e até já me fora permitido realizar algumas sangrias simples ou aplicação de sanguessugas, na presença do Alcebíades e sob sua orientação. Quanto a barbas, cabelos e bigodes, bem, alguns fregueses até preferiam ser tosados por mim, desculpando-se com o mestre enciumado que eu precisava praticar e, para tanto, se dispunham ao necessário sacrifício.

Tudo levava a crer que meus caminhos estavam abertos e que logo, logo me tornaria independente, teria meus próprios instrumentos e espalharia por todos os cantos minha ciência, valendo-me inclusive da fama de ser vosso filho, exímia e escrupulosa parteira portadora mesmo de uma das poucas licenças profissionais concedidas pelo comissário do físico-mor.

Mal sabia eu que meu então patrão e mestre praticava suas artes na clandestinidade, consentida pelos olhos semicerrados do comissário, que nunca se abriam totalmente enquanto lhe chegassem alguns gramas de ouro à bolsa, mas que vieram a se arregalar quando aquele reinol, minerador que granjeara certo prestígio na vila em razão da fartura de suas minas, morreu após a sangria descontrolada que o Alcebíades lhe aplicou nas veias para curar a maleita-brava que o acometera, e acabou por ferir uma artéria, fazendo o pobre sangrar até morrer enquanto maldizia as más artes do sangrador incompetente, chegando mesmo a acusá-lo de ter agido propositadamente. Testemunho em favor do Alcebíades que a tragédia foi mais em razão da grande quantidade de cachaça que ele compartilhou com o sangrado, que se disse necessitado dela para amenizar as dores dos cortes, do que em razão da imperícia ou vontade do sangrador.

A partir daí não me restou outro caminho senão escafeder-me durante o tempo que durou a comoção pela morte do minerador, apenas superada pela repercussão da briga entre seu parceiro nas minas e a viúva pela propriedade integral das jazidas, logo resolvida com o refazimento da sociedade, agora sob contrato matrimonial.

À medida que o fato caía no esmaecido que é próprio das alcoviteirices, o Alcebíades mofando nos porões da cadeia da praça do Morro de Santa Quitéria, pude retomar minhas atividades, resumindo-as, porém, às práticas da raspagem de barbas e aparamento de cabelos, mas sempre temeroso de algum dia vir a ser também acusado como cúmplice e não mero ajudante do charlatão.

No dia em que completava meus 15 anos, a tarde já avançada, subindo a Rua de São José, portando a bacineta e a caixa com os utensílios da minha profissão, deixadas no dia anterior na taberna onde me embebedara até a madrugada, fui defrontado por um homem jovem, alto e espadaúdo, de olhar estranhamente hipnótico, apesar de esbugalhado por uma vesguice divergente. O rosto, apesar de tudo, mesmo sombreado por um chapéu de abas largas, emanava simpatia e até certa beleza, contrastando esta com as vestes surradas e encardidas e o enlameado par de botas de cano alto. Seus trajes e aparência denotavam tratar-se de um mascate ou tropeiro, e as três mulas que ele conduzia auxiliado por dois escravos, sobrecarregadas com cestos de vime e baús, contribuíam para sustentar minha opinião.

— És barbeiro? — dirigiu-se a mim o homem ao ver a caixa e a bacineta, próprias dos que exercem a profissão.

— Sim — respondi, com algum enfado —, mas hoje é Dia de Todos os Santos. Portanto, não de trabalho, se é o que quer vosmecê.

— Amanhã também não, pois Finados é, bem sei — retrucou ele, com voz calma, mas firme, encarando-me com um olhar forte e penetrante que parecia querer enxergar minha alma. — Depois de amanhã, quem sabe, possas me atender, pois, como vês, tenho barba de várias semanas e meu cabelo não conhece tesoura desde os três meses da minha última viagem.

— Nesse caso, poderei atender-vos com prazer, senhor — respondi, assumindo agora um ar de respeito que de repente senti ser devido à resoluta postura daquele tropeiro. — Mas por que encomendar meus serviços com tanta antecedência, quando há outros barbeiros nesta cidade?

— Por nada — respondeu, abrindo um sorriso franco e amável. — Apenas me pareces uma figura simpática de jovem que está se iniciando na profissão. Eu gosto de ajudar os que estão começando a luta da vida.

— Assim sendo, senhor, estou ao vosso dispor, onde e quando quiserdes.

— Estou albergado no rancho da Fazenda do Tabocal de São José, onde pouso habitualmente, a pouco mais de légua e meia daqui. Sabes onde fica?

— Sim, sei, é antes do Capão da Lama. Posso ir lá, senhor.

— Pois então te aguardo depois de amanhã, bem cedo, pois tenho logo que partir em negócios lá para as bandas de Borda do Campo, São José Del Rei e outras localidades.

Apesar da fascinação com que me deixei impregnar após as primeiras palavras trocadas com aquele homem, que fez transparecer ter dentro de si algo mais do que sua aparência denotava, não deixou de me parecer estranha aquela abordagem, pois todo mundo costuma ter seu barbeiro preferido, sempre sabendo onde encontrá-lo, sendo pouco normal abordar na rua o primeiro que venha a encontrar, caso encontre.

Não me ocupei por muito tempo com tais lucubrações, eis que, de toda sorte, aquilo havia me garantido trabalho tão logo retomasse meu ganha-pão no próximo dia útil, e tratei de dar prosseguimento aos propósitos daquele dia: guardar meus artefatos profissionais e voltar à taberna onde costumava passar as primeiras horas da noite, junto com alguns companheiros, até a hora de nos dirigirmos à casa das pilatas, mulheres da vida que recebiam tal apelido porque, como as pilatas de água benta, permitiam que todos lhes pusessem as mãos; ou então tomarmos algumas negrinhas desgarradas de suas senzalas. O dia santificado, é sabido pelas boas regras cristãs, exige ser guardado em orações e penitências, mas o corpo, sobretudo o dos jovens, de espírito não muito disciplinado, prefere quase sempre ignorar tais preceitos, pois os reclamos do corpo são mais eloquentes que os mandamentos e ensinamentos da religião

No dia seguinte ao de Finados, dirigi-me logo cedo ao rancho da Fazenda do Tabocal de São José, tomando um caminho que passava pela novíssima Igreja de Nossa Senhora da Conceição de Antônio Dias, onde não pude deixar de fazer uma parada para me penitenciar das folganças das noites anteriores.

Ao chegar ao pátio do rancho, no meio de algumas vacas que após a ordenha aguardavam ser encaminhadas para os pastos, encontrei o tropeiro e os dois escravos findando as tarefas de arrumação das cargas e o preparo das três mulas que compunham sua tropa

— Chegaste um pouco atrasado, barbeirinho — o tropeiro falou, enquanto apertava a barrigueira de uma das mulas —, pois já estamos de partida.

— Desculpai-me, senhor — exclamei, enfatizando na voz o tom de desculpas —, mas este rancho não é tão perto da minha casa e atrasei-me porque passei antes na Igreja de Nossa Senhora da Conceição para pedir toda proteção para vossa mercê e vossos negócios. Prometo ser rápido, sem prejuízo de minhas destrezas, preservando vosso pescoço de qualquer pequeno arranhão.

Recebi em resposta do tropeiro um olhar de esguelha, junto com um sorriso de condescendente aceitação de minhas desculpas que, apesar do tom de fidalguia, não lhe escaparam como sendo de finória inventividade.

Dando como findadas as discussões sobre meu atraso, fui logo abrindo minha caixa de panos e ferramentas, enquanto olhava em volta buscando uma cadeira, banco, tronco, ou qualquer objeto que servisse de cômodo assento para meu freguês. Ao notar minha preocupação, adiantou-se ele próprio para um baú ainda aguardando embarque e nele se acomodou.

Ajustando a bacineta na base do pescoço do meu freguês, ele próprio a sustentá-la, abri a caixa com os utensílios profissionais e, tendo ao lado o jarro com a água necessária, iniciei a faina de barbear o rosto crestado e tosquiar a vasta cabeleira do homem

Contrariando a praxe que manda aos barbeiros puxar a conversa com seus fregueses, falando das novidades da política, dos padres, das beatas, dos filhos bastardos e de suas mães, dos boatos que estavam em voga acerca das gentes mais importantes da vila, enfim de todo assunto que pudesse despertar interesse e ocupar o tempo, o tropeiro foi logo iniciando as falas com questionamentos acerca da minha vida.

— Por que escolheste esta profissão, jovem, atividade quase sempre desempenhada por gente mais velha?

— Não escolhi, senhor — respondi —, adotei-a porque era a profissão do homem que se dispôs a ajudar-me quando precisei ganhar a vida por meus próprios meios. E acabei por gostar dela, pois me possibilitará vir a ser também um cirurgião

— Ora, ora! — exclamou o tropeiro. — Então foi Deus que te colocou diante de mim, pois sou estudioso das artes da cura das dores do corpo e dos dentes, o que é mais que um barbeiro-sangrador, e se quiseres te poderei ensiná-las.

— Não creio que esteja ao meu alcance aprender tais artes agora, senhor! — exclamei com expressão de humildade, procurando ocultar meus conhecimentos e práticas adquiridas com Alcebíades, temeroso de que o homem conhecesse a triste história do meu antigo mestre.

— Ora, ora! — continuou. — Com os conhecimentos que te posso dar, junto com um bom acompanhamento nas práticas, poderás vir a ser um bom tira-dentes além do barbeiro-cirurgião que pretendes ser.

— Mas como poderei obter vossos conhecimentos, se vosmecê, pelo que vejo, é um tropeiro em constantes viagens, negociando coisas diversas da profissão de tira-dentes?

— Basta que te aceite como meu ajudante nos trabalhos do comércio, ensinando-te nas horas de folga, deixando-te praticar vez ou outra em algum escravo atormentado por dores no corpo ou nos dentes.

— Vosmecê está a falar sério? — indaguei, surpreso diante da inesperada proposta, interrompendo os trabalhos já no final da raspagem da densa barba do homem

— Por que não o faria? Tenho carência de um ajudante que seja um pouco mais esperto e confiável que um negro escravizado, e me pareces ter essas qualidades, além de poderes vir a ser também meu auxiliar nas atividades de tira-dentes.

— Mas já estais de partida — argui —, e eu não poderia tomar tal decisão de forma assim repentina

— Tua prudência confirma minhas impressões acerca do teu caráter. Pretendo estar aqui de volta, dentro de mais ou menos quatro semanas, e até lá poderei aguardar tua decisão.

Mais uma vez, abandonando as tradições da minha profissão, calei-me por longo tempo, ainda surpreso e aturdido diante do inopinado da oferta do tropeiro. Meu silêncio, entretanto, fazia-se apenas pela boca, pois na cabeça a razão e os sonhos começavam uma intensa contenda: retomar os conhecimentos que tanto me empolgaram enquanto ajudante do Alcebíades, que permitiriam realizar meus sonhos ainda idealizados nos arroubos da juventude de vir a me tornar um barbeiro-cirurgião, curador de dores; deixar-me levar pelo que poderia ser uma triste aventura, seguindo um homem que eu conhecera havia pouco — ainda nem sequer sabia seu nome — e que dizia conhecer as ciências da cura de doenças e a arte de tirar dentes, mas que não dera qualquer prova disso relatando algum caso ou nome de gente tratada por ele; mudar os rumos atuais da minha vida, que se vinham mantendo cristalizados, mesmo sob o risco ainda grande da revivência das lembranças de ter sido ajudante do Alcebíades; embarcar na aventura de uma decisão que poderia ser uma viagem de ida sem garantia de volta; enfrentar os desafios da vida que me poderiam trazer a desgraça, mas também a boa sorte e a fortuna, enfrentamento a que nenhum jovem se deve furtar.

Os argumentos contra a aceitação da proposta enfraqueciam-se diante da aura de confiança que parecia emanar da figura do tropeiro e que me contaminara, conforme já relatei, desde suas primeiras palavras, permitindo crer na honestidade de suas afirmações e propósitos, embora seu olhar vesgo pudesse sugerir um quê de misticismo que também permitia julgá-lo um tanto louco, ou visionário.

Meu longo silêncio fez o homem ver que sua proposta calara na minha alma.

— Na minha volta, pousarei aqui neste mesmo rancho durante alguns dias e posso aguardar até lá tua resposta. A propósito, ainda nem mesmo sei teu nome. O meu é Joaquim José, de família da Silva Xavier. O teu, qual é?

— A-Alexandre — foi só o que consegui gaguejar.

Terminadas minhas tarefas, recebi os cinquenta réis que me eram devidos por meus serviços e despedi-me do tropeiro sem dizer mais qualquer palavra, embora dentro da minha cabeça elas continuassem a borbulhar em argumentos que se debatiam em contenda mais feroz do que fora a guerra dos Emboabas, muitos anos antes e que ainda marcava as memórias na província

Como podeis bem recordar, mãe, logo depois vos procurei para compartilhar meu dilema, buscando vossos aconselhamentos, enfatizando que o breve conhecimento do homem e os riscos que envolviam minha decisão anulavam-se diante da confiança que a figura séria e tranquila e a voz firme dele inspiravam-me. Os biltres nunca mantêm os olhos nos do interlocutor por muito tempo, e têm a voz cambiante, pois não conseguem afirmar nela a segurança que falta nas suas propostas, tudo ao contrário do Joaquim José, quando se ofereceu para tomar-me como seu ajudante e discípulo, oferecendo-me o futuro que o Alcebíades falseou.

Apesar das vossas negaças, mãe, pela primeira vez em minha vida contrariei vossas ordenanças e conselhos e decidi retomar meus propósitos de vir a ser um barbeiro-cirurgião. Durante quatro semanas de ansiedade esperei a volta do Joaquim José, aflito para transmitir-lhe minha decisão e logo me pôr aos seus serviços, retomando meu aprendizado nas artes e ciências das sangrias e das medicações, tão inesperada e singularmente interrompido.

A partir da terceira semana da partida da pequena tropa, todas as minhas manhãs começavam com a ida até a Fazenda do Tabocal de São José, a ver se ele havia retornado, continuando o dia com a frustração de ter encontrado o pátio ocupado apenas pelas vacas ou montarias da propriedade. A ansiedade e a impaciência até me impediam de bem cumprir meus trabalhos habituais, o que me custou alguns pescoções por arranhões e cortes indevidos nos rostos de alguns fregueses.

Finalmente, após mais de quatro semanas, encontrei Joaquim José, suas mulas e os escravos arranchados no pouso habitual, chegados desde a noite anterior. A afoiteza com que fui, quase correndo, desde a porteira que separava o pátio do curral até o local onde ele agachado observava os escravos arrumando alguns fardos e baús, além da alegria que transbordava do meu semblante, fartamente demonstraram que eu estava ali pronto a aceitar a proposta de acompanhá-lo.

Logo ao me ver, o tropeiro se levantou e retribuiu minha alegria com um sorriso que também demonstrava a satisfação de não haver errado no julgamento que fizera a meu respeito: sua escolha recaíra acertadamente sobre quem sabia, pelo faro, era pessoa adequada aos seus propósitos

— Vou aceitar seguir com vosmecê, de modo a me tornar vosso auxiliar e aprendiz; se é que ainda me aceitais.

— Sim, ora, ora, continuo precisando de um auxiliar — respondeu ele, assumindo agora um ar mais severo. — Mas o aprendizado das coisas que posso te ensinar será a paga por teus serviços, além de abrigo e comida, pois não posso pagar em pecúnia. Vez ou outra — prometeu ele, após breve pausa —, poderei atender alguma necessidade tua, um agasalho, uma bota, ou coisas como tais. Se os negócios prosperarem, talvez possa oferecer-te também algum pagamento em dinheiro.

Minhas expectativas de ganho de algum dinheirinho, pouco que fosse, além do aprendizado, viram-se de repente reduzidas à metade, e minha expressão bem demonstrou isso. Poderia afirmar que se reduziram a menos da metade, mas minha ânsia de aprender os segredos do tratamento e cura das doenças era maior do que minhas expectativas de ganhos e riqueza, decerto bem pouco capazes de se concretizarem como auxiliar de um tropeiro com uma tropa de três mulas e dois escravos.

— Bem — respondi, resignado —, aceito de qualquer modo, mas espero que vosmecê venha a repartir comigo os ganhos das sangrias e tratamentos em que eu vier a participar, bem como quero poder exercer meus trabalhos de barbeiro nos pousos da tropa.

— Está bem, trabalharemos assim. Apertemos as mãos para selar este acordo, pois, apesar de seres ainda um garoto, posso ver-te como um cavalheiro de caráter.

Foi assim, mãe, que se alteraram os rumos que acabaram por me trazer a esta prisão. Mas, apesar dos prenúncios que ameaçam meu pescoço, não tenho por que me lamuriar ou maldizer meu destino. Mesmo porque me dediquei de tal modo ao Joaquim José que acabei também abraçando com ardor suas ideias. Se elas pareciam malucas para alguns, ou ingenuamente sonhadoras para outros, para mim eram bem dignas e válidas para quem sonha com um mundo melhor e pensa não apenas em si, mas também nos outros. As visões de miséria e injustiça constantemente sob meus olhos convenceram-me de que a plena felicidade individual só é possível quando todos em volta são felizes, salvo o que não será felicidade, mas falsa sensação de prazer, fruto do egoísmo ou do alheamento, capazes de invalidar qualquer possibilidade de felicidade real. Alguém pode sentir-se feliz cercado de miséria, dor, ódio ou medo?

Se todo um povo não pode ser feliz por prisioneiro da vontade de uma única pessoa ou grupo, submetido aos desmandos de poderosos que agem sem peias, então ninguém pode ser feliz, nem mesmo os que exercem o tal poder, pois enquanto uns são infelizes por serem submetidos, outros o são porque dominados pelo eterno medo de perda do poder ou da reação furiosa dos subjugados.

CAPÍTULO II

Dois dias depois, antes mesmo do sol, partimos para mais uma jornada de maus negócios do Joaquim José. Inteligência forjada para a filosofia e as ciências, meu pobre agora patrão pouco entendia das artes e manhas do comércio, quase sempre sendo enganado pela lábia untuosa dos que vendiam, ou comovido pelas lamúrias dos que compravam.

Os negócios daquela vez deveriam levar a pequena tropa além do Arraial do Tejuco, zona de diamantes tão rica, diziam, quanto Vila Rica, num percurso quase tão extenso, porém menos árduo, que o que levava ao Rio de Janeiro pelo Caminho Novo. A viagem deveria durar muito mais tempo do que se levava de Vila Rica até a corte, pois vários negócios deveriam ser feitos nos arraiais e fazendas pelo caminho, sem contar os tempos gastos para atender às demandas de tratamento de dentes e doenças que, por certo, o Joaquim José se disporia a fazer cada vez que ouvisse as queixas de alguém atormentado por qualquer dor ou desconforto.

Apesar de hábil cirurgião, praticando sangrias ou lancetando tumores, suas aptidões curadoras eram mais marcantes na extração de dentes podres, pois o fazia com tal maestria que somente os mais susceptíveis à dor chegavam a desmaiar. Seu nome cristão já começava a ser substituído pela alcunha que viria a marcá-lo e identificá-lo até seus últimos dias: o Tiradentes. Precedido pela fama, quando anunciada sua chegada a alguma fazenda ou arraial, logo as pessoas acorriam em busca de algum alívio para as dores de dentes não curadas com fumo de rolo, cera de abelha, algum chá ou infusão de ervas. A todos ele atendia com o mesmo carinho e atenção, trabalhando sempre com a santa paciência necessária para bem tolerar os gritos de dor e desespero dos pacientes.

Nos casos de extrações mais dolorosas, como os dentes da parte de trás da boca, mais enraizados, os pacientes eram encharcados com cachaça, fartamente bebida e bochechada, imobilizados em cadeiras de braço, amarrados pelas mãos e pés, além de segurados firmemente pelos ombros, enquanto alguém lhes imobilizava a cabeça, procurando mantê-la o mais imóvel possível diante da dor. Tais procedimentos permitiam ao profissional trabalhar sem ofender a boca além do necessário. Nos casos dos dentes frontais ou dos caninos, toda a parafernália preparatória podia resumir-se à cachaça e à imobilização da cabeça do infeliz, pois o Joaquim José era hábil o bastante para trazê-los para fora da boca em poucos e decididos arrancos, abreviando o tempo da dor da extração, logo compensada pelo fim do longo sofrimento que levara ao trauma da cirurgia.

Os pagamentos raramente iam além de algumas poucas moedas, aves, um leitãozinho, ou qualquer outro mimo. Por vezes alguns gramas de ouro ou moedas de alto valor, quando tratado algum minerador ou fazendeiro mais abastado, e outras vezes — não poucas — apenas calorosos agradecimentos, bênçãos e promessas de orações no presente e pagamentos no futuro. Meu patrão, contudo, dizia-se gratificado com o alívio da dor que seu trabalho produzia, contribuindo para reduzir o sofrimento das pessoas, aumentando, portanto, sua felicidade

Durante os trabalhos, quase sempre observado pelos que o ajudavam a segurar o paciente, ou pelos que o vinham ver agir movidos por mórbida curiosidade, aproveitava-se da pequena plateia e, superando os gritos e lamúrias do padecente, explanava todas as ideias que nunca lhe saíam da cabeça sobre as possibilidades de os homens poderem ser mais felizes se vivendo com mais liberdade do que o jugo português permitia.

Enfatizava que a natureza dos homens é a liberdade e, portanto, cada um deve ter o direito de decidir livremente o que quer como seu destino, e cada comunidade a possibilidade de decidir suas leis, sem subordinação às que são traçadas do outro lado de um oceano imenso por reis e nobres que mal sabem onde estão seus dominados, ou como vive sua gente, deles apenas sabendo que produzem o ouro e os diamantes tão importantes para lhes manter a riqueza e o poder

As ideias, ele as aprendera com os filósofos franceses que começavam a influenciar a cabeça de grande parte dos europeus que pensavam. Filósofos que exaltavam a vocação natural dos homens para serem livres e a necessidade de viver plenamente essa liberdade, exercendo-a em convivência harmoniosa e solidária com outros membros de sua comunidade, cujos destinos, por sua vez, devem ser traçados pelos que nela vivem de fato. Os homens nascem livres, dizia, mas acabam dominados por outros homens, em nada diferentes entre si, que os subjugam pela força e pelo medo, acrescentando depois a estes poderes a falsa teoria de que seus direitos de dominação e governo advêm de Deus, a cuja vontade todos devem obediência e respeito.

Sua empolgação no expressar seus pensamentos muitas vezes fazia-o passar por lunático, quando não por inconveniente, sobretudo por as plateias quase nunca serem formadas por pessoas dispostas a ouvir e meditar sobre o que ele dizia, mais acostumadas que estavam a ter os ouvidos ocupados apenas por futilidades, aproveitando somente o que de prático pudessem tirar para diminuir as dores das cotidianas lutas da vida. De ideias puras, àquele povo bastavam as que eram passadas pelos padres, sempre aceitas sem o trabalho de muito pensar, pois eram o pensamento indiscutível de Deus, o que os levava também a crer que os destinos são imutáveis e traçados nos céus, devendo, assim, ser suportados. De tal sorte, a fama do então apenas tropeiro se afirmava como de tira-dentes exímio e de falante propagador de doutrinas extravagantes.

Enquanto isso, os negócios iam andando enfraquecidos, pois não era essa a vocação do Joaquim José. Os parcos recursos que sustentavam a pequena tropa tinham de vir mais dos recebidos das extrações e lancetadas de tumores do que dos negócios de compra e venda. Não era raro ele contrariar toda a lógica do comércio vendendo suas mercadorias pelo mesmo preço e às vezes até por menos do que lhe haviam custado, condoído das lamúrias de comprador que se afirmasse carente da mercadoria e do dinheiro necessário para comprá-la.

Quanto aos seus ensinamentos, que não se o acuse de incoerência, pois ele os praticava de fato. Decorridos bem mais de trinta dias da nossa saída de Vila Rica, nos primeiros arruamentos da vila de Minas Nova deparamo-nos com um fazendeiro, despido de sua camisa apesar do frio da manhã, com a fisionomia transtornada por expressão de ódio, que açoitava violentamente um negro caído com as costas totalmente vermelhas do sangue dos lanhos produzidos pelo açoite. O homem batia com fúria que denotava raiva muito além do desejo de apenas punir, parecendo querer matar o negro, descarregando nele o excesso de ódio que lhe sobrecarregava a alma. A cena exasperou o Tiradentes, que incontinente avançou sobre o homem, tomando-lhe o açoite e gritando:

— O que vosmecê está querendo? Matar o pobre negro? Não vê que ele já desfaleceu?

A reação do homem, tomado de um assombro tão grande que o paralisou, inacreditando que alguém o estivesse impedindo de punir seu próprio escravo, foi inusitadamente passiva

— Quem é vosmecê? Por que se mete na minha vida, impedindo-me de cuidar do que é meu?

— Ninguém especial — respondeu o Tiradentes, agora com toda a calma. — Apenas alguém que não tolera presenciar inerte um ato desumano e anticristão, pois vosmecê está espancando um homem desfalecido.

— Um homem?! — gritou o outro, retomando a mesma expressão de enlouquecido transtorno que o transfigurava enquanto espancava o escravo. — Não vedes que é apenas um negro, e é meu escravo, minha propriedade, coisa minha da qual posso pôr e dispor?

Enquanto falava, o homem avançou sobre o Tiradentes, tentando retomar o açoite que ele se recusou a entregar, iniciando uma luta que levou os dois a se atracar e rolar pelo chão.

Mais forte que Joaquim José, o homem logo conseguiu se desvencilhar, levantar e correr até seu cavalo, de cuja sela sacou um facão de mato e com ele voltou-se para atacar o contendor. Ao ver o perigo que meu patrão corria, eu, até então inerte, pulei sobre as costas do homem, tomando-lhe o pescoço com um braço enquanto segurava seu braço armado com o outro. Foi o tempo suficiente para que Joaquim José aproveitasse a oportunidade e buscasse proteção atrás de uma das mulas O fazendeiro conseguiu expulsar-me de suas costas com um safanão e, ignorando minha ação, pois sua fúria cega só permitia ver o primeiro adversário, avançou com o facão, tentando atingir Joaquim José, abrigado do outro lado da mula. Assustado com toda aquela agitação, o animal, movimentando-se atabalhoadamente, derrubou o Tiradentes, fazendo também o fazendeiro tropeçar e cair de costas no chão. Este, porém, logo se levantou e, contornando a mula que ainda se interpunha entre os dois, levantou o facão, pronto a descê-lo sobre a cabeça do adversário caído. Nesse momento consegui pular sobre as pernas do fazendeiro, levando-o a tombar com a cara no chão entre as pernas abertas do Tiradentes, que então tentava se pôr de pé

O fazendeiro conseguiu erguer-se novamente, ainda estonteado, o rosto vermelho do sangue que lhe escorria da boca, do nariz e de um ferimento na testa produzido pela queda. Sem demonstrar maiores preocupações com as feridas, voltou a avançar contra o Tiradentes, não se dando conta de mim, que até aquele momento sempre o pegara pelas costas. Favorecido por isso, pude agir sem que ele esperasse e pudesse defender-se: desferi-lhe um forte soco, que, atingindo o queixo de baixo para cima, derrubou-o, atordoando-o de vez.

A luta poderia continuar por vários minutos, pois o fazendeiro logo recobrou os sentidos e voltou a avançar trôpego, ainda estonteado pelo soco, numa demonstração de que seu ódio só se aplacaria com nossa eliminação física, não fosse a chegada apressada de soldados alertados pelos gritos de "aqui, del-rei" dos que assistiam à cena. Os militares logo imobilizaram a mim e ao Tiradentes, enquanto o sargento que comandava o destacamento dirigia-se ao fazendeiro, amparando-o e contendo-o

— O que está ocorrendo, coronel?

— O que está ocorrendo, sargento — explanou o homem ofegante —, é que estes malucos deram de me impedir de castigar este negro fujão, tomando-me o chicote, usando-o contra mim, espancando-me covardemente, pois são dois, dizendo-se defensores de injustiçados.

O sargento, sem nos dar qualquer chance de falar em defesa própria, tomou as palavras do fazendeiro como definitivas e ordenou aos soldados que nos amarrassem e nos levassem para a cadeia, onde o comandante da guarda nos daria o destino adequado aos que agridem os outros injustamente, sobretudo quando se trata da tão insigne e grata figura de um dos mais ilustres fazendeiros da região.

Não nos coube outra sorte senão cumprir quase dois meses de cadeia, até que chegasse à cidade um juiz de fora que andava a aplicar justiça por aquelas bandas e que, julgando nosso caso, entendeu que os dias já penados eram suficientes para expiar a culpa de quem não ofendera a lei além do excesso de piedade por um reles escravo fujão. Todavia, em respeito aos poderes do fazendeiro local, não deixou de aplicar uma multa que consumiu quase tudo que restara das nossas mercadorias, isto é, do pouco que sobrara, pois as mulas, deixadas num curralzinho anexo ao prédio da cadeia junto com as montarias da guarda, já haviam sido aliviadas da maior parte de sua carga. Os escravos encarregados de mantê-las e protegê-las haviam se escafedido logo nos primeiros dias de nossa prisão, certos de que seriam também defendidos pelo amo caso fossem capturados e viessem a merecer punição pela fuga.

Muito contribuiu para a suavidade da sentença do juiz o testemunho do tenente, guardião da prisão, de que o prisioneiro Joaquim José o havia curado de furúnculos que atormentavam suas nádegas, bem como conseguira aliviar uma crônica dor de dente de um dos cabos da guarnição, extraindo com inusitada habilidade e um mínimo de dor o mastigador que o atormentava.

Na saída da prisão, tive a triste surpresa de saber que o grande prejuízo enfrentado com a perda de quase todas as mercadorias, uma das mulas e dos escravos levara meu patrão a reconsiderar suas atividades de mercador, falando-me ele na viagem de volta da disposição de oferecer a quem interessasse os dotes que também tinha de minerador, adquiridos na Fazenda do Pombal, onde nascera. Julgava-se bom conhecedor das ciências das pedras, da geografia e da mineração, o bastante para habilitá-lo a tal profissão.

A disposição manifestada de se aventurar em outra atividade, que por sua natureza o levaria a abandonar, ou pelo menos relaxar, as de cirurgião e extrator de dentes, causou-me grande apreensão. Via findar meu curto período de aprendizado nas ciências e artes da cura, pois deveria estar fora de seus planos manter um auxiliar que nada entendia de mineração e que, mesmo como auxiliar, teria que lidar com instrumentos bem diversos das lancetas e boticões. Não manifestei, no entanto, minhas preocupações, chegando a considerar a hipótese de abdicar dos pendores e desejos até então alimentados, caso me tornasse ajudante numa atividade que prometia ganhos bem mais vultosos e rápidos, pois afinal lidava com a única outra coisa que para os homens rivaliza com a boa saúde, o ouro.

Nosso retorno a Vila Rica não foi daqueles que sucedem a campanhas vitoriosas. Abatido pelo fracasso dos negócios, apesar das esperanças que depositava na nova empreitada, Joaquim José teve que vender as duas mulas que restaram da aventura em Minas Nova e, com o dinheiro apurado, comprar os utensílios e instrumentos que lhe seriam necessários para a pretendida atividade de minerador. Contava manter-se com o restante, depois de deduzida a parte que ele, demonstrando a retidão do seu caráter, concedeu-me como pagamento pelo tempo em que lhe servi como ajudante, embora a isso não estivesse obrigado conforme apalavrado desde que aceitei segui-lo. O gesto, mais que suficiente para garantir meu sustento por vários dias, pois minhas ferramentas e utensílios de barbeiro sempre permitiriam a retomada do ofício que me sustentara até então, firmaram minha lealdade para com aquele homem. Por suas atitudes, mais que por seus pensamentos, mostrava ser de caráter e comportamento pouco comuns entre os habitantes desta colônia, onde os bons atributos da alma estão quase sempre subjugados por mesquinhos interesses materiais.

Apesar do pagamento que poderia ser dado como finalizador de nossa relação de trabalho, Joaquim José afirmou que, caso eu desejasse, me manteria com muito gosto como seu ajudante e aprendiz na nova atividade. Da mesma forma que se dispôs a me ensinar as artes e técnicas das sangrias e extrações, poderia também ensinar-me as ciências do conhecimento das pedras, terras e águas que conduzem à descoberta do ouro e das pedras preciosas. Não respondi de pronto. Preferi meditar um pouco mais, aconselhando-me convosco, mãe, sempre temerosa de me ver envolvido em atividades mais perigosas ou em conflitos mais graves que o socorro a um escravo fujão, pois as contendas que envolvem ouro quase sempre acabam em morte. Vossa vontade prevaleceu, mãe, e acabei acatando o desejo da senhora de ver-me mais seguro e perto de vós, exercendo os bons e pacíficos ofícios de barbeiro, mesmo praticando vez ou outra também uma pequena sangria ou lancetada que não trouxesse risco imediato para o freguês.

Procurei o Tiradentes no dia seguinte e expus meu desejo de permanecer em Vila Rica, abrindo mão dos ganhos maiores, mas também dos maiores riscos que a mineração oferecia.

— Lamento tua decisão, Alexandre — disse o Tiradentes, com entonação de voz que demonstrava sincera tristeza —, mas devo respeitar tua vontade. Continuaremos amigos e tenho certeza de que um dia voltaremos a caminhar juntos para um objetivo maior que os ganhos de riquezas

Numa espontânea e brusca reação, vencendo a distância que vai do empregado ao patrão, do aprendiz ao mestre, atirei-me sobre o Joaquim José e o abracei fortemente, tal como faria se me despedisse do pai que não tive. Sem disfarçar a surpresa pelo inesperado do gesto, ele deu um largo sorriso e retribuiu com a mesma força o meu abraço, batendo-me por longo tempo nas costas, como a me consolar.

Durante vários anos fiquei sem notícia do Tiradentes. Minha vida, como sabeis, voltou à velha rotina de barbear e cortar cabelos, sendo chamado ocasionalmente a lancetar algum furúnculo, ou aplicar uma sangria em doentes pouco graves, apenas para aliviar uma sezão, receitar ervas para tratar uma maleita branda, ou curar as dores dos que demonstravam, pelas bochechas muito vermelhas, ter excesso de sangue na cabeça. Os ganhos eram no princípio um pouco mais que o suficiente para atender às necessidades do comer e dormir, permitindo, vez ou outra, uns canecos de vinho nas tabernas, ou uma visita à casa das pilatas. De qualquer sorte, ao longo de muitos anos de trabalho, sem que ninguém morresse em razão dos meus tratamentos, consegui me firmar como barbeiro-sangrador dos mais requisitados em Vila Rica.

Ao longo de todo esse tempo pensava que o Tiradentes permanecia ocupado em razão de suas atividades de pesquisador de lavras e veios, sempre embrenhado pelos sertões. Talvez tivesse se fixado pelas bandas longínquas do Arraial do Tejuco, ou da Vila do Príncipe do Serro Frio, região onde os diamantes vinham produzindo riquezas e contendas. Mais contendas que riquezas, afinal, pois a Coroa portuguesa, pretendendo o controle total sobre a extração das pedras — ao contrário do ouro, do qual o quinto lhe bastava —, não fazia mais que estimular a extração ilegal e o contrabando, uma vez que o brilho faiscante dos diamantes ofuscava de longe a luminância opaca das baionetas. Estivesse ele em Vila Rica, por certo nos teríamos encontrado, pois ela não era assim tão grande e movimentada.

Certa tarde, ao virar uma esquina, trombei com um alferes do Regimento dos Dragões que, mesmo com o rosto liso, sem barba, pude ver que era o Joaquim José.

— Ora, ora, se não é o menino Alexandre! — adiantou-se ele, abrindo os braços numa visível expressão de alegria. — E já não é mais tão menino.

— Meu mestre! — exclamei, com um grito de viva surpresa diante do inesperado encontro. — Com que então vosmecê agora é alferes? Não pretendíeis ser minerador?

— Bem, jovem amigo, pretendia. De fato voltei-me por uns tempos para a mineração, mas ela parece ter perdido seus dias mais gloriosos. Muitos veios se esgotando, quase nenhum novo sendo encontrado nesta região; os impostos empobrecendo os mineradores; o desânimo tomando conta das vilas. Ninguém mais se interessando por produzir ou trabalhar para enriquecer apenas os nobres e a Coroa. Ao trabalho honesto, quase sempre infrutífero, só se apresenta a alternativa do contrabando, com seus riscos nem sempre bem calculáveis. Resolvi, então, sentar praça no Regimento dos Dragões de Cavalaria da Guarda Real, onde o soldo, embora pouco, é certo, ainda que quase nunca pago regularmente. Como vês, alcancei o posto de alferes. E tu, ainda continuas nos ofícios de barbeiro, aplicando também sangrias?

— Mais ou menos — respondi, buscando manifestar modéstia que, por certo, soava como falsa. — Procuro ater-me mais às barbas e aos cabelos Evito, quando me é permitido, não enfrentar os riscos de arriscar a pele alheia em sangrias e extrações mais complicadas com as quais ainda não estou bem familiarizado, mormente porque meu aprendizado se interrompeu quando nos separamos. Mas, se vosmecê estava na vila, por que só agora nos encontramos, tantos anos depois?

— Enquanto trabalhava como minerador — respondeu —, vagueei por todos os sertões desta província e até mesmo da Bahia. Estive fora por todo esse tempo, e somente agora, como militar, posso me considerar afixado na terra. Assim mesmo por pouco tempo, pois creio que receberei novas incumbências, quer me parecer que na corte, ou outras missões Ainda não sei.

A conversa foi se alongando, cada um falando de si e do tempo em que estivera ausente do outro, mas não se esgotando, pois o Tiradentes não deixava escapar qualquer ocasião para explicar os planos que agora ocupavam sua cabeça. Filosofias que, dizia ele, grassavam na Europa, pregando a liberdade integral do homem como um direito natural, salientando as notícias recém-chegadas de que os colonos da parte norte desse continente americano, baseados nessas ideias, tinham resolvido declarar-se independentes dos ingleses, proclamando a constituição de uma nova nação, que denominaram Estados Unidos da América do Norte. Sugeri, quando ele começou a traçar um paralelo entre a colonização inglesa ao norte e as condições da colonização portuguesa aqui, que continuássemos nossa conversa em uma taberna próxima

— Veja, meu bom rapaz — retomou o Tiradentes, agora com a garganta e a cabeça umedecidas por algumas boas doses de cachaça —, esta terra é rica e não apenas de ouro ou pedras. Há nela outros metais que podem se tornar tão preciosos quanto o ouro ou a prata. Há terras boas para pastagens e plantações, como não há em Portugal, pois as de lá são escassas e cansadas, e dão apenas uma safra por ano. Aqui há fartura de terras, quase nada exploradas, muitas pastagens e plantações que podem ser colhidas duas vezes cada ano. Temos de sobra o que falta na Europa, terra tão extensa que até hoje não se conhece toda ela, fartura de rios, invernos brandos e sol em todas as estações. Tudo sem falar, por certo, no ouro, na prata e nas pedras preciosas que vêm enriquecendo outra gente que não nós, os brasileiros. Por que, diante disso, devemos continuar a ser submetidos e explorados pela corte mais pobre e fraca da Europa; gigante dominado por anões que nos submetem justamente por não terem tudo isso? Os que se insurgiram contra a Inglaterra no norte desafiaram inimigo muito mais poderoso e estão lutando bravamente contra ele, e ganhando a guerra, pelo que dizem, pois movidos não só pelas armas, mas, sobretudo, pela vontade de liberdade e a certeza da crença que os move.

O tom da sua fala não era o de se esperar de uma conversa entre duas pessoas numa mesa de taberna, mas uma arenga, em voz bem alta e entusiasmada, com o claro propósito de fazer-se ouvir por todo o ambiente. E de fato, a partir de certo ponto, ele parecia receber a atenção de quase todos os presentes, inclusive e principalmente do taberneiro, que não disfarçava a preocupação com a possibilidade de o discurso atrair a atenção de alguma autoridade.

— Meu mestre — atalhei, em voz bem baixa, olhando de esguelha os demais ouvintes, como a convidá-lo a fazer o mesmo —, tudo o que dizeis é verdade, mas Portugal tem aqui uma coisa que falta aos que, como vosmecê, querem libertar a terra. Tem o poder das armas, e com elas o monopólio da força. Tem o poder de escrever as leis e fazer cumpri-las, por bem ou por mal. Sobretudo, mestre, o governador tem por aqui muitos ouvidos.

— Minhas andanças pelos sertões, meu jovem — continuou ele, ignorando minha advertência —, mostraram-me o que esta terra é e o que ela pode vir a ser. Não podemos ainda sequer nos designar como um povo, mas um amontoado de pessoas incultas, sem vontade, miseráveis que mal fazem para sobreviver, e por isso facilmente submetidas, necessitando de cabeças pensantes que abram seus olhos, incitem suas vontades e as conduzam a uma atitude de rebeldia contra a dominação portuguesa.

Nesse instante, o taberneiro correu a fechar a porta, temeroso que de repente adentrassem ali guardas do governador prontos a prender todos como sediciosos.

— Vosmecê, mesmo sendo um alferes, não pode ficar aqui falando assim sem comprometer a mim e meu estabelecimento. Sempre fui obediente à Coroa e ao governador, e não quero encrencas com el-rei.

— Vede — o Tiradentes levantou-se e alteou ainda mais a voz —, posturas como esta nos fazem permanecer eternamente como dominados. E de que valem um homem e sua vida, se sob o permanente medo do poder que o impede de viver plenamente, pensando e falando o que lhe vier ao bestunto?

— Ora, senhor — devolveu o taberneiro —, sei muito bem o que quero e faço de minha vida, e neste momento quero que vosmecê vá arengar em outro sítio e não em minha casa.

Alertei o Tiradentes que o melhor era nos retirarmos e continuar a conversa na rua, ou em outro lugar, pois ali as coisas poderiam descambar para algo semelhante ao incidente que nos levara para a cadeia de Minas Nova, agravando-se o caso agora por não se tratar de simples rixa por causa de um escravo fujão, mas de uma possível acusação de sedição e motim.

CAPÍTULO III

Voltei a ficar sem ver o Tiradentes por mais um longo tempo. Foi na ocasião em que veio a falecer dona Maria José, deixando a estalagem momentaneamente sem dono, até que chegasse do Rio seu único filho, que por lá exercia comércio. Como hóspede mais antiga e em vista das relações quase de parentesco que mantivestes com dona Maria José, mãe, assumistes a obrigação de tocar o dia a dia dos negócios, acolhendo os novos hóspedes, recebendo dívidas, comprando as necessidades para manutenção da casa e administrando os escravos, até a chegada do herdeiro.

Mais de trinta dias após o enterro de dona Maria José chegou a Vila Rica o senhor José Maria da Consolação e Perdões, o filho herdeiro do senhor José Maria e de dona Maria José. Logo assumindo os negócios da estalagem Do Pai e Mãe, manifestou o desejo de vendê-la, pois não se dispunha a abandonar seus prósperos negócios na capital do vice-reino em troca de administrar uma modesta estalagem numa vila no interior de uma província do interior, ainda que fosse esta a mais rica da colônia. Lembrais, mãe, que ele chegou a oferecer a estalagem por um preço bem módico, mas que recusastes por não disporeis do dinheiro, apesar das economias conseguidas ao longo de todos aqueles anos de muita labuta? Mas felizmente vosmecês chegaram a um acordo, quando a senhora se dispôs a ficar como fiel administradora da estalagem, enviando a cada ano para o Rio os lucros apurados no ano anterior, deduzido do que vos era devido por vossos serviços. A consumação do negócio não foi mais dificultosa do que os normais e complicados trâmites de acordos, contratos e registros notariais e pagamento de todas as taxas sempre exigidas pelos controles da Coroa. O senhor José Maria da Consolação e Perdões decidiu firmar o contrato porque demonstrou ter por vós plena confiança, em vista das cartas que sua mãe sempre lhe enviava, que nunca deixavam de falar da senhora como se fora dela uma verdadeira filha, que muito a ajudava na administração da estalagem, sobretudo depois da morte do marido, não se esquecendo de também falar de mim como se fosse o neto que ele se esquecera de lhe dar para alegrar seus dias de velhice.

Durante todo esse tempo tive que me manter trabalhando na pousada, fazendo dela um ponto fixo para meus também ofícios de barbeiro e sem deixar de atender os de cirurgião onde fossem necessários. A cadeira de braços que comprei, com espaldar que permitiu adaptar um descanso para cabeça, possibilitava não só fazer as barbas com mais conforto, mas também usá-la para tratar dentes. Alguns arranjos nas posições dos balcões logo na entrada da pousada possibilitaram organizar o espaço para a cadeira, uma mesinha e um pequeno armário, fazendo assim de mim o primeiro barbeiro-cirurgião-dentista com ponto fixo de atendimento, ao contrário dos demais, que ofereciam seus serviços nas ruas.

Tão logo o Tiradentes soube que eu tinha me firmado na pousada, onde podia ser encontrado a qualquer hora do dia ou da noite, passou a me procurar mais amiúde.

— Eis aqui, Alexandre, um bom local para nos reunirmos e trocarmos conversa sobre as novas filosofias que irão comandar o mundo.

De fato, a partir daí passei a receber visitas quase constantes do Tiradentes, que nas suas folgas, que não eram assim tão raras, logo arrastava um banco para perto da minha cadeira de trabalho, felizmente poucas vezes vazia, e logo começava a arengar suas opiniões. Dirigia-se muito mais aos meus fregueses do que a mim, sabedor do velho dito de que "às galinhas de casa não se precisa correr atrás".

— Os homens nascem livres e autônomos, e, como tal, devem viver subordinados apenas às leis por eles mesmos criadas. Isso significa que não podemos continuar a viver sob o jugo das leis despóticas que nos são impostas por Portugal.

Começava quase sempre com essas palavras os discursos com que tentava convencer a gente simples que frequentava o lugar. A maioria, sem nem sequer entender o sentido do que dizia, apenas concordava com acenos de cabeça, incapaz de discordar, o que era próprio daquela gente simples, mas não simplória, pronta a ouvir e demonstrar aceitação às palavras dos mais ilustrados ou poderosos, embora quase nunca disposta a segui-los com a determinação do convencimento.

Ao fim do dia, terminados os trabalhos na barbearia e na estalagem, dirigia-me a alguma taberna em busca do conforto de uma caneca de vinho que mitigasse os braços e pernas do cansaço dos trabalhos braçais na estalagem e os ouvidos dos gritos e gemidos dos doentes da boca. Nessas ocasiões não era raro encontrar outra vez o Tiradentes envolvido em novos discursos de propagação de um movimento de libertação, retirados dos livros que lhe emprestava o cônego Luís Vieira da Silva, dono daquela vasta e atualizada biblioteca e que, depois vim a saber, era o verdadeiro mentor intelectual do movimento, já tendo conquistado as melhores cabeças da província.

Por vezes, suas exposições não eram bem-vindas aos frequentadores, que diziam estar ali para beber e comer e não para ouvir arengas de um alferes que, diziam, não tinha os miolos lá muito consistentes. Joaquim José pouco se importava com os que o desafiavam e riam de suas atitudes, vistas como de um doido, pois somente um doido seria capaz de se insurgir contra uma ordem que era estabelecida por Deus. Por outro lado, zombavam dele, exclamando: "Como seria possível lutar contra as tropas armadas do governador e do vice-rei: atirando contra elas pedrinhas de ouro e bosta de boi?" Passaram, a partir daí, a tratá-lo com apelidos depreciativos, o "República", o "Gramaticão", o "Corta-Vento", e outros que ao final apenas expressavam a distância que havia entre o que era professado por ele e a estreita mente dos que o ouviam. "Uns bananas, fracos de espírito, da estirpe dos que nasceram para serem dominados sem nunca questionarem por que o são", respondia ele resignadamente.

Ocasiões houve, no entanto, em que os desaforos não foram engolidos pelo alferes com a paciência que lhe era comum, e as discussões transformavam-se em desigual desforço físico, pois Joaquim José quase sempre se via sozinho diante de vários adversários. Nas ocasiões em que estava presente, eu prontamente intervinha, mais com a intenção de apartar, pois temia que a contenda viesse a chamar a atenção dos guardas que, mesmo vendo tratar-se de um alferes, não titubeariam em levar seu relato ao governador.

O tempo do nosso reencontro acabou se resumindo a umas poucas semanas, pois logo depois Joaquim José comunicou-me com orgulho que fora destacado para prestar serviços nas forças de defesa contra ameaças externas no Rio de Janeiro. Nem bem entrara para a tropa e já lhe davam missão de importância. Continuasse assim, pensei, Joaquim José teria de fato encontrado sua verdadeira vocação, podendo vir a fazer uma honrosa e gloriosa carreira como militar. Seus talentos e caráter se encarregariam de abrir-lhe os caminhos, permitindo o reconhecimento de seu verdadeiro valor.

Como a gente se engana diante dos falsos sinais do destino, não, mãe? Tivesse Joaquim José feito no regimento a carreira que esperava e seu destino talvez fosse outro. O mais provável é que não se teria engajado numa conspiração para a qual foi levado não só pelo que professava, mas também na busca de reparação das injustiças que julgava sofrer cada vez que era preterido em promoções dadas a seus companheiros, mais habilidosos nas artes da bajulação do que nas militares.

Dentro de dois dias deveria seguir para a capital em companhia do também alferes Simão da Silva Pereira e do capitão Francisco de Oliveira Lopes, sob o comando do tenente-coronel Francisco de Paula Freire de Andrade.

— É minha primeira oportunidade para discutir com gente mais importante e instruída, como o capitão Francisco de Oliveira Lopes e o tenente-coronel Freire de Andrade, meus propósitos sobre a independência dessa terra — falou-me ele, ao se despedir. — Serão pelo menos quinze dias cavalgando lado a lado com eles.

— Tomai cautela, mestre — não pude deixar de observar —, vossas palavras poderão soar estranhas aos ouvidos de gente que depende mais que vosmecê dos favores do governador.

— Ora, ora, meu caro, bem sei do mato em que estou lenhando. Já ouvi da boca do tenente-coronel Freire de Andrade muitas palavras de rebeldia contra o jugo português. Creio que nos daremos bem em trocar ideias que penso serem bem aparentadas.

— Se é assim, que Deus vos proteja e Nossa Senhora do Pilar vos acompanhe.

Só voltei a ver o Tiradentes mais de um ano depois, por volta da metade do segundo semestre de 1779, quando ele retornou a Vila Rica, cumprida sua missão na corte. Não demorou, desde a sua chegada, a me procurar para inteirar-se das novidades da terra, falar de seus trabalhos na capital e, mais que tudo, das conversas mantidas com o tenente-coronel Freire de Andrade, durante a viagem e os contatos que tivera no Rio com muitas outras pessoas. Nesse meio-tempo, teve oportunidade de expor e debater as novas filosofias que se espalhavam pela Europa. Surpreendeu-o saber que o movimento de insurreição dos colonos do norte contra os ingleses era tratado por quase todos com extrema simpatia, numa clara demonstração de que algo equivalente aqui seria da mesma forma bem-visto.

Nos dias seguintes, deixei exposta perigosamente toda a minha já acumulada fama de exímio e meticuloso barbeiro, atentando mais para as narrações das atividades do Tiradentes na corte do que para os rostos dos meus fregueses.

Antes de tudo, falou-me das características físicas da cidade do Rio de Janeiro e das condições de sua defesa contra ameaças externas, objeto da sua missão, observando ser a cidade praticamente inexpugnável, dada sua localização no interior de uma baía, cuja pequena boca de entrada, uma barra incomparável, era facilmente defensável, tendo ainda seu porto as circunstâncias de posição e defesa extremamente favoráveis. Sendo as praias oceânicas a leste e oeste pouco propícias ao desembarque de tropas, as invasões por terra, que poderiam vir de pontos mais distantes, seriam facilmente percebidas a tempo de preparar-se boa defesa da cidade. Para prevenir ataques por terra, haviam sido elaborados, no passado, planos de construção de muralhas e valas, mas abandonados em vista de sua inutilidade e da expansão natural da cidade além da linha dos muros.

O que mais o entusiasmara, de fato, fora verificar que, sendo o Rio de Janeiro o portal de entrada para a província das Minas Gerais, onde se concentrava a maior parte das riquezas da colônia, tornava-se esta, da mesma forma, facilmente defensável de tropas que pudessem vir d'além-mar para combater uma possível rebelião de independência da colônia. Era importante, pois, por tal condição, agregar o Rio de Janeiro em qualquer plano de insurreição, e não apenas por ser a sede do vice-reinado e capital da colônia.

De suas conversas com o tenente-coronel Freire de Andrada, destacou que confirmavam o que já suspeitava: o oficial também cultivava ideias de liberdade do Brasil. Ao longo dos dezoito dias da viagem, conversaram muito sobre as riquezas exploradas e por explorar, não só nas Minas Gerais mas também em outras tantas terras desse imenso país, e da absurda situação de uma terra tão grande, potencialmente tão rica e poderosa, ser dominada por um país tão pequeno e fraco como Portugal.

— Isso só pode ser atribuído à falta de vontade do povo — dizia o tenente-coronel —, acovardado, acomodado e medroso de uma luta que, por certo, trará perdas no início, mas vantagens incontáveis no futuro. Uma população de brancos com poucos ricos e muitos pobres que se contentam com pouco, desde que obtido apenas com os esforços do trabalho dos negros e índios, e vê a riqueza como uma graça que Deus concede a uns e a outros não. O trabalho não é visto por nossa gente como algo digno e necessário às conquistas que se quer da vida. Uma mostra disso é que a riqueza nestas terras se mede pelo número de escravos possuídos.

— Talvez, ou mais que tudo, porque falte ao povo quem lhe abra os olhos — argumentara o Tiradentes, ressaltando o absurdo da situação e demonstrando a possibilidade de se construir aqui uma grande, próspera e independente nação, por via da educação do povo.

— O processo de educação é longo — retrucara o tenente-coronel — e exige o apoio do governador, do vice-rei e da própria Coroa, que por certo preferem que o povo continue ignorante. É, pois, difícil, meu caro, convencer um povo iletrado com argumentos que exigem meditação. Os letrados a quem se expõem tais ideias logo concordam com elas, enquanto os outros apenas olham bestificados — como é comum nessa gente — e dizem concordar para não contrariar o locutor, pois é próprio da cultura dos reprimidos falar e dar a entender a língua dos repressores para nela embutir sua própria linguagem subalterna.

— Não vejo assim, meu coronel. A gente do povo com quem falo — e toda vez que posso falo com ela em qualquer lugar onde haja um grupo — tem sempre se mostrado receptiva às minhas palavras, quase nunca deixando de expressar sentimentos de revolta contra os desmandos dos agentes portugueses, sobretudo quando cobram impostos que não podem ser pagos sem sacrifícios da mesa dos pagantes.

Tiradentes ocultava aí ao tenente-coronel que suas arengas muitas vezes eram ouvidas com impaciência, quando não seguidas de chacotas e zombarias dos ouvintes

— Bem, alferes, podem mesmo concordar, mas estariam verdadeiramente convencidos, até a disposição de lutar para alterar tal situação?

— Creio que sim, meu comandante, e mais convencidos poderiam ser se os que têm o condão de convencimento, por sua capacidade e posição, impuserem a si tal trabalho, que sei hercúleo, mas compensador. Nada indica que não se possa esperar o poderoso apoio dos padres mais esclarecidos, que têm à sua disposição o mais influente dos palanques, o púlpito.

— O alferes então concorda comigo que qualquer movimento de insurreição contra Portugal deve começar pela conquista dos corações da gente mais ilustre da terra. Quanto aos padres, eu concordo, mas veja que estariam perigosamente expostos diante da Coroa e de seus superiores eclesiásticos claramente aliados do poder português.

— Conheço padres — continuava o alferes — que não se mostram temerosos das represálias do governador ou das reprimendas de seus bispos Até mantêm em suas casas ricas bibliotecas, com as novas obras filosóficas que falam do direito natural à liberdade dos homens. Foi por um deles, aliás, que tive acesso à Constituição do novo Estado implantado há cerca de dois anos no norte desta América

Tiradentes referia-se ao cônego Luís Vieira da Silva, da vizinha vila de Mariana, de cuja biblioteca tomara emprestado um recém-chegado livro intitulado *Recueil des lois constitutives des colonies anglaises confédérés sous la dénomination d'Etats Unis de l'Amérique Septentrionale*, que continha as leis constitutivas das colônias inglesas confederadas sob a denominação de "Estados Unidos da América Setentrional", traduzido para o francês, que o alferes dizia conseguir ler com o auxílio de um dicionário, também obtido do cônego.

— Vosmecê referiu-se à independência dos colonos ao norte — continuara o tenente-coronel —, mas, pelo que pude conhecer daquele movimento, ele foi deflagrado por gente de alto coturno intelectual, filósofos e cientistas, e movido mais que tudo pela rebeldia contra os tributos ingleses, isto é, por gente que tinha capacidade de pagar tributos. Não eram, portanto, pobretões. Por isso insisto em que aqui também qualquer movimento deve iniciar-se pelas pessoas mais graduadas, pois são as que têm mais consciência dos prejuízos que Portugal causa aos seus interesses Só depois, então, buscando o povo mais miúdo.

As conversas mantidas com o tenente-coronel Freire de Andrada demonstraram a Tiradentes que ele tinha ali mais do que alguém que concordava com seus pensamentos, mas um possível e forte aliado para o movimento que começava a gestar em sua cabeça. O capitão Francisco de Oliveira Lopes e o alferes Simão da Silva Pereira, seus outros companheiros de viagem, embora não participassem ativamente das conversas, não deixavam de dar mostras de concordar com a necessidade de o Brasil tornar-se uma nação independente de Portugal.

Durante muitos dias o Tiradentes não falou de outra coisa que não de seus tempos no Rio de Janeiro. Da receptividade que sempre encontrava nos lugares aonde levava suas pregações, sempre ocultando, o que vim a saber depois, que lá também suas arengas eram alvo de deboches, havendo até ocasião em que foi posto para fora de uma taberna, por estar perturbando o sossego dos que queriam ali apenas embebedar suas mal disfarçadas infelicidades de homens sem liberdade

CAPÍTULO IV

De volta a Vila Rica, Joaquim José não permaneceu lá por muito tempo. Alguns meses depois foi convocado para comandar o destacamento da guarda em Sete Lagoas, encarregado do Registro que controlava a entrada do vale do médio Rio São Francisco, a mais importante e estratégica ligação de Minas com a província da Bahia e o resto da região Nordeste Sua missão era coibir a saída do contrabando de ouro e de diamantes e a entrada ilegal dos negros que, com a decadência dos senhores de engenho do Nordeste, estes se viam obrigados a vender para as regiões mineradoras O contrabando de diamantes e ouro, desde a região do Arraial do Tejuco e do Serro Frio, levara a Coroa a decretar, havia bem uns vinte anos, o monopólio sobre as pedras preciosas, o que, em contradição, só tinha feito aumentar as atividades ilegais de extração e comércio. Daí a importância da missão do Tiradentes para o governo da província.

Muito do contrabando das riquezas das Minas Gerais escoava, naquela ocasião — e creio que ainda hoje, mãe —, pelo Rio São Francisco, em direção à Bahia e a Pernambuco, enquanto outra parte descia pelo Caminho Velho, a antiga ligação da província com o mar. Esse caminho, partindo também de Vila Rica, ia por São José Del Rei do Rio das Mortes e São João Del Rei, cruzando a Serra da Mantiqueira na divisa com São Paulo, pelo vale do Rio Parahyba e, após, descendo pela Serra do Mar até o porto de Paraty. Daí, o ouro e os diamantes eram enviados para a Europa e às vezes para a cidade de Buenos Aires, desta muitas vezes retornando ao Rio de Janeiro legitimados sob a forma de pagamentos de compras quase sempre

143

fictícias. Foram a dificuldade de manter controles nesse caminho e as fragilidades do porto final que levaram a Coroa a abrir o Caminho Novo, que atendia melhor à cidade do Rio.

Foi por essa época — sabíeis, mãe? —, logo depois da partida de Joaquim José, que me enrosquei com aquela mulata, a Maria Pia, mucama de um importante coronel dos auxiliares, chamado Eduardo Borges, minerador e fazendeiro abastado, dono de mais de cem escravos. O de que nunca desconfiei, e que acabou por me trazer grandes atribulações e perigos, é que ela era também uma das muitas negras e mulatas do verdadeiro harém que o coronel mantinha nas suas duas fazendas. Ele até se tornara famoso em toda a região pelo número e beleza das mulheres tidas e mantidas à sua disposição. Número, aliás, bastante ampliado depois que enviuvou. A esposa parece que morreu de desgosto por ter que conviver com um marido que nem sequer a tratava como tal, negando-lhe as mínimas regalias que seriam próprias de uma legítima consorte, nem mesmo tratando-a como a primeira esposa, dentre as muitas possíveis para um sultão. Outros dizem — mas até hoje nada se provou — que o coronel mesmo a matou quando ela, insatisfeita com aquela situação, ameaçou levar o problema às autoridades eclesiásticas, pedindo uma anulação de casamento, a estas alturas impossível; ação ineficaz, mas suficiente para produzir escândalo capaz de abalar o prestígio do coronel perante o clero, o governador e a sociedade, pois, mesmo que comportamentos como aquele não fossem incomuns, ainda que o coronel exagerasse na dose, eram tolerados na Vila Rica desde que observadas as aparências exigidas pelos bons costumes, que tinham que ser preservados.

Tudo começou quando meus ofícios de sangrador foram requisitados para o coronel, atacado que estava por uma séria crise de gota, sendo justamente a Maria Pia que acorreu a me chamar para atender seu patrão. Não que o coronel não pudesse chamar um médico de verdade, mas, como Maria Pia não achara nenhum na cidade, a dor desesperada do coronel levou-o a mandá-la clamar por quem quer que fosse capaz de aliviar sua dor.

Alguns olhares insinuantes trocados nas quermesses da Igreja de Nossa Senhora da Conceição de Antônio Dias nos haviam levado a algumas furtivas trocas de palavras, e por isso ela ficara sabendo de mim e minhas atividades. Na busca desesperada de alguém que aliviasse as dores de seu patrão, lembrou-se logo de que eu lhe dissera ser barbeiro e também cirurgião, capaz de tratar e curar qualquer doença, além de excelente tratador de dentes. Sabeis como é, mãe, os homens sempre exageram as próprias qualidades quando querem conquistar as mulheres, e a Maria Pia, na sua inocente ignorância de jovenzinha, não tinha por que duvidar das minhas fanfarronices. Conduziu-me assim até a casa do coronel, uma das maiores e mais enfeitadas casas da cidade, na Rua Detrás, nos lados da matriz de Antônio Dias.

Encontrei o coronel, homem gordo, de porte avantajado e enormes papadas, com uma espessa barba dando-lhe um ar ainda mais feroz do que os olhos esbugalhados demonstravam, deitado em uma enorme cama de dossel, com o pé direito apoiado sobre várias almofadas, exibindo o dedão inchado e avermelhado como se estivesse no fogo, cercado de duas negras e mais um escravo que exibiam a expressão de pasmo e inércia diante das desgraças inevitáveis.

A simples visão daquele pé era suficiente para demonstrar o quadro de podraga, enfermidade que vira o Alcebíades tentar tratar, sem sucesso, apenas com sangria das veias do pé, mas que o Tiradentes me ensinara ser resultado de humores alterados e que devia ser tratada com infusões de ouro coloidal mais enxofre, além de alguns purgantes e uma dieta de muita água. Não excluía ele também uma pequena incisão na área inchada para esvaziamento do topo gotoso, mas apenas nos casos extremos, como parecia ser o do coronel, eis que era intervenção extremamente dolorosa

Meu sangue gelou ao ver a situação grave que me era destinada a curar, sobretudo porque parte da anatomia de um poderoso coronel, capaz de me matar ou mandar matar se eu não o curasse, ou — o que naquela hora me pareceu mais provável — agravasse sua doença. Tudo que eu sabia sobre ela era o que ouvira do Tiradentes, porém nunca a tratara. Arrependi-me então de todos os pecados que pesavam em minha alma, mais que todos, das minhas bazófias com a Maria Pia, exagerando minhas parcas qualidades de médico que não era. Sabia que apenas o encostar de uma palha no dedão do coronel o faria urrar de dor e que uma das formas de alívio imediato somente seria possível com uma incisão na ponta do dedão inflamado.

— É este pirralho que encontraste para me tratar? — arguiu raivosamente o doente, dirigindo-se a Maria Pia.

— Olha, coronel — respondeu ela amedrontada —, ouvi muito falar desse moço como o mais famoso barbeiro-sangrador desta vila, que me afiançou ser conhecedor de muitas doenças, pois apesar de jovem sempre teve bons mestres.

— Pois seja. Que pelo menos me alivie a dor, até que volte à cidade algum médico, sempre melhor que um barbeiro-sangrador.

— Coronel — disse eu, consumindo toda a coragem armazenada nos momentos anteriores —, posso vos passar alguns remédios, mandando fazê-los na botica do padre Francisco Ferreira da Cunha, boticário preferido do meu mestre, Joaquim José, o Tiradentes. Mas, para alívio imediato de vossa dor, creio ser necessária uma pequena incisão no dedo, o que poderá ser bem doloroso.

— Ao inferno com qualquer outra dor — berrou ele —, pois nenhuma poderá ser maior do que a que tenho agora. Mas, se não me aliviares, prepara-te para sofrer mais que eu... se isso for possível.

As palavras gritadas do coronel fizeram meu sangue gelar ainda mais, o que parecia impossível, mas àquelas alturas não havia mais como recuar, e resolvi enfrentar a onça.

— Bem, se vosmecê aceita — balbuciei —, posso pedir que vos tragam uma garrafa da melhor cachaça para que vosmecê possa melhor suportar a dor?

Enquanto Maria Pia buscava a cachaça e alguns panos que também pedi, busquei na minha caixa de ferrinhos a lanceta que estivesse mais afiada e comecei a expressar em pensamento as mais fervorosas orações às Nossas Senhoras do Pilar e da Conceição, aos Sãos Franciscos de Assis e de Paula e quantos outros santos pudessem ajudar-me no que poderia ser minha última intervenção cirúrgica.

Enquanto o coronel bebia quase metade da garrafa de cachaça trazida pela Maria Pia, acomodei-lhe a perna sobre alguns panos e pedi ao escravo que a segurasse com firmeza pela canela. Com cuidados maiores do que usaria se tivesse que tocar o interior de um dente aberto, fui aproximando cautelosamente a lanceta da base do dedão intumescido, quase a tocá-lo, mas o bastante para provocar no paciente o ato reflexo de retirar o pé do alcance do instrumento que poderia lhe causar dano e dor. O movimento, porém, foi de tal jeito que o dedo alcançou a ponta da lanceta, fazendo-a cumprir o seu papel, produzindo, além da farta sangueira preta e viscosa, um urro do coronel capaz de espantar até a mais feroz e intimorata besta-fera.

O ato, apesar de involuntário, acabou produzindo o efeito desejado, pois o coronel, após dar um murro no pobre escravo que lhe segurava a perna e tentar alcançar-me para fazer o mesmo, acabou por se acalmar ao ver que a dor lancinante da gota fora substituída pela dor menor do corte. Eu mesmo, ainda atônito, custava a acreditar que minhas orações tinham sido atendidas e que, graças apenas à própria ação do coronel, sua dor estava suavizada, e o que era mais importante: tudo levando a crer que fora resultado dos meus cuidados. Serenado o ambiente, tratei de limpar suavemente o dedo tratado, recomendando que mandasse fazer na botica do padre Francisco as infusões recomendadas para o caso.

— O rapazelho é de fato de bons serviços — exclamou o coronel, esboçando na carranca algo parecido com um sorriso. — Vou gratificá-lo muito bem, jovem, e recomendar seus serviços a outras pessoas.

— Já estou bem gratificado por vos ver livre da dor, senhor coronel — respondi, buscando agradar ainda mais ao homem cuja amizade me poderia ser bem mais benéfica que o dinheiro, mas não recusando as moedas que me estendeu.

Procurei no mesmo dia o padre Francisco para que ele preparasse as infusões de ouro coloidal e enxofre que deveriam ser levadas ao coronel no dia seguinte, para daí por diante tratar-lhe a gota somente com remédios, sem necessidade de novas intervenções cirúrgicas, dada a incerteza de novo auxílio dos santos que tão bem me ajudaram na ocasião.

O retorno à casa da Rua Detrás de Antônio Dias, para levar ao coronel os remédios prescritos, foi a oportunidade de rever Maria Pia, o que daí por diante passou a ser uma constante diária, sob os pretextos bem aceitáveis de saber do andamento da saúde do seu patrão. As oportunidades foram, pouco a pouco, tornando-se cada vez mais favoráveis a que os assuntos de nossas conversas fossem além da saúde do coronel. O fogo da minha masculinidade juvenil mais as brasas ardentes que a feminilidade dela ocultava sob os carvões mal apagados do exigido recato logo produziram um incêndio de grandes proporções.

O coronel, que mantinha a casa em Vila Rica porém passava a maior parte de seu tempo entre suas duas fazendas, após sentir-se pronto para as agruras da viagem, partiu para o sertão, deixando novos espaços de tempo para nossos encontros, que de tão frequentes e descuidados acabaram por fazer parte dos mexericos da vizinhança e, mais que tudo, das conversas na cozinha da casa do coronel, onde também eram mantidas algumas outras de suas concubinas. Assim, não demoraram a encontrar os ouvidos do último homem que deveria ouvi-las.

O quintal da casa do coronel estendia-se por muitas varas pelos fundos, até a Rua do Cibu, o que possibilitava acesso relativamente fácil a um depósito de lenha nos fundos, onde eu me encontrava com a Maria Pia Até mesmo os cachorros, no princípio contidos pela mulata, acabaram por me aceitar como gente conhecida e frequentadora da casa, deixando de ameaçar ou denunciar minha presença. A cada vez marcávamos o próximo encontro, adequando-os aos movimentos e alterações de rotina da casa, a um sempre possível retorno do coronel, ou aos meus trabalhos, embora os abrasamentos que naquela ocasião queimavam incessantemente meu corpo sempre se sobrepusessem a eles. Com o tempo, pelos descuidos que as ações rotineiras acabam por impor, começamos a nos encontrar todos os dias em que o coronel não estivesse na cidade — o que significava dizer quase todo dia. O homem somente dava as caras em Vila Rica quando a necessidade de seus negócios exigia, e quase sempre por pouco tempo.

Se desconfiando pelos comportamentos agora diferentes da Maria Pia, ou certo de estar sendo traído, alertado pelas alcovitices da casa, até hoje não sei. A verdade é que, tendo alardeado que voltaria para suas fazendas numa certa manhã, acabou nos surpreendendo no lenheiro no começo de uma noite, quando já íamos bem avançados nos preparativos para mais um deleitoso encontro de amor.

O coronel, como todos os ricos e valentes senhores de Vila Rica, não andava sem se fazer acompanhar de pelo menos dois capangas, e estes logo me seguraram, enquanto o coronel tratava de estapear a Maria Pia com toda a raiva que seu gênio violento e o sentimento de traído produz nos homens. Esgotada sua ira contra a pobre moça, deixada caída quase desmaiada num lado, voltou-se ele para mim, retirando da cintura uma faca e mandando a seus homens que arriassem minha calça.

O gesto e a ordem não podiam deixar qualquer dúvida sobre as intenções do furibundo coronel. O desespero de me ver capado multiplicou minhas forças por quantas vezes eram necessárias para me sacudir desesperadamente e conseguir escapar das mãos dos capangas e em desabalada carreira, capaz de dar poeira no mais veloz dos cavalos saltadores, alcançar e saltar o muro que levava à Rua do Cibu e desta, ainda naquela carreira desabalada, chegar às margens do Córrego do Sobreira, onde parei para tomar algum fôlego e logo continuar correndo encoberto pela alta vegetação que margeava o curso d'água, até o encontro deste com o Ribeirão do Funil. Afinal, mãe, tratava-se de salvar o segundo valor de um homem, depois de sua própria vida.

Acreditando estar momentaneamente a salvo, mas apenas momentaneamente, pois não seria difícil para o coronel saber de mim tudo que lhe era necessário para me alcançar, tratei de pensar num lugar onde poderia me esconder, adicionando às qualidades do esconderijo a capacidade de me abrigar pelos tantos dias necessários até que o coronel voltasse aos seus negócios longe de Vila Rica

Ocorreu-me em primeiro lugar a casa de dona Domingas, jovem viúva com quem o Tiradentes mantinha um discreto mas apaixonado relacionamento. Por algumas vezes, ele me fizera acompanhá-lo até a casa da, digamos, então noiva, apresentando-me como seu mais dileto discípulo, levando-a a me dedicar desde então especial carinho. Não pude contar-lhe a verdadeira história da minha necessidade de refúgio, pois não saberia contar a uma mulher de respeito, como era dona Domingas, a triste história de uma malsucedida aventura amorosa de um jovem desajuizado. Falei que estava sendo perseguido pelo coronel em razão das dores que lhe provocara ao tratar mal uma podraga, que por isso insistia em não demonstrar sinais de cura definitiva, e que seus capangas tinham ordem de me arrastar até ele para que um dedão do meu pé fosse cortado de modo a provocar a mesma dor que ele sentia.

Dona Domingas acreditou e interessou-se vivamente pelo meu caso, demonstrando sincera preocupação com minha sorte, argumentando, porém, que como dama de respeito que era não podia abrigar em sua casa, sem comprometer sua honra, um estranho que não mantinha com ela qualquer traço de parentesco, mesmo que longínquo. Havia ainda também o risco de os mexericos da vizinhança acabarem chegando aos ouvidos do coronel, pois sua casa não era tão grande que permitisse a um novo morador ocultar-se da vista dos vizinhos.

Antes que o desespero me levasse a fugir da vila embrenhando-me pelo sertão com apenas a roupa do corpo, veio-me à cabeça, como uma luz salvadora, buscar abrigo com minha amiga, dona Belinha, senhora já madura de quem eu tratara alguns dentes apodrecidos, que mantinha uma pequena casa de pilatas, no caminho da Casa de Pedra, a meia légua da vila, local nunca frequentado pelo coronel, desnecessitado que era de tais serviços.

Dona Belinha respondeu aos meus apelos, depois de ouvir a história que contei sem ocultar quaisquer detalhes, eis que nenhum deles ofenderia seus esgarçados escrúpulos, fartando-se de rir das minhas agruras, mesmo que coloridas com as mais fortes cores de dramaticidade que o desespero de um homem ameaçado na sua virilidade é capaz de produzir

Como se fosse apenas mais um dos fregueses que eventualmente por ali fazem pouso de alguns dias, permaneci na casa, até que uma das moças de lá me deu conta segura de que o coronel já havia ido embora, levando com ele a pobre e machucada Maria Pia.

Nunca mais a vi. Seu amo e senhor deve tê-la internado na mais longínqua de suas fazendas, atrelando-a a alguma mucama mais velha capaz de conter seus ardores.

Voltei, como vosmecê bem lembra, mãe, à rotina na estalagem e aos serviços apenas de barbeiro, escusando-me por algum tempo de outros trabalhos que pudessem reavivar lembranças dos perigos que passei por meus recentes tratamentos da saúde alheia.

CAPÍTULO V

Pouco tempo depois o Tiradentes retornou de sua missão no Registro de Sete Lagoas, permanecendo em Vila Rica no aguardo de novas tarefas, o que ocorreu lá por volta do mês de abril daquele ano de 1781. Iria comandar um destacamento encarregado de abrir uma variante no Caminho Novo, desde a Mantiqueira até o Registro do Parahybuna nas divisas com a província do Rio de Janeiro. Os trabalhos seriam executados pela pequena tropa sob seu comando mais alguns escravos cedidos pelo tenente-coronel dos auxiliares Manuel do Vale Amado, dono de umas sesmarias naqueles lados de Nossa Senhora da Conceição de Matias Barbosa. Se bem me lembro, mãe, foi nos porões da sede da fazenda dele que os conspiradores presos em Vila Rica fizeram um pernoite menos desconfortável, quando vieram trazidos acorrentados desde lá até os cárceres aqui no Rio.

Apesar do tempo passado desde as ameaças que recebi do coronel corneado, a incerteza quanto a ele haver esquecido a traição sofrida mantinha-me em permanente alerta, sempre temeroso de encontrá-lo pelas ruas de Vila Rica, ou a qualquer dos seus capangas capaz de me reconhecer. Não foi, aliás, por outra razão que me afastei naquele tempo dos ofícios de dentista e sangrador, pois o coronel poderia facilmente armar uma cilada mandando alguém chamar-me para uma intervenção em local onde eu seria facilmente emboscado. Apanhar-me na estalagem, de onde a partir de então eu raramente saía, não seria fácil, pois seus mandados por certo encontrariam resistência, uma vez que não lhes aproveitaria muito explicar às autoridades que o coronel me buscava para me castigar por ter usado uma de suas mucamas. De toda sorte, não seriam as leis que impediriam o coronel, de uma forma ou de outra, de me apanhar de jeito.

Foi por isso, mãe, que não titubeei em aceitar o convite do Tiradentes para acompanhá-lo na nova missão. Encontrar alguém que me substituísse nos trabalhos da estalagem não foi difícil; o moleque Simplício está lá até hoje, não? Como comandante de um destacamento com missão específica e reconhecidamente difícil, que até merecia o comando de patente mais alta, Joaquim José conseguiu convencer seu comandante de me comissionar como seu ajudante de campo, de modo que eu até receberia um pequeno soldo.

Partimos numa madrugada fria e nebulosa, Joaquim José, eu e mais quinze soldados, acompanhados de oito mulas carregadas com ferramentas, víveres e toda a tralha necessária à viagem e aos trabalhos que empreenderíamos. Os dias claros e a estação seca tomaram-nos apenas oito dias até a fazenda do Registro de Matias Barbosa, do tenente-coronel Manuel do Vale Amado, que nos esperava entusiasmado com a empreitada que iria acrescentar tão boas melhorias às suas terras.

Logo na primeira noite de nossa chegada, o tenente-coronel e sua mulher, dona Maria Córdula de Abreu e Melo, prima-irmã do Dr. Álvares Maciel e da irmã dele, esposa do tenente-coronel Freire de Andrada, ofereceram à tropa um farto jantar, armada uma grande mesa no terreiro frontal da fazenda, acomodando toda a soldadesca. O anfitrião e sua esposa, contudo, cearam no interior, no grande salão que abrigava uma longa mesa de jantar e todo o mobiliário necessário a grandes recepções, tudo do mais nobre jacarandá lavrado, convidando o Tiradentes para acompanhá-los, incluindo-me no convite, após ouvir dele fortes argumentos quanto à importância da minha posição como seu ajudante de campo.

As primeiras conversas, esgotadas as banalidades protocolares de praxe, como a saúde do governador, as notícias da gente de importância e dos conhecidos comuns de Vila Rica, logo foram dirigidas para os trabalhos que seriam desenvolvidos de abertura da variante: as dificuldades do terreno, as matas a serem cortadas, os pontos de cruzamento dos cursos d'água, a quantidade de escravos necessários.

A variante deveria encurtar o caminho que então vinha por um grande arco desde a Serra da Mantiqueira, estendendo-se até o Registro do Parahybuna, na divisa com a província do Rio de Janeiro, podendo encurtar o percurso em até um par de dias. Trabalho árduo para ser executado com os poucos homens da tropa, pelo que o tenente-coronel deveria também dispor de alguns escravos para completar as necessidades.

Após as sobremesas, as almas apaziguadas pelo saboroso e farto jantar, dispostos cada um a melhor ouvir e compreender o outro, o Tiradentes aproveitou a oportunidade (seria estranho se não o fizesse) e deu início às suas costumeiras arengas sobre os direitos dos homens à liberdade e a inexplicável submissão do rico e agigantado Brasil aos ditames do pequeno e pobre Portugal.

— Que os negros, mais fortes e numerosos que os brancos, submetam-se à escravidão — começou o Tiradentes —, explica-se por sua índole primitiva e selvagem, pela ausência de qualquer traço cultural que denote neles a noção de uma forma de vida diferente. Mas admitir-se que tais qualidades se façam presentes nos homens brancos, cristãos, civilizados e cultos aproxima-se da própria negação da existência de Deus. Portanto, não se justifica que nós, brasileiros, como povo mais forte, sejamos dominados por uma nação mais fraca, submetidos por gente como nós.

— Como mais fraca?! — replicou o tenente-coronel com veemência. — Portugal detém as armas, as tropas, os navios de guerra, o poder de ditar e fazer cumprir as leis, exercer a governança que organiza nossas vidas, e é aí que reside sua força. Nada temos aqui no Brasil exclusivamente nosso que equivalha a tudo isso. Logo, vosmecê me perdoe, mas devo discordar do que diz e afirmar que nós somos os mais fracos, por isso governados por Portugal, mais forte.

— Ora, ora, meu preclaro coronel, nada temos enquanto não agimos, pois nada impede os brasileiros de tomar tudo isso de Portugal e enfrentar a Coroa aqui com as armas com que ela hoje nos domina.

— Mas o senhor está propondo uma rebelião contra nossa rainha, cujo poder é consagrado por Deus e pela Igreja! — exclamou o tenente-coronel com perplexidade. — Tudo isso que vosmecê fala teria que começar pela aceitação dessas ideias por toda a gente, e não creio que as pessoas de bem estejam dispostas a se insurgir contra Sua Majestade, nossa bem-amada Dona Maria. Por que lutar para sair de um governo e submeter-se a outro? Todos os atos de nossa augusta soberana visam ao bem de todos, ainda que possam não agradar a alguns, pois isso nem mesmo Nosso Senhor Jesus Cristo conseguiu.

O tenente-coronel levantou-se abruptamente, como a expressar o tamanho de sua discordância de propostas tão sediciosas.

— Muito me espanta que ideias como estas venham da cabeça de um alferes da tropa paga por Sua Majestade, cuja missão maior é defender os interesses de quem o mantém a seus serviços.

Percebendo que ali não encontraria terreno fértil para suas palavras e que, até mesmo pelo contrário, a continuação da discussão poderia abalar uma relação ainda mal iniciada, comprometendo sua missão, Joaquim José deu-se por vencido e tratou de abrandar os termos da discussão.

— O meu caro coronel pode ter interpretado mal tudo o que eu disse, pelo que lhe peço humildes desculpas. Propus tudo numa discussão apenas teórica, nada mais que especulação. Como bem disse vosmecê, pela minha farda devo lealdade a Sua Majestade, Dona Maria. Ainda assim, o coronel há de concordar comigo que merecíamos de Portugal ao menos maior autonomia na condução dos nossos governos provinciais, usando os fartos recursos que são próprios desta terra, elaborando leis e tomando decisões que correspondam às nossas reais necessidades, nem sempre conhecidas ou reconhecidas por Portugal. Tenha como exemplo a decisão do governador, dom Rodrigo José de Meneses e Castro, de mandar fazer este novo caminho para bem facilitar as comunicações e o comércio entre nossa província e o Rio de Janeiro.

— Bem — respondeu o tenente-coronel —, por esse lado reconheço-lhe o direito de expor seus pensamentos, ainda que os condene como proposta. Saiba, porém, alferes, que nunca comungarei com eles.

Neste momento, o Tiradentes ajuizadamente julgou melhor interromper a discussão e, passando a elogiar e agradecer o lauto rega-bofe oferecido à tropa, insistiu com o tenente-coronel e sua senhora que o acompanhassem até os soldados, e, uma vez no lado de fora, conclamou a todos dar um viva ao generoso anfitrião e sua digníssima esposa. Aconselhando em seguida os soldados a que se recolhessem, pois o dia seguinte seria de muita labuta, propôs que nós também nos recolhêssemos

— Creio que desse mato não se pode esperar muita lenha — sussurrou-me ele enquanto nos dirigíamos para nosso quarto, referindo-se ao tenente-coronel Manuel do Vale Amado. Só mais tarde, quando as ações conspiratórias do Tiradentes se tornaram mais evidentes, vim a compreender o sentido da frase: daquele homem não se devia esperar apoio para uma conjuração contra Portugal.

Dia seguinte, logo cedo, o Tiradentes abriu diante do tenente-coronel um detalhado mapa da região, passando a discutir com ele os possíveis traçados da nova estrada. As muitas viagens que havia feito naquelas paragens, quando de sua vida de mascate, habilitavam-no a bem discutir com o fazendeiro, que também conhecia fartamente a região das suas terras, as necessidades e os rumos dos trabalhos. Após debates que se estenderam por toda a manhã, chegaram a um acordo quanto a abrir uma picada preliminar daquele ponto até uma localidade denominada Porto do Meneses, alcançada facilmente a partir do Registro do Parahybuna e seguindo a jusante do Rio Parahyba. Completada aquela etapa, os trabalhos então se voltariam para a direção da Serra da Mantiqueira, até pouco além do arraial de Igreja Nova, em Borda do Campo, num ponto de confluência com o Caminho Novo.

O fazendeiro dispôs-se a ceder apenas oito de seus escravos para ficarem sob as ordens do alferes, apesar de este reclamar a necessidade de pelo menos o dobro. A abertura da picada até Porto do Meneses, quase sempre acompanhando as margens encachoeiradas dos rios Parahybuna e Parahyba, consumiu pouco mais de dois meses, a partir do que se deveriam concentrar os trabalhos nas obras de alargamento, construção de pinguelas onde o vau não fosse possível para a transposição de riachos e córregos e outras obras de menor envergadura.

A abundância de pedreiras exploráveis na região fez o alferes pensar em utilizá-las para a produção de pedras que calçariam a estrada, tornando-a carroçável durante todo o ano, principalmente no período dos fortes aguaceiros do verão, quando certos trechos do Caminho Novo se tornavam verdadeiras armadilhas de lama, aprisionando carros e não poucas vezes até animais. No entanto, a proposta de ampliar os planos originais, logo encaminhada ao governador, não mereceu qualquer consideração de resposta da parte de dom Rodrigo José de Meneses e Castro, provocando no Tiradentes um misto de angústia e raiva, pois o desprezo para com aquele bom projeto significava imerecido descaso ao seu trabalho e à sua competência, negando-lhe a oportunidade de exibir seus dotes de inteligência extramilitar. Ou seja: de demonstrar visão pioneira numa obra da mais alta importância para a província e mesmo para a colônia, tornar o Caminho Novo transitável durante todo o ano.

Para surpresa nossa, quando as obras de alargamento já iam pela metade do caminho, o tenente-coronel Amado mandou que o Tiradentes lhe devolvesse os oito escravos, alegando que faziam muita falta na fazenda. De pouco adiantaram os argumentos do Joaquim José de que os trabalhos na estrada eram de mais importância do que nas roças, pois visavam atender toda a província, garantindo o eficiente abastecimento das vilas e arraiais, prevenindo a fome e a carestia, beneficiando, também, as terras e interesses do próprio tenente-coronel. Apesar de o Tiradentes clamar, inclusive, pelas ordenações que obrigavam os roceiros a cuidar da conservação do caminho nas suas terras, o fazendeiro foi intransigente e não se sensibilizou com qualquer argumento.

Tivemos que nos contentar com a diminuição do ritmo dos trabalhos, chegando o Tiradentes a cogitar até mesmo abandonar a empreitada, justificando-se perante o governador com a impossibilidade de prosseguir apenas com os soldados, mormente em razão de que parte deles deveria ser destacada para a construção de um pequeno quartel no Porto do Meneses. Não afasto a hipótese de seu desânimo ter sido fruto também do descaso até aquele momento demonstrado pelo governador para com a proposta de calçamento da estrada.

Apesar de tudo, as obras prosseguiram, embora em ritmo bem mais lento, até o ano de 1783. Concluído também o pequeno quartel no Porto do Meneses, o Tiradentes arranchou ali parte da tropa, assumindo a partir daí a responsabilidade da guarda do Caminho Novo.

Por essa ocasião, eram inúmeras as representações ao governador pedindo providências contra a insegurança provocada pelos muitos quilombolas e salteadores armados com espingardas, baionetas e todo tipo de armas, que assaltavam, estupravam e matavam viajantes que se aventuravam nos altos da Serra da Mantiqueira pelo Caminho Novo. Os perigos e incertezas do percurso naquelas paragens levavam os viajantes muitas vezes a deixar prontos seus testamentos antes da partida.

Diante de tudo isso, o Tiradentes fez chegar ao governador, agora dom Luís da Cunha Meneses, que substituíra dom Rodrigo José de Meneses, as notícias do recrudescimento das ações do maior desses bandos, que diziam ter várias dezenas de homens, chefiado por um tal de José Galvão, mais conhecido por *Montanha*, afirmando estar no encalço dele e seus asseclas, pois tal era sua obrigação como responsável pela guarda do Caminho Novo.

Não sei se o apelido do chefe do bando era pelo seu porte avantajado ou se por sua preferência em agir nos altos montanhosos da Mantiqueira. O grupo infernizava os viajantes na região havia muitos anos, porém a ausência de repressão eficaz levou o *Montanha* a se sentir cada vez mais longe do alcance dos braços da lei, bom conhecedor que era da índole dos encarregados da ordem na província. Estes pouco se empenhavam nas ações de repressão por temor da quase certa vingança dos criminosos, impossibilitados que eram de executar sumariamente os homens brancos que deviam antes ser submetidos aos procedimentos da justiça, e à incapacidade das precaríssimas cadeias de mantê-los presos.

Gradativamente, diante da pouca ou quase nenhuma repressão, o bando só fazia ampliar suas ações, agindo de forma cada vez mais ousada e cruel. Não eram poucas as mortes atribuídas a ele, nem tampouco eram exageradas as histórias de crueldade de suas ações. As últimas notícias de crimes praticados pelos bandidos relatavam o desaparecimento de um comerciante morador de Sabará, ao que tudo indica morto junto com seus únicos acompanhantes, um escravo e um cachorro fila, além de um soldado pago que, por acaso, a tudo assistira sem nada poder fazer contra a ação dos bandoleiros. Também muito se falava do desaparecimento de um comboieiro vindo dos Goyazes, homem gordo que viajava acompanhado por dois escravos e duas canastras com muito dinheiro; além do relato mais recente do desaparecimento de um negociador de fazenda de Rio das Pedras, que, juntamente com um sobrinho e um escravo, portava barras de ouro. Estas histórias não faziam mais que se somar às muitas outras de pessoas desaparecidas naquelas plagas.

Como responsável pela guarda do Caminho Novo, cabia ao Tiradentes a obrigação de desbaratar a quadrilha. Não dispondo, no entanto, de mais de quinze homens para cumprir a missão de acabar com um bando que se presumia tivesse mais de trinta, o Tiradentes teve que se valer de astúcia e inteligência. Era a oportunidade de demonstrar seus dotes de estrategista militar, os quais não lhe faltaram quando iniciou as ações com a busca de indícios que o levassem ao paradeiro do comerciante de Sabará.

Os bandidos agiam mais frequentemente na Serra da Mantiqueira, cujas sinuosidades e os sobe e desce do Caminho Novo, por várias vezes cruzando mata cerrada, facilitavam as emboscadas, ao mesmo tempo que dificultavam as perseguições. Tinham os bandidos, além disso, a vantagem do íntimo conhecimento do território e das inúmeras picadas abertas por contrabandistas para burlar os controles da fazenda real.

A maior parte da área onde agiam os salteadores eram terras do coronel José Aires Gomes, um dos fazendeiros mais ricos da província. Herdados de seu sogro Manuel Lopes de Oliveira, Aires Gomes se encarregou de ampliar os domínios originais, fazendo-os alcançar, desde o alto da serra, em

Borda do Campo, até os arredores mais abaixo do pequeno arraial de Santo Antônio do Parahybuna, não muito distante da divisa com a província do Rio de Janeiro. Só de bois e escravos, diziam, o coronel teria para mais de seiscentas cabeças daqueles e perto de cento e cinquenta destes. Foi para a principal fazenda dele, a de Borda do Campo, que o Tiradentes logo se dirigiu para ali arranchar a tropa e assentar a base das operações de caça ao bando do *Montanha*.

CAPÍTULO VI

Os primeiros contatos de Joaquim José com o coronel dos auxiliares do Primeiro Regimento do Rio das Mortes, José Aires Gomes, foram bem mais frutuosos que os mantidos com o tenente-coronel Manuel do Vale Amado. Enquanto este se mostrou disposto a tudo obter e pouco ou nada oferecer, daquele se viu que estava pronto a dar todos os seus esforços para alcançar objetivos que, beneficiando todos, também o beneficiariam, o que soa como lógico na cabeça dos que pensam coletivamente e não se comportam impulsionados pela falsa crença de que a parte pode viver independente do todo. Essa comunhão de ideias entre o coronel Aires Gomes e o Tiradentes mostrou-se proveitosa não só para o sucesso das ações de caça ao *Montanha*, mas também e principalmente pela certeza de sua adesão às ações conspiratórias.

Para grande alegria do Tiradentes, o coronel mostrou-se simpático à proposta da necessidade de um governo de brasileiros no Brasil, tão logo ele, não fugindo à regra, após as trivialidades de praxe no início das conversas, começou a discorrer sobre a necessidade e a possibilidade de um movimento nesse sentido.

— Pois veja, meu caro coronel — foi logo dizendo o Tiradentes —, se tenho agora a missão de combater facínoras que aterrorizam vossas terras, é porque eles existem em número muito maior do que seria razoável aceitar, pois muitos caíram nessa vida empurrados pela miséria causada pela política espoliadora dos governantes desta província. Não nos dão liberdade para nada, nem sequer nos deixam abrir estradas ou picadas.

Pensam apenas no que de melhor podem fazer para impedir o contrabando de ouro e diamantes; em arrancar desta terra tudo o que pode enriquecer a corte portuguesa. Levam daqui nosso ouro e deixam-nos os buracos.

— Vosmecê tem razão — anuiu o coronel —, também dos nossos trabalhos aqui na roça nos levam quase tudo, o que sobra mal dá para alimentar os escravos.

O coronel aqui exagerava nas suas queixas, pois embora os tributos que a Coroa impunha também às criações e à lavoura fossem altos, sempre deixavam lucros que a cada ano o tornavam ainda mais rico, até mesmo porque explorar a terra não a esgotava.

— Nosso povo é um bando de bananas, coronel — continuou o Tiradentes —, submete-se à vontade dos portugueses como o boi, que é obediente e pacífico porque desconhece a força que tem. Precisa de gente de pulso que abra seus olhos e o conduza para uma revolta contra a dominação dos portugueses.

— Vosmecê está falando de uma revolução? — arguiu o coronel, buscando saber, no fundo, qual era a intenção do alferes: espionar suas opiniões para depois levá-las ao governador; convidá-lo para alguma ação de rebeldia; ou simplesmente conversar fiado por falta de outro assunto?

— Não, uma revolução, não! — o Tiradentes recuou um pouco no seu ímpeto, temendo ter ido longe demais com as ideias expostas para um poderoso coronel que mal acabara de conhecer. — Penso apenas que os que têm alguma ilustração e poder nesta província, como vosmecê, devem manifestar-se buscando obter de Portugal o direito de opinar sobre os atos dos governadores, para que sejam tomadas decisões que atendam também aos interesses do Brasil, e não exclusivamente os de Portugal.

— Nesse caso estou inteiramente de acordo com o alferes; e, indo mais longe, acho que deveríamos exigir que os governadores fossem escolhidos dentre gente daqui.

Nesta altura da conversa Joaquim José entusiasmou-se ao perceber que, ao contrário do que sentira na conversa com o tenente-coronel Manuel do Vale Amado, daquele mato sairia boa lenha.

— Isso mesmo, coronel. São os brasileiros que devem governar o Brasil. Mas não creio que a Coroa nos conceda isso sem luta. Se outros homens como o coronel pensarem desta maneira, então poderemos construir aqui uma grande nação.

Garantida a confiança mútua, o diálogo seguiu pela noite adentro em torno do tema da libertação de Portugal e dos rumos que podiam ser dados a uma nova nação inteiramente brasileira, até se darem conta de que a missão maior do Tiradentes naquele momento era desbaratar as quadrilhas que infernizavam as estradas que cortavam as terras do coronel Aires Gomes, principalmente a do *Montanha*. A conversa passou aí a girar em torno das informações até então obtidas sobre as ações do principal grupo, o provável número de bandidos, as estratégias de cobertura das áreas a serem patrulhadas nas muitas picadas que cobriam toda a região e facilitavam o deslocamento dos bandidos.

No dia seguinte, o Tiradentes destacou quatro soldados que deveriam acompanhar a patrulha regular daquela região. O grupo foi encarregado de percorrer todos os caminhos conhecidos, desde o alto da serra até o campos, com a incumbência principal de descobrir pistas que levassem ao misterioso desaparecimento dos três comerciantes e, por consequência, localizar as últimas áreas de atuação do bando do *Montanha*. As diligências prosseguiram por muitos dias e talvez viessem a dar em nada, em razão da grande extensão de terras a serem patrulhadas por tão poucos homens, não fosse o favorecimento da sorte, sem a qual raramente as ações humanas, por mais esforço e boa vontade que contenham, chegam a bom termo.

Acompanhando uma boiada, resolveram os soldados arranchar-se à beira de um córrego e, ao se embrenharem no mato à cata de frutas ou alguma caça, notaram um forte mau cheiro que denotava carne em decomposição. Ao apurarem de onde vinha a catinga, acabaram por descobrir uma sepultura rasa, já escavada por bichos. Nela descobriram três corpos, enterrados um sobre o outro, com roupas, alforjes e papéis. Apesar de bastante deteriorados, foi possível ver que um deles era de Antônio Sanhudo, que viera de Rio das Pedras com várias barras de ouro, acompanhado de um escravo e um rapaz branco, em direção ao Rio de Janeiro.

A presença da sepultura e o pouco tempo decorrido desde que, pelo estado dos corpos, parecia ter sido escavada fizeram o Tiradentes ver que os facínoras ainda podiam estar por aquelas bandas. Mandou então que outros grupos de patrulha se espalhassem pela região na busca de mais indícios dos outros desaparecidos. Logo no dia seguinte descobriram os soldados mais uma cova, não muito longe da primeira, onde estava o fardamento do soldado que fora morto ao presenciar a morte de Francisco José de Andrade, o comerciante de Sabará, além de outras tralhas julgadas sem valor pelos bandidos. O corpo do soldado, porém, não foi encontrado.

Graças à pouca inteligência dos bandidos e a seu desleixo para com trabalhos não diretamente voltados à perpetração de crimes, as covas eram rasas e mal cobertas, por vezes permitindo vislumbrar sinais de que algo estava enterrado. Além das descobertas, que indicavam não estar o bando tão longe que não pudesse logo ser alcançado pela pequena tropa do Tiradentes, a sorte voltou a manifestar suas simpatias para com o alferes oferecendo-lhe a captura de um bandoleiro, um caboclo abandonado gravemente doente no arraial de Igreja Nova, dado como sendo do bando do *Montanha*.

O coronel Aires Gomes, fazendo valer sua patente, antecipou-se ao que seria tarefa do alferes comandante encarregado da missão policial e foi logo interrogando a figura esquálida e pálida do bandido, que se esvaindo em suores de febre mal conseguiu murmurar seu nome: Miguel Pinheiro.

— Então, ô desgraçado — falou o coronel, pegando-o pelos cabelos —, tua alma está pronta para logo encontrar o Criador e prestar contas das maldades que fizeste nesta vida? Alivia-te, pois, dos teus pecados contando-nos tudo que sabes sobre teu bando. Deves preferir morrer na cama a no tronco.

As palavras e a expressão do coronel — que mais denotavam vontade de abreviar pela morte os sofrimentos do bandido do que obter informações — não conseguiram romper seu mutismo, contentando-se ele em apenas firmar desafiadoramente seus olhos mortiços nos do interrogador, merecendo por isso um forte e sonoro tapa que quase fez a cabeça do pobre desgraçado dar um giro pelo pescoço.

— Estou falando contigo, infeliz! — insistiu o coronel. — Se não queres me responder por bem, saiba que posso te fazer falar de uma forma ou de outra, pouco me importando que venhas a morrer dos meus tratos ou da tua doença.

Ao ver o irado coronel mais interessado em castigar o meliante do que em obter as informações julgadas de importância, o Tiradentes resolveu intervir, antevendo que o pobre-diabo poderia morrer antes de dar qualquer informação de proveito para a missão.

— Ora, vamos, poderemos te dar algumas vantagens, se nos contar tudo que queremos saber sobre o *Montanha* e seu bando.

— Posso dar o local onde estão enterrados outros que roubamos — murmurou ele, até com certa firmeza na voz. — Mais não falo.

— De que me adianta o local onde estão enterrados os mortos se não sei dos vivos que os mataram? — irritou-se o Tiradentes.

— Sou bandido, mas não sou traidor.

— Precisamos saber onde teu bando se esconde — continuou o alferes.

— Nunca ficamos no mesmo lugar por muito tempo.

— Diga então os últimos lugares onde se acoitaram.

— Não sou traidor — insistiu o bandido.

— Tens razão — interveio o coronel, sem disfarçar o sarcasmo —, traidores são os que te abandonaram aqui, doente, para morrer.

— Eles não me abandonaram — o pobre coitado angustiado quase que tentava gritar. — Deixaram-me aqui para que recebesse socorro. Fui traído por quem delatou a vosmecês minha presença neste arraial.

Joaquim José resolveu retomar a iniciativa do interrogatório.

— Quem iria te socorrer neste fim de mundo, onde não há um médico ou mesmo um barbeiro-cirurgião? Chamam-me o Tiradentes graças às minhas habilidades em curar dentes doentes, mas sei tratar também de outras partes do corpo. Conheço muitas ervas e infusões que podem curar tua doença e talvez possa salvar tua vida, tratando-te dessas sezões.

Ao ouvir palavras que lhe davam alguma esperança, em vez de tapas, os olhos do bandido abriram-se ansiosos, mas sem qualquer manifestação de que estaria disposto a colaborar. Vendo a firme disposição de silêncio do meliante, o Tiradentes resolveu adotar outra forma de convencimento.

— Bem, se insistes no silêncio, de nada vale minha promessa de tratar-te. Vamos deixar-te aí morrer sem qualquer alívio para teus sofrimentos, até mesmo sem um padre que encomende tua alma.

Com um leve sinal de cabeça e um piscar de olhos, o Tiradentes sinalizou ao coronel e a mim para que o acompanhássemos, como se fôssemos nos retirar. Ao ver nossa disposição de abandoná-lo, na iminência de uma morte sem sequer uma encomenda que lhe garantisse pelo menos o Purgatório, o bandido conseguiu com visível esforço erguer levemente o corpo e quase que com um grito exclamou:

— Não, por favor, não me deixem morrer. Não sem um padre que possa purgar meus pecados e afastar-me do inferno.

— Muito bem — voltou-se para ele o Tiradentes. — Conta-nos o que queremos saber.

— Quero água. Antes deem-me água, em nome de Deus — choramingou o bandido, manifestando aceitação dos termos do acordo. Após beber um farto gole da caneca que eu lhe trouxe, iniciou sua fala, informando o que sabia sobre o bando e suas ações.

O alto da serra onde foram encontradas as covas com os corpos de Antônio Sanhudo e seus acompanhantes, além da outra com o fardamento do soldado, era onde o bando enterrava todos os que matava. Nas imediações das covas encontradas, outras poderiam ser achadas, com os corpos do comerciante de Sabará, Francisco José de Andrade, a do gordo comboieiro dos Goyazes, além de outras com os restos de muitos viajantes assaltados, que ele afirmou serem para mais de doze.

O bando, continuou ele, era de fato formado por dois grupos, um chefiado por Joaquim Oliveira e o outro por José Galvão, o *Montanha*, que era o chefe de tudo e a quem cabia a maior parte dos ganhos. Depois de atendidas as necessidades imediatas dos dois grupos e feita a distribuição da parte do butim que tocava a cada homem, o que sobrava — e quase sempre era muito — era encaminhado à mãe e ao cunhado de Galvão, donos de uma fazenda chamada do Morcego, próximo à vila de São José Del Rei. Mantinham esconderijos em duas localidades próximas, no Barroso e na Ressaca, enganando seus perseguidores, mantendo-se numa enquanto eram procurados noutra.

Ao saber que uma tropa estava a caminho de Borda do Campo com a missão de caçá-los, o *Montanha* mandou que se dividisse o bando, seguindo um grupo em direção aos Goyazes, embrenhando-se o outro pelos sertões. O bandido, porém, não soube dizer qual das duas direções tomara o *Montanha*.

De posse das informações, o Tiradentes expediu seu relatório ao governador, dando conta delas e de tudo o mais que conseguiu apurar de outras ações perpetradas pelos bandidos na região, informando ainda que pretendia empreender uma intensa caça ao *Montanha* e seu segundo, Joaquim Oliveira. Relatório em mãos, o governador não demorou a mandar uma tropa à Fazenda do Morcego, onde todos os moradores e empregados foram presos e submetidos a interrogatórios, que não se pode jurar terem sido feitos de forma muito fiel às normas judiciais vigentes, que reservavam aos homens brancos o direito de serem submetidos a inquéritos e não serem sumariamente executados, conforme se fazia com os negros e mulatos, mesmo quando apenas esboçadas suas culpas. Outra tropa foi destacada para seguir em perseguição aos que fugiram em direção aos Goyazes na esperança de capturar o *Montanha* ou Joaquim Oliveira, qualquer um que tivesse seguido com seu grupo naquela direção.

Avaliando tudo que conseguira arrancar do caboclo capturado, o Tiradentes conseguiu localizar um dos grupos, por sorte aquele sob comando do próprio *Montanha*, que tentava escafeder-se pelos sertões. Com os restantes oito homens sob seu comando, o Tiradentes conseguiu pela manhã alcançar o esconderijo do bando numa tapada de mato, cercando-o. O grupo acuado tinha muitos homens, além do próprio *Montanha*, dando ao Tiradentes uma desvantagem de combate de dois homens por um. Inteligentemente, ordenou aos soldados que rodeassem o acampamento dos bandidos, postando-se a maior parte de costas para o nascente, atirando de um ponto e logo correndo para outro, enquanto recarregavam os fuzis, de onde tornariam a atirar, dando ao *Montanha* a impressão de que estava cercado por tropa mais numerosa, pois a luz ofuscante do sol contra seus olhos impediria de conferir o número de atacantes.

Iniciado o tiroteio, os bandidos, pegos de surpresa, logo tiveram dois dos seus abatidos, ao mesmo tempo em que um soldado próximo a Tiradentes caía com um certeiro balaço no peito. Tiradentes não titubeou em apontar sua arma para o bandido que atirara, ferindo-o, mas, ao levantar-se para melhor mirar seu alvo, tornou-se ele próprio alvo fácil, permitindo que um tiro lhe ferisse o ombro, levando-me a incontinente largar minha arma para socorrê-lo. O tiroteio ainda perdurou por alguns minutos, mas a tática do Tiradentes deu certo e, em pouco tempo, os bandidos, agora reduzidos à metade, se renderam, inclusive o próprio *Montanha*, ferido na perna.

As tropas do Tiradentes ainda permaneceram na região de Borda do Campo por mais algum tempo, batendo os sertões e os altos da serra para ter a certeza de que outras quadrilhas, que infestavam a região e as vilas de São José Del Rei, São João Del Rei e o Caminho Novo, desde os altos da Mantiqueira até o Registro do Parahybuna, não mais atormentariam os viajantes.

Enquanto isso, o alferes ampliava suas trocas de ideias revolucionárias com o coronel, indiferente às dores da ferida e aos meus cuidados em manter sobre ela alguns panos embebidos com ervas medicinais e picumã, para evitar possível infecção. A dor lhe parecia indiferente, diante do entusiasmo com que discutia com Aires Gomes a vitória sobre o *Montanha*.

Tornado agora hóspede de honra do coronel, participava o Tiradentes de todos os jantares e serões na sede da grande fazenda. E eu, sempre apresentado como seu principal auxiliar, acabei também por partilhar de todas as regalias da hospitalidade do generoso fazendeiro, testemunhando as conversas que haveriam de render bons frutos na construção futura do malfadado movimento de insurreição.

— O coronel, por certo, deve saber — dizia o Tiradentes — que em Vila Rica e outras vilas e arraiais destas Minas Gerais há muitas boas cabeças que também falam, como nós, da necessidade de se lutar pela separação completa de Portugal, permitindo aos brasileiros o direito de decidir seus destinos e indicar seus governadores.

— Apesar de concordar com vosmecê — aparteou o coronel —, penso que tal concessão nunca será dada graciosamente e de mão beijada pela Coroa. Se a quisermos de verdade, teremos que conquistá-la a ferro e fogo, e talvez seja menos doloroso obter de Portugal uma independência limitada, mantida a fidelidade à rainha.

— O coronel pode ter alguma razão. Mas foi por outros meios que os colonos da América inglesa, ao norte, conseguiram sua independência e fundaram uma nova nação, uma república, com leis que dão a todos os mesmos direitos, sem reis, nobreza ou privilégios para quem detém o governo, a cada quatro anos elegendo os que vão governar.

— Ouvi falar disso — exclamou o coronel —, mas confesso que não consegui entender bem como fazem tal coisa. Cada um clamando pelo que lhe parece ser melhor, o que nem sempre é o que os outros pensam; todo mundo palpitando sobre o rumo a ser dado à nação, opinando sobre a melhor maneira de governar. Tudo isso pode dar mais em desordem que em bom governo. Onde já se viu qualquer tropeiro, boiadeiro ou vendeiro dando palpites de como conduzir um país?

— Ora, coronel, não é bem assim, todo mundo opinando. O povo escolhe os que vão formar uma câmara, semelhante às nossas câmaras municipais, só que não nomeados por um rei. Também se elegem os que vão governar cada estado e um presidente que deverá governar todos, de modo que o mando de fato é feito por um número pequeno de pessoas, as melhores cabeças da nação. A novidade é que os que governam são escolhidos pelos governados e devem fazê-lo conforme a vontade destes. E o detalhe mais importante, meu prezado coronel, é que tudo se faz com a máxima liberdade, sem medos e sem submissão à vontade pessoal de qualquer poderoso que se imponha pela força das armas ou por duvidosa tradição.

— Creio que a primeira preocupação deva ser expulsar daqui alguns desses portugueses — enfatizou o coronel, demonstrando certo enfado em ouvir teorias. — Depois veremos o que faremos de nossas vidas.

O Tiradentes tentava vez ou outra esmiuçar para o coronel as teorias e filosofias que embasam um regime de república, conforme ele aprendera dos livros lidos da biblioteca do cônego Luís Vieira da Silva. O coronel, embora as aceitando como verdadeiras, não as compreendia inteiramente, pois não era dado a teorias. Pouco chegado aos livros, sua formação fora mais forjada na prática, nas lutas pela conquista e manutenção das muitas terras que faziam dele o fazendeiro mais rico da província. Não deixava, no entanto, de demonstrar sua disposição de se engajar num movimento que livrasse o Brasil dos portugueses, deixando bem claro que sua riqueza poderia ser extremamente útil a um movimento que não teria como contar com outros recursos que não os advindos de seus adeptos.

O Tiradentes não se furtava a exibir para mim sua alegria pelo que considerava ser mais uma grande conquista para o movimento libertário. Acabara de conquistar um dos homens mais poderosos da província por sua riqueza e influência, possuidor de forte inteligência, apesar de um tanto inculto.

Mais que tudo, afastava de vez as dúvidas que por vezes assolavam seu íntimo quanto ao que professava ser extravagante, fruto de mentes excêntricas, incondizente com os valores aceitos e dados como verdadeiros por todos. O que ele aprendera com os filósofos franceses e com as propostas dos federalistas da América do Norte era, sim, filosofia consistente, embora, infelizmente, nem sempre estivesse ao alcance das gentes mais simples e menos ilustradas que formavam a grande maioria do povo. Sua alegria por ver que tudo que professava não eram vãs teorias, que talvez nunca viessem a encontrar guarida na realidade das cabeças que faziam o mundo girar, tornou-se ainda maior quando lhe chegaram notícias de que a Inglaterra havia por fim reconhecido a independência de sua antiga colônia no norte, e que até mesmo Portugal estava em vias de fazê-lo. Joaquim José mostrava-se feliz porque o que sentia, o que pensava e professava era verdade.

CAPÍTULO VII

De volta a Vila Rica, por lá me reinstalei como sabeis, mãe, e retomei as atividades de barbeiro na estalagem. Informações que obtive aqui e acolá davam conta de que na minha ausência ninguém estivera à minha cata, além dos fregueses costumeiros, o que indicava que a sede de vingança do coronel proprietário de Maria Pia, gravemente ultrajado na sua dignidade por causa dos nossos amores, poderia estar arrefecida, talvez mesmo esquecida. Grosso engano, pois o resultado das dores da implantação de cornos não é o mesmo para todos os homens: há os que pouco se incomodam com elas; há os que nunca as dão como cicatrizadas.

O Tiradentes também permaneceu nas atividades rotineiras do seu regimento, até que recebeu nova missão dada pelo governador. Deveria tomar parte numa expedição proposta pelo coronel dos auxiliares Manuel Rodrigues da Costa, com a incumbência de esquadrinhar parte da região leste da província das Minas Gerais, entre os vales dos rios Novo e Pomba e o Rio Parahyba, que fazia as divisas com a província do Rio de Janeiro, seguindo o curso deste até além do Porto do Meneses, com vistas a bem aferir a povoação daquelas terras, que vinham sendo ocupadas sem que os governadores soubessem como, e onde possivelmente já se fazia a exploração clandestina de ouro. Interessava à Coroa conhecer as áreas ainda inóspitas da província, sobretudo na busca por novos regatos minerais, o que poderia ser feito pela descoberta das inúmeras veredas, trilhas e picadas ocultas, sabidas por quase todo mundo, menos pelo governo, que permitiam o trânsito do contrabando do ouro que por certo vinha sendo explorado por ali.

O objetivo, como todas as ações ditadas por Portugal aos governadores, nada tinha a ver com qualquer propósito de bem organizar a ocupação e colonização do território, de modo a permitir o progresso da província. Visava apenas a ampliar e afirmar os controles da Coroa sobre a exploração e o comércio do minério que a sustentava, principalmente depois que a arrecadação dos quintos deu de cair desde a época da nossa chegada a este Brasil, mãe. O esgotamento da exploração na região de Vila Rica era cada vez mais visível e não havia derrama que compensasse o que vinha sendo perdido.

Antes de partir, Joaquim José me procurou para a boa-nova: iria tomar parte na expedição não como soldado, mas por ato do próprio governador, que salientou fazê-lo por recomendação, em razão da "notória experiência e conhecimentos mineralógicos" do alferes.

— Por fim reconheceram meus méritos — disse ele exultante. — Doravante ocupar-me-ei de tarefas que hão de fazer jus à minha inteligência. Na certa, no meu retorno, poderei até receber patente de capitão.

Nada retruquei para não lhe arrefecer o ânimo, o que seria até crueldade diante do seu entusiasmo. No entanto, sabiam todos os que o conheciam bem que sua impetuosidade e suas muitas demonstrações de insubmissão, fruto da franqueza do seu gênio estouvado e palavroso, mesmo convivendo com aguda inteligência e um caráter honesto e leal, não faziam dele um candidato preferencial nas promoções no regimento. Outros, mais dados às artes da bajulação, haveriam de ultrapassá-lo.

Eu, da minha parte, com a cândida displicência dos inocentes, acreditei estar livre das ameaças que a vingança do corneado coronel Eduardo Borges fizera pesar sobre minha cabeça. Não sabia até então que, após o tratamento que lhe fizera da podraga, curando as dores mais por um gesto acidental do que por qualquer ciência, a ferida fora se arruinando pouco a pouco, até que, ao começar a lhe provocar febres próprias das feridas infeccionadas obrigou um médico — agora um médico de verdade — a lhe amputar o pé. Isto mais ou menos na mesma ocasião em que parti com o Tiradentes para os trabalhos de construção da variante do Caminho Novo. A vingança do coronel, pois, tinha agora um duplo propósito: não apenas amansar-lhe os cornos, mas também compensar os maus cuidados do meu ofício de cirurgião que o tornaram manquitola.

Com os descuidos da ignorância, retomei também meus hábitos de frequentar as costumeiras tabernas onde encontrava os amigos, não deixando de, vez ou outra, também visitar minha amiga dona Belinha e suas pilatas. Numa dessas vezes, enquanto narrava para um grupo com cores bem avivadas os perigos enfrentados junto com o Tiradentes na caça ao *Montanha*, não deixando de me conceder papel mais relevante do que de fato tivera, reparei que de uma outra mesa um mulato de feições não muito amistosas me observava cuidadosamente, prestando atenção à minha fala, ao mesmo tempo que esquadrinhava minhas feições como que a compará-las com um retrato malpintado.

Vim a saber, no dia seguinte, que o mulato era capanga do coronel Eduardo quando este se encaminhou para a barbearia junto com ele e mais outro mal-encarado, todos cobertos com capas incapazes de negar sua verdadeira função de ocultar espingardas e facões, pois fazia um calor dos diabos naquela manhã.

Avistei o coronel e dois capangas a menos de vinte passos, enquanto subiam lentamente na minha direção, dada a ainda pouca prática do coronel em caminhar apoiado num cajado, tendo apenas um toco como um dos pés. Ao reconhecê-lo e ao capanga que me observara na noite anterior, todas as lembranças que me ligavam àquele homem se abreviaram no raciocínio de que não estavam vindo em busca de meus serviços de tosquia de cabelo e barba. Deixando ainda ensaboado o rosto do freguês que ocupava minha cadeira naquele instante, tratei de me escafeder pelos fundos da estalagem, de onde, após desabalada correria por ruas e quintais, alcancei o Córrego do Caquende e daí o Tripuí, que facilmente transpus, seguindo curso abaixo, até chegar ao Ribeirão do Funil, onde me embrenhei num capão de mato distante dos limites da vila, escapulindo assim dos facinorosos capangas do coronel, pelo menos por aquele momento.

Somente ao anoitecer, acumulei coragem suficiente para retornar à estalagem, com vagar e cauteloso. Olhando com apenas a metade do rosto e um olho antes de dobrar cada esquina, voltando a cabeça a cada dois passos, esgueirando-me pelos muros e paredes, aproveitando cada umbral de porta, consegui chegar em casa, protegido também pelo breu da noite que se aliou às minhas cautelas.

Como os capangas não conseguiram alcançar-me na fuga, o coronel, vencendo vossa fraca resistência, mãe, e a de Simplício, sob o olhar estupefato e amedrontado dos demais hóspedes, contentou-se em mandar quebrar todos os móveis da barbearia, confiscar meus instrumentos e ameaçar pôr fogo na estalagem, prometendo não descansar enquanto não pusesse as mãos no meu pescoço.

Daí para a frente, como eu poderia voltar a viver em Vila Rica, sabendo que o poderoso coronel, acolitado por capangas armados, estava à minha caça? Não tive outra alternativa a não ser procurar o Tiradentes, buscando engajar-me com ele na nova missão, bem longe do alcance dos facões e balas das espingardas do coronel Eduardo Borges.

Não tive êxito, porém, pois o comandante da missão, o sargento-mor Pedro Afonso Galvão, mostrou-se insensível aos argumentos do Tiradentes de que precisava de um auxiliar para seus trabalhos, nem tampouco se mostrou sensibilizado diante dos meus argumentos da importância da presença de um barbeiro-cirurgião numa expedição daquele porte. O sargento-mor finalizou seus argumentos afirmando que, de qualquer sorte, minha nomeação como efetivo da comissão militar somente poderia ser dada pelo próprio governador Luís da Cunha Meneses, e ele não se dispunha a incomodá-lo com tão pequena questão, ocupado que devia estar o nobre com os inúmeros outros problemas mais graves da província.

Como deveis bem lembrar, mãe, permaneci por um bom par de semanas escondido no sótão da estalagem, impossibilitado de descer para meus ofícios, certo de que a qualquer momento o coronel Eduardo ou seus capangas acabariam por me aplicar sua justiça pessoal. Um dos hóspedes chegou a jurar que o coronel postara um de seus capangas em vigilância permanente na frente da estalagem, com a incumbência de informar meu retorno; com certeza um daqueles delírios exacerbados pela morbidez dos que assistem como meros espectadores e mal disfarçado prazer à desgraça alheia. De qualquer forma, não me era permitido relaxar nos cuidados em salvar a própria pele.

Não sei se pelos boatos que espalhastes, dando conta de que eu me mudara definitivamente para o Rio de Janeiro, ou se pelos compromissos do coronel que impediam sua permanência em Vila Rica por mais tempo do que o de costume, o fato é que recebi com alívio uma informação confiável de que meu perseguidor voltara para os sertões de suas fazendas, e eu poderia voltar a andar pela vila, embora sem a mesma tranquilidade de antes. Apesar da boa notícia, não podia desleixar-me na guarda, pois não era impossível que o coronel tivesse deixado algum capanga com a missão de me justiçar, tão logo eu desse as caras, apesar da divulgada notícia da minha mudança para outras plagas.

Passaram-se vários meses desde aquela embaraçosa situação, quando o Tiradentes voltou da missão no leste da província, tempos difíceis em que acabei vivendo quase como prisioneiro em minha própria casa. Logo que retornou, Joaquim José apressou-se em me procurar e dar notícias de seus trabalhos e observações.

A expedição percorrera grande parte do vale do Rio Parahyba em sua margem esquerda, desde o Registro do Parahybuna, pelo Porto do Meneses, avançando bem além do ponto onde desaguava nele o Rio Pomba. Penetrara por trilhas e picadas mal abertas nas serras cobertas pela densa mata que cobria toda a região, vasculhando tudo, anotando cada riacho ou caminho, registrando o nome de cada branco, caboclo, mulato ou negro forro exploradores do ouro que se mostrava pelos cursos d'água, documentando, sobretudo, os pontos ainda não explorados, avaliando suas possibilidades.

Ao Tiradentes coube averiguar, em cada trecho de rio, córrego ou riacho, a existência de ouro em condições e quantidade que denotassem as boas ou más possibilidades da sua exploração. Não foram poucos os locais encontrados já em franca atividade de exploração e comercialização clandestina de ouro, em quantidade que revelava ser a região bastante promissora, o suficiente para justificar a decisão do governador de bem conhecê-la e vir a considerá-la área fechada à mineração, até que se instalassem os registros e controles que permitissem a cobrança dos devidos quintos à Coroa portuguesa.

Ao se defrontarem com a missão, os faiscadores se alvoroçavam. Alguns até fugiam amedrontados, temerosos das represálias severas que de costume se aplicavam aos mineradores clandestinos, poucas vezes resumidas apenas ao confisco do ouro e ferramentas encontradas. A maioria logo se antecipava às primeiras ações do sargento-mor Pedro Afonso Galvão, chefe da tropa, manifestando de pronto sua subordinação a Sua Majestade e ao governador, afirmando com veemência serem recém-chegados, daí não estarem ainda registrados. Não queriam, no entanto, deixar de aproveitar a boa oportunidade que os céus naquele momento lhes concediam para apresentar as devidas petições de registro das terras e águas que deveriam ser exploradas segundo os ditames de Dona Maria, a piedosa e a boa rainha de Portugal.

Mas Joaquim José não voltara satisfeito com os resultados que a expedição lhe trouxera. Apesar de haver desempenhado com êxito as atribuições que lhe foram dadas, a partir da confiança depositada em seus conhecimentos mineralógicos pelo próprio governador, Luís da Cunha Meneses, sentia-se traído, pois fora preterido nas promoções que ocorreram no regimento durante sua ausência: alguns ex-comandados seus haviam sido promovidos, alcançando até mesmo o posto de tenente, superior, portanto, ao seu. Até mesmo um furriel, seu ex-subordinado, fora promovido a capitão. Nenhum deles, segundo o Tiradentes, somava méritos que alcançassem a metade dos seus, que continuava alferes. Nenhum reconhecimento dos talentos que acabara de provar possuir; nem uma palavra sequer de agradecimento ou elogio ao seu importante trabalho de mapeamento mineralógico da região leste da província. Carta que endereçara ao governador, dando conta de sua insatisfação, merecera tal desprezo que não recebeu outra resposta senão a afirmação de que ele era "um mariola a quem se pode dar com um pau".

Em razão disso estava disposto a pedir licença da tropa e arriscar-se na mineração na região que agora conhecia tão bem. Iria requerer o domínio sobre umas sesmarias na Rocinha da Negra, pelas alturas das terras de Simão Pereira, e lá explorar o ouro que conforme pudera constatar abundava pelos rios e riachos. Se o ouro o tornasse abastado, voltaria para Vila Rica e abraçaria de vez a Eugênia Maria, sua nova companheira, tão carinhosa e fiel lhe era aquela mulher, sempre pronta a esperá-lo de suas tantas andanças. Novo amor que ele conquistara após deixar dona Domingas.

Joaquim José já tivera outros amores no passado, na juventude em São João Del Rei e nos tempos mais recentes de Vila Rica. O primeiro, dos tempos juvenis, desses que nunca se esquecem, marcou seus sentimentos mais fortemente que qualquer outro, pois fora violentamente adversado pelo preconceito do pai da jovem, reinol prepotente que não queria a filha casada com qualquer colono pé-rapado: morreu intacto e por isso se preservou.

Houve também a menina Antônia Maria do Espírito Santo, mal saída da puberdade, que Joaquim José, já pelas alturas dos seus 40 anos, tomou como mulher. Antônia Maria chegou a lhe dar uma filha enquanto ainda vivia na companhia da mãe em Vila Rica. As constantes viagens do Tiradentes ao Rio de Janeiro, porém, obrigavam-na a muitos dias de solidão, desprazer a que o Tiradentes a desacostumara. Antônia Maria veio por isso a prevaricar e Joaquim José a repudiá-la. Apesar de tudo, não deixou ele de reconhecer a filha que nasceu daquela união, dando-lhe o nome de Joaquina em batismo cristão com padrinho, um de seus companheiros de conspiração, o tenente-coronel Domingos de Abreu Vieira.

Nenhum de seus relacionamentos, no entanto, foi tão firme e duradouro quanto o que tinha com Eugênia Maria de Jesus, morena de olhos pretos e cabelos escorridos, que emolduravam um rosto de beleza calma e singela. Mantinha para ela uma casa na Rua São José, que era também seu pouso nas estadas em Vila Rica. Ali ele recebia os cuidados amorosos e os carinhos da mulher sempre cuidadosa em manter vistoso seu uniforme de alferes e garantir-lhe o merecido repouso de soldado. Apesar de haver-lhe dado um casal de filhos, nunca se casaram, pois Joaquim José sempre se mostrou um tanto avesso ao sacramento do matrimônio. Não por oposição filosófica ou de fé para com os ditames da Santa Madre Igreja, mas porque, dizia, lhe dariam amarras incompatíveis com uma vida de revolucionário, eis que nunca abandonava seus ideais de vir a juntar gente para libertar a terra do jugo português. Se casado, com família constituída e conhecida, daria ao governador meios de reprimi-lo ou puni-lo através de inocentes, enquanto que sozinho tinha a liberdade de cuidar apenas de si.

Coitado! Suas angústias na prisão podem em muito ser ampliadas se souber que Eugênia Maria já está sob os olhos rancorosos dos devassantes, pois tida como sua companheira amancebada e, portanto, como se esposa fosse, e que seus filhos, mesmo bastardos, estarão sujeitos às penas que nas leis portuguesas ultrapassam o corpo dos criminosos de lesa-majestade e alcançam sua descendência. A pobre Eugênia Maria e seus filhos sofrerão, minha mãe, como se conjurados fossem, quando tudo estiver consumado, pois se pode ter como certo que todos serão condenados e que o pescoço do Tiradentes não escapará da forca.

TERCEIRA PARTE

Onde um terceiro narrador, sem a paixão dos anteriores, mas com o entusiasmo de quem narra uma grande aventura, conta as andanças do Tiradentes e seu fiel companheiro, dos conspiradores, da conspiração e seu triste desfecho.

CAPÍTULO I

Após o fracasso de suas tentativas de se tornar próspero minerador nas terras da Rocinha da Negra, Tiradentes voltou à tropa e a Vila Rica. Pelas graças do tenente-coronel Francisco de Paula Freire de Andrade, com quem já mantinha relações mais próximas do que as de subordinado e comandante, passou a receber constantes missões a cumprir no Rio de Janeiro, o que aproveitava para manter em permanente contato os conspiradores da capital da colônia.

Alexandre, depois da quase total destruição da barbearia pelo coronel Eduardo, decidiu não mais ter um ponto fixo de trabalho, preferindo voltar aos ofícios avulsos de barbeiro e eventualmente os de cirurgião, atendendo sua freguesia onde ela estivesse, dificultando assim o trabalho dos capangas do coronel, caso ainda buscassem apanhá-lo. Não podia evitar, contudo, sua presença eventual na estalagem, auxiliando a mãe, Alcina, que já começava a sentir o peso da proximidade dos 60 anos. Entrava e saía da casa sempre se esgueirando e olhando atentamente para todos os lados, a ver se não estava sendo observado por alguém suspeito. A situação complicada o obrigava a dar preferência às sombras da noite para se movimentar pelas ruas estreitas da cidade, ainda assim sempre evitando a luz dos eventuais archotes portados por escravos a iluminar o caminho de seus senhores.

O coronel Eduardo, de fato, nunca se conformou com a situação de haver sido traído pela mais bem apetrechada jovem de seu harém e que, segundo algumas ferinas línguas, era mesmo filha dele. Conformar-se seria justificar a aposição em sua cabeça da coroa de cornos com que a maledicência do povo adornava a cabeça dos mansos. A situação de Alexandre agravava-se ainda mais por ter sido o responsável pelo aleijão que tornara o coronel manquitola e sujeito às terríveis dores que daí lhe surgiram nas costas.

Viver em Vila Rica, sob o permanente terror de ser encontrado pelo coronel ou seus capangas, tornou-se quase impossível. Não podia mais exercer livremente seu ofício de barbeiro ou sangrador, este último mais ainda porque a tragédia de sua intervenção no pé do coronel já se tornara conhecida o bastante para acautelar futuros fregueses. Decidiu que não poderia continuar na vila, ou mesmo na região, pois sempre estaria ao alcance do vingativo coronel. Ir para o Rio de Janeiro como um desterrado e lá retomar a vida era uma opção, embora representasse uma punição mais severa do que julgava merecer, pois não acreditava ser assim tão grave o que aos olhos do coronel parecia um crime extremo. Mais que tudo atormentava-o a dificuldade de decidir, dentro dos limites da razoabilidade. Como retomar a normalidade da vida cujos rumos se alteraram apenas por um frívolo deslize? Afinal, o crime não fora tão grande a exigir mais que pequena penitência, considerando apenas suas aventuras com Maria Pia, porquanto o resultado do tratamento da podraga estava dentro do que era possível ocorrer com qualquer tratamento; não fora mais que um acidente.

Não perdia de vista, enquanto isso, seu amigo Joaquim José. A cada volta deste das viagens ao Rio de Janeiro, entretinha com ele longas conversas acerca de suas andanças, planos e conversas mantidos na corte, e mais que tudo o progresso em que andava o movimento conspiratório de preparação da independência do Brasil. O Tiradentes não ocultava de Alexandre alguns propósitos que alimentava de abandonar a tropa e dedicar-se a ganhar algum dinheiro. Afinal, mesmo que um movimento revolucionário viesse a dar ao Brasil a almejada independência, não poderia contar com benesses futuras, como aquelas que a injusta situação colonial concedia aos amigos dos governadores ou aos funcionários dos governos, pois a eliminação dos privilégios era um dos objetivos da república, tal como pensada pelo alferes.

Os prepostos de Portugal para dirigir as províncias, como Luís da Cunha Meneses, o corrupto e detestado *Fanfarrão Minésio* que àquela época ainda governava Minas Gerais, pouco se preocupavam em ocultar suas façanhas de maus governantes e bons espoliadores do povo, aos quais a corte portuguesa incumbia de administrar seus interesses, mas com licença para se enriquecerem como fosse provido. Não bastasse isso, desde 1785 vigia na colônia um alvará de Sua Majestade, Dona Maria, que proibia o funcionamento no Brasil de qualquer manufatura ou tear de veludos, cetins, tafetás, ou qualquer qualidade de seda, belbute, chita, fustões ou qualquer tecido que não as grossas fazendas de algodão para uso e vestuário dos negros, ou para enfardar e empacotar. Proibidas estas manufaturas e suas correlatas, além de outras restrições que Portugal impunha ao Brasil, com vistas a fazer prosperar unicamente o extrativismo que rendia bons tributos, a ascensão econômica e social tornava-se extremamente difícil, quase impossível, fora dessas atividades.

Enricar nas Minas Gerais era destino alcançável apenas por nobres portugueses que exercessem cargos que permitiam o aproveitamento de certos privilégios; por brasileiros apadrinhados desses nobres que obtinham contratos de exploração de serviços de governo; pelos que conseguiam pela força e brutalidade contra índios e pequenos posseiros apropriar-se de terras de sertões indesbravados, e tinham escravos e capangas em número que permitisse mantê-las e explorá-las; pelos que se arriscavam e logravam sucesso na mineração, sempre sujeitos, no entanto, aos azares do súbito esgotamento ou pobreza de um veio; e pelos advogados e padres que, por sua vez, não alcançariam suas posições quando não provenientes de boas famílias. Até mesmo aos comerciantes negava-se o direito de livre exercício e expansão de seus negócios, pois subordinados de forma irrevogável ao monopólio português para os negócios de compra e venda do que vinha do exterior, ou seja, quase tudo que se consumia na colônia.

O Tiradentes não se enquadrava em nenhuma dessas categorias, embora proviesse de boa família de fazendeiros da freguesia de São José Del Rei do Rio das Mortes e tivesse dois irmãos padres. Recebeu batismo na Igreja de Nossa Senhora do Pilar, na vila de São João Del Rei, e, além de bem instruído no aprendizado das letras e dos números, aprendeu com seu padrinho, Sebastião Ferreira Leitão, cirurgião licenciado que quis fazer do afilhado também um cirurgião, as artes de tratamento de dentes. Frustrado com os parcos ganhos obtidos dos trabalhos na fazenda da família herdada com a morte dos pais, ganhou mundo sustentando-se como tira-dentes e curador de doenças tratáveis por ervas medicinais, ciência que bem aprendera com seu primo, botânico de boa fama, frei José Mariano da Conceição Veloso.

Não perdia de vista, contudo, seus naturais desejos de tornar-se rico e independente de qualquer trabalho. O máximo a que chegara fora somar aos ganhos eventuais de tira-dentes o soldo permanente de alistado na tropa paga da capitania. Poderia ter sido mais do que foi, um simples e remediado alferes, utilizando sua capacidade criativa, o grande dom que lhe supria a falta de diploma, que para ser bem aceito e trazer conceito devia ser obtido em Portugal.

As missões militares no Rio de Janeiro não pareciam exigir dele todo o tempo concedido para cumpri-las, permitindo-lhe dedicar-se ao estudo da geografia da cidade, seus rios, riachos, montanhas e mangues. Fartava-se de andar pelas matas e áreas inexploradas que circundavam a cidade do Rio de Janeiro, esquadrinhando e mapeando todas as áreas, rios e riachos, utilizando-se de sua experiência como mapeador que fora na tropa.

A mente ativa e criativa, o caráter franco e buliçoso impeliam o Tiradentes a se manter em qualquer lugar com a mesma disposição manifestada em Minas: a de nunca perder a oportunidade de propalar as ideias libertárias que não lhe saíam da cabeça. Nas tabernas, albergues, prostíbulos, ou nas tertúlias em casa de correligionários ou amigos, não deixava passar a oportunidade de lembrar aos presentes que viviam sob o jugo de outra nação, menor e mais fraca, da qual chegara a hora de o Brasil se afastar, constituindo-se como nação soberana e livre. Não deixava de chamar a atenção para uma frase vazada dos salões do palácio e que se dizia estava contida em uma das instruções do ministro da Marinha e Ultramar de Dona Maria, Martinho de Melo e Castro, ao vice-rei, Luís de Vasconcelos e Sousa: "sem o Brasil, Portugal é uma insignificante potência."

Para confirmar seus pensamentos, mantinha sempre sob o braço um exemplar da Constituição do novo Estado da América do Norte, ou uma obra de filosofia, tomada emprestada da biblioteca do cônego Luís Vieira da Silva, dentre as francesas que àquela época inundavam a Europa com afirmações do direito natural dos homens à liberdade. Alguns o ouviam com atenção e se interessavam pelas palavras daquele alferes esquisito e meio aloucado, porém pouco se manifestavam, a favor ou contra, mantendo-se indiferentes. Outros, não poucas vezes, zombavam dele, ridicularizando-o.

— Quando nos livrarmos dos reis de Portugal, quem será o rei do Brasil? Vosmecê? — caçoava um, secundado pelo riso de outros.

— Vesgo como é, será um bom rei, com um olho dentro do palácio e outro nas ruas — acrescentava outro, fazendo aumentar as gargalhadas.

— São todos vocês uns bananas, frouxos, por isso somos dominados pelos portugueses. Aqui não faremos um reino, mas uma república, um regime onde todos podem opinar e ajudar a tomar decisões — respondia, sem mostrar irritação maior do que a de ver-se incompreendido.

Manifestações de apoio, não recebia outras além das que se resumiam em obsequioso silêncio, ou simples "acho que vosmecê tem razão, mas nada podemos fazer".

O tempo ocioso não aplicado nas arengas sobre a liberdade dos homens e da nação era dedicado ao estudo das águas e morros da cidade. Entretanto, não acumulava tais conhecimentos na busca de amparo geográfico para suas conspirações políticas, mas sim por via de elaborar planos que pretendia oferecer ao governo da cidade como soluções para os muitos problemas que atormentavam a vida dos cariocas, e por eles vir a obter concessões de serviços que lhe permitiriam ganhar muito mais do que o parco soldo da tropa, quase sempre pago com atrasos. Conspirava, mas não perdia de vista que era preciso ganhar um pão melhor do que o que então comia.

O abastecimento de água da capital fazia-se por poucos chafarizes, aproveitando apenas as águas do Rio Carioca e pequenos riachos próximos à área urbana, o que mal atendia ao necessário para beber e preparar alimentos, eis que para a limpeza ela pouca falta fazia pelo pequeno apreço que os habitantes dedicavam a este predicado. Tiradentes viu que era possível ampliar consideravelmente o volume então à disposição da cidade, trazendo até o Centro as boas águas dos rios Maracanã e Andaraí, que se perdiam ao norte. Bastava para isso construir algumas pequenas barragens, de onde canais cortados na terra nas áreas em declive e calhas de barro de grande tamanho, moldadas como as telhas das casas feitas nas coxas de escravos, vencendo as diferenças de níveis, formariam o aqueduto que levaria as águas até os pontos desejados.

Dentro do mesmo espírito de propor soluções para problemas conhecidos, mas desleixados e pouco estudados pelos governantes, propunha também a drenagem de mangues insalubres, acrescentando à cidade novas áreas de expansão. Não deixou também de elaborar propostas de aproveitamento da forte corrente dos rios que descem das encostas do Morro do Corcovado pelos lados das Laranjeiras, para a instalação de moinhos que o governo da província poderia dispor para uso da população, até então sujeita a uns poucos explorados por moageiros que abusavam nos preços da moagem e quase sempre fraudavam na devolução do que era recebido para moer.

Escritos e desenhados os planos, o Tiradentes levou-os ao vice-rei, depois de cumprir o extenso calvário de intermediações para conseguir ser recebido pelo excelso nobre.

— Passo então aqui às mãos de Vossa Excelência os planos que elaborei, conforme me foi permitido vos expor. Acrescento que os fiz após intensos estudos dos locais, e estou convencido de que podem melhorar o abastecimento de água da cidade, porque aquelas atualmente aproveitadas do Rio Carioca não se têm mostrado suficientes, conforme sabe Vossa Excelência.

— Pelo que posso depreender, senhor alferes, seus planos pretendem ajudar a cidade, mas também a si, obtendo nosso consentimento para exploração dos serviços e do proveito que deles decorrerá.

— Por certo, Excelência, e creio merecê-lo, pois afinal me apresento não só como o autor dos planos, mas também como quem se julga capaz de torná-los reais.

— E os recursos? Tem vosmecê, por acaso, os recursos necessários em dinheiro e escravos?

— Não, Excelência, mas não me seria difícil levantar uma parte, e desde já peço e espero vossa ajuda para obter os recursos financeiros complementares.

— Estudarei sua proposta com cautela, senhor alferes — disse o vice-rei, manuseando os papéis. — Mas vejo que os trabalhos podem custar muito aos cofres deste vice-reinado, sobretudo a construção dos moinhos públicos, tal como proposto. Afirmo, por sua exposição, ser impossível atender a esses planos sem a ajuda também da Real Fazenda, em Lisboa. Não posso, pois, por ora, ir além de dizer que encaminharei seus planos oportunamente para a apreciação real.

Ao ouvir a afirmação de escassez de recursos locais e a necessidade de obtê-los em Portugal, com a promessa de que os planos seriam "oportunamente" enviados para Lisboa, o Tiradentes percebeu que o vice-rei não demonstrara muito interesse, apesar da importância dos problemas que pretendiam resolver. A alegada escassez de recursos próprios da colônia também não correspondia à verdade, pois os assuntos daquela natureza não precisariam da aprovação real. Bastavam sua avaliação e aprovação pela Câmara do Rio de Janeiro, que, aceitando-os bem, poderia levantar os recursos necessários para a execução das obras, que, aliás, não eram de exigir grandes aportes, como afirmava o vice-rei.

A resposta era apenas a forma mais educada de demonstrar desinteresse, embora o vice-rei não estivesse obrigado a tais mesuras perante um simples alferes. A corte, a par de nunca demonstrar muito apreço pelos problemas da colônia que não se refletissem na arrecadação de tributos, estava ainda envolvida com o pagamento das dívidas da reconstrução de sua capital, destruída pelo grande terremoto havia pouco mais de trinta anos, e nunca se disporia a subtrair de suas necessidades e devolver à colônia qualquer pequena parte que fosse do ouro que dela era retirado.

As esperanças do Tiradentes começaram aí a se desfazer, comprometendo também outros planos que pretendia apresentar posteriormente, na esteira da aceitação dos primeiros: a construção de trapiches e armazéns no cais do Largo do Paço e a exploração de barcaças para o transporte de pessoas e mercadorias entre o Rio e Niterói, do outro lado da baía.

Passados mais de seis meses de seu primeiro encontro com o vice-rei, sem qualquer manifestação deste para com as propostas que, embora voltadas a melhorar as condições de vida da cidade, não perdiam o caráter de empreendimentos capazes de despertar o interesse de quem se dispusesse a ganhar dinheiro com eles, o Tiradentes viu esvanecerem-se suas esperanças de vir a ser rico, e resolveu voltar-se mais assiduamente para seus propósitos revolucionários, nunca abandonados.

Suas idas e permanências no Rio de Janeiro não podiam alongar-se além de tempo tido como razoável, mesmo justificadas vez ou outra por quaisquer dificuldades e atrasos no cumprimento das missões militares. Nos retornos a Vila Rica, logo obtinha de seu comandante, o tenente-coronel Francisco de Paula Freire de Andrade, com quem constantemente já trocava ideias e planos sobre a conspiração em Minas Gerais, novos encargos a serem desempenhados na capital.

Por esta ocasião, outras personalidades importantes de Vila Rica já demonstravam sua disposição francamente contestadora da tirania portuguesa, que se expressava nas Minas Gerais pelos desmandos de seu preposto, o corrupto e inepto governador Luís da Cunha Meneses, que desde 1783 atormentava a vida dos habitantes da província mineira, principalmente dos que não conseguiam obter vantagens de sua amizade. Havia os que o condenavam porque sempre esperavam de um governador boas propostas e ações em proveito da província e de todos. Percepção um tanto ingênua, pois aos governos nomeados por Portugal não restava qualquer incumbência que não garantir direta e indiretamente a arrecadação dos tributos devidos à Coroa, objetivo final de todas as suas ações. Se estas, por vezes e por consequência, viessem a beneficiar os habitantes da colônia, melhor.

Circulava na vila por essa época, de forma quase clandestina, um conjunto de poemas manuscritos, intitulado de *Cartas Chilenas*, que em tom satírico criticavam e denunciavam ferozmente os desmandos do governador, tido como venal e prepotente, alcançando também seus prepostos. Seu principal autor, o ouvidor dos Órfãos, Defuntos e Ausentes da comarca de Vila Rica, Tomás Antônio Gonzaga, assinava a obra sob o pseudônimo de *Critilo,* inspirado talvez nas *Cartas Persas* de Montesquieu, que fala da correspondência de dois persas em Paris, narrando e criticando a sociedade, os costumes, as instituições, a Igreja e o Estado na França sob Luís XIV. *Critilo* dirigia-se da mesma forma em suas diatribes a um amigo, a quem chamava "Doroteu", tecendo impiedosas críticas e ferozes acusações ao governador, Luís da Cunha Meneses, apelidado na obra de *Fanfarrão Minésio*.

Embora não manifestassem rebeldia contra os fundamentos do sistema colonial, ou propusessem qualquer atitude de revolta contra o colonizador, as críticas ao governador permitiriam entender que Gonzaga veria com simpatia um movimento que tornasse o Brasil independente de Portugal e seus prepostos, pois nada impedia que outros *Minésios*, tais quais o que ele criticava, viessem a governar. Diziam que o abastado e prestigiado poeta e advogado Cláudio Manuel da Costa também colaborara na redação das *Cartas*, o que mais uma vez permitia interpretar que gente de boa estirpe social e intelectual também pensava com simpatia nas possibilidades de um movimento rebelde.

O sucesso da circulação das *Cartas Chilenas* mostrava que a paciência dos habitantes da colônia parecia estar se esgotando diante dos desmandos do colonizador e do sistema de escandalosos favorecimentos aos que circundavam o poder, mais bajulando do que oferecendo bons serviços. Enquanto esses poucos obtinham favores e enricavam, os demais eram escorchados por uma penosa tributação de quintos, dízimos, direitos de entrada, taxas de captação, e quantas outras formas houvesse de tributar, e uma atrabiliária forma de arrecadação, sobretudo a temida derrama, que deveria ser aplicada sempre que o valor mínimo de cem arrobas de ouro não fosse atingido.

Desde o ano de 1762 que aquele valor não era atingido, e por isso duas derramas executadas. Como nos últimos anos a arrecadação dos quintos também estivera abaixo das cem arrobas, esperava-se que a qualquer momento o novo governador, Luís Antônio Furtado de Mendonça, o visconde de Barbacena, já nomeado em substituição ao odiado Luís da Cunha Meneses, assumindo o governo e instado a fazê-lo por Lisboa, viesse a decretar nova derrama.

A expectativa de uma cobrança forçada, quase sempre realizada de forma violenta, fazia instalar o terror na população da capitania, pois embora devesse aplicar-se entre os ditos homens bons, isto é, os abastados, as forças mobilizadas, conforme observado no passado, não faziam distinção entre ricos mineradores e grandes fazendeiros ou simples tropeiros e pequenos comerciantes. Casas seriam violadas a qualquer hora do dia ou da noite; prisões dos que ousassem resistir ao arbítrio seriam efetuadas; bens de qualquer natureza considerados de valor seriam confiscados; não haveria garantia de respeito a qualquer direito pessoal.

Sua decretação seria excelente oportunidade para movimentar o povo em torno de uma revolta que levasse à libertação do jugo português. A forma arbitrária e violenta pela qual se fazia a derrama acabava por amedrontar até mesmo os que estavam afastados dela pela pobreza, pois um clima de agitação, revolta e violência acabava se espalhando por toda a província. Dos que sentiam que podiam ser alcançados pela derrama era quase certo se esperar adesão, ou pelo menos simpatia, a um movimento que, dentre outros propósitos, se vitorioso, salvaria seus bens, sobretudo num momento em que o fulcro da economia de toda a província demonstrava os mais claros sinais de esgotamento, projetando sombras nas possibilidades de manutenção das fortunas advindas do ouro. Convocar os mais endividados com a Coroa para uma ação que tornasse o Brasil independente de Portugal era, assim, uma boa tática de arregimentação, uma vez que os tornaria também independentes de suas dívidas.

CAPÍTULO II

Num dos reencontros com o Tiradentes, quando este retornava de mais uma missão cumprida na corte, Alexandre lhe expôs as agruras causadas pela permanente vigilância do coronel Eduardo, sempre à espera de uma oportunidade de puni-lo. A solução viera da sempre ativa e experimentada cabeça de Alcina: Alexandre sentaria praça no Regimento de Cavalaria, o mesmo de Tiradentes, que poderia obter, graças ao bom relacionamento com o comandante, o tenente-coronel Freire de Andrada, uma forma de mantê-lo sempre por perto, acompanhando-o em todas as missões, algo assim como um ordenança, ainda que o posto de alferes não contemplasse tal regalia, somente ofertada às altas patentes. As amizades, no entanto, tudo podiam, e a posição se constituiria numa proteção adicional além da que seria concedida pela farda.

Alexandre encontrou boa receptividade do alferes ao expor seu problema e a solução proposta por Alcina. Tiradentes, além do contentamento pelo que poderia ser a resposta aos contratempos que atazanavam o amigo, mostrou-se ainda mais feliz por poder tê-lo agora permanentemente a seu lado, tal como pretendera quando o contratara como auxiliar nas suas malfadadas aventuras de tropeiro. De fato, tão logo Alexandre se inscreveu na tropa, os bons ofícios do alferes junto ao comandante garantiram-lhe o posto de anspeçada, imediatamente acima de soldado na hierarquia militar, embora inferior ao cabo de esquadra. Pelo menos aos capangas do coronel, a farda — que o Tiradentes prontamente mandou confeccionar para presentear Alexandre — imporia um certo respeito, embora não ao próprio coronel, pois o posto o favoreceria em toda e qualquer circunstância.

Apaziguou-se assim a alma de Alexandre, cuja exclusiva preocupação daí por diante era a de encontrar alguém de plena confiança e capacidade de trabalho, capaz de substituí-lo nas lides de ajuda a Alcina nos trabalhos da estalagem.

Em março daquele mesmo ano de 1788, Alexandre, agora como o mais novo militar da tropa paga da província, ordenança do alferes Joaquim José, fez sua primeira viagem, quando este recebeu do tenente-coronel Freire de Andrada a notícia da próxima chegada ao Rio de Janeiro de seu cunhado, irmão de sua mulher, o doutor José Álvares Maciel, que retornava de longa permanência de estudos em Lisboa, onde se formara em Filosofia, tendo estudado também Química e Mineralogia. Era, portanto, mente de variados interesses, tal qual o Tiradentes, sendo de proveito que viessem a se conhecer e trocar ideias, sabedor que era Freire de Andrada das simpatias de seu cunhado para com as novas filosofias republicanas que vicejavam na Europa. Para promover o encontro de ambos, o comandante concedeu a Tiradentes nova licença para voltar ao Rio de Janeiro e procurar pelo recém-chegado, hóspede na casa do comerciante Francisco José Freire, seu concunhado.

As formalidades de apresentação mútua foram logo superadas, quando o Tiradentes ressaltou a estreita amizade que o unia ao tenente-coronel Freire de Andrada pela comunhão de pensamentos. Havia muito que eles debatiam entre si, e por vezes também com a presença de outras figuras ilustres de Vila Rica, a iniquidade da situação brasileira diante do domínio dos portugueses; a necessidade de pôr fim ao estado de submissão, incompatível com as possibilidades de prosperidade da terra; o exemplo de sucesso alcançado pelos americanos do norte, que haviam obtido sua independência da poderosa Inglaterra.

Apesar dos 27 anos que Maciel mal estampava na fisionomia, seu olhar vivaz e inquiridor não deixava espaço para qualquer dúvida sobre a ágil inteligência que emergia do seu ar juvenil e ativo. As primeiras palavras trocadas com a apresentação desde logo demonstraram sua simpatia pelo alferes, seu jeito entusiasmado de falar da revolução, e cujas ideias, embora expostas de um modo um tanto ingênuo, mais recheadas de paixão do que de bom senso, expressavam uma disposição de luta coincidente com os propósitos revolucionários que inflamavam a ele próprio e que já haviam sido objeto de discussões e planos com outros com quem convivera em Portugal. Não titubeou, por isso, em presentear Tiradentes com seu exemplar do *Recueil des lois constitutives des colonies anglaises, confédérés sous la dénomination d'Etats Unis de l'Amérique Septentrionale*, trazido da Inglaterra onde estudara por uns tempos, gesto que encantou Joaquim José, como que selando a parceria que juntava o ânimo exaltado de um, tão necessário à ação, com o racionalismo do outro, indispensável para que a paixão não obscurecesse os limites das possibilidades reais.

— A obra eu já conheço, senhor Maciel. Tomei-a por empréstimo da biblioteca do cônego Luís Vieira da Silva, homem que também comunga de nossos propósitos, mas muito lhe agradeço me possibilitar tê-la como minha. Esteve o senhor também na França, senhor Maciel?

— Não, mas passei bom tempo em Birmingham, na Inglaterra, onde aprendi muitas coisas, e em Coimbra, quando então mantive contato com vários colegas brasileiros que por lá viveram e estudaram e que me davam conta das filosofias racionalistas e liberalistas que se difundem ali com grande velocidade. Dizem até que a monarquia francesa, por força dessas ideias, está perigando, pois é grande a insatisfação sob a opressão e a fome decorrente do governo despótico de um rei afastado de seu povo.

— Diga-me, senhor alferes — continuou Maciel, após uma pausa cautelosa, temendo estar entrando em terreno pantanoso —, crê vosmecê que exista clima neste Brasil para uma revolução como a que se prenuncia na França?

Embora Tiradentes não estivesse bem inteirado dos acontecimentos na França, esquivou-se, como lhe era de costume, de demonstrar ignorância de qualquer tema que se referisse a revolução.

— Acredito que sim, senhor Maciel — respondeu com entusiasmo, ocultando que a participação do povo em geral era algo a ser ainda conquistado, dada a abulia que envolvia a maior parte de uma população ignorante e amedrontada. — Há mesmo muitos padres e coronéis fazendeiros que comungam conosco nos conceitos e propósitos de ver a administração das províncias entregues a brasileiros.

— Mas e o povo, senhor alferes, não se faz uma revolução sem o povo, ou tudo não passará de um movimento, que soará como tentativa de mudança em favor de uns poucos, o que em nada afetará a vida das pessoas comuns, sem perspectivas, portanto, de consolidação no futuro.

Tiradentes não se intimidou com a pergunta, mal entendendo o sentido mais profundo das palavras de Maciel. Assim, continuou a discorrer sobre as possibilidades da libertação do Brasil, misturando o entusiasmo com poucos argumentos que demonstrassem a verdadeira solidez do movimento. Seu tom de voz ia aumentando na mesma medida do crescimento de seu arrebatamento por encontrar ouvidos acessíveis ao que nunca titubeava em expor, enquanto Maciel, um tanto preocupado, observava a eventual reação de outros ouvidos que também se achavam na sala.

— Mas esse governador Luís da Cunha Meneses já está sendo substituído pelo visconde de Barbacena — disse Maciel, abaixando seu próprio tom de voz, como a convidar o Tiradentes a fazer o mesmo —, conhecido meu, que posso afiançar ser pessoa de bem e bastante ilustrado. Já se encontra aqui no Rio e deve seguir brevemente para Minas Gerais.

— Sabemos disso, senhor Maciel. Mas corre aí o boato que vem com ordens de proceder a uma derrama, que parece estar acumulada em mais de quinhentas arrobas de ouro, com todas as consequências que vosmecê por certo conhece. Não creio por isso que suas qualidades venham a torná-lo um governador melhor que o *Fanfarrão Minésio*.

Maciel sentiu que havia clima para mais aprofundar o assunto com o Tiradentes, mas não naquele ambiente. Preferiu desviar a conversa para amenidades, tendo em vista o caráter apenas social do encontro, pois outros convidados, também presentes na grande sala de visitas da casa de seu concunhado para dar-lhe as boas-vindas, poderiam não ser tão simpáticos àquilo que se falava. Apenas adiantou ao Tiradentes que gostaria de voltar a encontrá-lo em outra oportunidade, que não hesitou em ali mesmo combinar uma visita de ambos aos altos da Tijuca, a pretexto de apresentar seus planos de abastecimento de água para a cidade e ouvir a opinião tão abalizada do eminente mineralogista que, por certo, era também entendido em geologia, hidráulica e outras ciências da natureza.

Na manhã seguinte, acomodados nas boas montarias aparelhadas por Alexandre, devidamente guarnecidos de farnel que pressupunha uma longa jornada, partiram para as matas dos contrafortes da Serra da Tijuca, percorrendo caminhos ao longo dos rios Maracanã e Andaraí.

Durante o percurso, Tiradentes foi narrando a Maciel seus planos de captação daquelas boas águas a fim de levá-las até a cidade, entusiasmando-se ao responder a cada uma das dúvidas apresentadas por Maciel, explicando a solução prática que vislumbrava para cada obstáculo apresentado pela topografia da região. As noções gerais do projeto, bem como o detalhamento das necessárias e poucas obras de engenharia não foram de forma a exigir mais que um par de horas para sua inteira explanação. Pôde assim a dupla dedicar a maior parte do tempo a conversas sobre a necessidade e possibilidades do movimento de emancipação do Brasil.

Por volta do meio-dia, acomodaram-se sob as agradáveis sombras de uma das grandes árvores que ponteavam um descampado às margens do Maracanã, sob a qual Alexandre estendeu uma toalha onde abriu a cesta com pães, broas de milho e uma garrafa de vinho, armando ao lado uma pequena fogueira sob a grelha que deveria assar umas carnes temperadas desde a véspera.

Tiradentes não titubeou em logo dar início ao assunto que queria de fato debater com Maciel. Ao saber deste que o sonho de independência não era uma exclusividade dos homens mineiros, Tiradentes não se mostrou surpreso, até sorriu diante da ignorância do agora amigo de que aquilo se devia em grande parte a seus esforços de arregimentação na capital. Comerciantes cariocas, direta ou indiretamente ligados às lojas maçônicas havia pouco introduzidas no Rio de Janeiro, insatisfeitos com o monopólio do comércio português imposto ao Brasil, já debatiam formas de obter de Portugal maior liberdade para negócios com o exterior, o que levava os debates inevitavelmente para propostas de um possível movimento emancipador.

Enquanto se refestelavam na relva macia do descampado, bebericando vinho e aguardando as carnes que Alexandre grelhava, Maciel contou a Tiradentes que em Coimbra mantivera contatos com outros brasileiros, estudantes de Medicina em Montpellier, na França: Domingos Vidal de Barbosa Lage, José Mariano Leal e José Joaquim da Maia e Barbalho. Este último, por incumbência do grupo de comerciantes maçons do Rio de Janeiro, havia buscado contato com o embaixador da nova república dos Estados Unidos americanos em Paris, senhor Thomas Jefferson, para sondar a disposição daquela nova nação independente em apoiar um movimento semelhante no Brasil.

— Veja vosmecê, doutor Maciel, que para mim não é surpresa saber que também neste Rio de Janeiro existem homens desejosos da independência do Brasil, pois para isso venho modestamente trabalhando há tempos, buscando combinar as ações daqui com as de Vila Rica, embora estranhamente nunca tenha ouvido falar desse bravo compatriota José Joaquim da Maia.

Tiradentes não se preocupou em ocultar, ao final da frase, um tom de desagrado por somente agora saber que havia na França um emissário dos maçons cariocas, com quem fazia constantes contatos visando a coordenar as ações conspiratórias destes com os inconfidentes mineiros.

— Pois muito bem, senhor alferes — Maciel ignorou o desagrado do Tiradentes, que pensava não lhe dizia respeito —, mas creio que o sucesso do movimento nesta cidade do Rio é mais improvável que nas Minas Gerais, uma vez que aqui ainda está restrito às discussões nas lojas maçônicas, enquanto que nas Minas Gerais parece-me, pelo que diz vosmecê, está mais perto de obter a simpatia ampla do povo, já tendo o engajamento de pessoas ilustres. A presença aqui das forças mais poderosas do vice-rei dificulta ainda mais pensar no sucesso de uma revolta, que também não sei se conseguiria o tão necessário apoio do povo, pois a gente carioca, que mais pensa em jogos e no entrudo, é acomodada e menos disposta a esforços que os mineiros.

— Desculpe-me, doutor Maciel, por haver interrompido sua fala sobre seu amigo José Joaquim da Maia. Continue, por favor, pois estou vivamente interessado em saber o que pensam os do norte sobre a possível emancipação do Brasil.

— Maia — retomou Maciel — iniciara seus contatos com o embaixador dos Estados Unidos através de cartas, ocultando-se sob o pseudônimo de *Vendek*. Logo na primeira, expressava as angústias dos brasileiros obrigados a viver sob o jugo português e a disposição de constituir-se no Brasil uma república, nos moldes do que haviam feito no norte os compatriotas de Jefferson, indagando sobre a disposição da nova nação em ajudar os brasileiros num eventual movimento de independência.

"Pois bem — continuou Maciel. — A troca de correspondência entre Maia e Jefferson acabou propiciando um encontro pessoal de ambos na cidade de Nimes, um balneário no sul da França, ficando ambos num mesmo hotel mas mantendo suas confabulações sob os arcos do ancestral anfiteatro que os romanos deixaram naquela cidade. Lá, Maia ficou finalmente sabendo que a nova república dos Estados Unidos estaria disposta a auxiliar uma nova república nascente no Brasil, mas sem desgostar Portugal, de quem esperavam reconhecimento, politicamente importante por se tratar de um dos mais fiéis aliados da Inglaterra. Não se furtavam, contudo, a admitir que, tão logo o Brasil se constituísse independente, os Estados Unidos o reconheceriam prontamente como tal e tratariam de expandir seus negócios comerciais, de modo a consolidar a independência do Brasil.

"Como vê, senhor alferes, não são muito promissoras as possibilidades de auxílio externo para uma luta contra Portugal. Os americanos, é de compreender, estão ainda atarefados na afirmação de sua nova república, sem muitas condições, pois, de se engajar em outras lutas. Por outro lado, antes de morrer, pois o coitado do Maia acabou falecendo logo que chegou a Coimbra no início deste ano, ele me disse que comerciantes franceses, antimonarquistas e defensores da república como modo de governo, estariam dispostos a armar pelo menos três navios de suprimentos para auxiliar revoltosos no Brasil."

Tiradentes, na permanente exacerbação das suas fantasias revolucionárias, logo ampliou mentalmente os três navios franceses para uma numerosa esquadra trazendo não só suprimentos, mas armas e soldados prontos a auxiliar os brasileiros contra os portugueses.

Após a frutuosa troca de ideias com Álvares Maciel no passeio pelas matas da Tijuca, Tiradentes tratou de preparar um novo encontro, agora a três, apresentando Maciel ao padre José da Silva de Oliveira Rolim, que se encontrava também no Rio. Velho conhecido de Tiradentes, o padre Rolim, apesar de banido da província mineira, com ordens de seguir para a Bahia por determinação do governador, por lá estivera apenas por uns tempos, e agora desafiava as ordens de Luís da Cunha Meneses, viajando constantemente daqui para lá, cuidando apenas de não ficar por muito tempo em um só lugar. Escudava-se também no fato de que o *Fanfarrão Minésio* estava em vias de ser logo substituído pelo novo governador, Luís Antônio Furtado de Mendonça, o visconde de Barbacena, já pronto a assumir o governo da província.

Do padre Rolim não se pode dizer que fosse um sacerdote dedicado e fielmente sujeito aos votos de pobreza, obediência e castidade, exigidos dos que se consagram aos serviços da Igreja Católica Romana. Suas desavenças com o governo da província advinham mesmo das acusações que lhe eram imputadas de ser um dos mais importantes contrabandistas de diamantes da região do Serro Frio, daí tendo decorrido seu banimento da província. O fato de lhe atribuírem uma vasta e clandestina família de esposas e muitos filhos só não constituía objeto de maior escândalo porque os números eram sempre sabidamente exagerados pelas alcoviteirices do povo. Não constituíam acontecimento inusitado, a merecer maiores preocupações, pois não era assim tão incomum que alguns padres, ciosos de seus deveres cristãos de amparo aos desvalidos, mantivessem sob sua caridosa proteção e guarda mulheres solteiras ou viúvas carentes, além de apadrinhados e sobrinhos órfãos de pai. De todo modo, dizem ter tido dentre todas as mulheres uma que lhe arrebatou o coração e com quem teve cinco filhos, Quitéria Rita, filha de sua irmã de criação, a mulata Chica da Silva, mulher do contratador de diamantes João Fernandes de Oliveira, um dos homens mais ricos e poderosos no norte da província.

Apesar de nascido no Arraial do Tejuco e feito seus estudos eclesiásticos no Seminário de Mariana, Rolim fora ordenado presbítero do Hábito de São Pedro, na província de São Paulo, havia apenas nove anos. Nesse breve tempo, conseguira ser acusado de costumes devassos e até de homicídio pelo governador daquela província, quando então retornou para sua terra natal, o Tejuco, onde continuou mantendo comportamento de inconformidade diante das leis portuguesas e da Igreja.

O encontro dos três foi na mesma casa do concunhado de Álvares Maciel, agora, porém, sem outras presenças que exigissem discrição e comedimento de palavras. Uma vez informado pelo Tiradentes das andanças conspiratórias do padre, Maciel iniciou o diálogo:

— Então, reverendo padre, quer dizer que já foram iniciados entendimentos entre vossência e outros homens importantes de Vila Rica.

— Sim, mantive conversas com o doutor Tomás Gonzaga, o ouvidor de Vila Rica, e o primo dele, Joaquim Gonzaga, recentemente nomeado ouvidor para o Serro, minha região. O doutor Tomás tem ideias muito claras e objetivas sobre a necessidade e as possibilidades de um movimento de libertação do Brasil do jugo português. A importância do cargo dele bem pode demonstrar a vosmecê o quão facilmente os propósitos de uma rebelião contra os portugueses podem vir a penetrar em outras boas cabeças de toda a província mineira.

— Parece-me — interrompeu o Tiradentes, dirigindo-se a Maciel — que ele tem até o esboço de um conjunto de leis, tal qual aquele das leis americanas com que vosmecê me presenteou, que mais tarde podem se converter na constituição do nosso novo país.

— É verdade — continuou o padre Rolim. — Contamos também com o doutor Cláudio Manuel, o mais importante advogado de toda a província; o coronel Alvarenga Peixoto, do Regimento de Cavalaria Auxiliar de Campanha do Rio Verde; o cônego Luís Vieira, meu antigo preceptor e mais ardoroso defensor da necessidade de libertação do Brasil; o padre Carlos Toledo, da freguesia de São José Del Rei, e seu irmão, o sargento-mor Toledo Piza; além, é certo, do seu cunhado, o tenente-coronel Freire de Andrada; e muitos outros.

— Como bem pode ver o doutor — voltou a atalhar o Tiradentes —, confirma-se a observação de vosmecê de que em Minas Gerais há maior engajamento de pessoas importantes do que aqui, o que torna um pequeno pulo levar palavras encorajadoras a todo o povo de lá e dele obter quase integral adesão.

— Impressiona-me mais que tudo — falou Maciel — o entusiasmo que parece haver em vosmecês e nessas pessoas citadas, todas de alto nível social, que não arriscariam suas posições numa aventura inconsequente. De muito eu já sabia pela correspondência com meu cunhado, o tenente-coronel Freire de Andrada. Mas espero ter oportunidade de ver aqueles que ainda não conheço e conversar com eles quando estiver em Vila Rica.

— Vosmecê terá essa oportunidade, eu lhe asseguro — respondeu o padre Rolim. — A propósito, quando espera chegar a Vila Rica?

— Devo aguardar aqui as ordens do novo governador, pois deverei acompanhar sua família na viagem para Vila Rica.

— Então vosmecê tem relações bem estreitas com o visconde!? — exclamou Rolim, manifestando assustada surpresa.

— Não se amedronte, padre — respondeu Maciel, sorrindo —, nem por isso pretendo ser um falso revolucionário, informante do visconde. Conheci-o em Portugal por força de nossos interesses científicos comuns, pois ele é um homem letrado. Ao tomar conhecimento de que deveria governar no Brasil uma província mineralógica e sabendo que eu era formado nestas ciências, convidou-me para ser seu auxiliar e preceptor de seus filhos. Acenou mesmo com a hipótese de eu vir a morar no palácio do governo.

— Ora, ora! — Tiradentes se agitou, também ignorante da circunstância da amizade de Maciel e o novo governador. — Isso poderá ser de enorme utilidade para nós, pois, se vosmecê não pretende ser informante do governador, poderá ser nosso, passando-nos as pretensões e ações do visconde.

— Não sei se tanto, senhor alferes, pois não serei seu confidente, apenas um conselheiro para os assuntos de mineralogia e, talvez, continuar como preceptor de seus filhos. Não manterei com ele contato tão estreito que me permita saber de seus planos e ações de governo.

— De qualquer forma — atalhou o padre —, mesmo que não o tenhamos como espião, de resto uma função incondizente com o caráter de vosmecê, sempre poderemos ter informações sobre os movimentos no palácio.

— Veremos, senhor padre, veremos — respondeu Maciel cauteloso, começando a sentir turbilhonando em sua mente o conflito entre a função que lhe asseguraria meios de bom sustento no retorno ao Brasil e o auxílio que poderia vir a prestar ao movimento que na sua mente ocupava lugar de importância até maior

CAPÍTULO III

No dia seguinte, Tiradentes mandou Alexandre preparar as mulas e abastecer os embornais com as provisões necessárias para a viagem de retorno a Vila Rica, iniciada logo no outro amanhecer. Deveria acompanhá-los um fidalgo português ex-auditor de um dos regimentos do Rio, o desembargador Pedro Saldanha, nomeado ouvidor de Vila Rica em substituição a Tomás Antônio Gonzaga, que deveria assumir o cargo de desembargador para a Relação da Bahia.

Dias depois, vencidas as primeiras agruras do Caminho Novo, suavizadas pelo inverno frio e sem chuvas que mantinha os caminhos secos, ao contrário das outras estações, quando a lama e os atoleiros atrasavam a viagem em até uma semana, chegaram a Borda do Campo num entardecer que, naqueles altiplanos da Mantiqueira, mormente nas tardes límpidas de agosto, chega a deslumbrar os olhos mal acostumados à luminosidade que se espalha pela paisagem ondulada dos montes menos escarpados que os da Serra do Mar — muralha de pedra e mata que defende o interior das Minas Gerais das investidas de quem vem do litoral.

As conversas mantidas com o desembargador durante o percurso até a Mantiqueira convenceram o Tiradentes de que aquele português nunca se disporia a ir contra a Coroa da qual era fiel funcionário. Ao contrário, poderia ter sido perigoso alongar o assunto com ele, que certamente informaria ao novo governador ter conhecido discussões que pretendiam subverter a ordem real. Assim, procurando dar a entender que toda a arenga por ele despendida na viagem era apenas o palavreado vazio de um sonhador,

Tiradentes logo tratou de se livrar do acompanhante, alegando necessidade de permanecer em Borda do Campo para cumprir ali algumas missões militares, enquanto ele, o ouvidor Pedro Saldanha, poderia continuar a viagem com seus dois escravos, acompanhando uma tropa que daí a dois dias seguiria na mesma direção.

Tiradentes aproveitava-se duplamente da permanência em Borda do Campo. Além se ver livre da companhia pouco agradável do fidalgo português, iria rever seu amigo e aliado, coronel Aires Gomes, para cuja fazenda logo se dirigiu juntamente com Alexandre, ainda aproveitando as últimas luzes da tarde. O coronel, apesar de homem rude mais acostumado às lutas da terra e pela terra que às gentilezas da hospitalidade, recebeu-os alegremente, sobretudo porque o jantar estava atrasado e assim poderiam fazer juntos aquela refeição, atualizando as novidades da corte e os progressos da conspiração, que dizia estar impaciente para ver incorporada.

Enquanto aguardavam, o coronel quis mostrar aos visitantes as dependências da grande e suntuosa casa da fazenda. Da varanda que fronteava o casarão, passaram à bem mobiliada sala de visitas, com sofás e poltronas de palhinha ou revestidas de finos tecidos bordados, e, em seguida, à de jantar, com sua longa mesa de jacarandá, lavrada com os mesmos motivos que adornavam as cadeiras de espaldar alto que a guarneciam. Da cozinha próxima, o cheiro das carnes e dos temperos aguçava ainda mais os apetites, agora aumentados pelo atraso da hora da refeição.

As atenções do Tiradentes, porém, pouco se deixavam levar pela casa e seu mobiliário, mais interessado que estava em ouvir do coronel palavras que confirmassem sua importante e necessária adesão à conspiração.

— Novidades, coronel, só o novo governador, o visconde de Barbacena, que já chegou ao Rio de Janeiro e em breve estará em Vila Rica e, ao que parece, com ordens de efetuar uma derrama.

— São insaciáveis esses portugueses! — exclamou o coronel, com a voz tonitruante, própria dos poderosos ciosos do poder conquistado. — São incapazes de ver que as riquezas da terra também têm limites, pois, com efeito, julgam que a queda das remessas de ouro para Portugal é apenas uma decorrência do aumento do contrabando.

— É certo, coronel — aparteou Tiradentes —, que o contrabando é tanto maior quanto maior é o tributo, pois se este fosse razoável poucos se disporiam a não pagá-lo e ficar sob a permanente apreensão de vir a sofrer a cobrança forçada e suas consequências.

— Conforme já disse em outra ocasião, alferes — continuou o coronel —, não precisaríamos ir tão longe nos planos de independência completa de Portugal, o que exigirá muitos riscos. Bastaria que Portugal desse a esta colônia o direito de administrar a si própria, com sua própria gente, que bem conhece os problemas da terra e que o faria melhor que esses nobres portugueses que para aqui vêm apenas para mandar ouro e diamantes para Portugal.

— Perdoe-me o nobre coronel — revidou Tiradentes —, mas não crê vosmecê que é muito pouco provável que Dona Maria, que hoje governa por seus conselheiros, venha a aceitar tal iniciativa, sabendo que cedo ou tarde a administração por brasileiros acabaria levando à independência total de Portugal?

— Não, alferes, nada impede que tenhamos uma administração brasileira na colônia, mantendo, no entanto, fidelidade a Sua Majestade, a rainha. Quem conhece nosso povo sabe que ele sempre a terá como mãe.

— O plano, coronel, é proclamar um novo regime de governança, a república, onde o povo escolhe quem vai governá-lo e conduzi-lo aos objetivos que ele próprio há de escolher. Nada de reis ou rainhas, duques, marqueses, condes ou viscondes, nobres que se valem apenas de sua nascença e não de seus méritos ou bons propósitos.

— Nosso povo vê os reis como pais protetores — insistiu o coronel —, e essa ideia de mudar a cada tempo quem o governe vai parecer como uma mudança constante de pai e mãe. Não crê vosmecê que isso soará como absurdo para o povo?

— Coronel, estamos falando também de mudar a cabeça das pessoas. Não se está propondo apenas uma mudança de governança. Falamos da construção de uma nova nação, formada sob as novas filosofias que se têm mostrado como verdadeiras e aptas para comandar o mundo daqui para a frente e, portanto, capazes de nos conduzir ao futuro.

— Bem, meu caro amigo — conformou-se o coronel —, estas são as ideias que me passam pelo bestunto, acreditando que seria um caminho mais fácil e menos doloroso de conseguir, num primeiro momento, um alívio para nossas dores mais imediatas, que são as pressões de Portugal sobre as riquezas produzidas com nosso esforço.

— Na realidade, com o esforço dos escravos — ousou Alexandre, em voz baixa e tímida, ouvida, no entanto, pelo Tiradentes, que lhe devolveu um severo olhar de reprovação.

— A independência viria mais tarde, por consequência — continuou o coronel, ignorando ou não ouvindo o aparte de Alexandre. — Entenda, porém, meu caro alferes, não quero que vosmecê pense que me oponho a suas ideias e não continuo do seu lado, fiel ao movimento.

— Agradeço-lhe a confiança, coronel, e em instante algum duvidei da sua lealdade à nossa causa.

Acreditando penitenciar-se dos maus efeitos que sua fala pudesse ter tido sobre o coronel, ao passarem diante do oratório-capela, onde um altar lavrado em madeira e recoberto de ouro ostentava uma imagem da Virgem com o Menino Jesus, Alexandre ajoelhou e se persignou enquanto murmurava o que poderia ser uma breve prece, expressando ao se levantar:

— Como é bela e santa esta capelinha do coronel, não, alferes?

— Sim! É realmente muito bonita — concordou secamente o Tiradentes, logo se voltando novamente ao coronel. — A propósito, passou por aqui o padre José da Silva Rolim, também um dos nossos mais proeminentes companheiros?

— Não — respondeu o coronel. — Não tive a honra de recebê-lo, nem soube de sua passagem por estas bandas. Corre a notícia de que está banido da província e, sendo assim, deve ter passado disfarçado, abrigando-se talvez na paróquia local ou na fazenda do padre Manuel Rodrigues da Costa.

A entrada das mucamas com as travessas de comida interrompeu a conversa, reconduzindo todos à sala de jantar. Um suculento pernil de porco, cujo cauteloso assado fora a causa do atraso, compensou o tempo da espera, intensamente saboreado que foi juntamente com o tutu de feijão recoberto com fatias de ovo cozido, o arroz, a couve picada e o angu que acompanhavam a carne temperada com algumas das ervas que fazem o entusiasmo pela comida mineira. A conversa entre os dois ainda poderia se alongar por horas pela importância e extensão do assunto, mas a preocupação maior de dar cabo dos saborosos pratos e ao fim o peso da digestão do pernil com tutu de feijão obrigou todos a procurar uma cama.

No dia seguinte, logo após o café, Tiradentes e Alexandre foram convidados pelo coronel a acompanhá-lo na rotineira corrida pelas terras da fazenda, a ver como andavam as coisas. Os escravos, dizia o coronel, "estão sempre prontos a desleixar os trabalhos, e os capatazes", acrescentava, "têm que ser vigiados para que bem vigiem os escravos."

No segundo dia, Tiradentes e Alexandre rumaram para a Fazenda do Registro Velho, do padre Manuel Rodrigues da Costa, na localidade denominada Sítio, poucas léguas adiante da fazenda do coronel Aires Gomes, onde esperavam hospedar-se por uma ou duas noites, dando tempo à retomada da viagem para Vila Rica, sem o risco de reencontrar pelo caminho o desembargador Pedro Saldanha, uma vez que, por acompanhar uma tropa, devia estar viajando no passo lento desta.

Ao chegarem à fazenda, quase ao fim da tarde, foram encontrar o padre fazendo suas orações vespertinas na pequena capela anexa à casa principal. Advertido da chegada de viajantes por um escravo ao fim de suas preces, o sacerdote, com os braços abertos e um alegre sorriso, foi logo ao encontro do Tiradentes, que se apressou em lhe tomar as mãos para beijá-las, em sinal de respeitosa submissão, instando Alexandre a fazer o mesmo apresentando-o.

— Este é meu ajudante, Alexandre, e mais que tudo meu fiel discípulo e companheiro.

— Louvado seja Nosso Senhor Jesus Cristo, que me dá a alegria de recebê-los em minha humilde morada, senhor alferes.

— Louvado seja, senhor padre. Estamos a caminho de Vila Rica e na oportunidade não podíamos deixar de visitá-lo, para receber sua bênção e sorver um pouco de sua sabedoria.

— Qual sabedoria, meu caro amigo?! — retrucou o padre, expressando sua modéstia com o aceno de ambas as mãos. — Nada lhes posso oferecer além dos ensinamentos do Cristo. Antes de tudo, porém, venham — continuou. — Devo acomodá-los e mandar reforçar a janta. Benedito — agora se dirigindo a um escravo —, aloje nossos visitantes, cuide das montarias e traga-os depois para o jantar. E avise na cozinha que temos hoje, e espero que pelos próximos dias, dois ilustres convidados.

Apesar da recomendação, o jantar não fugiu muito à frugalidade dos hábitos do padre, reforçado apenas por duas gordas galinhas cozidas no molho do próprio sangue, adicionadas ao arroz, feijão, couve picada, carne-seca e farinha de mandioca do cotidiano.

O padre Manuel ordenara-se ainda bastante jovem, sempre demonstrando possuir uma inteligência ágil e especuladora, preocupada com outros aspectos da vida humana além dos mistérios da religião. Sua vasta biblioteca rivalizava na província com a do seu ex-tutor, o padre Luís Vieira da Silva, não só em quantidade de obras, mas também pela versatilidade dos títulos que mesclava as obras religiosas com as de ciências da natureza e de filosofia revolucionária. Fizera-se notável por suas pregações, bem conhecidas em toda a província, pois enfatizava noções pouco frequentes nos púlpitos católicos, falando da necessidade de educar o povo para abrir-lhe os olhos e torná-lo consciente da situação de penúria em que vivia e acreditar nas possibilidades de mudá-la. Isso, a seu ver, permitia crer na sua, pelo menos, simpatia por um movimento que propunha o mesmo, embora no sentido contrário, a libertação do povo para dar-lhe a oportunidade de se ilustrar. A divergência de sentido, porém, não se contrapunha aos propósitos maiores pregados pelos revolucionários e pelo padre, ambos ressaltando a íntima relação que acreditavam haver entre liberdade e educação. Tornara-se por isso conhecido do Tiradentes e de outros conspiradores, embora não tivesse sido convidado até então por qualquer um deles com vistas a torná-lo membro ativo do movimento.

A difusão e penetração das filosofias iluministas que levavam como que por força de atração ao sonho de libertação da colônia não eram desconhecidas do padre. Tampouco ignorava que alguns nomes importantes da província eram dados como engajados num movimento que, aparentemente voltado para a luta contra as exageradas exigências tributárias de Portugal, acabaria trilhando os mesmos caminhos que, ao norte do continente, haviam levado à criação de uma nova e independente nação. Não desconhecia também que seu visitante era o mais notório propagador daquelas novidades, sendo o que mais abertamente chegava ao extremo de propor desde logo a completa separação do Brasil de Portugal.

Enquanto Alexandre se fartava com as gordas coxas de uma das galinhas, abstraído naquele momento de qualquer outra consideração que não a fome, cultivada pela não alimentação de nada além de uma pequena broa de milho desde a manhã, quando deixaram a fazenda do coronel Aires Gomes, Tiradentes e o padre comiam vagarosamente, dando tempo para que a boca também se ocupasse de palavras.

— Venho sabendo que vosmecê continua apregoando a libertação do Brasil do domínio português. — O padre, meio que de repente, desviou a conversa das amenidades de praxe para o que, deduzia, trouxera o Tiradentes até ele. — Não teme por uma reação do governador, acusando-o de sedição e mandando prendê-lo?

— Não, reverendo. Em primeiro lugar porque o corrupto *Fanfarrão Minésio* já não é mais governador, depois porque o novo governador, o visconde de Barbacena, é íntimo amigo do doutor José Álvares Maciel, cunhado do tenente-coronel Freire de Andrada, cabeça ilustre com quem tive o prazer de trocar muitas ideias no Rio e que bem demonstrou ser dos nossos. Disse-me o doutor Maciel que ele também é estudioso de filosofia e, portanto, pronto a compreender nossos anseios.

— Acredita vosmecê que por isso ele estaria disposto a fechar seus olhos e ouvidos para um movimento que contraria os interesses que ele veio representar?

— Apenas acredito, padre, que ele não tomaria medidas contra quem apenas fala. Do nosso movimento nada transpira que permita ao governador suspeitar de sua existência como algo concreto. Creio que ele o veria apenas como um debate entre acadêmicos. Sei que me tomam por um solitário tresloucado boquirroto, e isso é bom enquanto afasta suspeitas que possam recair sobre os outros companheiros.

— Vosmecê falou desse doutor Maciel. Soube que ele também é defensor, como eu, da educação do povo, com abertura de escolas e universidade. Gostaria muito de conhecê-lo.

— Tratarei de realizar seu desejo. Neste momento, ele deve estar vindo do Rio para Vila Rica, acompanhando a família do novo governador.

— A apatia do nosso povo diante da despótica governança dos portugueses — voltou o padre ao tema da conversa — é mais que tudo resultado da falta de qualquer educação, formal ou social. Tudo aceita e a tudo se submete por acreditar que tão somente cumpre um destino ditado por Deus, ignorando que Ele deu aos homens a faculdade do livre-arbítrio, permitindo a cada um fazer o seu destino. E para isso contribuem, sinto dizer, muitos dos meus confrades, outros sacerdotes.

— Nem todos, reverendo, nem todos. Temos muitos outros padres trabalhando ao nosso lado, tal como espero venhamos a ter Vossa Reverendíssima pessoa

– Sou homem da Igreja, alferes, não sou de lutas ou embates fora do púlpito. Não lhes basta minha simpatia?

— Queremos também sua ação, arregimentação de homens aqui nesta região, que é estratégica para conter possível subida de tropas do Rio para Vila Rica.

— E, por acaso, serei eu capaz de comandar homens em armas? Não tenho o ardor guerreiro que parece animar o padre Rolim, por exemplo, ou o padre Carlos Toledo, da freguesia de São José Del Rei. Ambos, segundo sei por suas pregações, também parecem simpáticos ao movimento. Não, alferes, insisto em que não contem com mais do que minha simpatia e minhas orações.

Tiradentes calou-se por um instante, decidido a não forçar o padre a ir além dos limites que se impunha.

— O que não é pouco, creia-me, padre — disse, por fim. — Sua palavra já é uma poderosa arma a abrir a cabeça do povo, transferindo para ele vossa simpatia por nós. Vossa Reverendíssima também muito poderá contribuir propondo com o doutor Maciel as ações de educação no novo governo que haveremos de ter nesta terra.

A chegada das sobremesas, doce de leite, queijo e bolo de milho, foi o pretexto para que se interrompesse o debate sobre o movimento revolucionário, passando a conversa para os elogios à cozinha do padre.

Mais uma semana de estrada e os viajantes atingiram o ponto em que os ocres dos telhados de Vila Rica voltavam a se mostrar aos olhos de Alexandre e do ansioso Tiradentes, aflito por se apresentar a seu comandante, Freire de Andrada, relatando seu encontro com Maciel e suas conversas com o coronel Aires Gomes e o padre Manuel. Mais que tudo, queria o alferes inteirar-se também do andamento da conspiração; a quantas iam as conversas do tenente-coronel com os outros companheiros.

CAPÍTULO IV

Tiradentes ainda não havia alcançado a Serra da Mantiqueira quando a comitiva da família do visconde de Barbacena deixou o Rio de Janeiro no rumo da província a ser administrada por ele. O visconde já se encontrava em Vila Rica desde o mês de julho. Deixara a família no Rio, encarregando seu amigo Álvares Maciel de acompanhar sua adoentada mulher e os três filhos na dura viagem até Vila Rica.

Sexto visconde de Barbacena, Luís Antônio Furtado de Castro do Rio Mendonça e Faro teria preferido permanecer em Portugal ou vir a ser embaixador em alguma corte europeia, em qualquer das circunstâncias em condições de dedicar-se ao que de fato lhe parecia ser sua verdadeira vocação: os estudos filosóficos e das ciências naturais, sobretudo a mineralogia. Esta última paixão, que muito contribuiu para sua nomeação como governador da província mineira, foi também a que o aproximou de Álvares Maciel, já conceituado nessa área de conhecimento. A feliz proximidade com um também notável mineralogista aprofundou a amizade entre os dois, levando Barbacena a convidá-lo para estar ao seu lado, não só como futuro sócio em empreendimentos comerciais, mas também como preceptor de seus filhos, podendo mesmo vir a morar na residência de campo do governador, em Cachoeira do Campo, distante de Vila Rica apenas cerca de três léguas.

Para Maciel, a oferta era deveras atraente. A sociedade comercial, a proximidade e até mesmo uma certa intimidade com o próprio governador não só o tornariam prestes a se tornar um homem rico e influente

Mais que tudo, porém, para uma mente que prezava a ciência além da fortuna, havia a oportunidade de descobrir novos minerais e novas formas de exploração das imensas riquezas que ele sabia existirem na província, libertando-a do monopólio do ouro e das gemas preciosas, o que permitia sonhar com a nova nação que ele sabia teria que ser forte economicamente para se independer do jugo português.

Sua participação no movimento de independência que prosperava em Vila Rica, conforme deixara praticamente juramentada com o Tiradentes e com o padre Rolim, secundava e até mesmo avançava as propostas antes tratadas com José Joaquim da Maia, Domingos Vidal Barbosa e José Mariano Leal da Câmara e outros, em Coimbra, que tentavam ampliar as intenções dos comerciantes maçons cariocas. Estes, no entanto, pelo menos num primeiro momento, não manifestavam o desejo de ir além da quebra do monopólio português sobre os negócios na colônia: a eles bastaria a liberdade de comerciar.

Sua consciência oscilava entre a oportunidade de ampliação de sua ciência e profissão e a lealdade que deveria conceder ao novo amigo, futuro parceiro de negócios e senhor, e as ideias libertárias que se ampliavam na sua cabeça desde suas estadas em Portugal e na Inglaterra e pelas quais já manifestara a disposição de lutar. A balança se equilibrava quando pensava que talvez fosse aquela a grande e única oportunidade: atrair — quem sabe? — o próprio visconde para o movimento, o que o tornaria praticamente imbatível?

Barbacena fora aluno brilhante do mestre Domingos Vandelli, tido como introdutor da maçonaria em Portugal, e ele próprio, sendo também um "iluminado", não teria por que renegar os ideais do direito natural à liberdade intelectual e política dos homens, alicerces essenciais da busca da felicidade a que cada indivíduo tem direito, pois tais eram os fundamentos mesmos das razões de ser da maçonaria.

A missão de Maciel de acolher a família do novo governador terminou no Registro do Parahybuna, quando o próprio desceu de Vila Rica para receber a esposa e os filhos, e conduzi-los até o destino final. Mais alguns dias, e estariam todos instalados no recém-reformado casarão que constituiria a nova morada da família em Cachoeira do Campo.

Na ausência das chuvas, que infernizavam a vida dos viajantes pelas montanhas naquele Caminho Novo, a monotonia da viagem só era quebrada pelos percalços de praxe: uma roda quebrada; o empacamento de uma ou outra mula mais renitente; as subidas mais íngremes exigindo dos homens adicionar sua força à dos animais para movimentar as carroças. Cavalgando lado a lado, no entanto, Maciel e o governador venciam facilmente o tédio, trocando informações sobre mineralogia, o assunto preferido de ambos.

— Veja que ironia, senhor Maciel. De tudo o que é arrecadado nesta província, uma parte fica desde o início com os contratadores, cabendo ao governador, para cumprir as despesas da administração, o que exceder da quota exigida pela Coroa. Como há muito as quotas não têm sido atingidas, nada resta para o governador. Por isso, já deixei requerido à nossa boa rainha autorização para que eu possa instalar aqui uma farmácia comercial e outros negócios que, espero, venham a garantir a minha sobrevivência e a de minha família nesta terra.

— Pela abundância de minerais ferrosos por aqui, senhor governador — atalhou Maciel —, por que não pensar em uma siderúrgica? Além do ferro, tive oportunidade no passado de pesquisar e confirmar a existência de vitríolo de cobre e ardósia na freguesia de Antônio Dias, em Vila Rica, além de argila, mica e enxofre, na mina de Gontijo; cobre puro desde Cachoeira do Campo até São João do Morro; e arsênico no Morro das Lajes. Veja Vossa Excelência quanto há de riquezas a explorar nestas terras, que não por acaso são chamadas de Minas Gerais.

— Ora, senhor Maciel — exclamou com espanto o governador —, por acaso ignora as proibições da Coroa para que se instalem indústrias na colônia?

— Por certo não, senhor, mas vosso prestígio conseguiria pelo menos abrandar tal lei. Basta convencer a Coroa dos benefícios que isso traria também para Portugal.

— Ingenuidade de vosmecê acreditar que Portugal vá permitir a abertura de uma porta que poderá levar a colônia a desenvolver outras atividades capazes de torná-la ainda mais rica e poderosa que a própria metrópole.

Maciel não pôde conter o entusiasmo de ver que as propostas da conspiração que se tramava em Vila Rica, e que ele abraçara com entusiasmo, confirmavam-se como válidas no medo pronunciado pela boca de um dos mais importantes nobres portugueses.

— A abundância de outros minerais que não o ouro acabará por levar-nos a isso, senhor governador — o entusiasmo de Maciel aflorou na entonação de sua voz —, sobretudo quando se esgotarem as minas de ouro, conforme parece estar ocorrendo. Esse deverá ser um destino inevitável deste Brasil.

O governador calou-se por um tempo. Sua fisionomia demonstrava avaliar aquelas últimas palavras de Maciel. Já lhe passara também pela cabeça, ainda que mantivesse apenas para si tais pensamentos que poderiam soar sediciosos, que o Brasil era imensamente grande e farto, com muitas riquezas a tirar da terra, para se manter eternamente como colônia de um pobre Portugal.

— Tenho consciência das dificuldades em aumentar a arrecadação em vista das sabidas dificuldades dos mineradores, mas isso não deverá impedir meu trabalho.

O governador voltou a se calar, fazendo parecer a Maciel que aquele diálogo se esgotara entre os dois, pois já enveredava pelas perigosas sendas de um debate incabível com quem estava ali para defender interesses indiscutíveis, que seriam buscados a qualquer preço. Não fora para aplicar a temível derrama que, conforme se dizia, o novo governador tinha sido designado? Não era a derrama a afirmação mais dura do poder colonizador? Não se mostrava, pois, prudente, pensava Maciel, que se desse curso àquela discussão. Era preciso mais cautela daí por diante; penetrar mais fundo na alma do visconde para bem saber até onde sua lealdade a Portugal e à sua missão cederia espaço para suas convicções de liberdade dos homens, conforme proposto pela maçonaria, que dizia admirar.

Entre os sonhos e a realidade da vida cotidiana, poucos homens têm a coragem de privilegiar os primeiros. Seria o visconde um desses homens? Nada na sua biografia, até aquele momento, permitia pensar que sim. Ao contrário, sua vida e sua carreira mostravam uma personalidade pragmática, de grande vigor intelectual e curiosidade científica, mas ciosa das vantagens e privilégios de uma nobreza garantida pela manutenção do *status quo* que qualquer movimento em contrário poderia comprometer. Após os momentos em que ambas as cabeças pareciam estar esquadrinhando todas as possíveis interpretações de tudo que fora até ali falado, o governador retomou o diálogo.

— Tenho algumas informações, ainda que me pareçam apenas boatos, de que em Vila Rica se fala em movimentos de separação. Vosmecê sabe alguma coisa sobre isso?

O inesperado da insidiosa pergunta fez com que Maciel num ato reflexo esporeasse a montaria, fazendo-a dar um brusco salto à frente, quase derrubando o cavaleiro e assustando mesmo o cavalo do governador. Enquanto tentava conter a montaria, Maciel matutava sobre a intenção oculta na pergunta do governador: seria apenas retórica, sequência natural da primeira afirmação? Saberia ele de seus encontros com Tiradentes e o padre Rolim? Teria tido alguma informação de suas reuniões conspiratórias na Europa? O governador estava propositadamente levando a conversa para aquele tema com vistas a obter informações, ou porque havia nele interesse em se engajar no movimento, fosse para apoiá-lo ou enfraquecê-lo, conduzindo-o para rumos que não confrontassem o poder absoluto de Portugal?

— Nesta terra de tantas lendas e fantasias, senhor, boatos são apenas boatos. O povo mineiro gosta muito de inventar histórias.

— Os governantes não devem se descuidar dos boatos — continuou Barbacena —, pois eles quase sempre nascem de alguma realidade e podem esconder verdades. De qualquer sorte, mesmo quem os cria do nada sempre tem um propósito ao difundi-los e é preciso conhecer esses propósitos.

— O que me parece — Maciel já recuperara a calma e o raciocínio — é que há uma expectativa de derrama, e isto, sabe bem Vossa Excelência, gera apreensões e subterfúgios para evitar ou se esquivar da cobrança. É o medo que leva a estas ideias de libertação. Aliás, senhor governador — Maciel não julgou imprudente continuar —, não se pode estranhar existirem doutrinas libertárias numa colônia tão explorada. Já não tivemos há tempos o caso daquele Felipe dos Santos?

— Eu próprio acredito na hipótese de uma colônia próspera e independente do monopólio econômico do ouro — continuou o governador. — Mas, não concorda comigo, senhor Maciel, que a prosperidade da colônia acabará por levá-la à independência total? Se alguns veem possibilidade disso agora, com muito mais razão serão encorajados num ambiente de prosperidade geral. E o mais grave é não haver garantia, nesse novo ambiente, da manutenção de fidelidade à nossa soberana, Dona Maria.

Maciel voltou à indecisão sobre o que se ocultava nas palavras do governador. A noção de liberdade da colônia, mantida a fidelidade à Coroa portuguesa, não era muito estranha às propostas de grande parte dos maçons cariocas e mesmo alguns conspiradores mineiros: um Brasil economicamente livre, mas ainda um reino submetido à monarquia portuguesa. A maioria dos mineiros, no entanto, pensava numa república, tal como os recém-criados Estados Unidos da América do Norte. Isso implicava completa independência de Portugal. Qual das alternativas preocupava mais a cabeça do governador? Ou nenhuma delas? Sua intenção era apenas testá-lo? Afinal, ele seria preceptor de seus filhos e mesmo seu conselheiro, além de sócio em alguns negócios.

— Da existência de movimento real de independência do Brasil, não sei, senhor — Maciel não hesitou em mentir —, mas das possibilidades de vir a se tornar próspera e rica, isso eu vos posso afiançar ser bem possível, tendo em vista as vastas riquezas minerais existentes nesta província. Disso Vossa Excelência também sabe.

— É verdade, também já ouvi falar da abundância de ferro, cobre, mica, ardósia, enxofre, conforme vosmecê já explanou. Sem contar possíveis novas jazidas de ouro e gemas.

— Pois então, governador, com as siderurgias de ferro e cobre teríamos a possibilidade de fabricar aqui mesmo as máquinas e ferramentas que iriam facilitar inúmeras outras atividades, mormente a agricultura numa terra onde não faltam terras. O enxofre, mais o carvão fácil e barato de ser obtido, mais o salitre permitiriam a instalação de fábrica de pólvora. Muito fácil divisar tudo de bom que a liberdade de se implantarem aqui siderúrgicas e indústrias poderia trazer.

— A Coroa portuguesa sabe muito bem disso, e não por outra causa proibiu a instalação delas aqui, e há também outros percalços — continuou o governador. — Será que mesmo os mais ricos fazendeiros e mineradores arriscariam recursos suficientes para tais empreendimentos, vultosos e arriscados do ponto de vista econômico? A pólvora, por exemplo. Não temos por aqui na região salitre suficiente, e o preço do que vem de fora quase iguala o preço da pólvora pronta.

Maciel sentiu-se seguro para ir além, avançando para a área do conhecimento que sentia dominar.

— Não duvido da possibilidade de alguns prósperos mineradores e ricos fazendeiros decidirem por diversificar seus negócios. Ouvi falar de um filósofo inglês, chamado Adam Smith, que publicou recentemente na Inglaterra conceitos filosóficos bastante revolucionários no campo econômico. Diz ele que, havendo oportunidade e liberdade de ação, principalmente a liberdade de optar por gastar ou investir, sempre haverá quem queira se arriscar para fazer mais riqueza.

— E o que fala esse filósofo sobre o próprio governo fazer isso, controlando, pois, os resultados da produção e conduzindo os rumos econômicos do reino?

— Creio que ele afirma que o Estado deve se manter afastado de outras funções que não sejam administrar a sociedade, a defesa, a justiça e que tais, deixando para os particulares as decisões, os lucros e os prejuízos da ação econômica de produzir e comerciar bens.

— Assim sendo, Portugal nunca irá concordar com a instalação de indústrias que não estejam sob seu controle, cujo avanço em mãos particulares poderá ameaçar o poder da metrópole, quebrando seu atual monopólio de comércio. E não parece haver na corte qualquer interesse em desviar recursos de lá para esta colônia, tão fácil de explorar sem nada investir além do controle burocrático e da força militar que o garanta.

— Mas veja, senhor, que contradição: a exploração das lavras está cada vez mais dificultada, exigindo ferramentas, petrechos e todo tipo de coisas de ferro, que por sua vez custam cada vez mais caro, eis que somente chegam de Portugal. Como, pois, ampliar a exploração do ouro criando dificuldades para isso?

O governador calou-se, talvez por não ter uma resposta satisfatória à questão que parecia atormentá-lo também.

O diálogo e as angústias mentais de ambos foram interrompidos com o entardecer e a necessidade de procurar um local adequado, se possível alto e perto de uma boa aguada, para passar a noite e descansar da viagem sempre estafante, principalmente para a adoentada mulher do governador e as crianças, seus filhos.

Não passou despercebido a Maciel que, durante todo o trajeto, raramente deixavam de ser acompanhados pelo ajudante de ordens que viera com o visconde desde Lisboa, o capitão Antônio Xavier de Resende, que, como um fiel cão de guarda, não desgrudava de seu amo, nem interferia em seus atos ou conversas. Nada dizia que não fosse algo relativo ao percurso, ao tempo da viagem, advertência sobre algum perigo no caminho, ordens aos tropeiros e escravos, nada, absolutamente nada relativo à conversa entre Maciel e o governador. Não que lhe fosse vedada qualquer participação, apenas — assim parecia a Maciel — demonstrava estar mais interessado em ouvir do que em falar, sobretudo não ocultando estar mais atento ao que dizia o mineralogista, que tão bem defendia propostas de alguma forma condutoras à separação entre Brasil e Portugal.

CAPÍTULO V

Alexandre e Tiradentes chegaram a Vila Rica antes da comitiva do visconde e sua família, mas depois da boataria que se instalara na cidade sobre as ordens que viriam na bagagem do novo governador: a derrama seria seu primeiro ato de governo; a cobrança dos tributos que a Coroa julgava devidos seria feita a ferro e fogo; seus métodos eram até piores do que os do famigerado Luís da Cunha Meneses, o *Fanfarrão Minésio*.

As más expectativas e a necessidade de dar rápida forma material ao movimento, que até aí se fazia apenas na teoria, levaram Tiradentes a logo entrar em contrato com seu comandante, o tenente-coronel Freire de Andrada, para pô-lo a par de suas conversas no Rio de Janeiro e em Borda do Campo, e mais que tudo demonstrar a satisfação de relatar seu encantamento pela personalidade e ideias de seu cunhado, Álvares Maciel, que manifestamente chegara ao Brasil disposto a dar curso às noções que desenvolvera em Portugal com José Joaquim da Maia, Domingos de Abreu Vieira e tantos outros que professavam a independência do Brasil. Tiradentes considerava-o o mais importante aliado da causa conseguido até aí.

Freire de Andrada logo pôs Tiradentes a par do andamento da conspiração. Reuniões vinham sendo feitas em suas casas, na Rua Direita e na Fazenda dos Caldeirões. As conversas com Cláudio Manuel, Tomás Gonzaga, Alvarenga Peixoto, os padres Carlos Toledo e Rolim, além de outras figuras importantes da vila, ocorriam com frequência. Novos conspiradores estavam entrando em cena: o coronel Francisco Antônio de Oliveira Lopes, rico proprietário de grandes lavouras, rebanhos e minas, e sua esposa, Hipólita Jacinta Teixeira de Melo, mulher de personalidade forte e decidida, inteligente e firme o bastante para ousar tomar parte nas discussões sobre a necessidade da independência e a revolução que levaria a ela, assunto de homens, incabível de ser tratado por mulheres, circunstância relevada diante da persistência e das falas sempre pertinentes de Hipólita Jacinta.

O sargento-mor Luís Vaz de Toledo Piza, irmão do padre Toledo, vigário da vila de São José Del Rei, não deixava de a cada dia apontar novas adesões importantes para o movimento. Homem decidido, como seu irmão, trouxe consigo os Resende Costa, o pai e o filho, o alfaiate Vitoriano Gonçalves Veloso e vários outros convencidos por ele da justiça e das possibilidades de êxito da conspiração. Apesar da resistência do irmão padre, o sargento-mor também foi o responsável pelo ingresso do coronel Joaquim Silvério dos Reis, português de caráter sabidamente duvidoso, embora manifestasse entusiasmo e crença no sucesso do movimento, no qual gostaria de se engajar.

Após dar a Tiradentes as notícias de Minas Gerais, o tenente-coronel pediu-lhe informações sobre o ambiente no Rio de Janeiro.

— Pude observar muita insatisfação no Rio, meu comandante. As medidas tomadas pelo vice-rei Luís de Vasconcelos, mais as leis sempre restritivas de Portugal ao livre comércio, têm causado grande insatisfação entre comerciantes e mesmo entre a população em geral. Já se fala abertamente em separação.

— Não se pode confiar plenamente no povo do Rio — interrompeu o tenente-coronel. — É de muito falar e pouco agir, além do que a presença ali das tropas mais numerosas e fiéis ao vice-rei é sempre capaz de desestimular qualquer movimentação mais ousada.

— Tudo faz crer, porém, comandante, que não devemos desleixar apoio que possa vir de lá, e, creio também, o quase certo que deve vir da província de São Paulo.

— Bem, alferes, isso é bem menos que a metade deste Brasil, e teríamos que buscar ainda a adesão das províncias do sul e do norte. As do norte, dominadas por interesses muito atrelados a Portugal, por certo não nos apoiariam assim como que por nossos belos olhos; teriam que ser submetidas.

— Não há como submetê-las — replicou o Tiradentes. — Estão distantes e não temos gente suficiente para lutar contra eles lá e os portugueses aqui. Temos que esperar que elas venham para o nosso lado convencidas por nossas pregações, acreditando na república. A conquista pelas ideias é sempre mais duradoura e menos custosa que aquela advinda das armas. Mais que tudo, meu comandante, conquistaremos a todos pelo exemplo, pois, à medida que a nova república for se afirmando como nação de sucesso, não faltarão movimentos de adesão, vindos de todas as demais províncias deste Brasil.

— Belas palavras, alferes. Resta saber se dão resultado na prática. Por que razão, por exemplo, a província do Maranhão, fortemente dominada pelos poderosos locais intimamente associados com interesses comerciais portugueses, iria se declarar separada de Portugal para aderir ao que aos olhos deles seria uma desastrosa aventura? A Bahia talvez aderisse. Lá parece existir algum sentimento separatista, mas de Pernambuco e seus senhores de engenho, quase todos semiarruinados pela queda dos preços do açúcar, também pouco se há de esperar — veja como estão vendendo por pechincha sua escravaria. O sul é bem provável que veja no nosso movimento a oportunidade de também se independer de Portugal, mas para formar uma outra nação, junto com a província cisplatina.

— Então, meu comandante — conformou-se o Tiradentes —, deveríamos contentar-nos com construir a nova nação aqui. Melhor não tão grande, mas liberta, que agigantada, como agora, mas pertencente a outros.

O tenente-coronel, como a dar por encerrada a conversa, convidou Tiradentes para um encontro no dia seguinte em sua Fazenda dos Caldeirões, onde estariam presentes também seu cunhado Álvares Maciel, o doutor Cláudio Manuel, o ouvidor Tomás Gonzaga, o coronel Alvarenga Peixoto, o padre Carlos Toledo e, talvez, também o cônego Luís Vieira.

Tiradentes despediu-se do comandante garantindo sua presença na reunião, demonstrando submissão não apenas ao comando da patente superior, mas de quem vinha se projetando como líder maior da conspiração, pelos esforços que desenvolvia em congregar num movimento ordenado as ideias até então esparsas em várias cabeças. O tenente-coronel Francisco de Paula Freire de Andrade era a mais alta patente militar da província, comandando, a partir do Regimento de Cavalaria da Guarda, todas as guarnições militares de Minas Gerais. A importância do seu comando pode ser mais bem aferida com o fato de que era o segundo homem em comando na província, subordinado apenas ao próprio governador. Esta posição o colocava obrigatoriamente como um dos principais líderes do movimento. De fato, muitas das reuniões dos inconfidentes se deram em suas casas. Ele as convocava, organizava e presidia.

Freire de Andrada pedira a presença de Tiradentes, o mais ativo conspirador e seu mais entusiasmado propagador, não só por esses atributos, mas também por considerá-lo um dos membros mais proeminentes da conspiração, um dos chefes mesmo, pois ele próprio não se manifestava como líder único por entender ser o movimento uma ação conjunta de várias cabeças.

A reunião fora marcada para a tarde, depois do almoço, o que levou Tiradentes e Alexandre a partirem antes do amanhecer em direção à fazenda, distante não muitas léguas da vila, na esperança de ainda alcançarem o almoço na companhia do anfitrião, mas os percalços da viagem os atrasaram o suficiente para que perdessem até mesmo a sobremesa, o que frustrou os recém-chegados, que tiveram sua fome somente apaziguada pelo café com broas de milho normalmente servidos a todos os visitantes, restando-lhes a esperança do jantar, que poderia ser de modo a compensar a fome mal mitigada.

Logo após Tiradentes e Alexandre, chegou Álvares Maciel, acompanhado apenas de um escravo, desculpando-se de um atraso que de fato não houve, uma vez que Freire de Andrada não esperava os convivas antes do fim da tarde, quando seriam recepcionados com um jantar e hospedados por aquela noite, pois as conversas por certo avançariam até altas horas.

Os demais convidados foram chegando no curso do entardecer. Cláudio Manuel e Tomás Gonzaga acomodados em ricas liteiras atreladas a mulas conduzidas por duplas de escravos, Alvarenga Peixoto e o padre Toledo montados em fortes e reluzentes montarias de boa andadura. Depois de acomodados cada um em seu respectivo aposento, cabendo um mesmo para Tiradentes e Alexandre, reuniram-se todos na varanda, onde licores foram servidos e saboreados no curso das conversas de praxe sobre amenidades que sempre antecediam os assuntos sérios.

Diante da presença de todos os convidados, informando que o cônego Luís Vieira enviara mensagem escusando-se pela ausência, em razão de inadiáveis serviços no seminário de Mariana, onde lecionava Filosofia, tratou o tenente-coronel de expor as razões de sua convocação. Não pretendia naquele momento deliberar sobre qualquer assunto mais importante, mas dar aos demais conhecimento mais detalhado do que seu cunhado, Álvares Maciel, já lhe relatara de seus tempos em Portugal e na Inglaterra e das conversas mantidas entre o finado José Joaquim da Maia e Thomas Jefferson, embaixador na França da nova nação republicana do norte, além, e principalmente, de seus contatos com o visconde de Barbacena e suas impressões acerca da missão do novo governador.

Maciel em seguida tomou a palavra, expressando desde o início sua fé e lealdade para com o movimento, afirmando que acreditava, por tudo que sabia e que lhe fora exposto, que o destino do Brasil era se independer de Portugal para se tornar uma nação republicana, embasada nos mais sólidos princípios filosóficos que naquele momento se espalhavam por toda a Europa e a América. Ao salientar o sucesso dos ingleses-americanos ao norte, que fazia poucos anos se haviam constituído como nação independente diante do mundo, Maciel quis deixar marcada também sua fé nos princípios republicanos. Dirigiu, em seguida, seu relato para as conversas de José Joaquim da Maia com o embaixador, Thomas Jefferson. Este de tudo tomara conhecimento pela boca do próprio brasileiro, que em nome de comerciantes maçons cariocas sondara daquele a disposição e as possibilidades do apoio dos americanos à idêntica pretensão brasileira de construir no sul da América uma nação semelhante à de seus irmãos do norte, sustentada pelos mesmos princípios.

Os resultados dessas conversas, no entanto, não foram dos mais animadores. Infelizmente, não poderiam os brasileiros, segundo as palavras de Jefferson, contar com uma imediata ajuda de seu país, eis que este ainda lutava para consolidar sua independência, inclusive dependendo do reconhecimento diplomático de Portugal, de especial significado político diante das suas estreitas relações com a Inglaterra. Por outro lado, não se esquivavam os americanos de prestar auxílio aos brasileiros pela ação individual de quem se dispusesse a tal, pois seus cidadãos eram livres para partir a qualquer momento para onde bem entendessem. Afirmou que, uma vez consolidada a independência brasileira, os Estados Unidos da América do Norte tratariam de estar ao lado das primeiras nações a reconhecer a nova república, estimulando desde então as relações comerciais que tanto poderiam beneficiar a ambos, reconhecendo a importância econômica que a nova e independente nação brasileira poderia vir a ter no mundo.

A posição dos Estados Unidos da América do Norte, apesar de francamente simpática ao movimento de independência do Brasil, era de cautelosa e diplomática neutralidade, num primeiro momento, garantindo seu apoio apenas após o fato consumado

Dificuldades ainda maiores seria de esperar das nações europeias, todas ciosas dos perigos que as rebeliões coloniais representavam para suas respectivas monarquias — sobretudo diante da tempestade política que se prenunciava na França. Os problemas diplomáticos a serem enfrentados após a proclamação da independência e constituição da nova nação brasileira mostravam-se, desde logo, como grandes o bastante para que se adicionasse às esperadas atribulações internas um possível isolamento diplomático, embora a posição americana indicasse que poderia ser breve

— De fato — interveio aí o doutor Cláudio Manuel, do alto de sua condição de mais velho e tido como o mais sábio dentre os presentes —, nossas dificuldades serão bem maiores se não pudermos contar com algum apoio externo. É certo que Portugal, com o provável apoio da Espanha, venha a enviar uma esquadra para restabelecer sua dominação. E a Inglaterra? O que pensa vosmecê sobre a reação do mais forte aliado de Portugal?

Maciel falou então de seus tempos na Inglaterra, na cidade de Birmingham, onde pôde constatar o progresso dos povos livres, capazes de desenvolver suas manufaturas e seu comércio, o que, pelo contraste com o Brasil, levava-o a lastimar a ignorância em que jaziam seus compatriotas. Não sabiam e além de tudo estavam impedidos de bem aproveitar os recursos que a natureza punha a seu alcance, o que, com algum esforço, rapidamente colocaria o Brasil independente e livre ao lado das nações do velho continente. Seus tempos lá também o levavam a crer que não havia razões para não esperar, pelo menos, a neutralidade dos ingleses, eis que a convivência com eles o convencera de que eram pragmáticos o bastante para colocarem seus interesses comerciais à frente dos interesses meramente políticos. Afinal, acreditavam — e assim agiam — que estes decorriam daqueles. De tal sorte, a imediata abertura dos portos brasileiros para o comércio com outros países logo atrairia a simpatia da Inglaterra. Até mesmo porque, em relação a Portugal, este era muito mais dependente dela do que o contrário. Assim, nem sequer haveria o risco de faltar vinho do Porto na corte britânica

— Devo aceitar em parte os argumentos do preclaro doutor Maciel – voltou a falar Cláudio Manuel —, pois a magnífica obra do inglês Adam Smith, que acabo de traduzir para nossa língua, *A riqueza das nações — Investigação sobre sua natureza e suas causas*, mostra que o progresso geral decorre da ação individual na busca de lucro e que aos Estados cabe tão somente organizar a sociedade, dando suporte aos empreendimentos particulares para que eles, de forma natural, acabem por produzir a prosperidade geral. O poder que a Inglaterra alcançou neste mundo de hoje confirma a tese. Assim, penso que, como afirma o doutor Maciel, a Inglaterra poderá colocar suas vantagens comerciais maiores à frente de seus interesses políticos com Portugal. No entanto, os ingleses acabam de perder sua mais importante colônia e sabem o que isso lhes custou e o que poderá custar ainda mais a Portugal. O enfraquecimento de Portugal, uma quase colônia inglesa na Europa, também não lhe custará caro?

Dessa vez, foi Tiradentes que se levantou inflamado, intervindo:

— Por acaso devemos subordinar nossos ideais ao medo da reação de estrangeiros que nada têm a ver conosco? Se estivermos dispostos à luta, façamo-la com brios, sem medo e com disposição. Nosso triunfo aqui por certo vai nos cobrir de glória e trazer o respeito que havemos de merecer.

— Sim, alferes — manifestou-se o tenente-coronel —, tem razão. Nossa disposição de luta não morre aí. Mas temos que pensar como militares que somos e antever todos os obstáculos que venham se antepor a nossos propósitos e bem avaliar o modo de superá-los. De pouco vale uma vitória efêmera que não se consolide para torná-la permanente. A construção da nação que queremos não pode se resumir na vitória contra os portugueses aqui nesta província e no Rio de Janeiro. Os americanos do norte estão até hoje a enfrentar problemas, como deixou claro o embaixador Jefferson a nosso patrício José Joaquim da Maia, e conosco não seria diferente.

— Não devemos nos esquecer, meu comandante — voltou a falar Tiradentes —, de que os do norte enfrentaram e venceram os ingleses, inimigo muito mais forte que o fraco Portugal, que dependeria do nosso ouro para melhor se armar e lutar contra nós.

Alvarenga Peixoto e Tomás Gonzaga até então não haviam se manifestado, pois, afastados em um canto da varanda, confabulavam em voz baixa. Voltando à proximidade dos demais, Alvarenga expressou o desejo de também falar, em nome dos dois.

— Todas as observações até aqui expostas cremos ser pertinentes e merecem nossas preocupações. Há, porém, um inimigo mais forte e próximo com o qual penso que deveríamos nos preocupar neste momento. Refiro-me ao novo governador. O que tem o doutor Maciel a nos falar sobre o visconde, eis que tem convivido com ele, parece-nos que desde Portugal?!

Maciel não deixou de sentir certo desconforto diante da entonação das últimas palavras de Alvarenga, que lhe pareceram soar como um desafio, mais que como uma pergunta, para que deixasse claro aos companheiros de conspiração que não era nem seria um delator.

— Apesar de ter recebido do visconde o convite para ser o preceptor de seus filhos e seu conselheiro em assuntos de mineralogia, nossas conversas pouco foram além disso. Posso crer mesmo que ele tem de mim certa desconfiança, dadas as minhas relações com os maçons cariocas, sabidamente favoráveis a uma independência, ainda que limitada apenas à administração portuguesa na colônia. Posso afirmar, contudo, que o governador, apesar de certa simpatia pelas ideias iluministas, é um fiel súdito da rainha, obediente às ordens recebidas do ministro da Marinha e Ultramar, Martinho de Melo e Castro, e estas são bastante claras no sentido de que faça, do modo que julgar mais apropriado, a cobrança imediata das quinhentas e trinta e oito arrobas de ouro que Portugal julga serem devidas pela província; pela derrama, se assim julgar necessário.

— Pois que o faça — voltou a intervir ardorosamente Tiradentes —, eis que nos propiciará o momento adequado para levantarmos o povo.

O acaloramento da discussão, pela intervenção simultânea de todos os presentes, fez o tenente-coronel propor uma interrupção dos debates, mandando servir o jantar e chamando todos para a mesa, onde as conversas continuaram, mas amenizadas por levar os inconfidentes apenas aos diálogos de cada um com seu vizinho de mesa.

As discussões continuaram após o jantar, embora agora passassem os inconfidentes a tratar de outros aspectos menos relevantes para o sucesso da conspiração, tais como a bandeira, alguns artigos de uma nova Constituição que estava sendo elaborada pelo doutor Cláudio Manuel, o coronel Alvarenga e o ouvidor Tomás Gonzaga. Por fim, o peso do jantar, ampliando o cansaço da jornada de Vila Rica até a fazenda que já dominava alguns, levou Freire de Andrada a dar por encerrada a reunião.

CAPÍTULO VI

O visconde de Barbacena tomou posse em Vila Rica como capitão-general governador da capitania de Minas Gerais com ordens expressas e bastante claras de reabastecer os cofres reais da quantia de quinhentas e trinta e oito arrobas de ouro, rendimento estimado do quinto devido pelos mineiros. Martinho de Melo e Castro, ministro da Marinha e Ultramar da rainha Dona Maria I, conhecia muito bem o estado da capitania de Minas Gerais, inclusive a visível decadência da produção de ouro. A redução, porém, a quase metade do rendimento anual da mais importante fonte de recursos da Coroa o fez desprezar tal circunstância, como o parasita que esgota seu hospedeiro ignorando que a morte dele é ameaça fatal à sua própria vida.

Não era o visconde menos conhecedor das dificuldades que teriam os mineiros de atender à cobrança que lhes seria feita, nem tampouco dos obstáculos que ele próprio teria que enfrentar para alcançar o objetivo. Sua fidelidade à rainha e aos deveres que lhe foram impostos, contudo, superava seu senso prático. A decisão de alcançar o objetivo a qualquer custo sobrepunha-se ao juízo racional, que demonstrava com clareza a inviabilidade da missão.

Barbacena não frequentava o palácio dos governadores, no alto da Praça de Santa Quitéria, senão duas vezes por semana, permanecendo e despachando durante a maior parte do tempo em sua aprazível chácara de Cachoeira do Campo. E foi para lá que convocou sua primeira reunião de trabalho, chamando todos os deputados da Junta da Real Fazenda de Vila

Rica e de outras vilas, para exame dos registros, contas, ordens e demais papéis que demonstravam os danos provocados pela falta de cumprimento dos deveres dos habitantes da capitania. Exigia de todos o máximo esforço necessário para se alcançar com suprema urgência a reparação dos danos provocados à Fazenda Real. Nem o visconde nem os cobradores, porém, ignoravam as dificuldades para a cobrança regular dos débitos, que muitos diziam não ser reais e outros afirmavam ser impossíveis de arrecadar sem a ruína do devedor.

O espectro da derrama assombrava a todos, mostrando-se como única forma de atender à arca sem fundo do tesouro real. No topo do registro nominal dos devedores figurava a maioria dos inconfidentes e muitos dos que ainda viriam a se envolver com o movimento, como o coronel dos auxiliares Joaquim Silvério dos Reis Montenegro Leiria Guites.

Foi por essa época, em que o governador fazia suas primeiras reuniões para bem avaliar o estado geral da província, que o sargento-mor Toledo Piza, cheio de entusiasmo, apresentou a seu irmão, padre Carlos Toledo, os nomes que pretendia trazer para o movimento, dentre eles o do coronel Joaquim Silvério dos Reis, possuidor de grande riqueza, apesar de seriamente enredado com dívidas junto à Fazenda Real. O padre Toledo não deixou escapar ao irmão que já conhecia o coronel por sua "desonestidade intrínseca" e pela violência com que outrora fizera cumprir suas atribuições de contratador das entradas na comarca de Rio das Mortes. Fora, inclusive, denunciado por seus desmandos pelo ouvidor Tomás Antônio Gonzaga, que por certo também não veria com bons olhos aquela adesão. O sargento-mor, no entanto, conseguiu convencer o padre com os argumentos de que o coronel era rico e poderoso, conforme demonstrara pelas entusiasmadas palavras de fé no movimento e pela generosa oferta de recursos necessários para que Toledo Piza arregimentasse novos adeptos em São Paulo, além de dispor para a luta seus muitos escravos e seu regimento de cavalaria.

Tiradentes encantou-se com a nova adesão, embora transparecesse a Alexandre, que não participava dos debates, mas não deixava de bem ouvir e bem avaliar tudo que era discutido em sua presença, que aquele coronel estava apenas interessado na solução de suas dívidas e não nos ideais do movimento, o que, aliás, pouco o diferenciava dos demais. Aqueles pelo menos mesclavam seus interesses pessoais com uma razoável dose de idealismo, acreditando na necessidade e vantagens da quebra do imobilismo imposto pelo colonizador. Somente o Tiradentes — assim pensava Alexandre — parecia lutar apenas pelas ideias. Enfim, pensou, assim que a maioria dos homens se movia, aproximando-se das ideologias que melhor atendessem aos seus anseios pessoais.

Como quase todos os nomes expressivos da província figurassem na lista de devedores da fazenda, não foi difícil para o visconde de Barbacena destacar aqueles já sabidos e manifestados adeptos de doutrinas liberais, como Tomás Antônio Gonzaga, autor das *Cartas Chilenas,* que, a par de criticarem acidamente o antigo governador, não ocultavam os desmandos do poder colonial. Também não lhe eram desconhecidos comentários sediciosos de Alvarenga Peixoto e Cláudio Manuel, deixados escapar nas reuniões sociais; nas pregações do padre Manuel Rodrigues, do cônego Luís Vieira e do padre Toledo; as arregimentações de Toledo Piza; todas as conversas após as missas ou ofícios religiosos; os cavacos nas tabernas; tudo permitindo acreditar, pelo que parecia, estar no ar uma tênue fumaça de um princípio de incêndio; que algum movimento estava sendo gerado dentro do ambiente hostil ao governo colonial e à aterrorizante ameaça de derrama.

Até mesmo em sua presença, as conversas dos que iam lhe prestar as homenagens devidas a um governador recém-chegado mal disfarçavam os ânimos libertários ao se referirem com entusiasmo, mas com compreensível e elegante cautela, ao sucesso do movimento de independência dos americanos do norte. Barbacena, apesar das primeiras simpatias pelas ideias que falavam do progresso das ciências da natureza e das novas filosofias, da necessidade de serem estudadas em profundidade as riquezas do país e das possibilidades de se transformar a colônia num próspero centro de comércio e indústria, viu-se obrigado a relatar suas impressões ao vice-rei, seu tio, quando percebeu que as conversas, comprometedoras aos olhos de sua missão, haviam saltado dos salões para as ruas.

Maciel era o interlocutor preferencial de Barbacena, não só pelo interesse de ambos pela mineralogia e outras ciências naturais, mas sobretudo pela mal disfarçada intenção do visconde de obter do mineralogista informações sobre o suspeitado movimento separatista, que não duvidava ser da simpatia de Maciel.

— As inquietações políticas na província continuam grandes. Não, senhor Maciel? — inquiriu o governador, como quem não tem outro assunto para apenas iniciar uma nova conversa.

Um tanto surpreso pela questão que desviou abruptamente a discussão que até então era mantida entre os dois sobre os possíveis usos da malacacheta, Maciel pigarreou, buscando tempo para se realocar no jogo de gato e rato em que o governador vez ou outra gostava de envolvê-lo.

— Assim também me parece, visconde. Sobretudo diante dos boatos de que vossência tem ordens de aplicar a derrama.

— De fato, tenho tais ordens. Porém, já informei ao vice-rei e ao ministro Martinho de Melo e Castro as minhas impressões sobre as dificuldades existentes para aplicá-la, diante da visível queda na produção de ouro que a Coroa insiste em afirmar ser fruto mais da sonegação dos desleais mineiros do que do alegado esgotamento das minas.

— Mas vossência sabe — interveio Maciel —, como mineralogista que é, que o esgotamento dos veios é real. Há falta de novas terras minerais nesta comarca e nas do Rio das Mortes e do Rio das Velhas; as do Serro do Frio, hoje as mais abundantes, estão proibidas de ser exploradas para não prejudicar a extração de diamantes, monopólio da Coroa.

— Talvez, senhor Maciel, talvez. Já esteve comigo o doutor Cláudio Manuel a expor esses mesmos argumentos. Ele chegou mesmo a propor, de forma elegantemente discreta, como lhe é próprio, meu engajamento num eventual movimento que levasse Portugal a conceder maior liberdade à colônia. Também tive conversas com o ouvidor Tomás Gonzaga que me falou das diversas formas de governo possíveis a uma nação, república ou monarquia, deixando ver suas preferências pela primeira, embora aceitasse a segunda sob a forma constitucionalista, como na Inglaterra.

— E qual é a posição de vossência diante dessa ideia? — ousou Maciel avançar no assunto. Se Barbacena pretendia arrancar dele alguma informação, era-lhe também importante vasculhar as verdadeiras intenções do governador, ocultas naqueles diálogos aparentemente corriqueiros.

— A ideia parece-me simpática, como ideia. Mas nela não vejo qualquer possibilidade de sucesso real. Não pensa vosmecê da mesma forma, senhor Maciel?

O astuto governador fazia ver que sabia mais do que supunham os conspiradores, dentre os quais não excluía a participação de Maciel.

— Acredito, senhor governador, que as possibilidades desta terra são imensas, e que bem exploradas podem torná-la um país rico e poderoso. Portugal parece não dar importância a isso e se julga capaz de mantê-la como eterna colônia, levando daqui todas as riquezas, como se seus habitantes fossem submissos e inertes. Isto é o mesmo que tratá-los como se tratam os negros escravos, esperando deles a mesma reação de passividade. Até mesmo os negros, como bem sabe vossência, por vezes se rebelam. Não me é pois de estranhar que os brancos, mais cultos e civilizados, possam se rebelar contra as leis que lhes tiram a liberdade de ganhar seu pão da forma que melhor lhes aprouver, enriquecendo sem o empobrecimento dos outros.

— Mas Portugal não quer desta colônia mais que os tributos necessários para mantê-la em boa ordem, possibilitando aos colonos, portugueses ou brasileiros, explorá-la da melhor forma. E por falar em liberdade e negros, senhor Maciel, qual é sua opinião sobre se manter o trabalho escravo numa república que funda suas ideias na liberdade?

Maciel viu-se preso numa arapuca retórica ardilosamente armada pelo governador. Avançar no novo tema proposto era expor conceitos que os conspiradores havia muito vinham debatendo, confirmando a existência de um movimento político e ideológico fora do qual aquela discussão não teria sentido.

Tiradentes era o único dos conspiradores a defender a completa abolição do trabalho escravo, tendo a seu lado apenas Alvarenga Peixoto, que via a liberdade dos negros e índios como um objetivo natural a ser alcançado pela nova república, mas não de pronto e, sim, ao longo de um processo em que a consolidação econômica da nova nação permitisse a transformação dos meios e modos de produção. Todos os demais, inclusive o próprio Maciel, entendiam que uma mudança brusca da estrutura econômica levaria a radicalismos políticos capazes de instabilizar a nova ordem que se pretendia implantar.

— As ideias da liberdade que professamos, senhor governador, nasceram numa Europa que não conhece a escravidão como nós a conhecemos. Dizem respeito a sociedades humanas racialmente limpas. Mesmo admitindo a liberdade completa dos negros, devemos considerar que a nossa sociedade colonial tem uma população majoritariamente negra e mestiça, o que acabaria por tornar os brancos uma minoria facilmente dominável, invertendo-se assim os papéis. Creio então que a plena implantação de uma sociedade sem escravidão somente seria possível com o aumento da população branca nesta província ou em qualquer outro lugar.

Barbacena, abrindo um largo mas enigmático sorriso, pareceu se dar por satisfeito com a resposta de Maciel.

— Realmente seria de estranhar existir a proposta de abolição da escravatura num movimento que congrega grandes proprietários de escravos.

Maciel sentiu o frio do medo percorrer-lhe a espinha, pois as palavras do governador não deixavam dúvidas de que ele sabia da existência do movimento separatista na província. Mais ainda, parecia conhecer os seus possíveis participantes. O diálogo avançara para um ponto em que sua continuação acabaria por colocar Maciel no alto risco de vir a confirmar, embora involuntariamente, a existência da conspiração e, pior, sua participação ativa nela. Barbacena mostrara-se mais perspicaz e envolvera-o numa discussão em que dificilmente conseguiria responder às suas indagações sem ao final expor claramente suas convicções e propósitos.

Maciel acabou sendo salvo e aliviado de suas angústias pela providencial entrada do capitão Antônio Xavier de Resende, já apelidado pelos frequentadores do palácio como *Escova*, dado o formato de seus cabelos. O capitão era visto e tratado com cautela por todos os que deviam conviver com ele pelas necessidades de contato com o governador, pois era tido como "os olhos e ouvidos do visconde". O capitão sussurrou qualquer coisa ao ouvido do governador, levando-o a dar por encerrada a conversa com Maciel, que logo tratou de se retirar com uma breve reverência.

O capitão *Escova* trazia ao governador informações que, segundo soubera por soldados da guarda, o alferes Tiradentes, que mantinha estreitas relações com Maciel, enquanto em serviço no palácio do governo, sempre aproveitava as oportunidades para arengar junto à soldadesca da necessidade e das possibilidades de um movimento que viesse a separar o Brasil de Portugal. Em decorrência seria criada uma nova nação, uma república, onde todos teriam mais liberdade e possibilidades de progresso individual, quando então cada soldado poderia sonhar com sua ascensão a postos mais elevados na hierarquia militar por seus próprios méritos, sem sujeitar-se a bajulações e favorecimentos advindos dos que estavam mais próximos do poder do governador ou do comandante da tropa. *Escova* sintetizava as falas do Tiradentes como "propostas claramente agitadoras e sediciosas. Pura insubordinação"

— Podemos, desde já, mandar prendê-lo, senhor governador, pois tenho o testemunho suficiente de soldados que me são fiéis e que estariam dispostos a incriminá-lo.

— Não, capitão — retrucou o governador —, não por enquanto. É preciso antes conhecer toda a extensão desse possível movimento e saber de toda a gente envolvida, além desse alferes. Saberei o momento próprio para uma ação mais ampla. De qualquer forma, capitão, mantenha-me sempre informado de tudo que vier a saber.

— A esse propósito, senhor governador — continuou o *Escova* —, fui procurado há dias pelo coronel Silvério dos Reis, desejoso de um encontro com vossência para tratar de assuntos relativos a suas dívidas. Pareceu-me, no entanto, querer ele tratar também de outros assuntos, que não me adiantou, mas me fez crer sejam relativos a esse movimento sedicioso que paira nos ares desta cidade.

— Esse coronel não me parece digno de qualquer confiança, e suas dívidas junto à Coroa são avultadas o bastante para encarcerá-lo pelo resto da vida. Entretanto, se o senhor pensa que ele possa ter informações outras que não sua situação financeira, talvez seja bom ouvi-lo. Veja aí um bom dia para que eu o possa receber.

— Também me procurou o contratador João Rodrigues de Macedo, que disse ter negócios com vossência.

Barbacena havia tido contatos anteriores com o contratador, considerado o homem mais rico de toda a província mineira, uma espécie também de banqueiro de quem o governador até obtivera empréstimos e de quem esperava obter mais recursos necessários para seus negócios.

— Traga-me, então, aqui o contratador, antes do coronel Silvério dos Reis.

João Rodrigues de Macedo, contratador de Entradas e Dízimos, era de fato o homem mais rico de Vila Rica, e mesmo de toda a província. Seus interesses estendiam-se além de Minas Gerais, envolvendo também as províncias de São Paulo e Goiás, o que fazia dele algo parecido com um banqueiro, pois financiava sob garantias muitos dos negócios dessas regiões. Ao mesmo tempo em que era credor de muitas fortunas, tendo o próprio governador como um dos seus mutuários, figurava também entre os maiores devedores à Fazenda Real. Sua residência e local de seus negócios, chamada de Casa dos Reais Contratos, na parte mais baixa da Rua das Flores, às margens do Córrego do Tripuí, era o maior e mais suntuoso sobrado de Vila Rica, com um mirante de onde se descortinava grande parte da vila.

Dois dias depois, o capitão *Escova* informou a Macedo que o governador lhe concederia a honra de uma entrevista.

— Com que, então, senhor contratador — iniciou o governador —, veio para tratar de suas dívidas para com a Coroa? Verifiquei que elas montam a quase quatrocentos contos de réis, valor avultado mesmo diante de sua fortuna.

— Excelência — retrucou o contratador —, antes de tratarmos de minhas dívidas para com a Fazenda Real, gostaria de colocar em dúvida o valor que vossência acaba de citar. De modo algum quero manifestar desconfiança nas suas afirmações, mas me permito questionar os levantamentos feitos por seus auxiliares, gente talvez não muito chegada a contas. Sabe Vossa Excelência que tenho recursos suficientes para saldar meus débitos. Porém, como também é notório, graças ao meu desapego ao dinheiro e à minha generosidade, grande parte da minha fortuna está neste momento em mãos dos muitos a quem acudi em horas difíceis, e que, portanto, somente teria recursos líquidos havendo meus créditos junto aos meus devedores, entre os quais — desculpe-me a ousadia da lembrança — se inclui Vossa Excelência.

A afirmação de Macedo desconcertou o governador, ao ser lembrado de que possuía um débito de mais de dezesseis contos de réis que contraíra com o próprio Macedo para saldar compromissos deixados em Portugal. Mesmo um tanto embaraçado, Barbacena não procurou ocultar em sua fisionomia o espanto diante da ousadia da cobrança.

— Senhor contratador — retrucou Barbacena, buscando retomar o comando do diálogo —, o vulto dos seus negócios e sua generosidade não me são desconhecidos. Mas não me parece que vosmecê possa ignorar que sempre ponho à frente dos meus interesses os da Coroa, e é para tratar deles que lhe concedi esta entrevista.

O astuto contratador não se assustou diante da reação do governador.

— Por certo, senhor governador, ninguém ousaria duvidar disso. Mas, se eu exigisse o resgate de todos os meus créditos, meus devedores ficariam numa situação insustentável de terem que pagar a mim e à Coroa.

— Seus créditos, senhor contratador, têm prazos de vencimento no futuro, os do Erário Real já são vencidos há longo tempo. Não estamos, pois,

243

diante de um simples acerto de contas, em que ainda assim Sua Majestade estaria em larga vantagem.

Os rumos do diálogo, levados pelo astucioso contratador para uma direção claramente desfavorável ao governador, pareceram irritá-lo, fazendo-o tomar de uma sineta para chamar um furriel, ordenando a este que conduzisse Macedo até a porta, alegando necessidade de tratar de assuntos mais urgentes. Despediu-o com um simples aceno de cabeça, retribuído cerimoniosamente pelo contratador, que se sentiu frustrado por não poder continuar a conversa que poderia levá-lo a perscrutar com mais profundidade as intenções do governador.

CAPÍTULO VII

Ao mesmo tempo que Barbacena se inquietava diante da melindrosa situação em que Macedo o colocara ao relembrar sua vultosa dívida, Tiradentes empolgava-se em expor a Alexandre sua alegria diante das, a cada dia, mais numerosas e importantes adesões que soubera terem ocorrido após sua recente chegada do Rio de Janeiro. De algumas sabia agora, outras já lhe eram conhecidas, uma ou outra até surpreendentes, pois advindas através de outros companheiros, como o capitão do Regimento Auxiliar de Cavalaria de São José Del Rei, José de Resende Costa, e seu filho, convencidos pelo irmão do vigário daquela paróquia, o padre Carlos Correia de Toledo, da justiça e necessidade do movimento. O médico Domingos Vidal de Barbosa Lage e seu irmão, o padre Francisco, ambos oriundos da localidade de Capenduva, na freguesia de Santo Antônio do Parahybuna. Domingos havia sido companheiro de Álvares Maciel em Coimbra, e, tendo regressado em definitivo para o Brasil, logo se dispôs a ingressar no movimento, ideário de ambos.

Enquanto Tiradentes discorria sobre as novas adesões e a popularidade que o movimento vinha alcançando, Alexandre mantinha-se calado, porém inquieto, ignorando o entusiasmo do chefe como se algo maior lhe assombrasse a alma. Por fim, titubeando e com voz claramente constrangida, informou ao Tiradentes que soubera que Álvares Maciel havia convencido o tenente-coronel Freire de Andrada a assumir, de fato e de uma vez por todas, a liderança dos planos revolucionários, e que tomara a liberdade de convocar uma reunião para a noite do dia seguinte, na casa do próprio tenente-coronel, para tratar da preparação do movimento diante da iminência da derrama a ser decretada em breve pelo governador.

— Parece-me lógico — exclamou o Tiradentes, diante da informação, após um longo silêncio, como a avaliar se aquilo significava sua exclusão ou rebaixamento de suas funções na conspiração. — Afinal, o tenente-coronel é meu superior na hierarquia militar e detém o segundo posto de comando na província, submisso apenas ao próprio governador. Estaremos presentes na reunião convocada para a casa do tenente-coronel, pois dela já fui informado e convocado pelo doutor Gonzaga.

Tiradentes mentia quanto à convocação que dizia ter recebido do ouvidor, querendo afastar de Alexandre a impressão de que sua figura se tornara desimportante para a tomada das grandes decisões. De fato, até aquele momento ninguém se dignara chamá-lo para a reunião. Alexandre, que dela tomara conhecimento pela boca de um escravo seu conhecido, que presenciara o diálogo entre Maciel e o tenente-coronel, apenas confirmara o que já soubera pela manhã. Numa conversa ocasional tida com Tomás Gonzaga, este, por descuido, deixara escapar ter sido chamado para uma reunião na noite seguinte na casa do tenente-coronel.

Tiradentes pensou que ainda haveria tempo de ser convocado, talvez o tenente-coronel estivesse mesmo à sua procura. Ninguém, entretanto, o procurou. No outro dia, logo ao entardecer, antes mesmo que os lampiões da Rua Direita começassem a ser acesos, Tiradentes, sempre com Alexandre ao seu lado, dirigiu-se para a casa de Freire de Andrada, disposto a afirmar a necessidade de sua presença.

— Chegaste muito cedo, alferes, pois a reunião foi marcada para as sete horas — falou Freire de Andrada, um tanto surpreso e constrangido com a inesperada presença de Tiradentes. — Mas não seja por isto, vamos entrando, vou mandar servir um café fresco, enquanto aguardamos a chegada dos outros. Estou esperando o doutor Maciel, o ouvidor Gonzaga, o coronel Alvarenga e o padre Toledo. Deverão vir também o doutor Cláudio Manuel e o padre Rolim, que soube estar na vila.

Apesar da recepção afável de Freire de Andrada, Tiradentes mostrou-se um tanto agastado, pois afinal não estava na lista dos convidados para a reunião, o que o fazia sentir-se como um penetra. Mesmo não tendo sido chamado, como seria de esperar, dispôs-se a ir como se convidado fora, pois não abria mão de que sua presença era indispensável, sobretudo por suas tratativas com outros conspiradores no Rio de Janeiro. A afirmação de Freire de Andrada, ao perceber o mal-estar de Tiradentes, de que pretendia mesmo convocá-lo, mas não sabia ainda de sua chegada do Rio, pareceu apenas uma desculpa rota. Mais ainda quando quis fazer ver a Tiradentes que aquela era apenas uma pequena reunião preparatória de outras que seriam mais decisivas, pois deveriam contar com presença mais numerosa de outros conspiradores importantes.

De fato, após a chegada de Tomás Gonzaga, Alvarenga Peixoto e do padre Toledo, e da espera de outros que acabaram por não vir, a reunião não foi além de trivialidades. O claro propósito de Tiradentes, no entanto, era reafirmar a importância de suas ações no movimento e justificar sua presença, o que fez falando logo ao início da reunião, sem esperar mesmo que Freire de Andrada lhe desse a palavra, como anfitrião e, mais não fosse, como convocador daquele encontro.

Procurando ignorar o mal-estar que sua presença inesperada e fala pareciam produzir nos presentes, Tiradentes iniciou um longo relato dos contatos que mantivera no Rio com grupos de maçons, que demonstraram com bastante clareza estarem dispostos a deflagrar o movimento no Rio, tão logo tivessem notícias do sucesso do levante que se iniciaria em Vila Rica.

Mesmo não tendo atingido alto grau na hierarquia maçônica, ao contrário de seus companheiros Álvares Maciel, Domingos Vidal de Barbosa Lage e outros (dizem que até mesmo alguns padres, como Oliveira Rolim, Carlos Toledo e o cônego Luís Vieira), Tiradentes, pelos seus constantes deslocamentos ao Rio de Janeiro, era o principal articulador das relações entre os conspiradores de Vila Rica e os da capital da colônia, predominantemente maçons. A participação destes mostrava-se de suma importância, e não havia até então por que duvidar da fidelidade dos cariocas, eis que os ideais dos inconfidentes se fundiam claramente com os ideais libertários da maçonaria, que, dizia-se então no Brasil, forjara a Revolução Americana e formulara os princípios que fundaram aquela nova nação no norte, além da forte influência ideológica que pareciam ter no movimento antimonárquico que se desenrolava na França.

Tiradentes, entretanto, não deixou de demonstrar alguma preocupação com a disposição dos cariocas de somente iniciarem o movimento no Rio quando estivessem certos do seu sucesso na província de Minas Gerais. Pensava que a deflagração das ações simultaneamente em Minas e no Rio seria de extraordinário efeito estratégico, pois as tropas reais que poderiam subir do Rio para Minas teriam que permanecer na capital, tornando enfraquecidas quaisquer resistências da parte daquelas eventualmente fiéis ao visconde de Barbacena. Ainda que a simultaneidade do início da revolta fosse inviável pela distância, mensageiros adrede preparados e velozes poderiam levar ao Rio a notícia da deflagração do movimento em Vila Rica, antes da chegada dos mensageiros do governador com os apelos de socorro que ele certamente faria ao seu tio, o vice-rei.

A exposição de Tiradentes acabou por fim despertando o interesse dos demais, que logo se manifestaram por manter os debates presos à relevância da participação dos maçons cariocas e a deflagração da revolta também no Rio.

— Não creio que a simples adesão dos maçons do Rio seja suficiente para iniciar o movimento na capital — interveio o padre Toledo. — Sem apoio de tropas tudo não passaria de uma inócua manifestação popular, facilmente dominável, pois as tropas estão inteiramente nas mãos do vice-rei.

— Sendo os maçons, quase todos, comerciantes influentes na cidade, eles por certo atrairiam também o povo e, é quase certo, igualmente a simpatia de militares de alta patente — atalhou Tiradentes —, o que colocaria as tropas em situação de indecisão diante de ordens de atacar o povo, que afinal seriam pessoas que lhes poderiam ser próximas. Por isso penso que devemos investir na maior difusão e organização do movimento no Rio, mesmo sob o risco de alertar o vice-rei.

— Ingenuidade do alferes — manifestou-se Alvarenga. — O Rio é uma cidade muito maior que Vila Rica, com grande parte da população de reinóis e com tropas formadas majoritariamente por portugueses. De tal sorte, a deflagração com sucesso de um movimento popular por lá é pouco provável. Depois, alferes, não deves esquecer que soldados são treinados para obedecer ordens, sem criticá-las.

O silêncio de Freire de Andrada e Tomás Gonzaga fez ver ao Tiradentes que suas propostas não eram vistas como plenamente aceitáveis. Um certo mal-estar pelo isolamento do Tiradentes, que nem sequer fora convidado para a reunião, levou Freire de Andrada a dar aquela reunião por terminada, propondo que se promovesse um novo encontro com a presença de mais conspiradores, em número que permitisse a discussão daquele assunto e de outros da mesma importância, como a bandeira da nova nação, sua Constituição, os planos de ação, a movimentação das tropas e as estratégias de defesa diante da certa reação da Coroa.

Um a um, foram todos se retirando, ficando por último Alvarenga Peixoto, que, aproveitando estar a sós com Freire de Andrada, indagou:

— Não crê vosmecê que esse alferes é um tanto exaltado e que em algum momento possa pôr tudo a perder com sua loquacidade?

— Sim. De fato ele não mede palavras, nem escolhe com cuidado onde as fala. Mas quem mais poderia levar nossas ideias ao povo? Por acaso imagina vosmecê o doutor Cláudio Manuel frequentando tabernas, ou nosso ouvidor Gonzaga arrebanhando gente em torno de si para arengar contra os portugueses? Ou mesmo vosmecê catequizando soldados nos quartéis? Tiradentes nos é extremamente útil como conquistador de apoio de gentes que não nobres letrados ou fazendeiros abastados, estes ficam por nossa conta. Além do mais, não temos, além do doutor Maciel, que nos é de extrema importância aqui pelo acesso fácil ao governador, quem faça nossas ligações com os cariocas. De fato, eu ainda não sabia de sua presença em Vila Rica, por isso não o procurei, mas sua participação nos nossos debates é sempre importante.

— De qualquer sorte — concluiu Alvarenga —, convém mantê-lo sob controle, aconselhando-o a acautelar-se diante de suas plateias.

Alexandre não se conformava com a situação em que haviam colocado o Tiradentes, julgando-o desimportante para a tomada de decisões mais graves. Afinal, ninguém mais que ele se preocupava em conquistar novos adeptos e fazer uma permanente divulgação das ideias, além de haver participado ativamente da elaboração dos princípios que norteariam a nova nação. Sobretudo repetindo os conceitos que aprendera do cônego Luís Vieira da Silva, este, sim, o verdadeiro ideólogo do movimento, por suas concepções fortemente amparadas nas filosofias iluministas que se espalhavam como vento nos céus europeus, principalmente na França, onde o que era pregado por Montesquieu, Rousseau, o abade Reynald e tantos outros divulgadores da igualdade entre os homens frutificava e dava sustentação teórica e ânimo aos que defendiam a resistência ao intolerável despotismo das monarquias europeias

O cônego, entretanto, sempre tivera uma atuação discreta, resumindo sua participação à divulgação e defesa de suas ideologias. A ele, juntamente com Alvarenga Peixoto, Cláudio Manuel e Tomás Gonzaga, devia-se o substrato ideológico da conjuração, mais tarde reforçado por Álvares Maciel, embora apenas aqueles últimos agissem mais abertamente e tratassem dos aspectos mais realistas das ações necessárias para levar adiante o movimento, juntamente com o tenente-coronel Freire de Andrada. Apesar da pouca importância aparentemente dada a Tiradentes pelos principais conspiradores, que o viam apenas como um bom propagador e eficaz elemento de ligação com os adeptos do movimento no Rio de Janeiro, o cônego Vieira via-o como um homem corajoso e inteligente o bastante para figurar nas primeiras linhas de chefia; um verdadeiro republicano.

A nova reunião foi marcada para se realizar na chácara do tenente-coronel Freire de Andrada. Dessa vez compareceriam os principais líderes, para traçar os planos finais, estabelecer as linhas gerais da Constituição que nortearia a nova nação, a bandeira e as ações que culminariam na vitória do movimento.

Ao anoitecer do dia marcado, começaram a chegar os primeiros inconfidentes. Além de Tiradentes, também Alvarenga Peixoto, Álvares Maciel,

Tomás Gonzaga e os padres Rolim e Toledo. Com a chegada um tanto tardia de Cláudio Manuel, Alvarenga Peixoto, a convite do anfitrião, abriu a reunião discorrendo sobre os aspectos gerais que deveriam nortear a revolta.

— Vimos tratando, eu, o ouvidor Tomás Gonzaga e o doutor Cláudio Manuel, de definir não propriamente uma Constituição para a nova nação, mas apenas os princípios gerais que devem norteá-la, onde serão afirmados os princípios da igualdade entre os homens, seu pleno direito à liberdade e a necessidade de conquistar tais direitos com o estabelecimento de um governo próprio e independente no Brasil, sem qualquer ligação com os atuais colonizadores.

"As riquezas minerais de nossa província — destacou Alvarenga — a extensão das nossas terras e a imensidão do nosso litoral permitem crer com absoluta certeza que uma nova nação brasileira tem todas as condições de se desenvolver até alcançar os níveis das grandes nações europeias. Não nos é impossível pensar na exploração de novos minerais, abertura de novos caminhos, para o norte e para o sul, em terras que já se mostraram férteis para uma agricultura e pecuária diversificadas, além de tudo que representaria para nosso desenvolvimento a ampliação dos negócios comerciais com o ultramar."

— Mas — interveio alguém — como dar liberdade a todos os homens, o que incluiria os negros, sem comprometer a disponibilidade da mão de obra necessária à implementação de todas essas propostas? Afinal, eles são mais numerosos e poderiam ser também levados aos mesmos anseios de liberdade integral, dominando os brancos.

Alvarenga logo respondeu que tal obstáculo não deixara de ser pensado. Assim, ponderou que se daria liberdade, num primeiro momento, apenas aos mulatos e crioulos nascidos no Brasil, mantendo-se em cativeiro os nascidos em África. As rendas advindas da prosperidade adquirida com a liberdade permitiriam assalariar essa gente e, com o tempo, vir a integrar os que permanecessem ainda como escravos.

Um silêncio constrangedor baixou sobre o ambiente. Eram todos os presentes possuidores de muitos escravos, com atividades econômicas dependentes deles. De tal sorte, a abolição integral e imediata da escravatura poderia lhes trazer de pronto enormes prejuízos. Porém, manifestar-se ali abertamente contra a libertação dos pretos significaria incoerência com os princípios filosóficos por todos aceitos e pregados. A proposta de Alvarenga soou como razoável a todos, e sobre ela ninguém mais se aventurou a discutir.

O padre Toledo, bastante conhecido por suas práticas belicosas, apesar de se tratar de um eclesiástico que sempre deixara bem claras suas posições aguerridas, quando expressara que "mais vale morrer com a espada na mão que como carrapato na lama", não resistiu a uma intervenção.

— Não podemos deixar de considerar que muitos portugueses, mesmo beneficiários da nova ordem, poderiam pensar que a revolução os impediria de retornar a Portugal, aprisionando-os aqui, e por isso poderão se opor a ela; deles não se pode acreditar que renunciem passivamente à sua pátria mãe, e que a essas gentes melhor seria que logo se lhes cortassem a cabeça.

Alvarenga apressou-se a apartear com veemência que tal medida poderia ser adotada apenas contra aqueles que se mostrassem fortemente contrários à sublevação e não tivessem filhos nascidos no Brasil, pois entendia ser um ato de grande impiedade matar-se gente apenas por suas origens. Bastaria, nos casos mais graves, a expulsão, com confisco de bens. Não seria razoável iniciar-se uma nação que se pretendia fundada na Justiça cometendo injustiças.

Em auxílio de Alvarenga logo tomou a palavra o doutor Cláudio Manuel, cuja lendária cultura e sabedoria inspirava respeito a todos os ouvintes.

— Estamos tratando dos aspectos gerais que fundamentarão a nova ordem. Tão logo eu e o doutor Alvarenga tenhamos escrito uma proposta de Constituição, ela será submetida a todos para uma ampla discussão e votação, quando acataremos todas as modificações aceitas pela maioria.

— Neste caso — interveio Tiradentes —, creio que podemos passar a discutir o desenho de nova bandeira, que desde já proponho seja branca, com três triângulos verdes ao centro, unidos por seus vértices. Assim como Portugal tem nas suas armas as cinco chagas de Cristo, deviam as da nova república ter um triângulo, significando as três pessoas da Santíssima Trindade.

Alvarenga contrapôs à sugestão de Tiradentes outra bandeira, idealizada pelo doutor Cláudio Manuel, em que, também sobre fundo branco, se estamparia um gênio despedaçando grilhões, encimando o lema *Aut libertas aut nihil,* dando início a uma nova e acalorada discussão, que acabou por terminar com a proposta de Maciel de, num mesmo fundo branco, estampar-se apenas um triângulo verde sobre o lema *Libertas, quae sera tamem, respexit inertem* — frase que, afirmou ele, fora retirada da *Éclogas,* versos do poeta romano Públio Virgílio Marão — numa clara manifestação de ligação entre os ideais do movimento e a maçonaria, que também pregava a liberdade a qualquer preço e tinha o triângulo como um dos seus símbolos. Dada a extensão do lema, acabaram todos por concordar com a redução dele à primeira parte da frase, *Libertas quae sera tamem,* distribuída pelos lados do triângulo verde.

Obtido o consenso sobre a nova bandeira e a proposta do doutor Cláudio Manuel de uma futura discussão sobre os termos mais explícitos da nova Constituição a ser redigida por ele, o ouvidor Gonzaga e Alvarenga Peixoto, passaram os inconfidentes a discutir as questões mais urgentes das possibilidades de obtenção dos recursos necessários para as ações mais imediatas a partir do dia do desencadeamento do movimento.

O padre Toledo, com seu já conhecido entusiasmo belicoso, logo se propôs, juntamente com seus amigos, dentre eles o coronel Francisco Antônio de Oliveira Lopes, a trazer um grande e bem armado contingente das vilas de São João Del Rei e São José, no que foi secundado pelo padre Rolim, que, não querendo ficar atrás em demonstração da importância de sua participação, prometeu trazer do Tejuco, além de grande número de homens, também um volume de pólvora que se somaria à já existente em Vila Rica. Da mesma forma, afirmou o Tiradentes, conforme lhe havia sido prometido pelo coronel Domingos de Abreu Vieira, este contribuiria com grande contingente de homens e armas, assim como o coronel Aires

Gomes, de Borda do Campo, prontificara-se a resistir no alto da Mantiqueira contra as investidas de tropas que subissem do Rio.

Os debates prosseguiram acalorados sobre outros assuntos, culminando com a discussão sobre a data mais favorável para o desencadeamento das ações. Todos concordaram que nenhum momento seria mais propício que a data da proclamação da derrama, pois esta, na mesma medida em que causaria revolta do povo, atrairia todos para o movimento. Diante disso, foi firmado que haveria uma senha para o início das ações: "Tal dia é o batizado."

As reuniões intensificaram-se, ora no casarão de Freire de Andrada, na Rua Direita, ora na bela casa do contratador e banqueiro João Rodrigues de Macedo. Este, contudo, limitava sua participação no movimento, mantendo-se esquivo e apenas prometendo recursos e cedendo seus espaços para reuniões, evitando, no entanto, comprometer-se além do que julgava prudente, caso a rebelião fracassasse. Os encontros entre Cláudio Manuel, Alvarenga e Tomás Gonzaga eram mais frequentes, para elaboração da nova Constituição, sem que isso os impedisse de participar de reuniões com os demais inconfidentes, porque muitos outros assuntos de importância deviam ainda ser tratados.

Em uma delas, o tenente-coronel Freire de Andrada propôs que o Tiradentes se deslocasse novamente ao Rio, a fim de transmitir aos cariocas as decisões até então tomadas, buscando unificar as ações de Minas com os revoltosos do Rio, principalmente com os maçons.

Tiradentes, num primeiro momento, rebelou-se com a sugestão da viagem, pois esta poderia coincidir com o "dia do batizado" e isso o deixaria fora das ações em Vila Rica, eis que os cariocas não tinham planos bem organizados para as ações naquela cidade, e tampouco teria ele tempo suficiente para articulá-las num prazo presumivelmente curto, o que, dada a presença ali das tropas maiores e mais bem equipadas do vice-rei, deveriam ser até mais amplas que as planejadas para Vila Rica. Acabou, porém, aceitando a missão, pois também vislumbrou a oportunidade de tratar com o vice-rei do andamento dos seus planos de saneamento do Rio de Janeiro.

Ao comentar com Alexandre sobre sua nova missão e a oportunidade de tratar de seus planos particulares, este ponderou:

— Mas, alferes, há aí uma contradição, pois, se o movimento frutificar, o vice-rei também será deposto e seus planos deverão ser submetidos a um novo governo.

— De qualquer forma — replicou o Tiradentes —, se os planos estiverem aprovados, os recursos poderão estar à disposição e nós lançaremos mão deles em favor da revolução. Prepare-se para a viagem.

A volta de Tiradentes do Rio, que apesar de todos os esforços não conseguira o pretendido encontro com o vice-rei, nem lograra realizar reuniões produtivas com os maçons, fora feita sob o constante temor de que a derrama poderia ser decretada a qualquer momento, o que alteraria todos os planos já elaborados que previam ali sua presença.

Nada, no entanto, ocorreu até seu retorno, quando foi notificado de que nova reunião havia sido marcada para o dia seguinte ao Natal de 1788, para que ele informasse dos encontros com os correligionários do Rio. No dia aprazado, estavam presentes o próprio anfitrião Freire de Andrada, seu cunhado Álvares Maciel, o doutor Alvarenga Peixoto, o ouvidor Tomás Gonzaga, Domingos de Abreu Vieira, os padres Oliveira Rolim e Carlos Toledo e Tiradentes. Notada a ausência de Cláudio Manuel, o tenente-coronel encarregou um escravo de buscá-lo. Após passar pela casa de Cláudio Manuel, o escravo foi informado de que o encontraria na casa do contratador João Rodrigues de Macedo, na Rua das Flores, onde se achava jogando gamão. Afirmando aproveitar a oportunidade para cuidar de outros compromissos, o contratador desculpou-se de não acompanhar Cláudio Manuel, mais uma vez demonstrando seu ânimo de nunca se mostrar claramente como conspirador.

Com a chegada de Cláudio Manuel, sob um daqueles aguaceiros próprios da época, foi dado início à reunião com Tiradentes tomando a palavra, fazendo longa exposição sobre sua viagem ao Rio. Falou logo de sua opinião de que, apesar da clara intenção dos cariocas, estes careciam de planos mais detalhados e de uma liderança que os conduzisse no que poderia ser a parte mais importante da conspiração, pois ali, na capital da colônia, encontrava-se o poder do vice-rei que dispunha da maior força militar no Brasil que, composta por grande número de portugueses, por certo se lhe mostraria fiel.

— A questão carioca — tomou a palavra Freire de Andrada, após a exposição de Tiradentes — não me parece mais preocupante no momento, pois antes devemos aclarar nossas ações aqui mesmo, em Vila Rica. Temos o consenso de que a proclamação da nova república deverá se dar aqui, instalando-se a nova capital na vila de São João Del Rei, estabelecendo-se nesta Vila Rica uma universidade. Incentivos deverão ser concedidos para a instalação de fábricas de tecidos, assim como forjas de ferro e a produção de pólvora.

— Já finalizamos o esboço da nova Constituição — atalhou o doutor Cláudio Manuel. — Nela prevemos todos os princípios que devem nortear uma república, como a eleição dos governantes, a constituição de câmaras legislativas e a criação de tribunais regidos não mais pelas leis portuguesas, mas pelas que viermos a estabelecer. Entendemos que também devam ser atendidas por pensão do Estado as mulheres brancas que tiverem muitos filhos. Não nos descuidamos dos aspectos econômicos que sustentarão nossa nova nação. Devemos criar uma Casa da Moeda que recolherá todo o ouro produzido na província, trocando-o por papel-moeda. Desde já propomos que a conversão se faça numa relação de uma oitava de ouro por mil e quinhentas notas. Propomos também a plena liberdade da extração de diamantes e a proibição da cobrança de dízimos pelo poder civil. Os impostos deverão ser aprovados pelo povo conforme o que vier a ser previsto na nova Constituição.

As discussões sobre as propostas apresentadas, sobretudo quanto aos princípios da nova Constituição, se estenderam ainda por várias horas, havendo, contudo, pouca discordância quanto a tudo que tinha sido até então proposto. Tiradentes voltou a manifestar-se sobre o tema da libertação de escravos, sem se importar com o constrangimento que, ele sabia, o tema provocava nos inconfidentes proprietários de escravos. A fim de que a proposta, contudo, não ficasse sem discussão, gerando situação embaraçosa para todos, Alvarenga lembrou que o assunto já fora debatido e decidido anteriormente, acrescentando que apenas poderia ser naquela hora adicionada ao tema a decisão de que a interrupção do tráfico se faria imediatamente.

Buscando desanuviar o clima tenso que ameaçava se formar com a discussão sobre a escravidão, diante da insistência de Tiradentes e a disposição dos demais de jogar o assunto para outro momento; se possível, nem discuti-lo mais, Freire de Andrada habilmente logo tratou de desviar os debates para os planos que julgava mais imediatos para o sucesso do movimento.

— Afinal — exclamou ele —, de que vale debatermos a libertação de escravos, se não firmarmos as garantias da nossa própria.

A força do argumento e o silêncio de Tiradentes, que naquele momento se deu por vencido, levaram Freire de Andrada a retomar a pauta anterior das discussões.

— Já temos confirmadas as ordens que o governador recebeu de Lisboa de aplicar a derrama. Porém, ele ainda está um tanto indeciso, pois sabe que haverá resistências, mas não conhece a extensão delas. Minha proposta é de que o Tiradentes vá novamente ao Rio e de lá volte com o maior número de contingentes armados, procurando arrebanhar novos adeptos, trazendo ainda os homens armados pelo coronel Aires Gomes, de Borda do Campo. Aqui chegando, já nos encontraria perfeitamente organizados e a vila mobilizada em protestos contra a derrama. A pretexto de combatê-lo, iremos ao seu encontro quando retornar a Vila Rica, vindo diretamente da chácara de Cachoeira do Campo, onde efetuará a prisão do governador, cuja cabeça deverá ser cortada para exibição ao povo. Com a confraternização de ambos os grupos, proporemos nossas ideias ao povo, pela voz de homens ilustres como o doutor Cláudio Manuel, o ouvidor Gonzaga e outros, conclamando-o a se pôr ao nosso lado. Por certo obteremos aí o apoio necessário para naquele momento se proclamar a república.

A exposição de Freire de Andrada se fazia sem nenhum mapa ou papel com detalhamento de ações, pois era claro para todos que a existência de tais documentos seria fatal se caísse em mãos erradas. De tal modo, tudo deveria ser explanado apenas por palavras e bem gravado nas memórias.

Tiradentes, como da outra vez, voltou a insurgir-se quanto à sua ida ao Rio de Janeiro para trazer tropas para Vila Rica, pois tal ação poderia causar confusão, fazendo com que gente de Minas se opusesse àquela invasão, por ignorar os planos agora ali tratados, impossíveis de serem plenamente divulgados sem alertar o governador. Dessa forma, seria mais prudente iniciar-se o movimento em Minas Gerais, alertar com a máxima rapidez os companheiros do Rio e posteriormente descer para apoiar os revoltosos do Rio, se assim necessário fosse.

Maciel logo se colocou ao lado do Tiradentes, pois também não confiava na certeza de que o movimento carioca, sem o auxílio dos mineiros, pudesse arrebanhar gente suficiente para atender à proposta do tenente-coronel, nem, tampouco, acreditava que estivesse bem coordenado. Alguém teria que estar lá para organizá-los de acordo com as ações iniciadas em Minas.

As discussões tornaram-se acaloradas, embaralhando as esperanças com o movimento no Rio e as providências primeiras a serem adotadas em Vila Rica, além do destino a ser dado ao governador: alguns a favor de sua degola, outros defendendo a proposta de que apenas se o expulsasse da província, juntamente com toda sua família, havendo, entretanto, quase unanimidade que tal caridade não se estendesse ao ajudante de ordens do governador, o capitão Antônio Xavier de Resende, o *Escova*, que era visto como de grande influência sobre o visconde de Barbacena, sempre o aconselhando a não ter misericórdia com sediciosos.

Freire de Andrada acabou por concordar com que o movimento se iniciasse em Vila Rica para só depois descer em auxílio dos revoltosos cariocas. Mas não abria mão da ida de Tiradentes, que deveria voltar ao Rio para deixar bem organizado o movimento por lá, retornando logo a Vila Rica a fim de dar prosseguimento aos planos de captura do governador e à proclamação da república na cidade.

Tiradentes, mesmo relutante com a proposta de sua ida ao Rio, como a intuir um desfecho inesperado e desagradável, acabou por se render à proposta de Freire de Andrada, pois apenas Maciel acatara sua argumentação, calando-se todos os demais, numa clara demonstração de apoio ao tenente-coronel.

Finda a reunião, Tiradentes logo procurou Alexandre para que este organizasse o mais rápido possível a ida de ambos ao Rio de Janeiro. Apesar de todos os esforços de Alexandre, a viagem só pôde se iniciar na tarde seguinte.

No outro dia, após um rápido almoço, Tiradentes e Alexandre, juntamente com dois escravos, tomaram as vias do Caminho Novo em direção ao Rio num passo apressado, pois era grande a ansiedade de Tiradentes com a possibilidade da decretação da derrama e o desencadeamento do movimento sem sua presença em Vila Rica.

Ao entardecer, pararam para um pequeno pouso numa estalagem em Varginha do Lourenço, cujo proprietário, João da Costa Rodrigues, era conhecido de Tiradentes de longa data, pois este costumava pousar por ali quando de suas idas ao Rio de Janeiro. Sempre aproveitando as oportunidades de conquistar novos adeptos, Tiradentes, ao jantar, na exígua sala da estalagem, logo começou a explanar sobre os males da dominação portuguesa e das grandes oportunidades de uma nova nação, rica o bastante para se bastar a si mesma, possuidora de riquezas que permitiriam ruas calçadas com ouro.

Entusiasmado pelas palavras inflamadas da longa arenga do alferes, um dos ouvintes, um medidor de terras, de nome Antônio de Oliveira Lopes, entendendo que o movimento contasse apenas com onze aderentes, quando Tiradentes se referiu aos líderes, bateu fortemente com seu caneco de aguardente sobre a mesa, exclamando num brado:

— Pois se contem doze, doravante!

— Treze! — exclamou, como que indignado, o dono da estalagem, secundando o entusiasmo do medidor de terras, pois, embora conhecesse o movimento e já houvesse demonstrado simpatia por ele, não ouvira seu nome quando Tiradentes citou os principais inconfidentes.

Os demais presentes, alguns pobres tropeiros, limitaram-se a murmúrios indecifráveis, pois não haviam conseguido entender como seria possível a um pequeno número de homens, embora importantes, contrapor-se à tão poderosa presença dos portugueses a partir de uma manifestação numa vila que, mesmo sendo a capital da província, era apenas uma dentre centenas de outras pelo grande Brasil afora.

Reiniciada a viagem antes do amanhecer do outro dia, Alexandre propôs, ao meio da tarde, que se fizesse uma pausa, pois já vinham de uma batida só, sem parar sequer para comer alguma coisa, e ele estava cansado e com fome.

— Aguente mais uma hora — respondeu-lhe Tiradentes —, pois estamos próximos da Estalagem das Bananeiras. Ali faremos o pouso para a noite

A hora de Tiradentes alongou-se para quase o fim da tarde, quando chegaram à estalagem, onde toparam com outros viajantes que se dirigiam a Vila Rica, vindos do Rio de Janeiro. O chefe do grupo era ninguém menos, ninguém mais que o coronel Joaquim Silvério dos Reis, vindo da vila de São José Del Rei do Rio das Mortes.

Aproveitando o encontro com o coronel, que Tiradentes julgava ser também um fiel correligionário, uma longa conversa estabeleceu-se entre os dois, cabendo ao alferes, como seria de esperar, o maior tempo de uso da palavra, confiante em que ao coronel interessaria pôr-se a par de tudo, diante de sua prometida participação com homens, armas e pólvora, de crucial importância para o sucesso das ações

Ingenuamente, Tiradentes explanou a Silvério dos Reis tudo o que havia sido tratado nas últimas reuniões dos inconfidentes, inclusive sobre as possíveis providências quanto ao destino do governador e sua família, e que estava indo ao Rio de Janeiro para contatar e organizar os correligionários cariocas.

No dia seguinte, cada um tomou seu rumo, indo Joaquim Silvério dos Reis diretamente para Cachoeira do Campo, para se encontrar com o visconde de Barbacena.

CAPÍTULO VIII

Silvério dos Reis já havia mantido encontros anteriores com o governador, quando então insinuara saber da existência de um movimento destinado a proclamar uma república em Vila Rica. Suas visitas eram, entretanto, mais destinadas a negociar com o governador o perdão de suas dívidas para com a Fazenda Real, bem como implorar por sua atuação no sentido de reverter as ordens régias que extinguiam seu regimento e retiravam-lhe a patente de coronel. Nenhuma das informações passadas por Silvério dos Reis era plenamente novidade para o governador, eis que este já sabia da existência do movimento e dos principais nomes envolvidos, tudo, porém, um tanto vagamente. Dessa forma, sempre se mostrara arredio para com os reclamos de Silvério dos Reis, mesmo diante de suas constantes afirmações de fidelidade à Coroa.

Agora, entretanto, pensava Silvério dos Reis, as informações que levava eram mais detalhadas e importantes, sobretudo sobre o dia escolhido para o levante, enfatizando a disposição dos conjurados de cortar a cabeça mais ilustre de Vila Rica. Assim, não haveria como Barbacena deixar de dar importância a essas novidades e recompensá-lo, atendendo na íntegra a seus pedidos. Seus relatos agora eram mais esmiuçados e envolviam questões que tratavam da própria pessoa do governador.

— Excelentíssimo senhor visconde — iniciou Silvério dos Reis —, os revoltosos pretendem desencadear o movimento quando vossência decretar a derrama, e preveem, inclusive, planos de matá-lo e a toda sua família.

O governador sobressaltou-se com a afirmação de Silvério dos Reis, eis que, de fato, nunca pensara na hipótese de que a segurança de sua família também estivesse em jogo. Afinal, seus interlocutores, Maciel, Alvarenga, o doutor Cláudio Manuel, em nenhum momento deixaram antever que o movimento poderia se dar de forma tão sangrenta. Não deixou, porém, que sua fisionomia revelasse qualquer surpresa, apenas acenando ao delator para que continuasse sua explanação.

— Os traidores de Sua Majestade afirmam dispor de ouro suficiente para atender a todas as necessidades, e há homens já preparados pelos padres Rolim, do Arraial do Tejuco, e Carlos Toledo, da vila de São José Del Rei, além de outros que viriam para Vila Rica capitaneados por muitos coronéis de toda a região. O próprio Tiradentes contou-me, em confiança, que estava indo ao Rio a fim de organizar a revolta na capital. Até mesmo o Regimento de Cavalaria de Vila Rica está sublevado sob o comando do tenente-coronel Freire de Andrada. Os planos contemplam a prisão de sua família, e Vossa Excelência teria a cabeça cortada para ser exibida em público, diante do povo e das tropas, supostamente mobilizadas para conter a revolta, e que então, todos confraternizados, seria proclamada a república e a libertação do jugo português. Os revoltosos têm em mente algo como: Tiradentes chegaria à Praça de Santa Quitéria com a cabeça de Vossa Excelência, e o tenente-coronel, a propósito de enfrentá-lo, iria até a praça com toda a soldadesca, mas para solidarizar-se com o alferes, quando, então, ambos conclamariam o povo a se juntar a eles, proclamando ali a república e a independência do Brasil.

Ao fim de sua exposição, Silvério dos Reis entregou ao governador uma extensa lista com nomes dos que afirmava serem os principais conspiradores.

Mal encobrindo seu espanto diante da explanação de Silvério dos Reis, mostrando que os planos estavam muito mais avançados do que era de supor, diante do que até então não passava de rumores, o governador manteve-se em um longo silêncio, olhando para o vazio, o que levou Silvério dos Reis a pensar se ele estaria ponderando sobre a veracidade e o alcance de sua explanação, ou tomando-a como exagerada e mentirosa, mero pretexto para cair nas suas graças e melhor tratar de suas vultosas dívidas, o que colocaria em risco sua própria cabeça.

Ao fim, porém, o visconde levantou-se abruptamente de sua cadeira, com a fisionomia visivelmente transtornada.

— O senhor formalizaria essas denúncias por escrito? — perguntou o governador, não ocultando uma entonação de ira na voz.

— Da forma como Vossa Excelência dispuser, senhor governador — respondeu Silvério dos Reis aliviado.

— Pois bem, eu mesmo irei formalizá-las o mais breve possível, para enviar ao meu tio, o vice-rei Luís de Vasconcelos, mas com a sua assinatura.

— Estou de pleno acordo, Excelência, mas — falou Silvério dos Reis, vendo ali a oportunidade de consolidar o atendimento a seus reclamos — espero de Vossa Excelência gratidão à altura da importância das informações que lhe trago, bem como também do excelentíssimo vice-rei, seu tio.

— Por certo, coronel, a Coroa não lhe será ingrata. Porém, trataremos disso mais tarde. Peço-lhe que continue a buscar informações, trazendo-me outros fatos que sejam relevantes para que possamos abortar a sedição.

Barbacena, após despedir Silvério dos Reis mandando que retornasse dentro de três dias, logo mandou chamar o capitão Antônio Xavier de Resende, o *Escova*, para informá-lo de que decidira adiar os expedientes necessários para a decretação da derrama; decisão que já vinha alimentando seus pensamentos, pois via com clareza a quase impossibilidade de aplicação da medida sem uma violenta reação popular. Aconselhou-o que mantivesse tal informação em absoluto sigilo. Na ocasião oportuna reuniria a Junta da Fazenda Real para oficializar o ato de suspensão.

As informações de Silvério dos Reis, embora agora mais detalhadas, não eram inteiramente novas para o governador, que até já se deixara envolver em discussões acerca da libertação do Brasil nas conversas mantidas com Álvares Maciel, o doutor Cláudio Manuel e o ouvidor Alvarenga Peixoto, a respeito de ideias que coincidiam com sua formação iluminista. Julgava, no entanto, que se tratava de meras discussões acadêmicas, hipóteses que somente se concretizariam, caso viesse a assim ser, em futuro distante. Fora iludido por essa convicção, deixando-se conduzir por seu caráter de intensa curiosidade intelectual que o levava a não rejeitar discussões sobre qualquer assunto.

As novas informações de Silvério dos Reis assustaram-no, pois o que julgava ser apenas um pouco comprometedor conluio de alguns intelectuais era de fato uma conspiração de alcance muito maior do que supunha. O que mais o preocupava era o fato de ter tido contato bastante próximo com vários conspiradores, inclusive o contratador João Rodrigues de Macedo, seu credor de vultosa quantia, o que poderia envolvê-lo, aos olhos de Lisboa, como conivente com a trama; no mínimo, omisso.

A presença ostensiva de Silvério dos Reis em sua casa e a incerteza quanto à denúncia não alcançar outros ouvidos, inclusive os do próprio vice-rei, retirando-lhe a iniciativa das medidas necessárias, faziam crescer suas angústias. Mais que tudo, porém, atormentava-o ter sabido que os revoltosos pretendiam envolver sua família. "Será possível que esses rebeldes sejam tão cruéis a ponto de propor minha morte e a de minha mulher e filhos? O doutor Maciel, em quem confiei e até mesmo contratei como preceptor das crianças, seria capaz de concordar com tal crueldade? E o doutor Alvarenga, que chegou quase a me convidar abertamente para a conspiração?"

Os pensamentos ansiosos de Barbacena começaram a sair por seus poros em grossas gotas de suor. Vendo o medo começar a se sobrepor à sua frieza sempre demonstrada nos momentos mais cruciais de toda a sua carreira, tomou de uma grande caneca de vinho, enchendo-a até a borda e, de um só gole, bebendo-lhe quase a metade, jogou-se sobre uma poltrona.

"Preciso comunicar tudo isso a meu tio, o vice-rei, o mais rápido possível. As tropas que me poderiam socorrer aqui, o Regimento de Cavalaria, estão nas mãos desses bastardos. Seu próprio comandante, o tenente-coronel Freire de Andrada, é, ao que parece, o principal líder do movimento Se esse Joaquim Silvério estiver certo, e as informações dele bem que complementam o que já sei, é necessário que eu aja o mais rapidamente possível."

Com a cabeça um tanto tranquilizada pelo resto do vinho, levantou-se, foi até sua mesa e começou a rascunhar o documento que deveria ser assinado por Silvério dos Reis:

Ilmo. e Exmo. Sr. Visconde de Barbacena

Meu Senhor
Pela forçosa obrigação que tenho de ser leal a nossa Augusta Soberana, ainda apesar de se me tirar a vida, como logo se me protestou, na ocasião em que fui convidado para a sublevação que se intenta, prontamente passei a pôr na presença de V. Excia. o seguinte: Em o mês de fevereiro do presente ano, vindo da revista do meu Regimento, encontrei no Arraial da Laje, o Sargento-Mor Luís Vaz de Toledo e falando-me em que se botavam abaixo os novos regimentos, porque V. Excia. assim o havia dito, é verdade que eu me mostrei sentido, e queixei-me de Sua Majestade que me tinha enganado, Porque em nome da dita Senhora, se me havia dado uma patente de coronel chefe do meu Regimento, e com o qual me tinha desvelado, em o regular e fardar, e grande parte a minha custa, e que não podia levar à paciência ver reduzido a uma inação todo o fruto do meu desvelo, sem que eu tivesse faltas do real serviço e juntando mais algumas palavras em desafogo de minha paixão.
Foi Deus servido que isto acontecesse, para se conhecer a falsidade que se fulmina. No mesmo dia viemos a dormir na casa do Capitão José de Resende, e chamando-me a um quarto particular de noite, o dito Sargento-Mor Luís Vaz, pensando que o meu ânimo estava disposto para seguir a nova conjuração, pelos sentimentos das queixas que me tinha ouvido, passou o dito Sargento-Mor a participar-me debaixo de todo segredo o seguinte: Que o desembargador Tomás Antônio Gonzaga, primeiro cabeça da conjuração, havia acabado de assumir o lugar de Ouvidor dessa Comarca, e que nesse posto se achava há muitos meses nessa Vila, sem

se recolher a seu lugar na Bahia, com o frívolo pretexto de um casamento, que tudo é ideia, porque já se achava fabricando eis para o novo regime de sublevação e que se tinha disposto da forma seguinte: procurou, o dito Gonzaga, o partido e união do Coronel Inácio José de Alvarenga, e o Padre José da Silva de Oliveira e outros mais, todos filhos da América, valendo-se para reduzir a outros, do alferes pago, Joaquim José da Silva Xavier, e que o dito Gonzaga havia disposto da forma seguinte: e que o dito Coronel Alvarenga havia de mandar 200 homens, pés-rapados, da Campanha, paragem onde mora o dito coronel, e outros 200 o Padre José da Silva, e que haviam acompanhar a estes vários sujeitos que passam de 60, dos principais destas Minas, e que estes pés-rapados haviam de vir armados de espingardas e foices, e que não haviam de vir juntos por não causar desconfiança, e que estivessem dispersos, porém perto de Vila Rica e prontos à primeira voz, e que a senha para o assalto que haviam ter cartas dizendo Tal dia é o batizado, e que podiam ir seguros, porque o comandante da tropa paga, o Tenente-Coronel Francisco de Paula, estava pela parte do levante e mais alguns oficiais, ainda que o mesmo sargento-mor me disse que o dito Gonzaga e seus parciais estavam desgostosos pela frouxidão que encontravam no dito comandante, que por essa causa se não tinha concluído o dito levante e que a primeira cabeça que se havia de cortar era a de V. Excia. e depois, pegando-lhe pelos cabelos, se havia fazer uma fala ao povo cuja já estava escrita pelo dito Gonzaga, e, para sossegar o dito povo, se haviam de levantar os tributos e que logo se passaria a cortar a cabeça ao ouvidor dessa Vila, Pedro José de Araújo, e ao escrivão da Junta, Carlos José da Silva, e ao Ajudante de Ordens, Antônio Xavier, porque estes haviam seguir o partido de V. Excia. e como o Intendente era amigo dele, Gonzaga, haviam ver se o reduziriam a segui-los, quando duvidasse também se lhe cortaria a cabeça. Para este intento me convidara, e que se me pediu mandasse vir alguns barris de pólvora, e que outros já tinham mandado vir e que procuravam o meu partido por saberem que eu devia a Sua Majestade quantia avultada, e que esta logo me seria perdoada, e como eu tinha muitas fazendas e 200 e tantos escravos, me seguravam fazer um dos grandes: e o dito sargento-mor me declarou várias entradas neste levante, e que se eu descobrisse, me haviam de tirar a vida como já tinham feito a certos sujeitos da Comarca de Sabará. Passados alguns dias, fui à Vila de São José, donde o vigário da mesma, Carlos Correia, me fez certo quanto o dito sargento-mor me havia contado e, disse-me mais, que era tão certo que, estando ele dito, pronto para seguir para Portugal, para o que já havia feito demissão de sua igreja, e seu irmão, e que o dito Gonzaga lhe embaraçara a jornada, fazendo-lhe que, com brevidade, cá o poderiam fazer feliz, e que por este motivo suspendera a viagem. Disse-me, o dito vigário, que vira já parte das novas leis, fabricadas pelo dito Gonzaga, e que tudo lhe agradava, menos a determinação de matarem a V. Excia. E que ele, dito Vigário, dera o parecer ao dito Gonzaga, que mandasse antes botá-lo do Parahybuna abaixo, e mais a senhora Viscondessa e seus meninos, porque V. Excia. em nada era culpado e que se compadecia do desamparo em que ficavam a dita senhora e seus filhos com a falta de seu pai, ao que lhe respondeu o dito Gonzaga que era a primeira cabeça que se havia cortar, porque o bem comum prevalece ao particular, e que os povos que estivessem neutrais logo que vissem o seu general morto se uniriam ao seu partido. Fez-me certo este vigário que para esta conjuração trabalhava fortemente o dito alferes pago, Joaquim José Xavier, e que já naquela Comarca tinham unido ao seu partido um grande séquito, e que havia de partir para a capital do Rio de Janeiro, a dispor alguns sujeitos, pois o seu intento era também cortar a cabeça ao senhor vice-rei, e que já na dita cidade tinham bastantes parciais. Meu senhor, eu encontrei o dito alferes, em dias de março, em marcha para aquela cidade, e pelas palavras que me disse, me fez seu certo intento que levava e consta-me por alguns da parcialidade que o dito alferes se acha trabalhando isto particularmente, e que a demora desta conjuração era enquanto não se publicava a Derrama; porém, que quando tardasse, sempre se faria. Ponho todos estes importantes particulares na presença de V. Excia. pela obrigação que tenho da fidelidade, não porque o meu instinto nem vontade sejam de ver a ruína de pessoa alguma, o que espero em Deus que com o bom discurso de V. Excia. há de acautelar tudo, e dar as providências, sem perdição dos vassalos. O prêmio que peço tão somente a V. Excia. é rogar-lhe que, pelo amor de Deus, se não perca a ninguém. Meu senhor, mais algumas coisas tenho colhido e vou continuando na mesma diligência e que tudo farei ver a V. Excia., quando me determinar.

Após várias leituras do documento, corrigindo-o aqui e acolá, chamou o capitão *Escova*, mandando que levasse o documento a Silvério dos Reis, com ordens de que este o copiasse com sua própria letra e viesse pessoalmente devolvê-lo com data de 11 de abril, não deixando de recomendar ao capitão que preservasse o sigilo do documento, mesmo que ao custo da própria vida.

Dias depois Silvério dos Reis voltou a procurar o governador com a carta devidamente transcrita e assinada, conforme recomendado, acrescentando ao final: "*O céu ajude e ampare V. Excia., para o bom êxito de tudo. Beija os pés de V. Excia. o mais humilde súdito.*"

Estava o documento em tudo de acordo com o pretendido pelo governador, mas, como Silvério dos Reis o deixara sem data, fez acrescentar uma nota: "*Escrito na Cachoeira e entregue pessoalmente em 19 de abril.*"

— Senhor coronel — exclamou a seguir o governador —, sua denúncia está bastante consistente, mas seria de todo conveniente que ela fosse secundada por outras, para que não pareça tratar-se de um mero ato de vingança pessoal de vosmecê contra alguns desafetos, ou simples desejo de obtenção de favores, eis que não são apresentados outros elementos de prova senão sua palavra.

— Claro, Excelência — respondeu Silvério dos Reis —, tem toda a razão, e para tanto antecipei-me às vossas preocupações e lhe trago aqui às mãos os nomes de mais dois ilustres súditos de Sua Majestade: Basílio de Brito Malheiro e o mestre de campo Inácio Correia Pamplona. Ambos estão dispostos a corroborar minhas palavras e, talvez, até a acrescentar elementos novos a tudo que já expus a Vossa Excelência.

Posteriormente, o governador veio a receber os documentos de denúncia dos dois apresentados por Silvério dos Reis, com a denúncia do primeiro datada de 19 de abril e a do segundo de 20 de abril, como se fossem documentos independentes um do outro.

O que deveria ser adotado de imediato teria que ser a suspensão da derrama, momento que os revoltosos esperavam para iniciar suas ações, o que estava na sua alçada e poderia ser tomado de imediato. Para tanto, convocou reunião da Junta da Fazenda Real já no dia seguinte, expondo sua decisão de suspender a derrama, abstendo-se de detalhar suas razões, obtendo a aprovação unânime dos membros da junta, na sua maioria também sujeitos aos efeitos daquela cobrança forçada

Logo foram expedidos comunicados à Câmara de Vila Rica e bandos proclamatórios para todas as outras principais vilas da província mineira, anunciando a decisão. Se os revoltosos esperavam a derrama para deflagrar as ações e arregimentar o povo, sua suspensão lhes retiraria a oportunidade de ação. Como num jogo de xadrez, o governador retomava a iniciativa do jogo, colocando-se em clara vantagem sobre o adversário.

CAPÍTULO IX

À alegria popular despertada pelo anúncio da suspensão da derrama contrapôs-se a frustração dos inconfidentes, pois viram desaparecer o pretexto que levaria o povo a apoiá-los. Diante disso, Tomás Gonzaga, não sem antes consultar Freire de Andrada, Cláudio Manuel e Alvarenga, logo se dirigiu a Cachoeira do Campo para conversar com o governador, na expectativa de sondar-lhe o ânimo, a ver se a medida era apenas provisória ou teria havido alguma ordem da corte de Lisboa de não mais aplicar a cobrança forçada. Ou, o que lhe parecia mais provável: o governador soubera, por alguma traição, que aquele seria o momento da deflagração da insurreição e decidira por seu adiamento enquanto rearticulava as estratégias e forças defensivas da província e da capital. Caso a suspensão fosse definitiva, todos os planos da insurreição teriam que ser reformulados, alguma outra forma de arregimentação popular deveria ser articulada. Mais que tudo, o próprio governador teria que ser cooptado.

Gonzaga foi logo expondo a Barbacena a euforia que tomara conta de todo o povo de Vila Rica, e que havia rumores de que um movimento popular estava sendo organizado para lhe erguer uma estátua.

— Como vê Vossa Excelência, senhor governador, a euforia popular bem demonstra o estado de ânimo do povo diante da má situação da província e o quanto o momento é oportuno para que medidas sejam tomadas — além da que vossência sabiamente adotou — para que se estabeleça nestas Minas Gerais um novo governo, liberto da tirania portuguesa, para o que não faltam sequer duas cabeças capazes de receber as coroas de rei e rainha do que poderia ser o primeiro império independente das Américas. Mesmo se considerarmos a não adesão de outras províncias brasileiras, o que é bem pouco provável, Minas, com o quase certo apoio do Rio, depois de devidamente conquistado pelas forças mineiras, e possivelmente também das províncias de São Paulo e da Bahia, tem todas as condições de bastar-se a si mesma, uma vez independente de Portugal.

Gonzaga tentava, mesmo em contrário a outros companheiros que, como o Tiradentes, não abriam mão da república plena, dar uma nova direção ao movimento, buscando atrair o governador, fisgando-o pela vaidade. A oferta de redirecionamento da conspiração para uma independência do Brasil sob um modelo de monarquia constitucionalista, a exemplo da Inglaterra, era uma alternativa já debatida, embora não se houvesse chegado a qualquer consenso, menos ainda cogitada a hipótese de coroar o governador. Como a suspensão da derrama frustrava os planos até ali pensados, a possibilidade de vir a obter o apoio integral de Barbacena, oferecendo-lhe a coroa de um novo reino, independente de Portugal, era uma alternativa que pareceu a Gonzaga ser a única capaz de manter vivo o movimento. Afinal, num futuro que não precisaria ser assim tão longo, seria um pequeno passo passar de uma monarquia constitucionalista para uma república plena: bastaria destronar o monarca, sempre submetido às assembleias populares.

O governador tudo ouviu de Gonzaga, esforçando-se por manter a máxima naturalidade diante da ousadia da proposta de quem já sabia tinha intenção de cortar-lhe a cabeça, pois era claro que as "duas cabeças" a que se referira o ouvidor só poderiam ser a sua e a de sua mulher, marquesa de Sabugosa, o único par do mais puro sangue azul da província.

Sua amizade com Gonzaga o colocava num dilema assaz difícil: prendê-lo no ato por sedição, o que, além de contrapor-se aos seus sentimentos ainda conflitantes, alertaria a todos os outros revoltosos, ou apressar ainda mais seu comunicado ao tio, o vice-rei, dando conta de toda a conspiração; afinal, já tinha em mãos as cartas de Joaquim Silvério, Brito Malheiro e

Inácio Pamplona. Melhor seria aguardar o desenrolar dos acontecimentos, após as providências que o vice-rei por certo haveria de ordenar quando recebesse seus relatórios.

Optou por esta última e, chamando pelo capitão *Escova*, como se pretendesse lhe ordenar providências rotineiras, deu por encerrada a conversa com Gonzaga, que prometeu voltar a lhe falar com brevidade, para continuar as tratativas de um novo movimento. A frieza do trato do governador durante toda a entrevista não passou despercebida a Gonzaga, que deixou a casa matutando sobre se não fora imprudência praticamente denunciar haver uma conspiração em curso, mais ainda em avançar num assunto que certamente provocaria a reação de alguns companheiros.

A conversa tida com Barbacena fora bastante clara no sentido de confirmar a existência de um forte pensamento separatista na província. Gonzaga não deixara dúvidas de que fora até Cachoeira do Campo convidar o governador a se engajar na conspiração, até mesmo chefiá-la. Durante cerca de uma semana, Barbacena pensou demoradamente sobre a proposta de Gonzaga, que como um dos líderes do movimento falava certamente com a devida autoridade, embora soubesse que a proposta de se estabelecer no Brasil uma monarquia constitucional não era consensual entre os inconfidentes. Havia os que pregavam a república plena, sem reis ou rainhas ou nobres, nos moldes da república implantada ao norte, entre eles um de seus mais frequentes interlocutores, o doutor Cláudio Manuel. Assim, a proposta de Gonzaga não poderia ser levada inteiramente a sério, principalmente diante da afirmação de Silvério dos Reis de que havia planos que previam o corte de sua cabeça para exibição ao povo. A prudência mandava considerar com fé a denúncia que recebera e que afirmava sem titubeios que ele e sua família seriam sacrificados.

Mesmo assim, a oferta de Gonzaga não deixava de levá-lo a sedutoras fantasias: rei na América, não só das Minas Gerais, mas com toda probabilidade de todo o Brasil, ou suas mais importantes províncias, o que da mesma forma o tornaria detentor da coroa de um dos mais vastos territórios do mundo. Seu sangue e o de sua mulher eram de nobreza antiga. E mais não fossem, nenhuma monarquia no mundo surgira de outra forma senão pela usurpação e pelo derramamento de sangue vermelho por conquistadores que souberam passar o poder a seus herdeiros, que geração por geração o foram "azulando". Barbacena, embora novo — tinha apenas 34 anos —, era mais um cientista que um político. Sobretudo, era destituído de ambição, ao mesmo tempo que provido do alto senso de dever e fidelidade às suas obrigações e juramentos, conforme os condicionamentos que lhe eram impostos pelas regras iluministas — as mesmas que o levavam a ver com certa simpatia os propósitos libertários dos inconfidentes.

Diante de tudo, e após um longo período de silêncio de Gonzaga que prometera voltar a vê-lo e não o fizera, não titubeou em tomar a decisão que a estas alturas lhe pareceu a mais acertada e justa. Mandou chamar Silvério dos Reis e ordenou-lhe que fosse ao Rio de Janeiro portando as cartas-denúncias e um relatório prestando conta ao vice-rei de sua conversa com os mais destacados inconfidentes e das movimentações, já conhecidas dos insurrectos em Minas Gerais. A necessidade de logo dar andamento a um plano contrarrevolucionário livrava-o de qualquer suspeita de engajamento ou simpatia pela insurreição, retirando-o da incômoda posição a que quase o submetera Gonzaga com sua proposta.

Levando o problema às instâncias superiores, ficava livre da obrigação de ação imediata contra os revoltosos, abrindo a necessária devassa e mandando prender todos os envolvidos. Corria, no entanto, nesse caso, o sério risco de perder o controle da situação na província, eis que suas forças eram inferiores às que pareciam ter os conjurados.

No dia 25 de abril, Joaquim Silvério dos Reis partiu de Vila Rica com destino ao Rio de Janeiro, portando carta do visconde de Barbacena antedatada de 19, dando conta ao vice-rei de que o portador lhe relataria com mais detalhes o que já continha a carta-denúncia que lhe fora encaminhada além das duas outras, firmadas por Basílio de Brito Malheiro e Inácio Correia Pamplona.

O vice-rei, Luís de Vasconcelos, alarmou-se com as informações recebidas do sobrinho, avivadas com as cores ainda mais fortes acrescentadas por Joaquim Silvério dos Reis. Elas não lhe eram de todo desconhecidas, ainda que sob forma de boatos vagos, trazidos aos seus ouvidos por quem soubera das arengas de Tiradentes, sempre incansável na sua ânsia de divulgar aos quatro ventos palavras que tinha certeza empolgariam a todos, não havendo, pois, por que ocultá-las.

Mesmo tratando-se de boatos, como os muitos que corriam na capital, e os nem sempre tão secretos movimentos da maçonaria carioca, o vice-rei andava prevenido e mantinha sempre arregimentadas as forças militares da capital. A carta do sobrinho só fez confirmar suas suspeitas e atiçar seus ânimos defensivos. Fez logo que se expedisse uma carta ordenando ao governador proceder na província de Minas Gerais à prisão de todos os envolvidos na conspiração até o momento, e também daqueles que se viesse a saber estivessem mancomunados com os revoltosos, ou lhes fossem simpáticos.

Enquanto isso, ele trataria de adotar as providências necessárias no Rio, mandando que Silvério dos Reis mantivesse o Tiradentes, que sabia estar na capital, sob constante vigilância. Sem alarmá-lo, contudo, pois desta forma, conhecendo seus movimentos, poderia vir a conhecer também os revoltosos locais; e que lhe informasse cotidianamente de cada passo do alferes.

Com a pouca sutileza do seu caráter dúbio, e confiante na autoridade que lhe fora concedida pelo vice-rei, Silvério dos Reis encarregou dois granadeiros maldisfarçados de seguirem cada passo do alferes, dia e noite, o que ambos cumpriram ostensivamente e com a máxima fidelidade, nunca se mantendo a mais de dez metros do vigiado, revezando-se na vigília noturna da casa alugada por Tiradentes na Rua de São Pedro.

Vendo que era seguido, o que denotava que suas intenções na capital agora eram dadas como distintas daquelas aparentes, e consciente de que somente ele sabia de todos os nomes que apoiavam a revolta no Rio de Janeiro, Tiradentes astutamente decidiu por uma cartada corajosa:

iria ao encontro do vice-rei. Se este soubesse dos planos, prontamente mandaria prendê-lo, o que serviria de alerta aos companheiros da capital, que logo avisariam os de Vila Rica. Se não o fizesse, era certo que, apesar das desconfianças, ainda não estava seguro da existência ou do alcance do movimento.

A pretexto de saber do andamento dos planos que oferecera para saneamento do Rio, procurou obter audiência com o vice-rei. Ao receber o pedido, dom Luís de Vasconcelos viu ali uma excelente oportunidade para sondar as intenções do Tiradentes no Rio e dele obter informações mais precisas, fingindo ignorar suas intenções

— Excelentíssimo senhor, estou nesta capital em trabalhos que me foram cometidos por meu comandante, o senhor tenente-coronel Freire de Andrada, e queria, na oportunidade que vossência me dá ao atender-me, saber do andamento dos planos que lhe apresentei para captação das águas dos rios Maracanã e Andaraí, bem como do aproveitamento do Rio das Laranjeiras e as outras várias obras que propus a vossência. Estranhamente, porém — ousou o Tiradentes avançando o assunto —, talvez por intrigas de meus inimigos, venho sendo seguido por dois homens, como se fosse um meliante com propósitos distintos daqueles de minha missão.

O vice-rei não pôde deixar de esboçar um sorriso malicioso diante da coragem do alferes de logo entrar nas questões que achava teriam que lhe ser arrancadas como se fosse ele um tira-dentes. Fazendo-se de descuidado e ingênuo, ignorante das verdadeiras intenções do Tiradentes, o vice-rei procurou acalmá-lo.

— Nada sei sobre tais questões, senhor alferes, e caso soubesse já estaria tomando providências que não passariam despercebidas de vosmecê

Ao ouvir as palavras do vice-rei, falsas ao afirmar nada saber, e mais que tudo a frieza com que haviam sido pronunciadas, Tiradentes logo percebeu que havia cometido um enorme erro: o vice-rei sabia de algo. Impossível que ele nada soubesse de um assunto que de certa forma já estava nos ouvidos dos homens mais notáveis da colônia, e que se confirmava com a disposição de militares para segui-lo. Sob ordens de quem os granadeiros o seguiam? Quem, senão ele, o vice-rei, teria autoridade para mandar alguém segui-lo? Luís de Vasconcelos sabia muito mais do que afirmava ignorar. Não se dando, no entanto, por vencido, Tiradentes ainda avançou, como que pretendendo reafirmar sua inocência.

— Permita-me ainda vossência que lhe apresente outro pedido. Meus recursos para me manter aqui por mais tempo já começam a rarear. De tal sorte, devo logo voltar ao meu regimento em Vila Rica, pelo que lhe peço o devido salvo-conduto.

— Reafirmo que nada sei a respeito de ações subversivas, senhor alferes — o vice-rei assumiu então uma postura séria e autoritária —, mas de qualquer forma nego-lhe o salvo-conduto e providenciarei a prorrogação do tempo de sua estada nesta capital. Continue, pois, com seus trabalhos, que devem ser de importância para seu regimento. Ademais, como é de seu interesse — o vice-rei nesse instante sorriu cinicamente —, as notícias de Lisboa acerca de seus planos já devem estar a caminho e poderão brevemente chegar às minhas mãos.

A negativa fez ver a Tiradentes que sua situação se complicava ali na capital, pois nada mais foi dito sobre o assunto que motivara a reunião e estranhamente o vice-rei insistira na necessidade de sua permanência. Mas, o que parecia ainda mais estranho, não o arguira sobre a missão que o trouxera ao Rio, que ele admitira ser de importância, sem ao menos perguntar sobre ela, que por ser de natureza militar seria de grande interesse do governo.

A conversa com o vice-rei e a presença constante dos granadeiros que se revezavam a vigiar-lhe os passos abateram o ânimo do Tiradentes, de pouco adiantando as tentativas de animá-lo feitas por Alexandre, que afirmava ser o Rio de Janeiro cidade bastante grande para que pudessem se esconder, escapar da vigilância dos granadeiros e retornar a Vila Rica.

Tendo encontrado Silvério dos Reis logo no dia seguinte à entrevista com o vice-rei e nem de longe imaginando estar diante do principal traidor do movimento, expôs-lhe a conversa que tivera com Luís de Vasconcelos, mostrando-se preocupado sobretudo com a recusa deste em lhe conceder salvo-conduto para seu retorno a Vila Rica.

Silvério dos Reis ouviu toda a explanação de Tiradentes sem manifestar qualquer surpresa, afirmando mesmo que sabia que o vice-rei estava a par de tudo o que ocorria em Minas, adiantando a Tiradentes que se acautelasse, pois a qualquer momento poderia ser preso, uma vez que era tido como um dos principais revoltosos.

Alarmado com as informações que julgava serem fruto da amizade e da lealdade de Silvério dos Reis, Tiradentes desabafou suas preocupações e necessidades financeiras, pois seus recursos começavam de fato a escassear, o que já o obrigara a vender um de seus escravos e um burrinho.

Diante de uma situação realmente preocupante, o primeiro pensamento de Tiradentes foi o de fugir à vigilância dos granadeiros, buscar um novo abrigo e tratar de retornar o mais breve possível a Minas. Entregou a casa que havia alugado na Rua de São Pedro e procurou alguns de seus amigos maçons. O primeiro deles, o capitão Manuel de Sá Pinto do Rego Fortes, pensou em esconder o alferes e Alexandre numa fazenda próxima, onde obteria alguma ajuda para que de lá alcançassem o Piabanha, e dali facilmente retornar a Vila Rica. A vigilância sobre o Tiradentes não se resumia, no entanto, apenas a ele. Além dos dois granadeiros — aliás, já substituídos várias vezes, para dificultar sua identificação —, estendera-se também àqueles, como o próprio capitão Rego Fortes e outros conhecidos maçons, que poderiam estar prestando auxílio direta ou indiretamente ao inconfidente.

Tiradentes lembrou-se de uma amiga, a viúva Inácia Gertrudes de Almeida, que morava numa travessa da Rua da Alfândega, cuja filha fora milagrosamente curada por ele de um grave cancro na perna, graças aos cataplasmas, ervas e infusões que aprendera a preparar com seu primo botânico, frei Veloso, após infrutíferas intervenções de renomados médicos. A viúva atendeu-o prontamente e, apesar de lhe expressar toda gratidão pela cura da filha, mostrou-se pressurosa de, como viúva, manter em casa um homem com quem não tinha qualquer relação que não de gratidão, fato que dificilmente passaria despercebido dos vizinhos, pois sua casa era acanhada e separada apenas por paredes-meias com as demais. Não se esquivou, no entanto, de levá-lo até seu sobrinho, o padre Inácio Nogueira, de sua absoluta confiança e que já ouvira falar do Tiradentes e da conspiração que se tramava em Minas Gerais.

O padre logo tratou de arranjar algumas roupas para o Tiradentes, levando-o para esconder-se na casa do ourives Domingos Fernandes, amigo e compadre de dona Inácia Gertrudes, pessoa insuspeita e de sua confiança, onde o Tiradentes poderia manter-se fora do alcance dos olhos e ouvidos dos agentes do vice-rei. A casa, na Rua dos Latoeiros, era um sobrado com sótão que poderia abrigar o foragido com suficiente segurança diante de espiões, passantes ou vizinhos.

Ainda acreditando na fidelidade de Silvério dos Reis, o Tiradentes pediu ao padre que o procurasse e insistisse obter dele algum auxílio necessário para que fugisse do Rio e das garras do vice-rei. Este, a estas alturas, informado do desaparecimento do Tiradentes da casa da Rua de São Pedro, ordenara que se providenciassem todos os esforços para sua imediata prisão, a qualquer custo.

Ao ser procurado pelo padre, Silvério dos Reis conduziu a conversa com astúcia, procurando obter o local do novo esconderijo do Tiradentes, sempre afirmando que gostaria de atendê-lo pessoalmente. O padre, desconfiado da insistência do coronel em saber do paradeiro de Tiradentes, e sabedor de que segredo compartilhado por dois logo chega a um terceiro, esquivou-se como pôde de revelar o endereço. Confiando, entretanto, na fidelidade do homem que o Tiradentes dera como seu amigo, informou que, caso Silvério dos Reis estivesse mesmo disposto a auxiliar o foragido, ele próprio ficaria encarregado de levar-lhe tudo que fosse necessário para a fuga.

Vendo que não conseguiria arrancar do padre o precioso segredo do esconderijo de Tiradentes, Silvério dos Reis contentou-se em passar ao vice-rei a informação de que bastaria seguir o padre para chegar ao local, que acabou sendo descoberto.

A armadilha estava pronta, armada para capturar o alferes sem qualquer chance de que ele pudesse escapar. Homiziado num sótão, sem poder sair ou se deixar notar por qualquer meio, bastava cercar a casa e encaminhar os necessários homens armados para capturá-lo. Assim, o vice-rei ordenou ao alferes Francisco Vidigal Pereira que organizasse um grupo de militares necessários para a missão e fosse à casa demonstrada pelo padre, trazendo de lá o famigerado Tiradentes, vivo, se possível fosse, mas mesmo morto, se necessário.

CAPÍTULO X

Alexandre, por sugestão do padre Inácio, foi levado a se hospedar numa pequena e discreta pensão na Rua do Lavradio, de onde poderia prestar os necessários auxílios ao confinado Tiradentes, na Rua dos Latoeiros, pois porque deveria ficar isolado no sótão, como se numa prisão, necessitaria de alguém que fizesse seus contatos com o mundo exterior, o que não poderia ser exigido do anfitrião para não agravar os riscos que ele já corria com o favor de lhe emprestar o sótão da casa.

A manhã do dia 10, um domingo, era como qualquer outra daquele mês de maio de 1789, calma e enevoada, apenas prenunciando o sol que marcava os dias ainda quentes do meio de outono carioca. Alexandre, apesar de haver chegado ao sótão fazia pouco, levando um frugal desjejum para Tiradentes, pediu-lhe permissão para ir à missa no Convento de Santo Antônio, não longe dali. Tiradentes relutou, afirmando que ele era bem conhecido como seu ajudante e, num local público, poderia ser visto, tornando-se a pista para que fosse encontrado. Além do mais, carecia de companhia com a qual trocar algumas palavras para abrandar-lhe a solidão. Mas, se insistia, que fosse bem disfarçado para não ser reconhecido e que orasse ardorosamente por ele, pois necessitava, e muito, da ajuda de Deus naquela hora em que a ajuda dos homens não se mostrava suficiente.

Seus medos iam muito além de sua própria segurança física. Via com temor que o futuro do movimento estava em risco, em alto risco, pois o que o vice-rei sabia por certo fora através do governador, e assim seus companheiros em Vila Rica corriam grande perigo. Não havia sequer como comunicar aos inconfidentes mineiros que se acautelassem ou desencadeassem logo o movimento, sem esperar pela decretação da derrama.

Como fazê-lo? Enviar Alexandre era uma alternativa, pois restava como o único emissário disponível e confiável, mas tê-lo a seu lado era essencial. Silvério dos Reis, de quem Tiradentes ainda não desconfiava, também — assim lhe parecia — não poderia se deslocar do Rio sem levantar suspeitas, pois, pelo que falara, embora de forma mentirosa, também estava sob vigilância. Nos maçons cariocas ele confiava, mas apenas nas suas manifestações de lealdade às ideias, e não nas suas disposições de ação. Tampouco havia entre eles, comerciantes quase todos, alguém disposto a se afastar de seus negócios por longo tempo.

Os pensamentos agitavam-se vertiginosamente na cabeça do alferes, sem que formassem qualquer ordem que lhe permitisse chegar a alguma conclusiva forma de ação. Tudo se desmoronava. Mesmo que as coisas se arranjassem em Minas e houvesse vitória dos inconfidentes, o vice-rei por certo não lhe permitiria viver esse momento: antes disso estaria morto. Sua maior angústia advinha do isolamento. Ainda que planos pudessem ser alinhavados em sua cabeça turbilhonada, não havia com quem compartilhá-los e agir.

Os maçons cariocas, segundo ia deduzindo a cada nova informação que lhe trazia Alexandre, o padre Inácio Nogueira, ou o ourives proprietário da casa, esquivavam-se um a um de comprometer-se. Afinal, não lhes era cabível que os juramentos de fraternidade fossem além dos limites em que o patrimônio e até a própria vida passariam a sofrer riscos.

Andando de um lado para outro no exíguo espaço do sótão, vez ou outra olhando a rua por alguma falha de telha, Tiradentes somente percebeu os fortes passos de botas subindo pelos degraus da escada que levava ao sótão, quando ouviu baterem fortemente na porta e os gritos esganiçados do alferes Francisco Vidigal Pereira, encarregado pelo vice-rei de organizar a escolta que deveria prendê-lo.

— Abra, alferes Joaquim José, sabemos que está aí! Abra, antes que tenhamos de pôr abaixo a porta!

Tiradentes assustou-se e logo correu a pegar um bacamarte, indo ocultar-se no estreito vão entre a cama e a parede, enquanto ouvia o alferes Francisco Vidigal ordenar:

— Ponham a porta abaixo!

Arrombada a porta, entrou o alferes Vidigal com uma pistola numa das mãos e a espada na outra, seguido de mais dez soldados, todos empunhando seus fuzis apontados. E, percebendo que Tiradentes se ocultava atrás da cama, exclamou:

— Inútil qualquer resistência, alferes. Entregue-se, em nome do vice-rei. Vosmecê está preso, acusado de alta traição ao reino e a nossa soberana, Dona Maria I.

Levantando-se, com o bacamarte já abaixado, Tiradentes logo percebeu que qualquer resistência levaria ao derramamento do sangue inocente de soldados que apenas cumpriam ordens que mal compreendiam, além do seu próprio, pois não havia como enfrentar todos aqueles soldados armados e prontos a fuzilá-lo. Mais ainda lhe arrefeceu o ânimo ver Alexandre no topo da escada, amarrado e cercado por dois soldados.

— Rendo-me, senhor alferes — disse Tiradentes entregando o bacamarte —, prenda-me, mas liberte o anspeçada Alexandre, que nada mais é do que meu ajudante em tarefas militares, nada tendo a ver com meus atos não militares.

— Isto não cabe a mim decidir — respondeu o alferes Vidigal —, pois ele por certo terá também informações preciosas a dar a quem o inquirir. Fique também sabendo vosmecê que muitos de seus amigos já foram presos aqui no Rio, tais como o dono desta casa, que o homiziou, e seus escravos; o padre Nogueira; o capitão Manuel Pinto do Rego Fortes; o senhor Manuel Fernandes de Miranda; e alguns outros que, segundo se sabe, ajudavam vosmecê na conspiração aqui no Rio.

Não ouvindo o nome de Silvério dos Reis entre os principais citados pelo alferes, Tiradentes chegou a pensar que ele tinha escapado, e aí havia alguma esperança de que os confrades de Vila Rica pudessem ser avisados a tempo. Logo, porém, se deu conta, com surpresa que lhe apertou o coração, que Silvério dos Reis o havia traído, e a todo o movimento, quando Alexandre murmurou, enquanto eram conduzidos para a cadeia, que vira Silvério dos Reis confabular com o alferes Vidigal na porta do sobrado, no momento em que os soldados o prendiam quando voltava da missa.

Nada havia a fazer, pensou Tiradentes, a não ser conformar-se e entregar a Deus o futuro: o seu, o de Alexandre e o de seus companheiros em Vila Rica. O poder da colônia vencera. Seus sonhos de liberdade haviam sido derrotados, pelo menos naquele momento. Será que frutificariam no futuro? O Brasil ainda poderia um dia tornar-se uma república, livre e soberana, formada longe dos princípios morais, jurídicos e políticos de Portugal?

Encurvado, abatido, com as mãos amarradas às costas, ao lado do sempre fiel Alexandre, Tiradentes foi conduzido para os calabouços da Fortaleza de São José, na Ilha das Cobras

No mesmo dia, o vice-rei expediu um emissário, com mensagem para seu sobrinho, o visconde de Barbacena, dando conta da prisão de Tiradentes, e também de Silvério dos Reis, a quem mandara prender por cautela, pois, embora denunciante, podia não estar totalmente isento de culpa, até que fossem confirmadas todas as suas denúncias. Ordenava ainda se adotassem em Vila Rica as providências equivalentes de prisão dos demais implicados.

Mais rápido, no entanto, que o emissário do vice-rei, um outro mensageiro enviado pelos maçons do Rio chegou à Fazenda da Ponta do Morro, em Prados, próximo da vila de São José Del Rei, do coronel Francisco Antônio de Oliveira Lopes, a quem a carta fora enviada, dando conta da prisão de Tiradentes e da descoberta de toda a trama revolucionária por obra e graça da traição do coronel Joaquim Silvério dos Reis. Instava informar os demais conspiradores dos acontecimentos, para que fugissem ou se acautelassem diante das medidas que o governador haveria de tomar em razão das ordens que receberia em breve de seu tio, o vice-rei.

A mensagem foi recebida por dona Hipólita Jacinta Teixeira de Melo, mulher do destinatário da carta. O coronel achava-se ausente, em viagem da qual só retornaria daí a dois dias. Dona Hipólita não titubeou em quebrar o selo da correspondência que viu ser de suma importância pela origem da mensagem e pelo semblante estafado do mensageiro. Ao ler o teor da carta viu que, pela urgência do que era ali informado, iriam depender dela as providências encarecidas.

Mulher de grande coragem, dona Hipólita por várias vezes participara das reuniões organizadas pelo marido em sua fazenda ou em sua casa em Prados, e não em poucas ocasiões, figura que era acima de qualquer suspeita, fizera circular mensagens secretas entre os inconfidentes, sendo tratada por todos com o mesmo espírito de camaradagem devido aos demais, mesmo em contrário aos costumes, que não concebiam a participação de uma mulher em algo mais que discussões sobre moda, criadagem, crianças e culinária. Nunca se poderia concebê-la como conspiradora, o que de fato era.

Sem titubear, Hipólita ordenou que lhe aparelhassem a melhor montaria e mantimentos necessários para um dia de viagem e logo tratou de vencer as vinte e poucas léguas que a separavam de Vila Rica por atalhos que encurtavam o percurso normal pelos caminhos Velho e Novo, não sem antes endereçar um bilhete ao padre Toledo, na vizinha vila de São José Del Rei, através do também inconfidente, o alfaiate Vitoriano Gonçalves Veloso, morador do Bichinho, localidade próxima: *"Dou-vos parte, com certeza, de que se acham presos no Rio de Janeiro Joaquim Silvério dos Reis e o alferes Tiradentes, para que vos sirva ou se ponham em cautela; e quem não é capaz para as coisas que não se meta nelas; e mais vale morrer com honra que viver com desonra."* Ao mesmo tempo expediu outro mensageiro para que buscasse o tenente-coronel Freire de Andrada, avisando do fracasso do movimento e aconselhando-o a buscar refúgio no Serro, "montando de lá uma reação"

Na noite do dia seguinte, bem antes da chegada do mensageiro do vice-rei, cada um dos inconfidentes que se encontravam em Vila Rica passou a receber a visita de um embuçado, um vulto que não se podia distinguir se homem ou mulher, pois vestindo uma longa capa escura, cuja gola larga levantada lhe encobria quase todo o rosto, ainda mais oculto pelas sombras projetadas das parcas luzes da noite pelo chapéu de abas largas.

Cláudio Manuel foi o primeiro a ser informado, pedindo-lhe o embuçado que destruísse todos os papéis que pudessem comprometê-lo ou aos demais. Logo em seguida, antes mesmo que o advogado se desse conta do que se passava, a figura, com a fisionomia oculta e voz visivelmente falseada informava que Tiradentes havia sido preso no Rio, e que a conspiração fora denunciada por Silvério dos Reis, e que o governador Luís Furtado de Mendonça receberia em breve de seu tio, o vice-rei, ordens de prender todos os envolvidos denunciados em Vila Rica. Em seguida, o embuçado dirigiu-se à casa de Tomás Gonzaga, após o que foi à procura de Álvares Maciel, Alvarenga Peixoto, Domingos de Abreu Vieira e outros inconfidentes. A todos informou que o movimento havia sido traído, que Tiradentes estava preso no Rio e que deviam se acautelar, fugir, destruir documentos; fazer tudo que fosse possível para se safarem das garras da Coroa, que viriam afiadas cravar sua ira sobre a cabeça de todos.

Somente três dias após a chegada da carta dirigida ao coronel Francisco Antônio de Oliveira Lopes, o governador recebeu as ordens que lhe enviara o vice-rei, dando conta da prisão do Tiradentes e apontando os nomes envolvidos no movimento na província das Minas Gerais, envidando-o às providências necessárias à prisão de todos.

Ainda estonteado pelas contradições entre as denúncias de Silvério dos Reis; mais que tudo a informação sempre presente em sua mente de que sua cabeça deveria rolar logo nas primeiras ações dos revoltosos; e as insinuadas promessas de Tomás Gonzaga de fazê-lo rei pelo mesmo movimento, somente no dia seguinte ao recebimento da carta do tio o governador dispôs-se a tomar a atitude que lhe era cobrada: efetuar a prisão dos apontados pela denúncia. De pronto, ordenou a intensificação do patrulhamento das ruas e das saídas da vila. Ao mesmo tempo, fez circular na cidade a notícia da prisão de Tiradentes no Rio, uma forma de esfriar os ânimos dos simpatizantes do movimento.

Enquanto tomava as primeiras providências, tratou também de chamar a Cachoeira do Campo o tenente-coronel Francisco Antônio Rabelo, o capitão Antônio Xavier de Resende, o *Escova*, e o tenente Antônio José Dias Coelho, dentre os poucos militares que ainda lhe inspiravam confiança, para traçarem os planos de ação e de ordens para a prisão dos inconfidentes em Vila Rica, Mariana, São João Del Rei e São José Del Rei do Rio das Mortes. Ao mesmo tempo foram despachadas também ordens urgentes para a prisão dos demais, no Tejuco, em Borda do Campo e outros arraiais da província onde houvesse inconfidentes.

O nervoso e inusitado movimento de soldados pelas ruas de Vila Rica e as notícias das prisões no Rio de Janeiro, principalmente a de Tiradentes, inquietaram toda a população. Os boatos passaram a correr soltos, inflados pela movimentação no quartel da Rua das Flores, onde se encontrava o Regimento de Cavalaria Regular, agora sob o comando do sargento-mor Pedro Afonso Galvão de São Martinho, substituto do tenente-coronel Freire de Andrada, que se licenciara dias antes, alegando necessidade de cuidar de assuntos pendentes em sua Fazenda dos Caldeirões.

Tomás Gonzaga foi o primeiro a ser preso, logo na madrugada do dia seguinte, quando o tenente-coronel Francisco Antônio Rabelo, à frente de numerosa escolta, deu-lhe voz de prisão. Mesmo estonteado de sono, Gonzaga foi capaz de entender que havia sido denunciado. Nem por isso deixou de mostrar sua indignação diante da prisão, que ele julgou arbitrária pois destituída de mandado.

— Insisto em falar com o governador — disse Gonzaga ao tenente-coronel, tentando estampar na voz a energia que deveria decorrer de sua posição. — O senhor está cometendo uma violência.

— Minhas ordens são do próprio governador — atalhou o militar com desdém. — Devo levá-lo imediatamente preso para o Rio de Janeiro. A chácara dele fica no caminho, e, quando por lá passarmos, vosmecê poderá falar com ele, caso seja recebido — respondeu o oficial com um sorriso de mofa.

Gonzaga, diante daquela informação, silenciou e submeteu-se às algemas que lhe foram impostas. Ao chegarem à chácara de Cachoeira do Campo, seu amigo governador por certo lhe daria as satisfações necessárias e mandaria soltá-lo.

Ao passarem pela chácara, o tenente-coronel fez uma breve parada no pátio defronte da casa, mandando avisar ao governador que a tropa estava ali a caminho do Rio de Janeiro, conduzindo o prisioneiro Tomás Gonzaga. Após breves minutos, Gonzaga viu que uma cortina foi levemente afastada de uma das janelas da sala e um meio rosto observou-o. Neste mesmo tempo, o alferes que entrara na casa voltou e murmurou qualquer coisa ao ouvido do tenente-coronel, que logo em seguida deu ordens à tropa para que retomassem o caminho.

Gonzaga sentiu ali com amargura que tudo se desmoronara. O movimento fracassara. Isto já se prenunciara para ele quando tomou conhecimento da suspensão da derrama, angustiando-o ainda mais que antever arruinarem-se as bases do movimento, desmoronarem-se seus sonhos do tão esperado casamento com Maria Doroteia Joaquina de Seixas, sua adorada "Marília de Dirceu". Mais que tudo, porém, sua prisão indicava que o poder de Portugal tinha pleno conhecimento não só de que havia uma conspiração, mas conhecia os nomes dos envolvidos. O rosto do governador que apenas se insinuara na janela era claramente um sinal de que não havia mais laços a ligá-los.

A prisão de Tiradentes no Rio já era de seu conhecimento, graças à ação do misterioso embuçado. Mesmo assim, ele e os demais inconfidentes não se moveram, por inércia advinda do medo; por julgarem que não seriam pegos, acobertados por suas posições de destaque social; por não acreditarem em medidas mais severas da parte do governador; por duvidarem mesmo da prisão do Tiradentes e da traição de Silvério dos Reis. O fato é que ninguém se apressou em fugir, não deixando, porém, cada um de buscar junto aos outros informações que lhe fossem desconhecidas. Nem mesmo a notícia que logo se espalhou da prisão de Tomás Gonzaga alertara os demais para que se defendessem de alguma forma, principalmente fugindo ou buscando algum esconderijo. Cada um julgava que estaria a salvo escudado na ausência de provas que se fundavam apenas nas denúncias de Silvério dos Reis, grande devedor da Coroa e bastante conhecido de todos por seu caráter dúbio e, portanto, capaz de qualquer gesto que o tornasse simpático ao poder.

Quase ao mesmo tempo em que Gonzaga era preso, o sargento-mor José de Vasconcelos Parada e Sousa, por ordem expressa do governador, através do capitão *Escova*, recebia a incumbência de prender Cláudio Manuel. Parada, quando ainda capitão da Cavalaria Regular do Tejuco, havia sido duramente criticado nas *Cartas Chilenas*, atribuídas a Tomás Gonzaga, mas com a nunca negada participação de Cláudio Manuel. O personagem ridicularizado na obra sob o pseudônimo de *Padela* não deixava dúvidas quanto a ser ele o satirizado. A ordem recebida de efetuar a prisão do seu crítico era a oportunidade da sempre esperada vingança que Parada não poderia deixar passar.

O sargento-mor tratou de logo efetuar a prisão de Cláudio Manuel, entrando violentamente pela casa adentro, vasculhando-a de alto a baixo, saqueando todos os valores encontrados, deixando para o processo judicial apenas alguns livros e papéis que julgava pudessem comprometer o velho e amedrontado advogado. Não encontrando, porém, as esperadas barras de ouro, que após a divulgação da descoberta da conspiração o povo passou a murmurar que existiam para financiar a conspiração, Parada mandou trancafiar Cláudio Manuel, que a tudo se submeteu passivamente, confiando em que sua idade e posição social prevaleceriam acima de qualquer suspeita que comprometesse seu bom nome; até então não acreditava que houvesse sobre ele mais que suspeitas. Nada encontrando na casa, Parada logo se despachou com uma leva de soldados para o Sítio da Vargem, onde soube se encontrava a família do advogado.

No sítio, não muito distante de Vila Rica, estavam a filha de Cláudio Manuel e seu marido, além da irmã deste e dois escravos de confiança. Parada, após inquirir sobre as barras de ouro, manifestando sobre cada um a ira que ainda não pudera expressar sobre a figura principal de seu ódio, não titubeou em ir torturando cada um até a morte, na medida em que insistiam em afirmar nada saber sobre barras de ouro. Tudo sob o olhar horrorizado de seus soldados, que não compreendiam a necessidade de tamanho empenho na busca do que até então ignoravam, pois apenas entendiam que os suspeitos deveriam ser apenas presos e conduzidos a Vila Rica. Mesmo traumatizados com a carnificina, os soldados não recusaram a ordem de enterrar as vítimas ali mesmo, sob as tábuas do assoalho da sala da velha casa, já escavados em busca do suposto tesouro.

Das propaladas barras de ouro nunca se soube notícia: se realmente existiam e foram descobertas e apropriadas pelo sargento-mor, ou se eram apenas algumas das lendas que já começavam a rodear os inconfidentes.

Cláudio Manuel, ao saber do triste fim de sua família, visivelmente abalado com a notícia da trágica morte de sua filha e o genro, que Parada justificara como tendo sido em razão de resistência à sua presença, conseguiu fazer chegar ao governador clamores quanto à tragédia que o alcançara, que muito agravaram seus problemas de saúde resultantes da idade, conseguindo que sua prisão fosse em outro local que não a cadeia da praça. Não lhe foi difícil obter que seu confinamento se desse num dos cômodos da casa do contratador João Rodrigues de Macedo, já requisitada pelo governador para servir de quartel aos esquadrões do vice-rei e prisão de presos com privilégios especiais, como eclesiásticos, oficiais militares, portadores de títulos ou da comenda da Ordem de Cristo.

Para alegria do sargento-mor Parada, a prisão de Cláudio Manuel num pequeno cubículo sob a escadaria da casa do contratador João Rodrigues de Macedo mostrou-se de grande utilidade, pois ali teria a oportunidade de inquiri-lo de forma isolada, longe dos olhares e ouvidos dos seus soldados e de outros prisioneiros, podendo assim arrancar as ambicionadas informações sobre as preciosas barras de ouro.

Outros inconfidentes foram caindo, pouco a pouco, após Gonzaga e Cláudio Manuel. O seguinte a ser conduzido ao cárcere foi o tenente-coronel Domingos de Abreu Vieira, levado à cadeia ainda inacabada da Praça de Santa Quitéria. Alvarenga Peixoto não teve melhor sorte, quando o tenente-coronel Francisco Antônio Rabelo partiu para a vila de São José Del Rei, onde ele se encontrava então, com ordens de prendê-lo e conduzi-lo incontinente para o Rio de Janeiro.

Outros prisioneiros não encaminhados diretamente para o Rio de Janeiro iam sendo mandados para a cadeia de Vila Rica. A prisão dos envolvidos nas denúncias de Silvério dos Reis, Brito Malheiro e Inácio Pamplona intensificou-se, tanto em Vila Rica como nas vilas de São João Del Rei, São José Del Rei, Mariana, Borda do Campo, Tejuco e outras localidades menores. O padre Rolim ainda ensaiou esboçar alguma resistência em sua Fazenda das Almas, na região diamantina, numa fracassada tentativa de ganhar o sertão e refugiar-se na Bahia.

O sargento-mor Luís Vaz de Toledo Piza e seu irmão, o padre Toledo, assim como os Resende Costa, pai e filho, e o padre Manuel Rodrigues da Costa, conseguindo escapar da primeira investida do coronel, que fora à vila de São José Del Rei para prender Alvarenga Peixoto, acabariam sendo presos em seguida.

O coronel Francisco Antônio de Oliveira Lopes, marido de dona Hipólita, ao ser aprisionado pelo mesmo tenente-coronel Francisco Antônio Rabelo, tentando demonstrar ter sido sempre fiel à rainha e estar longe de participar das tramas revoltosas dos inconfidentes, acabou por se subordinar aos argumentos de Rabelo, que o convenceu de que a sorte dos conjurados seria a pior possível, podendo ele se safar dos castigos manifestando sua fidelidade mediante uma denúncia da conjura, por escrito, vindo, assim, a se beneficiar da clemência que lhe poderia ser concedida conforme prescrito nas Ordenações do Reino. O coronel, vendo ali uma oportunidade de safar-se de acusações mais graves, salvando não só a própria pele, mas também seus bens, não titubeou em escrever o documento exigido. Elaborado, no entanto, de forma titubeante e contraditória, pois sua consciência relutava em delatar os nomes de companheiros na forma tão clara quanto esperada pelo tenente-coronel Rabelo. O documento não o livrou da prisão.

Da mesma forma o coronel Aires Gomes, sem que mesmo fosse pressionado por seus detentores, ao saber que a conjura havia sido descoberta e da queda de alguns companheiros, vislumbrando sua iminente prisão tratou de logo enviar carta ao visconde de Barbacena, manifestando sua fidelidade à Coroa. Afirmou que tomara conhecimento através do alferes Joaquim José da Silva Xavier e do padre Manuel Rodrigues da Costa da existência de um movimento republicano, com o qual em momento algum concordara. Ainda assim, o tardio arrependimento do coronel Aires Gomes não o afastou da prisão, apenas a adiou.

Freire de Andrada, antes mesmo de qualquer ação contrarrevolucionária da Coroa, ao saber da suspensão da derrama e do inevitável fracasso do movimento, refugiara-se na sua Fazenda dos Caldeirões, onde recebeu várias comunicações acerca da descoberta da conspiração e da prisão de Tiradentes, Gonzaga, Alvarenga e outros. Temeroso de ser o próximo a ser preso, apressou-se em mandar falar ao visconde de Barbacena de suas desconfianças quanto à existência de uma insurreição, da qual somente agora tomara conhecimento, pretextando inocência, procurando esquivar-se de vir a ser acusado de nela tomar parte. Seu envolvimento, porém, já estava fartamente demonstrado nas cartas-denúncias de Silvério dos Reis, Brito Malheiro e Inácio Pamplona.

Apesar dos esforços do visconde de tentar acreditar nas palavras de Freire de Andrada, escusando aquele que até então fora o segundo na linha de comando da província e homem de sua inteira confiança — tais condições poderiam acabar por comprometê-lo, mais não fosse, por desídia —, o tenente-coronel acabou também sendo preso pelo sargento-mor Pedro Afonso Galvão, seu substituto, que logo assumiu o comando do regimento.

Também a conhecida e estreita relação do governador com seu fiel interlocutor e preceptor de seus filhos, Álvares Maciel, poderia acabar por comprometê-lo, obrigando-o a ordenar a prisão daquele que fora seu mais íntimo companheiro desde sua chegada ao Brasil, pois as evidências que poderiam embaraçá-lo mostravam-se bem mais sólidas que os escrúpulos dados pela consciência da amizade.

O movimento, de fato, já começara a se esfacelar desde o anúncio da suspensão da derrama. O desânimo e a dispersão dos revoltosos começaram a se mostrar inevitáveis diante do desaparecimento do que consideravam o único fato capaz de desencadear a revolta e assegurar seu sucesso. Apesar da presença no movimento de militares de alta patente, como um de seus líderes, o tenente-coronel Freire de Andrada; de outro que, mesmo sendo um simples alferes, já demonstrara ser possuidor de fino tino de estrategista; outros oficiais regulares, gente de qualquer forma chegada às artes militares, de bacharéis, gente letrada e de demonstrada inteligência — ocupantes de cargos importantes na administração colonial —, os inconfidentes não possuíam um plano alternativo para o desencadeamento do movimento; exceto a tardia e frustrada tentativa de Gonzaga de cooptar o governador, fiavam-se na certeza da adesão espontânea do povo quando da decretação da derrama. Suspensa esta, o movimento esvaiu-se; nada fora pensado e planejado para lançá-lo independentemente de uma ação do governo. Pretendera nascer de uma reação e não de uma ação.

CAPÍTULO XI

As prisões continuaram por vários dias desde a primeira, de Tomás Gonzaga. O padre Carlos Toledo, o único que se manifestara disposto a uma ação armada ("mais vale morrer com a espada na mão que como carrapato na lama"), no que era secundado apenas pela brava dona Hipólita, nada fez. Além de incitar o padre Rolim, de quem nunca chegou a receber qualquer resposta, logo se viu aprisionado, juntamente com todos que gravitavam em torno de sua freguesia de São José Del Rei do Rio das Mortes. A única reação, meramente esboçada pelo padre Rolim, em sua Fazenda das Almas, na região do Tejuco, foi abortada pela traição de um escravo e acabou levando-o a ser capturado pelo tenente Fernando de Vasconcelos Parada e Sousa, irmão do mesmo sargento-mor Parada e Sousa, que aprisionara Cláudio Manuel e matara toda a sua família.

Logo após a prisão de Tiradentes, o vice-rei Luís de Vasconcelos e Sousa tratou de ordenar a abertura de uma devassa, nomeando o desembargador José Pedro Machado Coelho Torres como juiz, e o ouvidor do Rio de Janeiro, Marcelino Pereira Cleto, como escrivão, comunicando ao sobrinho, o visconde de Barbacena, a autuação da denúncia de Silvério dos Reis e a prisão do Tiradentes e outros envolvidos com a conspiração no Rio, inclusive o próprio Silvério dos Reis, de quem ainda não estava realmente seguro quanto às verdadeiras intenções.

Diante das notícias e ordens vindas do Rio de Janeiro, não restava ao governador senão adotar algumas medidas que lhe salvassem a reputação, comprometida pelas aparências de negligência no trato de um movimento que era difícil afirmar não ser de seu conhecimento. Suas ligações com Tomás Gonzaga, Cláudio Manuel, Álvares Maciel e seu segundo homem no comando da província, o tenente-coronel Freire de Andrada, colocavam-no numa delicada situação, exigindo providências que conflitavam com seus sentimentos mais íntimos, e com sua percepção política de que o movimento não poderia mais ser tratado como algo que não passara de um inocente e já abortado plano de poucos insurgentes; de simples conluio de ideias, a exigir não mais que um simples inquérito no restrito âmbito da província. Com isso, seriam seus principais líderes apenas penalizados com uma possível expulsão do Brasil e, no que poderia ser ainda mais importante para o governo, expropriados de seus bens e propriedades. Tudo sem maiores alardes ou consequências sobre o ânimo dos colonos.

Sabia o governador que muitos estavam cientes da inconfidência, mesmo sem dela participar. Porém, o simples conhecimento de uma insurreição, sem a competente denúncia da sua existência, constituía crime tão grave quanto a participação nela. Ora, segundo pensava Luís de Vasconcelos, isso implicaria prender inumeráveis pessoas, em consequência desencadeando descontentamento quase tão grande quanto o provocado pela derrama. Minimizando a inconfidência a alguns poucos, ainda que importantes, nomes na província, o governador também minimizava qualquer suspeita sobre suas improvidências, ao mesmo tempo em que, retirando qualquer caráter de importância ao evento, faria com que ele caísse no esquecimento em poucos meses, após o encerramento do inquérito.

No entanto, o desenrolar dos fatos — suspensão da derrama em face do terror que provocava na população; as cartas-denúncias; a notícia da prisão de Tiradentes no Rio; a inevitável detenção de outros principais envolvidos; confissões espontâneas surgidas após a notícia do movimento ter vindo à luz; o ambiente de medo e hostilidade que encobriu toda a província; a abertura de devassa no Rio de Janeiro; a percepção do vice-rei de que o movimento mineiro era de extrema gravidade e danoso aos interesses políticos de Portugal — exigia do governador, apesar de suas indecisões, algo mais que apenas prisões e a comunicação dos fatos a seu tio e superior e às autoridades em Lisboa. Uma devassa, um procedimento judicialmente mais amplo e detalhado, que avançasse além do simples inquérito, para apuração rigorosa e profunda dos fatos e responsáveis, e que resultasse na exemplar punição dos culpados, deveria ser instalada o mais rapidamente possível.

Mesmo assim, somente quase dois meses depois da denúncia de Silvério dos Reis e vinte dias após a primeira prisão, o visconde de Barbacena resolveu nomear o desembargador Pedro José de Araújo Saldanha, recém-chegado para substituir Tomás Gonzaga na Ouvidoria de Vila Rica — o mesmo que acompanhara Tiradentes desde o Rio até Borda do Campo, quando este voltava de seu encontro no Rio com Álvares Maciel —, como juiz; e o ouvidor de Sabará, José Caetano César Manitti, como escrivão; encarregando-os de abrir uma devassa, autuando as cartas-denúncias de Silvério dos Reis, Brito Malheiro e Inácio Pamplona.

César Manitti, personagem já conhecido na província mineira como "um desses homens de quem não se conhecera a moral", recebeu a incumbência que lhe parecia ter caído dos céus como prêmio à sua vontade de vingança contra alguns dos inconfidentes, bem como a grande oportunidade de enriquecer ainda mais, apropriando-se, por suborno ou tramoias legais, de bens dos acusados. Aos denunciados não restava senão aguardar a evolução dos acontecimentos, que para muitos prenunciava um futuro penoso e curto, pois os julgados culpados nesse caso dificilmente escapariam da forca.

A quase ausência de papéis ou documentos que incriminassem os inconfidentes aprisionados, além das cartas-denúncias e algumas cartas pouco comprometedoras do padre Rolim para Domingos de Abreu Vieira, um bilhete do padre Toledo para Alvarenga Peixoto e cartas do contratador João Rodrigues de Macedo propondo alguma ajuda aos presos, dificultava sobremaneira os trabalhos da devassa em Minas Gerais. César Manitti não encontrou outro meio de produzir provas contra os principais implicados a não ser usando de ameaças, tortura e falsas promessas de isenção aos que se submetessem a ele, levando alguns presos de menor implicação no levante a assinar o que bem entendia o escrivão devesse ser informado para garantir a condenação dos principais implicados.

Nesse meio-tempo, um fato veio a complicar o andamento da devassa, pela comoção que causou em toda Vila Rica e pelo constrangimento provocado no próprio governador: a morte de Cláudio Manuel. Preso no cubículo sob as escadarias da Casa de Contratações e residência de João Rodrigues de Macedo — requisitada para abrigar os presos de maior expressão —, o corpo de Cláudio Manuel apareceu enforcado no minúsculo cômodo, com a ponta da corda amarrada às grades de uma pequena janela que mal superava a altura de um homem normal, o que demonstrava ter havido grande e inusitado esforço do morto para se enforcar sem que os pés tocassem o chão ao seu alcance. A morte do advogado foi logo informada como resultante de suicídio, tomado como sinal de desgosto e remorso, e medo de uma morte que acabaria por ser daquele mesmo jeito.

O governador não deixou de se sentir ao mesmo tempo amargurado com a morte de quem até pouco tempo atrás tinha como amigo e, contraditoriamente, aliviado com o desaparecimento de alguém que poderia comprometê-lo, caso se dispusesse a narrar os detalhes de suas relações e conversas. A morte de Cláudio Manuel, no entanto, estendia seus efeitos além do governador.

César Manitti não se conformava com a perda de quem poderia levá-lo ao aprofundamento das informações necessárias à devassa, enquanto o sargento-mor José de Vasconcelos Parada e Sousa, pelo menos na aparência, dava indícios de não se conformar com a perda da possibilidade de vir a deitar mão nos bens de Cláudio Manuel, um dos líderes mais ricos da conspiração. Assim, embora carregada de suspeição, a versão do suicídio foi mantida sem que qualquer preocupação maior ocupasse as cabeças dominantes quanto à pergunta simples, cabível na questão: a quem interessariam a morte e o silêncio de Cláudio Manuel?

As duas devassas abertas — a do Rio, ordenada pelo vice-rei, e a de Minas, ordenada por seu governador —, como não podia deixar de ser, logo se conflitaram, cada uma buscando valorizar-se mais junto à corte de Lisboa, para onde o visconde de Barbacena, nesse afã, logo despachou uma cópia das providências adotadas em seus domínios.

Ao mesmo tempo em que comunicava à corte seus procedimentos, o governador fazia circular por toda Minas Gerais editais convocando a denunciá-la os que tivessem qualquer notícia sobre a insurreição, sob pena de também virem a ser processados, conforme mandavam as Ordenações do Reino. Na tentativa de se livrar de qualquer suspeição, alguns dos muitos que sabiam da existência do movimento republicano em Minas Gerais, mesmo dele não participando, apressaram-se em atender aos editais. Todos, no entanto, lacônicos e evasivos, testemunhando apenas por palavras tomadas a termo; ninguém se dispondo a formalizá-las por escrito; muitos afirmando saber de sua existência, mas poucos conhecendo seus detalhes, ou podendo afirmar com certeza o nome dos envolvidos.

A devassa instalada no Rio, apesar de ter em suas mãos a maior parte dos presos de importância, a começar pelo próprio Tiradentes, não conseguia avançar, pois o principal foco da revolta estava em Minas Gerais, e o Tiradentes, tido como seu principal líder, recusava-se a dar qualquer informação que comprometesse até mesmo o menos importante de seus companheiros, como os que, diante de seu entusiasmo, haviam aderido a ele na estalagem de Varginha do Lourenço. Silvério dos Reis, outro dos que no Rio poderiam dar informações relevantes, além das contidas na sua carta-denúncia, somente o fazia na medida em que obtinha em troca alguma coisa em seu proveito, confirmando seu caráter dúbio e suas intenções reais ao fazer a denúncia.

Um dos obstáculos encontrados pelos cariocas prendia-se à necessidade de que as provas fossem além de denúncias verbais, principalmente contra o contratador João Rodrigues de Macedo, que poderia ser o grande financiador da revolta, até então em liberdade, sem que ninguém o importunasse, apesar das muitas evidências de suas ligações com os inconfidentes. Compadre de Alvarenga Peixoto, mantinha ele sem qualquer segredo relações de amizade e negócios com quase todos os principais conspiradores citados na carta-denúncia de Silvério dos Reis. Estranhamente, porém, quando o escrivão da devassa mineira, César Manitti, autuou a confissão do coronel Francisco Antônio de Oliveira Lopes — que apenas vagamente citava em alguns momentos o contratador —, obrigou-o a reescrever a denúncia, omitindo qualquer referência a Macedo, ainda que elas não fossem comprometedoras, dizendo-lhe enfaticamente que nunca, jamais mencionasse o nome de Macedo. As relações de negócios de Macedo com Manitti e o visconde de Barbacena também exigiam que o nome do contratador fosse omitido em qualquer documento autuado pela devassa, pois isso poderia levar ao comprometimento não só do governador e do escrivão, mas também de muitos outros importantes funcionários de Vila Rica e até mesmo de influentes personagens que circulavam em torno do vice-rei.

Diante do que poderia colocá-lo, aos olhos de Lisboa, em situação inferior ao governador de Minas Gerais, o vice-rei, agastado com as atitudes de seu sobrinho, mandou o juiz e os demais membros encarregados da devassa no Rio se dirigirem a Vila Rica em busca dos elementos que faltavam para instruir com mais precisão o processo que corria na capital da colônia.

Em junho de 1789, os encarregados da devassa carioca chegaram a Vila Rica. Ali permaneceram até meados de outubro, sem conseguir quaisquer informações de interesse para o andamento dos seus trabalhos, pois o governador sempre encontrava uma razão para se esquivar de fornecer novidades de importância, ou acesso aos presos na cidade.

Ficava, dessa forma, a devassa do Rio impedida de avançar, ultrapassando a devassa mineira, colocando-a em ponto de inferioridade perante a corte em Lisboa: mero trabalho coadjuvante dos esforços para desmantelar a conjuração empreendidos em Vila Rica. Barbacena tudo fazia para mostrar-se mais atuante junto à corte, até porque, ao contrário do tio, graças ao seu afinado tino político vislumbrava quão apavorante poderia se mostrar o movimento para a corte lisboeta, diante dos movimentos antimonarquistas que vinham se desenrolando na França.

Os acontecimentos recentes na capital francesa, quando se soubera que o povo invadira e destruíra a temível prisão da Bastilha, demonstravam a real possibilidade de o povo se insurgir contra a sacralizada milenar instituição da monarquia, levado à sublevação por meia-dúzia de vozes mais eloquentes, capazes de convencê-lo de que poderia conduzir-se a si mesmo, por meio de assembleias, sem a necessidade de cabeças coroadas que só faziam tirar proveito do trabalho do povo, sem se preocupar com o destino daqueles que as sustentavam.

Portugal, reino frágil, altamente dependente de sua colônia na América, não se manteria de pé com seu governo espremido entre os movimentos revolucionários franceses, que já começavam a preocupar todas as monarquias europeias, e uma eventual vitória de republicanos no Brasil. Tudo isso, ao final, ecoando os fatos que haviam resultado anos antes na independência da colônia inglesa no norte da América ainda toda colonial.

A reação da corte portuguesa, diante de tudo, era de máxima preocupação como um possível desdobramento dos acontecimentos no Brasil. O todo-poderoso ministro da Marinha e Ultramar, Martinho de Melo e Castro, ao ver que o conflito entre as jurisdições do vice-rei e do governador de Minas poderia resultar em fracasso na apuração dos fatos, sem a punição exemplar dos culpados, incentivando ações similares no futuro, foi levado a buscar uma forma de reforçar a autoridade da Matriz sobre sua Filial. Não titubeou em chamar a seus cuidados, em nome da própria rainha, Dona Maria I, o processamento das denúncias, nomeando um Tribunal de Alçada, unificando os feitos até então sob a autoridade de duas devassas que se conflitavam e que ameaçavam chegar a lugar nenhum

Martinho de Melo e Castro nomeou como chanceler o conselheiro Sebastião Xavier de Vasconcelos Coutinho e como juízes adjuntos dois desembargadores da Corte de Suplicação de Lisboa, Antônio Diniz da Cruz e Silva e Antônio Gomes Ribeiro. Os três magistrados desembarcaram no Rio às vésperas do Natal de 1790, logo avocando a si os autos dos dois inquéritos, conforme já fora informado ao vice-rei e ao governador da província de Minas Gerais desde o mês de outubro anterior. Daquele momento em diante, todo o processamento da insurreição surgida na província mineira, com suas ramificações no Rio de Janeiro e quiçá em outras províncias, seria da alçada do tribunal nomeado pelo ministro da Marinha e Ultramar.

O primeiro ato do conselheiro Vasconcelos Coutinho foi nomear para as funções de escrivão o desembargador dos Agravos da Relação do Rio de Janeiro, Francisco Luís Álvares da Rocha, e, como seu auxiliar, José Caetano César Manitti, já elevado à condição de intendente do Ouro em Vila Rica. Agora ainda mais glorificado, Manitti não só seria o único dentre todos os devassantes anteriores mantido nos novos procedimentos, como também manteria em suas mãos a oportunidade de tirar os sempre esperados proveitos da situação que o punha como autoridade quase soberana sobre os ricos acusados mineiros. O processo, agora unificado, passou a ser denominado com o pomposo nome de *Autos Crimes — Juízo da Comissão contra os Réus da Conjuração de Minas Gerais*.

Diante das ordens recebidas de Melo e Castro, não restou a Barbacena senão ordenar a transferência para o Rio de todos os inconfidentes que ainda se achavam presos em Vila Rica. Entre eles o coronel Aires Gomes, o capitão Vicente Vieira da Mota, o capitão José de Resende Costa e seu filho de mesmo nome, o padre Manuel Rodrigues da Costa, e alguns outros, presos sabe lá Deus por que; talvez por simples simpatia com o movimento, mesmo que nem sequer tivessem esboçado qualquer ato de participação nas reuniões e conventículos dos verdadeiros inconfidentes.

Os tempos eram de terror e os ventos da vingança encontravam o clima propício à sua propagação. Cada um denunciando seu desafeto ou concorrente de negócios cuja prisão favoreceria o denunciante. A oportunidade de revide a ofensas, reais ou imaginárias, estava ali colocada, à disposição de todos que não tivessem caráter suficiente para não as aproveitar de forma tão vil.

Por certo, o coronel Eduardo Borges não havia de perder aquela ocasião de reavivar seus ainda mal-adormecidos desejos de vingança contra Alexandre, que lhe impusera a reluzente coroa de cornos, apressando-se em apontá-lo como anspeçada ajudante do Tiradentes e seu mais fiel companheiro, portanto envolvido até o pescoço na conspiração. A estas alturas, porém, Alexandre já se encontrava preso no Rio, e as denúncias do coronel corneado não tiveram em Vila Rica outra repercussão a não ser alertar Alcina, levando-a a se movimentar para auxiliar o filho, no Rio de Janeiro, da maneira que melhor lhe fosse possível.

Lembrou-se ela de que fora parteira de duas filhas do marquês de Igreja Nova, possuidor de fazendas pelos lados de Borda do Campo e de minas de ouro em Vila Rica, onde, mesmo tendo sua principal residência no Rio de Janeiro, costumava passar longos períodos, ocasiões em que suas filhas pariram sob seus cuidados exitosos. O marquês já lhe prestara favores em outros tempos, como matricular Alexandre na escola paroquial do padre Domingos, na Matriz do Pilar. Homem de grandes riquezas e influência na corte carioca, por certo não se negaria a ajudá-la, pois, em ambas as ocasiões que tomara seus serviços, dissera ser-lhe eternamente grato pelos belos e saudáveis netos que ela tão bem soubera trazer ao mundo.

Deixando, até seu retorno, a estalagem aos cuidados do jovem Simplício, que vinha demonstrando ter espírito expedito e talento capaz de tocar os negócios de boa forma, Alcina apressou-se em viajar para o Rio, na esperança de obter do marquês os favores necessários à libertação de Alexandre. Argumentaria junto ao nobre que, apesar de acompanhar o Tiradentes como seu ajudante e apenas por isso participar das reuniões dos inconfidentes, Alexandre não comungava inteiramente das ideias de seu mestre e nunca manifestara qualquer gesto que pudesse ter contribuído para o bom andamento da conspiração. Afinal, nunca fora mais que um simples ajudante de um alferes, sujeito às suas ordens sem contestação, como militar que era: o amor materno, por sua grandeza, muitas vezes se deixa agasalhar com a capa da ingenuidade.

O marquês morava numa bela chácara no Caminho Novo de Botafogo, pelas alturas da região que, por ser habitada por muitos negociantes holandeses, os cariocas chamavam de Praia dos Flamengos. Chegando ao Rio, logo após se instalar com a escrava Glória na casa do senhor José Maria da Consolação e Perdões — o filho herdeiro da hospedaria administrada por Alcina —, esta dirigiu-se à chácara, sendo alegremente recebida pela marquesa.

— Que prazer em revê-la, dona Alcina. A que devemos a honra de sua presença?

— Ah! Senhora dona marquesa, estou em situação de mãe desesperada em busca de auxílio. Meu filho, Alexandre, foi preso como se implicado nesse movimento que já estão chamando de Conjuração Mineira, apenas pelo fato de ser como que um criado do alferes que dizem ser o chefe de tudo. De tal sorte, fizeram carga contra ele, e é bem provável que o condenem à morte na forca, e não tenho aqui na corte a quem pedir socorro. Pode a senhora bem imaginar meu desespero de mãe, como mãe que também é.

Alcina não ocultava sua angústia, que se expressava, muito além das palavras, no retorcer de mãos, na fisionomia transtornada e na forma direta com que abordara a razão de sua visita, sem as protocolares perguntas sobre o bem-estar da excelentíssima marquesa e a família.

— Claro que posso sentir sua dor, dona Alcina — respondeu a marquesa, enquanto indicava uma poltrona para que Alcina sentasse —, mas este é um assunto da alçada do marquês. Eu, infelizmente, nada posso fazer pela senhora. Acomode-se, enquanto mando lhe servir um café e aguardamos a chegada de meu marido, que não deve tardar.

A sala, apesar de mobiliada com sobriedade, não ocultava um luxo que, pelos móveis, tapetes, quadros e objetos de arte, bem denotava a riqueza e, portanto, o poder do marquês, que além da fortuna somava a ela a força proveniente do cargo de conselheiro do Reino no Brasil, submisso apenas ao vice-rei.

Finalmente, recuperada de suas primeiras angústias intempestivamente desabafadas, Alcina retomou o diálogo protocolar, exigido pela diferença de classe entre ela e a nobre senhora, representativa da melhor estirpe portuguesa na colônia, passando a perguntar pela saúde das filhas e dos netos da marquesa, aqueles mesmos que ela trouxera ao mundo anos antes.

A conversa, agora de amenidades, entre as duas ainda se prolongou por alguns poucos minutos, até que a marquesa se retirasse, alegando necessidade de resolver problemas domésticos, mandando, porém, que Alcina se mantivesse acomodada até a chegada do marquês que, por certo, se disporia a logo atendê-la, ouvindo seus reclamos.

De fato, em menos de uma hora de espera, o marquês entrou na sala, cumprimentando Alcina brevemente, logo se acomodando num sofá.

— Com que então, dona Alcina, seu filho está entre os presos mineiros que ousaram se levantar contra Sua Majestade, e a senhora quer meus ofícios para livrá-lo da prisão?

A forma direta e acusatória com que o marquês abordou o assunto, certamente já instruído por sua esposa quanto ao objetivo da visita, desnorteou Alcina, que, embora assustada, não titubeou em firmar a voz para replicar.

— Alexandre, creia meu nobre senhor marquês, nunca se meteu em confusões que não aquelas próprias da idade, enquanto mais jovem. Nunca, porém, se envolveu em qualquer movimento de sedição. Ele é apenas o ajudante militar de um alferes, a quem, como tal, devia obediência. Por tal razão, estou aqui para implorar vosso auxílio, em nome dos humildes serviços que tive a honra de prestar a vossas filhas.

— Favor nada fácil de retribuir, dona Alcina, mesmo certo de lhe dever.

O marquês levantou-se e passou a andar de um lado ao outro do salão, parando, por fim, diante de Alcina.

— Vou primeiramente verificar onde seu filho está preso, quais são as acusações que pesam sobre ele, e depois pensar em alguma forma de ajudá-lo. Volte a me procurar em alguns dias e lhe darei uma resposta.

Claramente dispensada daquela visita, Alcina levantou-se e logo correu a beijar as mãos do nobre.

— Que Deus abençoe vossência e toda vossa excelentíssima família, mais que tudo vossos lindos netos. Voltarei aqui, na certeza de que vossos favores não me serão negados.

Alexandre estava preso nas celas do Forte da Conceição, longe de seu mestre, o Tiradentes, que se encontrava na prisão do Forte da Ilha das Cobras, juntamente com mais alguns inconfidentes. Outros foram confinados nas celas do Hospital da Venerável Ordem Terceira de São Francisco da Penitência, no Largo da Carioca, ou na Cadeia da Relação, quase ao lado do palácio do vice-rei.

Não foi difícil para o marquês de Igreja Nova descobrir o paradeiro de Alexandre, inteirando-se de sua situação no processo. De fato, ele não havia sido preso como conspirador, mas como ajudante do principal deles e, portanto, sujeito às penas de quem, conhecendo a sedição, não a denunciara.

Procurado por Alcina uma semana depois do primeiro encontro, o fidalgo a informou de tudo, acrescentando ao final que nada poderia fazer, pois nem mesmo a autoridade do vice-rei era capaz de se sobrepor ao tribunal instalado sob as ordens da própria soberana, Dona Maria I. Conseguira, no entanto, com o conselheiro Sebastião Xavier de Vasconcelos Coutinho, que presidia todo o inquérito, que Alcina visitasse o filho todos os dias, entre a alvorada e o entardecer, levando-lhe roupas e alimentos. Nada, porém, poderia ser feito até o julgamento e promulgação da sentença de todos os implicados. Se condenado, Alexandre só poderia ser salvo por ato da própria rainha.

Alcina mal conteve o desespero que lhe assomou a alma diante do que dizia o marquês. Após alguns soluços, no entanto, procurou recuperar a calma e demonstrar resignação diante do destino do filho, que viu inexorável e incapaz de ser alterado, até mesmo por alguém tão poderoso como o marquês de Igreja Nova. Acabou por se contentar com o que pudera obter, permitindo-lhe, pelo menos, atenuar as dores e aflições do filho na prisão.

O marquês estendeu a Alcina o salvo-conduto, devidamente lavrado e assinado pelo conselheiro Vasconcelos Coutinho.

— Apresente este papel ao carcereiro do Forte da Conceição. Com ele a senhora terá passagem livre para o cárcere.

Alcina se jogou de joelhos e em soluços aos pés do nobre, voltando a lhe beijar ambas as mãos, agradecendo aquele favor que até então não fora concedido a qualquer outro preso, privados todos de qualquer contato com o mundo exterior, senão através de seus carcereiros.

Naquele mesmo dia, Alcina dirigiu-se à cadeia do forte no Morro da Conceição, bem perto da Praia do Valongo, o mesmo local onde se iniciara sua saga brasileira.

CAPÍTULO XII

Apesar de instalada desde o início de 1791, somente pelas alturas do mês de maio o chanceler Vasconcelos Coutinho tratou de ordenar ao visconde de Barbacena, com a autoridade que lhe era dada pelas cartas régias, a prisão de todos os demais envolvidos ainda em liberdade na província de Minas Gerais. Mandou que fossem todos conduzidos ao Rio, atentando principalmente para aqueles apontados como mais envolvidos com a conspiração, como o coronel Aires Gomes, os Resende Costa, pai e filho, e o padre Manuel Rodrigues da Costa. Completado o rol dos réus que seriam julgados e sentenciados, o julgamento teve início, com os processos agora unificados e após a inteiração dos fatos por seus membros.

O chanceler viera de Portugal portando duas cartas régias, lavradas pelo astuto ministro Melo e Castro e toscamente assinadas pela rainha Dona Maria I, enquanto ainda capaz disso, pois, já desde algum tempo, sua loucura, a cada dia mais agravada, levara a que os negócios do reino fossem de fato administrados por seu filho e herdeiro, o príncipe Dom João. Uma das cartas trazia instruções, que deveriam ser mantidas sob extremo sigilo até o final do processo, sobre os comportamentos que deveriam reger os trabalhos do tribunal até a promulgação da última sentença. As dos eclesiásticos seriam mantidas em segredo e submetidas à decisão final de Sua Majestade, antes de sua aplicação. Quanto aos demais réus, deveriam ser poupados da morte, transformando-se suas sentenças em confisco de bens e degredo em África, mormente aqueles de maior expressão na colônia e no ultramar, como era o caso de Freire de Andrada, Tomás Gonzaga, Alvarenga Peixoto, ou Cláudio Manuel, que mesmo morto ainda figurava no processo.

Restava para ser condenado à morte o Tiradentes. Homem sem maiores influências junto aos poderes coloniais, sem riquezas ou mesmo família influente, sua execução, como se fosse o principal líder, retiraria do movimento qualquer caráter maior do que uma simplória sublevação, intentada por um ressentido e insubordinado alferes preterido em promoções, em poder de quem havia sido encontrado um documento probatório de seus ânimos sediciosos: *Recueil des lois constitutives des colonies anglaises confédérés sous la dénomination d'Etats Unis de l'Amérique Septentrionale.*

Segundo se soube, ele também tivera acesso a alguns escritos do inglês Thomas Paine — mais tarde tornado americano, um dos autores do dito documento subversivo —, os quais lhe foram dados e traduzidos por um irlandês de nome Nicolau Jorge Gwerck. Este irlandês chegou a ser preso como inconfidente, mas, visto ser estrangeiro, não tiveram muito em conta sua participação num movimento que pouco lhe dizia respeito, mesmo que por ele demonstrasse simpatia.

Espalhados pelas várias prisões do Rio de Janeiro — Forte da Ilha das Cobras, Cadeia da Relação, celas do Hospital da Venerável Ordem Terceira de São Francisco da Penitência e Forte do Morro da Conceição —, os inconfidentes passavam seus dias a orar e lamentar a má sorte. Gonzaga, como que alienado de seu destino, mantinha ainda seus sonhos de casamento com a amada Doroteia, bordando roupas que suas fantasias faziam crer seriam matrimoniais — traços de sua antiga amizade com o visconde de Barbacena lhe haviam permitido obter panos, mantos velhos, agulhas e linhas, que ele usava com destreza inabitual para um homem, sob o olhar comovido dos demais prisioneiros.

Tiradentes, enquanto não submetido aos intensos interrogatórios, consolava seus companheiros, sem se lamentar, sempre afirmando que o movimento, ainda que fracassado, representava o anseio de quase todos os brasileiros. A cada instante afirmava que "havia armado uma tal fiada que nem em cem anos a iam desatar".

Os interrogatórios eram constantes e severos, conduzidos pelos desembargadores, sempre acolitados pelo temível Manitti. Ainda que não submetidos a torturas físicas que ultrapassassem algumas bofetadas ou pontapés, além daquelas próprias das infectas condições das prisões, os inconfidentes ficavam sob o constante constrangimento moral da expectativa de uma sentença, que insistentemente Manitti esforçava-se por lembrar que seria a morte na forca, podendo esta ainda ser precedida de torturas físicas, como chibatadas, ou outras formas de execução ainda mais cruéis, como a quebra dos ossos dos membros atados a cavalos, que tratariam de puxá-los até o total desmembramento de pernas e braços.

O mais insistentemente chamado a depor era o Tiradentes, que a todas as questões apresentadas respondia negando o movimento e esquivando-se de comprometer outros companheiros:

— Por que vinhas ao Rio com tanta frequência? Que tantos negócios militares te atribuía teu comandante, também inconfidente, Freire de Andrada? — indagou o desembargador Coelho Torres numa das sessões de inquirição.

— Minhas vindas a esta cidade prendiam-se sempre a missões de natureza militar. Meu comandante nunca me encarregou de qualquer missão que não fosse de interesse do regimento, ou em atendimento a alguma ordem emanada do governo geral da colônia, como da vez em que fui enviado para auxiliar nos planos de defesa da cidade. Também estive aqui nas oportunidades de tratar do andamento dos meus planos, apresentados ao vice-rei, dom Luís Vasconcelos, de aproveitamento das águas da cidade e saneamento dos seus mangues, além de outros assuntos de natureza estritamente pessoal.

— Consta dos autos desta devassa que vinhas aqui com o propósito de arregimentar gentes e organizar a insurreição nesta cidade, e que diante da falta de vontade dos procurados acusaste os cariocas de "patifes e vis" e que "era bem feito que levassem com um bacalhau, visto que aceitavam o jugo português"

— Nego tal afirmação. Até porque seria de má política ofender aqueles a quem se pretende conquistar.

— Se não tinhas o ânimo revoltoso — desta vez a pergunta veio de Manitti — e não pretendias atiçar o povo contra nossa rainha, por que te mantiveste foragido e procuravas sempre te manteres escondido?

— Ora, ora, quem não se esconderia sabendo estar sob ameaça de prisão, sem saber a causa? Eu soube, pelo coronel Joaquim Silvério dos Reis, que pretendiam me prender; por que, ele não sabia. Apenas afirmava convictamente saber que as ordens vinham do próprio vice-rei.

Tiradentes não deixou escapar a oportunidade de retribuir a traição que sofrera de quem por várias vezes se dissera seu amigo e companheiro de ideais, com o fim, agora bem claro, de obter informações que mais tarde lhe poderiam servir — sobretudo no encontro de ambos na última viagem de Tiradentes ao Rio, quando encontrara Silvério dos Reis retornando a Vila Rica.

A todas as questões Tiradentes se esquivava de demonstrar ânimos revoltosos, sempre afirmando que tudo que diziam dele "eram quimeras", pois "não era pessoa que tivesse figura, ou valimento, ou riqueza que lhe permitissem agir persuadindo o povo". Não negava suas ideias, nem ocultava que mantivera conversas com muitas pessoas sobre considerar "má política vexar os povos com a derrama". Suas conversas, no entanto, não iam além disso, sem qualquer interesse em ações de levante, e que "suas falas eram sem malícia".

Acareado com Joaquim Silvério dos Reis, maliciosamente Tiradentes fez ver que fora por ele que soubera da possível participação de Tomás Gonzaga, Alvarenga Peixoto e o padre Toledo, como a indicar que aquele, apesar de agora se colocar como fiel súdito, denunciando a insurreição, em algum momento estivera engajado nela, arrependendo-se depois, sabe lá Deus por que cargas-d'água ou interesses pouco condizentes com a alegada fidelidade à Coroa.

As pressões dos desembargadores e dos relatores, mais uma vez destacando-se o escrivão-substituto César Manitti, eram sempre atemorizantes, ao mesmo tempo que insidiosas, deixando a todo instante antever a possibilidade de absolvição ou perdão, que na verdade já estavam impedidos de aplicar, pelos mandamentos secretos das cartas trazidas de Lisboa.

Por fim, num de seus últimos interrogatórios, Tiradentes rendeu-se e afirmou que se entendessem considerar como movimento insurrecional algumas reuniões sociais, que o tivessem então como o "cabeça de motim", o que até então negara, pois não admitia ter pensado numa insurreição e não incriminaria por isso a nenhum outro. Sucumbindo às pressões e documentos vários que o incriminavam, inclusive algumas confissões de outros prisioneiros, acabou confessando haver de fato pensado num levante contra a derrama, tendo sido o único idealizador de tudo, sem que ninguém o induzisse a tal; falou de suas conversas com Álvares Maciel, quando de sua chegada ao Rio, vindo de Lisboa, sempre reafirmando, contudo, que elas não envolveram outros assuntos que não a mineralogia e os planos de saneamento da cidade do Rio que apresentara ao vice-rei. Tampouco negou qualquer intenção de revolução nas suas conversas com o coronel Aires Gomes e o padre Manuel Rodrigues da Costa, quando recebido por eles, sempre afirmando que as reuniões de que participara nas casas de Freire de Andrada e outros eram apenas reuniões sociais, onde de tudo se falava.

Os desembargadores sabiam, porém, de cada passo do Tiradentes, conforme informados por Joaquim Silvério dos Reis, Brito Malheiro e Inácio Pamplona, e pelos depoimentos de outros inconfidentes, não tão corajosos e leais quanto ele. Na maior parte das vezes, seus depoimentos não iam além de trivialidades e informações pouco comprometedoras de seus companheiros, o que não correspondia a um comportamento simétrico da parte dos demais, um a um, a cada instante, procurando mostrar-se inocente vítima das ideias com que foram sendo envenenados por outros

O clima de terror imposto aos prisioneiros, sobretudo quanto à fatalidade da sentença, favorecia as confissões. Alguns chegaram mesmo a mentir, atendendo em suas respostas ao que era esperado pelos interrogadores. Tudo, entretanto, conduzido para incriminar, de forma inexorável, o Tiradentes, sempre deixando para os demais, apesar de também severamente inculpados, as brechas necessárias para a comutação da pena, conforme proposta por Lisboa, mas ignorada por todos os incriminados. Esta, sim, a maior e verdadeira tortura a que eram submetidos todos, pois mantidos permanentemente sob a espada da inexorável sentença mortal sobre suas cabeças.

O maquiavelismo dessa atitude tinha também o claro propósito de aterrorizar os prisioneiros de caráter mais fraco e dispostos a buscar atenuar suas penas à custa de confissões e manifestações de arrependimento. A tudo se somavam as condições precárias dos vários cárceres em que eram mantidos os presos. Celas coletivas que ajuntavam inconfidentes e presos comuns, mal ventiladas, tendo apenas magras enxergas como leito, alimentação dada apenas ao nível de sobrevivência, e local único para as necessidades de todos, o que ampliava o ar empesteado do ambiente.

Durante todo o ano de 1791 o tribunal trabalhou intensamente, especialmente seu chanceler, não titubeando em renovar ou duplicar interrogatórios e depoimentos. Em agosto, Vasconcelos Coutinho comunicou ao ministro da Marinha e Ultramar já haver coletado elementos suficientes para a acusação final. O restante do ano foi dedicado à elaboração de um extenso relatório e apontamentos finais para leitura e execução das sentenças.

O processo deveria, como próprio da Justiça portuguesa, apresentar-se completo e irreparável em toda a sua aparência formal, dedicando-se a esta preocupações maiores que os aspectos legais. Para manter a aparência do justo trato de Sua Majestade, foi designado o doutor José de Oliveira Fagundes, advogado da Santa Casa de Misericórdia do Rio de Janeiro, para que atuasse como defensor dativo de todos os réus, sendo-lhe dadas, no entanto, apenas três semanas para se inteirar de todo o volumoso processo e apresentar seus argumentos de defesa, atendendo aos vinte e nove réus vivos e três já falecidos, a estes procurando o defensor apenas salvar os reflexos das sentenças sobre seus familiares e bens.

O advogado Oliveira Fagundes não encontrava nos autos, cuidadosamente elaborados pelo chanceler e seus auxiliares no sentido de bem incriminar todos os réus, com especial atenção ao Tiradentes, elementos suficientes para argumentar senão fracamente quanto à inocência dos réus. Dedicou pouca atenção às acusações que pesavam sobre a cabeça de Tiradentes, sobretudo diante de seus vários depoimentos em que aceitava a culpa de tudo, buscando inocentar os demais.

Cumpridas as formalidades de acusação e defesa, o tribunal decidiu estar em condições de julgar o feito e lavrar a sentença. Tudo de acordo com as instruções trazidas de Lisboa pelo chanceler Vasconcelos Coutinho.

Durante todo esse tempo, Alcina mantinha suas visitas a Alexandre, levando-lhe pão fresco, por vezes alguns pedaços de carne-seca, farinha e queijos; às vezes, ludibriando a fiscalização dos guardas já acostumados com suas visitas e por isso relaxados na vigilância, alguma beberagem, como café e até mesmo um pouco de aguardente ou vinho. Os olhares famélicos de súplica que lhe eram dirigidos pelos demais prisioneiros obrigavam Alexandre por vezes a dividir com alguns um pouco do não muito que Alcina podia lhe trazer.

Apesar de haver obtido do marquês de Igreja Nova o máximo que lhe poderia ser concedido — uma assistência que era negada a todos os demais prisioneiros —, Alcina não deixava de vez ou outra buscar com ele alguma informação sobre o andamento do processo e das possibilidades de perdão ou condenação de Alexandre. O marquês, por sua vez, crendo haver retribuído além do devido os favores concedidos a Alcina, esquivava-se de dar maiores informações, mais que tudo por não ter ele próprio acesso aos trabalhos da comissão, obtendo apenas, vez por outra, em alguma reunião social no palácio do vice-rei, esparsos informes do andamento dos trabalhos. Não lhe era desconhecido, porém, que a sorte dos réus seria a condenação à pena máxima, podendo um ou outro de menor importância no corpo da conspiração tê-la comutada em degredo, ou castigo de mesmo alcance.

A notícia de que os trabalhos da Comissão de Alçada haviam terminado, entretanto, logo se espalhou pela corte, chegando ao conhecimento de todos os fidalgos. Nessa ocasião, o marquês não deixou de informar a Alcina que em breve haveria a leitura das sentenças.

Ciente dessa importante informação, Alcina angustiou-se ainda mais por não vislumbrar qualquer oportunidade de salvação para Alexandre. O recurso de uma fuga ocupava constantemente sua cabeça, mas dela nada brotava que se mostrasse possível sem o suborno de todos os carcereiros, o que exigiria soma muito além de suas posses. A tarefa se mostrava quase impossível, diante da guarda numerosa e das rígidas posturas de vigilância diuturna do local, além das dificuldades de alcançar a rua a partir da cela, localizada nos subterrâneos do forte.

A seu favor Alcina contava somente com o descuido com que os guardas passaram a tratá-la, diante da frequência das visitas que a tornaram como uma rotina nas dependências do forte do Morro da Conceição. A revista da cesta em que ela portava os alimentos, e, vez ou outra, alguma camisa ou par de meias para o filho, já se fazia com apenas um simples destampar dos panos que cobriam o conteúdo.

Assim, vendo esgotar-se o prazo para qualquer ação, a angústia da mãe, crescendo a cada dia que se aproximava daquele em que seu filho amado seria condenado e executado, produziu como que um lampejo em seu cérebro, gerando um plano ousado que ela tratou de pôr em execução logo na visita seguinte, apenas dois dias antes do proclamado para leitura das sentenças.

Naquele dia, Alcina apresentou-se aos guardas, que não deixaram de observar sua figura e pilheriar:

— Está mais gorda hoje, dona Alcina. Se seu filho também engordar assim com suas comidas, o carrasco Capitania terá que usar cordas mais grossas na forca.

Alcina apenas respondeu com um sorriso que demonstrava tristeza e submissão ao destino que lhe fora reservado. Ao entrar na cela, levou Alexandre para o local mais afastado possível dos demais prisioneiros e disse:

— Filho, dentro de poucos dias serão proclamadas as sentenças. Não temos tempo para mais nada, a não ser tratarmos de tua fuga.

Enquanto falava, Alcina, escandalizando o filho e outros prisioneiros que a observavam, começou a se despir do grosso e longo vestido que usava, que apenas encobria outro, afastando o espanto dos que esperavam que ela fosse se desnudar.

— Trouxe-te este vestido, um xale e uma navalha. Trata de te barbeares da melhor forma possível, escanhoando tua pele até o limite. Passa no rosto esta pomada para clareá-lo, e sai como se fosses eu. Consegui, como podes ver na minha cesta, uma outra menor, mas do mesmo formato e cor desta que carrego. Enrola bem tua cabeça com o xale e sai o mais rapidamente possível, como se fosses eu. Ninguém haverá de te barrar, pois pensarão que sou eu saindo. Nos encontraremos na casa do senhor José Maria, tu sabes onde, e lá permaneceremos até que possamos voltar a Vila Rica.

Alexandre ouvia um tanto atônito a fala da mãe, sem entender por completo aonde ela queria chegar.

— Amanhã voltarei novamente — continuou Alcina —, uma hora antes do meio-dia, quando se faz a troca da guarda, e poremos o plano em ação. Meu plano é que saias, e, algum tempo depois da troca de guardas, saia eu. Os novos guardas não duvidarão da minha identidade e, mesmo que venham a saber que alguma mulher saiu antes de mim, nada farão, pois lhes será difícil saber a respeito da primeira mulher.

— Mãe — retrucou Alexandre —, é um plano muito ousado e arriscado. Se me pegarem serei morto na hora e a senhora também será penalizada.

— Que diferença fará seres morto amanhã ou daqui a poucos dias. A forca te espera, da mesma forma que a teu mestre, o Tiradentes, e todos os demais conjurados. O marquês me disse que é quase impossível que alguém escape da morte. Creio que o plano é bom, e, com a ajuda das minhas orações a Nossa Senhora do Pilar, tenho certeza de que tudo dará certo. Apenas procura não deixar teu rosto visível para os guardas pelos quais passares.

Alexandre ponderou que, afinal, entre dois riscos — ou fatalidades —, a primeira escolha tinha alguma chance de sucesso, mesmo que pequena, enquanto a outra se mostrava como inelutável. Não deixou também de se entusiasmar com a engenhosidade do plano elaborado pela mãe e a coragem e frieza com que ela tudo arranjara.

No dia seguinte, Alcina voltou ao forte, encoberta com um manto sobre o vestido, apesar do calor do dia, para que os mesmos guardas que a receberam no dia anterior não notassem seu súbito emagrecimento.

— Então, estás preparado? — exclamou ela, acariciando o rosto do filho, quase tão liso quanto o dela.

Alexandre tremia enquanto vestia as roupas trazidas na véspera e preparava a cesta, um pouco menor que a original, mas impossível de ser notada como tal sem a comparação com a outra. Graças ao natural nervosismo que o envolvia, exclamou com um suspiro:

— Estou pronto, mãe! — E continuando após algum tempo, depois de tomar fôlego: — Enquanto aguardas aqui, reza para Nossa Senhora do Pilar e todos os santos de tua devoção.

— Não te preocupes, filho, sairei com a mesma segurança e tranquilidade com que o fiz todos esses dias passados. Bebe aqui um gole de aguardente — disse enquanto lhe estendia um pequeno frasco — para te acalmares.

Já devidamente disfarçado, Alexandre colocou-se ao lado da porta da cela, de modo a não ser visto de fora, logo trocando de lugar com a mãe após ela ter gritado pelo guarda para permitir sua saída, enquanto Alcina tratava de se esconder da mesma forma, tudo sob o olhar atônito dos outros prisioneiros que a princípio pouco entendiam aquela encenação, o que se tornou claro para todos quando Alexandre saiu e Alcina tratou de se ocultar no canto mais escuro da cela.

O guarda, displicentemente, abriu a grossa porta de ferro, apenas o necessário para que uma pessoa saísse, sem se preocupar com a inusitada pressa de "Alcina". Alexandre, mesmo já sob os efeitos da aguardente, ainda tremia, enquanto subia as escadas que levavam a um corredor por onde se alcançava o salão onde os soldados sem serviço folgavam e pouca atenção prestavam ao que acontecia em volta. Daí chegou à porta que levava ao pátio do forte, onde alguns soldados, mais ocupados em tagarelar enquanto limpavam ou examinavam suas armas, mostravam-se indiferentes àquela senhora que estavam habituados a ver. Seus olhos, única parte visível do rosto encoberto pelo xale, giravam pelas órbitas como se buscassem olhar à frente, atrás e de ambos os lados ao mesmo tempo, esperando que a qualquer momento o ardil fosse notado.

Ao alcançar o portão principal, seus joelhos começaram a fraquejar, o coração acelerou, os passos se tornaram mais lentos e o suor começou a empapar o xale. A indiferença das sentinelas, no entanto, refez sua confiança e, apressando um pouco mais suas passadas, logo se encontrou no exterior. Mais alguns passos em ritmo normal e Alexandre, ao se ver fora do alcance das vistas das sentinelas, desandou a correr, temerariamente, pois impossível não despertar a atenção dos transeuntes uma senhora toda encoberta, portando um cesto, correndo feito louca ladeira abaixo.

Mais de uma hora angustiante após a saída de Alexandre, vendo que nada denotava qualquer anormalidade, Alcina aprumou-se e voltou a gritar pelo guarda que vigiava as celas, agora outro. Na saída, um furriel que ainda permanecera no portão desde o turno da guarda anterior, voltou-se atônito e interrogativo para ela.

— A senhora já não saiu, horas antes, dona Alcina?

— Como posso sair duas vezes — respondeu Alcina com um sorriso de mofa e toda a frieza que lhe foi permitido acumular naquele instante —, se entrei só uma vez? Vosmecê pode me estar confundindo com outra pessoa.

— Não pode existir outra pessoa, pois a senhora é a única mulher com autorização para entrar e sair das celas.

Alcina retirou o xale, mostrando o rosto por inteiro a todos da guarda, abrindo ainda mais o sorriso para demonstrar tranquilidade diante daquela situação.

— Vosmecê deve estar cansado, pois, pelo que vejo, está dobrando serviço. O cansaço, muitas vezes, nos faz ver e pensar fantasias. Não podes duvidar que eu sou eu, não?

O furriel encarou Alcina um tanto desconcertado e, diante das expressões e risos de mofa dos outros soldados, com um olhar imbecilizado, agora voltado para o nada, desculpou-se friamente e virou as costas para Alcina, como a liberá-la.

Menos de uma hora depois, ela se encontrava com o filho, são e salvo, na casa do senhor José Maria, que, mesmo a contragosto pelo grande risco que corria, concordou em abrigar Alexandre num pequeno barracão aos fundos da casa, onde ele deveria manter-se recolhido, sem se mostrar nem mesmo aos vizinhos.

A falta de Alexandre só foi notada na tarde do dia seguinte, pois raramente os guardas faziam a contagem dos muitos presos, na crença de que escapar daquela prisão era praticamente impossível, esquivando-se assim de um trabalho que julgavam desnecessário. Ao tomar conhecimento da fuga, o comandante da prisão, enfurecido, ordenou a imediata punição dos encarregados das celas, comunicando o fato ao chanceler Vasconcelos Coutinho. Este, apenas para atender às formalidades e aparências necessárias, ordenou que se fizessem buscas pela cidade, sem, no entanto, demonstrar maiores preocupações, pois o fugitivo era considerado réu secundário e de pouca importância. Viu que seu nome, aliás, era citado apenas vagamente no processo, não constituindo, assim, empecilho a que este mantivesse seu curso regular, uma vez expurgadas as poucas referências ao fugitivo.

CAPÍTULO XIII

Pela manhã do dia 18 de abril de 1792, no salão do oratório da Cadeia da Relação, os juízes do Tribunal de Alçada, agora aumentado de mais três membros para definir as culpas e penas, tendo sido designados outros seis para possível mas improvável desempate, reuniram-se sob a presidência do conde de Resende, novo vice-rei, que substituíra dom Luís de Vasconcelos e Sousa, morto no ano anterior.

O vice-rei, devidamente paramentado, sentado ao centro da longa mesa e ladeado pelos demais membros do tribunal, todos togados com túnicas negras e com suas perucas e rostos empoados, deu por aberta a sessão, mandando ao escrivão, Marcelino Pereira Cleto, que lesse os longos preâmbulos do processo e as acusações.

O salão do oratório, encoberto com panos pretos, que pendiam das paredes bordados com cruzes de prata, e iluminado por grandes tocheiros atrás da mesa e nas laterais, parecia ter sido decorado de forma a dar o ar mais lúgubre possível ao ambiente, como que prenunciando que se destinava a notícias fúnebres.

Os prisioneiros foram trazidos das várias prisões onde se mantinham espalhados, algemados nos pulsos e com argolas no pescoço, acorrentados uns aos outros, acompanhados por muitos frades e padres instando aos réus que orassem por perdão dos céus e escoltados por pelotões de soldados em número que parecia temer a fuga coletiva daquele bando de miseráveis esfarrapados e enfraquecidos. Tiradentes viera da Fortaleza de São José da Ilha das Cobras, para onde retornara depois de algum tempo nas celas do

Hospital da Venerável Ordem Terceira de São Francisco da Penitência. Os demais, à exceção dos padres, das outras prisões, como o Forte do Morro da Conceição, de onde havia escapado Alexandre, dos porões do palácio do vice-rei e da própria Cadeia da Relação. Todos se apresentavam no lastimável estado que era de esperar dos longos períodos em prisões inóspitas, mal alimentados, as roupas rotas, as barbas e cabelos crescidos e arrepiados ampliando o aspecto macilento dos rostos amedrontados. Tiradentes, ao contrário dos demais, apesar de apresentar-se da mesma forma, mantinha a altivez que faltava aos outros.

Dentro do salão os presos foram todos encostados a uma parede, as correntes presas às grades das janelas, permitindo-se aos mais fracos pequenas enxergas de palha trazidas pelos frades, pois mal se mantinham de pé. Todos se lamentavam da má sorte, inculpando-se uns aos outros, ou desculpando-se com os mais próximos, clamando pela piedade dos céus e a improvável clemência dos julgadores. Alguns buscavam a confissão para que, com as penitências de orações, obtivessem dos céus o consolo negado pela realidade do soturno ambiente.

Álvares Maciel, com um livro de orações nas mãos, tentava consolar o coronel Francisco Antônio de Oliveira Lopes, cuja esposa, a brava dona Hipólita Jacinta, aguardava do lado de fora. Semioculta por um xale negro que lhe envolvia o rosto pálido, disfarçava-se no meio da grande multidão que se aglomerava nas ruas em torno da cadeia, em ansiosa expectativa pelos resultados daquele julgamento que, aos olhos dela, era a grande farsa da corte portuguesa, que buscava, mais que punir presumidos culpados de crimes, afirmar sua força e sua vontade sobre o povo, desestimulando-o de novas aventuras libertárias.

Alvarenga Peixoto, visivelmente transtornado, dava mostras de perturbação. A todo instante murmurava lamentos pelo desamparo em que deixava a família, mormente sua amada Bárbara Heliodora, para quem escrevia constantemente da prisão missivas poéticas, que de fato nunca foram enviadas; clamava a todo instante pelo "tribunal divino", que haveria de inocentá-lo. Por longos minutos, às vezes se calava e procurava um padre para se confessar; talvez para se penitenciar das acusações que fizera contra Tomás Gonzaga, tentando atenuar sua culpa ou eximir-se dela.

Domingos Vidal de Barbosa Lage, aparentando tranquilidade, incondizente com a realidade e incapaz de ser compreendida pelos demais, fazia ver a alguns companheiros que soubera por seu confessor da existência prévia de um decreto de indulto da pena de morte para a maior parte dos réus, comutada em degredo ou outras penas menores; de qualquer forma, afastando a sombria perspectiva da sempre prenunciada e próxima morte infame, pelo menos para alguns.

O decreto nesse sentido já havia sido assinado pela rainha Dona Maria I, agora lido como que referendado pelo príncipe Dom João, que assumira de fato os destinos do Estado após o agravamento da doença mental da rainha, confirmando as instruções contidas nas cartas régias trazidas de Lisboa pelo chanceler Vasconcelos Coutinho.

Após as preliminares de praxe, deu-se a longa e extenuante leitura dos autos de acusação de cada réu, dos acórdãos, da imputação das culpas e respectivas sentenças, o que foi se alongando no decorrer do dia, alcançando a noite, completando-se somente já na madrugada do dia seguinte. O cansaço bem marcado na fisionomia de todos, julgadores e julgados, ao destes últimos se acrescentando o tormento mental de estarem todo o tempo antevendo o que parecia fatal: a sentença de morte que, uma vez proclamada, seria logo executada, na dependência apenas dos preparativos para a execução de tantos condenados.

A sentença condenava à morte na forca Freire de Andrada, Álvares Maciel, Alvarenga Peixoto, Domingos de Abreu Vieira, Francisco Antônio de Oliveira Lopes, Luís Vaz de Toledo Piza, os Resende Costa, pai e filho e Domingos Vidal de Barbosa Lage. Todos deveriam ainda ter suas cabeças cortadas e espetadas em paus diante de suas casas, declarados infames suas memórias e seus descendentes. Ao degredo perpétuo em vários sítios de Angola, Tomás Gonzaga, o coronel Aires Gomes, Antônio de Oliveira Lopes, e outros de menor importância na elaboração dos planos do movimento, como o estalajadeiro João da Costa Rodrigues, João Dias da Mota,

Vicente Vieira da Mota e o alfaiate Vitoriano Gonçalves Veloso, que antes de embarcar para o desterro deveria ser submetido à humilhação de, sob chibata, dar três voltas em torno da forca. Ninguém soube bem compreender esse estranho apêndice à condenação maior a quem de nada mais se acusava, senão o de ter sido o portador de um bilhete ao coronel Francisco Antônio de Oliveira Lopes. Absolvidos apenas um fiel escravo do padre Rolim, e o ourives que hospedara Tiradentes no sótão de sua casa, pois o tempo decorrido entre a prisão e o julgamento foi considerado suficiente como apenamento. Outros também tiveram como já cumpridas suas penas durante a prisão desde a denúncia. Aos já falecidos, como Cláudio Manuel da Costa, foram aplicadas somente as penas que deveriam cair sobre seus bens e descendentes.

Nada se falou sobre os padres, cujas sentenças continuavam sob segredo, mesmo já decididas pelo tribunal, mas ainda sujeitas à sanção da corte em Lisboa. Elas também contemplavam o enforcamento de alguns e o degredo para outros. As cautelas da corte portuguesa eram obviamente decorrentes das sempre delicadas relações entre esta e a Igreja, cujo poder extrapolava os altares e permeava toda a sociedade. Perseguir, prender e eventualmente condenar um ou outro padre em razão de delitos comuns, como os de contrabando que eram imputados ao padre Rolim, por exemplo, constituíam ações da Justiça portuguesa toleradas pela Igreja. No entanto, condenar à morte um grupo a quem se imputavam não crimes comuns, mas crimes de ideias, que poderiam, se bem argumentados, chegar aos limiares da doutrina católica, era coisa diferente. Sobretudo quando envolvia padres claramente afamados por suas pregações, como Manuel Rodrigues da Costa, ou o cônego Luís Vieira da Silva, considerado por todos como sábio. O púlpito ainda era local sagrado e intocável, aonde nem mesmo o poder dos monarcas poderia chegar ostensivamente sem reação.

Por fim, já na madrugada do dia seguinte, o desembargador Francisco Luís Alves da Rocha, rouco e quase afogado pelos inúmeros goles de água que aliviavam sua garganta da longa e exaustiva exposição, após enumerar as muitas culpas do réu, destacando a maior delas, a liderança, proclamou a última e mais esperada sentença:

"... Portanto, condenam o réu Joaquim José da Silva Xavier, por alcunha o Tiradentes, alferes que foi da Tropa Paga da Capitania de Minas, a que com baraço e pregão seja conduzido pelas ruas públicas ao local da forca, e nela morra a morte natural para sempre, e que depois de morto lhe seja cortada a cabeça e levada à Vila Rica, onde em o lugar mais público dela, será pregado em um poste alto até que o tempo a consuma; o seu corpo será dividido em quatro quartos e pregados em postes pelos caminhos de Minas, no sítio da Varginha e de Cebolas, onde o réu teve suas infames práticas, e os mais nos sítios de maiores povoações, até que o tempo também os consuma. Declaram o réu infame, e infames seus filhos e netos, tendo-os, e seus bens aplicam para o Fisco e Câmara Real, e a casa em que vivia em Vila Rica será arrasada e salgada, e que nunca mais no chão se edifique, e não sendo própria, será avaliada e paga ao seu dono pelos bens confiscados, e no mesmo chão se levantará um padrão, pelo qual se conserve em memória a infâmia deste abominável réu."

Um instante de estupor seguiu-se à leitura das sentenças, logo acompanhado dos gritos e lamentos dos condenados. Alguns esbravejando contra outros que acusavam de os haver levado àquela funesta aventura, muitos chorando, outros, batendo no peito em plangentes *mea culpa*, procuravam por padres que lhes tomassem a confissão, ou clamavam por Deus ou pela clemência dos julgadores, mesmo sabendo que estes não poderiam concedê-la. Somente um se mantinha em silêncio, fisionomia altiva, apenas vez ou outra se dirigindo a alguns companheiros que o responsabilizavam por tudo, pedindo o perdão de cada um por os haver conduzido àquele triste desenlace.

Ao fim das angustiosas horas seguintes, quase ao raiar do dia, os presos ainda mantidos como se toda a teatralidade ainda estivesse por continuar, o desembargador retornou ao salão, produzindo a silenciosa expectativa de todos, que atemorizados passaram a pensar no que poderia ser a retificação agravante de alguma sentença ou, alimentando um esgarçado fiapo de esperança, um possível abrandamento dela, conforme Domingos de Abreu Vieira chegara a murmurar para alguns o que soubera de seu confessor.

As novas informações trazidas pelo desembargador davam conta de que os embargos apresentados pelo advogado dos réus — que tivera apenas poucas horas para prepará-los — haviam sido rejeitados. A corte, porém, decidira que, em vista dos termos da ordem régia, dada como passada pelo príncipe Dom João em nome da rainha, mas preparada desde as primeiras instruções de Lisboa, mandava que pela magnanimidade de Sua Alteza, transformavam-se em degredo perpétuo todas as sentenças de morte, à exceção da que fora aplicada ao réu Joaquim José da Silva Xavier, por alcunha o Tiradentes, que deveria cumprir a pena de morte, que lhe era imposta por se tratar de réu infame que conduzira os demais ao grave erro da insurgência contra o poder real.

Um grito quase uníssono ecoou pelo salão expressando a alegria de todos. Alguns louvando a magnanimidade de Sua Alteza, outros expressando seus agradecimentos aos céus, em preces e ações de graça, enquanto os guardas passaram a libertar cada prisioneiro dos grilhões e correntes que os prendiam aos demais, para serem reconduzidos às prisões, à exceção do Tiradentes, que continuava acorrentado por pés e mãos.

Mantendo a mesma atitude serena que mantivera durante todo o julgamento, Tiradentes não manifestou qualquer resquício de revolta ou tristeza por ser o único condenado à morte, apenas exclamou que morreria com prazer, por ver que não arrastaria outros tantos infelizes convertidos por suas pregações, às quais não renunciava, pois sempre afirmara aos juízes que o considerassem como único culpado.

A execução deveria se dar no dia seguinte à análise e decisão sobre os embargos da defesa, apressadamente redigidos e apresentados no mesmo dia pelo advogado dos réus, que o tribunal apreciou sem interesse maior do que dá-lo por lido, rejeitando-o integralmente e dando por terminados os trabalhos da corte de justiça: o enforcamento seria no dia 21 de abril.

CAPÍTULO XIV

Logo na madrugada do dia da execução, o barbeiro da cadeia entrou na cela para cortar os longos cabelos e barba do Tiradentes, preparando seu pescoço para a forca. Os guardas, em seguida, despiram-no dos andrajos que o cobriam e vestiram-no com a alva dos condenados, enquanto o carrasco, o negro Capitania, preparava o laço da corda, ajustando-o ainda frouxo no pescoço do Tiradentes, enrolando nos braços o restante, manifestando sua tristeza pelo cumprimento da obrigação que faria pelo mandamento da lei e não por sua vontade.

— Sei que o fazes por obrigação — respondeu Tiradentes, com os olhos vagos, como que olhando para o infinito. — Apenas peço a vosmecê que exerça seu ofício com eficiência e rapidez, poupando-me de maior sofrimento.

O ambiente soturno e o ritual macabro, agravado pela escuridão da cela mal iluminada por um único archote, mantinham a todos calados e cabisbaixos, alguns semblantes manifestando o desagrado da função que não escondiam exercer apenas pelo cumprimento do dever. Frei Raimundo de Penaforte, acolitado por mais dois sacerdotes, ao lado do condenado, após ouvir-lhe a confissão, rezou a missa dos moribundos, dando a Tiradentes a comunhão, que seria como que sua última refeição. Aprontado o cortejo, frei Penaforte passou a recitar ladainhas, respondidas pelos outros dois padres, enquanto aguardavam os preparativos para a saída rumo ao patíbulo.

Aproximando-se a hora, outros guardas entraram na cela e posicionaram-se para a escolta, que seria ampliada na saída da cadeia, para a longa caminhada que da Rua da Relação seguiria até a Rua do Piolho, onde seria alcançada a Barreira de Santo Antônio, dobrando por uma ruela que levaria até o Largo do Polé, após passar pelo Largo da Igreja da Lampadosa.

Nas ruas que levavam da cadeia até o Largo do Polé, onde o patíbulo ainda estava sendo terminado, o povo começava a se aglomerar para acompanhar o cortejo, como que em procissão. Alguns movidos pela mórbida curiosidade de assistir a um enforcamento, a maioria, emudecida e entristecida por ver levado à morte aquele homem que já conquistara parte da população por sua postura e ideias, e pela fama que trouxera da província das Minas Gerais como benfeitor, pelos serviços prestados como tira-dentes e médico, conhecedor de muitas ervas, emplastros e medicamentos com que havia curado várias doenças dadas como incuráveis por médicos. Sobretudo viam nele apenas mais uma vítima da brutalidade do domínio dos portugueses sobre uma terra que grande parte considerava ter tudo para se tornar livre.

Os nobres e os beneficiários dos favores do governo colonial também se preparavam para acompanhar, em cavalos ajaezados, o triste cortejo e testemunhar a aplicação da sempre sábia e justa decisão dada em nome de Sua Majestade. Alardeavam entre si e em voz alta a cristã clemência da rainha, ao comutar a pena de morte de todos, mantida apenas a conde nação à morte rápida na forca de um réu plebeu, que afirmavam merecer além da morte o suplício previsto para tal crime nas Ordenações do Reino. Seus membros marretados e atados a cavalos que os tracionariam, provocando uma morte lenta e cruel. Tal como foram mortos os nobres que se insurgiram contra a monarquia portuguesa aos tempos do marquês de Pombal, os marqueses de Távora, de Atouguia e de Aveiro.

A escolta de militares, agora ampliada na saída da cadeia por centenas de soldados, incumbidos de mais vigiar o povo do que impedir a fuga do condenado, e mais onze padres, sempre capitaneados por frei Penaforte, deixou a Relação por volta das oito horas da manhã, percorrendo as ruas que levariam o condenado até a forca, atado pelos pulsos, tendo pendurado ao peito um grande crucifixo. Um meirinho ia à frente do cortejo, a cada instante pronunciando os termos da condenação à morte daquele que ousara desafiar um poder que havia sido dado pelos céus à magnânima soberana e seu filho, o príncipe Dom João, contestando, dessa forma, o próprio poder divino, e conclamando o povo a se rejubilar com o feliz desfecho do movimento que tão profundamente ofendera a honra e o poder da Augusta Soberana, Dona Maria I, e a sagrada instituição da monarquia.

Pelas ruas, mandadas adornar pelo vice-rei com toalhas bordadas e rendas nas janelas, como se para honrar uma cristã procissão, no meio do populacho Alexandre, sob um chapéu de abas largas, a gola do capote levantada até cobrir-lhe as orelhas, acompanhava todo o cortejo desde a saída da cadeia, percorrendo o mesmo caminho que levaria seu mestre à morte. Os olhos marejados, a fisionomia indisfarçavelmente entristecida. Seu semblante e suas forçadas tentativas de se ocultar no meio da multidão, não fosse a preocupação maior da soldadesca com o ritual da parada, poderiam acabar por denunciá-lo como sendo alguém mais interessado no condenado que um simples curioso. Isso fatalmente o levaria de volta à prisão, pois as ordens do vice-rei eram de que se prendesse quem manifestasse ostensivamente simpatia ou tristeza pela sina do condenado.

Apesar de todos os conselhos de Alcina, para que não se expusesse em público, o amor e a dedicação que o mestre merecia superavam em Alexandre qualquer temor de ser reconhecido e novamente preso.

Enquanto seguia cada passo do Tiradentes, seus pensamentos descoordenados pela profunda dor que feria sua alma não deixavam de se alternar com os últimos momentos de convivência com aquele homem que ajudara a moldar seu caráter. A todo instante, vinha-lhe à cabeça um ou outro dos diálogos, que mantidos no sótão da casa da Rua dos Latoeiros, ajudavam a quebrar a monotonia daquela prisão sem grades. Mais que tudo porque daquelas conversas surgiram grandes lições para Alexandre, confirmando que o Tiradentes, apesar de não possuir a educação formal e acadêmica de alguns de seus outros companheiros, denotava uma inteligência até maior que aqueles bacharéis de Coimbra.

— Mestre — perguntara-lhe certa vez Alexandre —, tudo isso que fazemos, apesar de movidos por intenções elevadas, procurando o bem do povo, não poderá nos levar à morte, frustrando, assim, todo nosso trabalho? Não será, pois, um preço muito alto por nada?

— Não, meu caro Alexandre — respondera Tiradentes —, as vidas são sempre curtas e passageiras. Mas durante a nossa existência sempre devemos deixar plantado algo que frutifique após nossa passagem. As boas ideias são sempre mais longevas que a existência dos homens.

— Mas, senhor — retrucara Alexandre —, as ideias precisam de homens que as propaguem e as tornem concretas, e os mortos não agem nem falam. A qualquer momento podem nos descobrir e seremos presos e certamente condenados. Pelo visto e ouvido, as notícias sobre a conspiração já são do conhecimento do governador e do vice-rei. Não é por isso que estamos aqui escondidos?

— Não tema, meu fiel amigo, se conseguirmos escapar daqui e voltar a Vila Rica, ainda encontraremos lá nossos companheiros, e mesmo sem a derrama poderemos armar nosso povo para que se revolte, pois o jugo dos portugueses não se faz apenas pela cobrança forçada de impostos atrasados; ele se mostra todos os dias na vida de cada um. É impossível que o povo não nos acompanhe quando lhe mostrarmos com todas as letras o que, aliás, todos já sentem na carne.

— Mestre — continuara Alexandre —, parece-me que, já sendo a conspiração do pleno conhecimento do vice-rei, logo nos colocaremos sob as garras dele, presos nós e todos os que se mostrarem envolvidos direta ou indiretamente no movimento. A repressão portuguesa é forte e a insurreição contra a rainha é sempre punida com a morte. Estamos, pois, sob um grande risco de morte.

— Morrer é fácil, meu pobre Alexandre, difícil é viver subjugado. A morte é uma e imediata, enquanto a vida assume muitas formas e percorre todo um tempo de dores, pesares e aflições. E se ela já é dolorosa em sua própria natureza, torna-se ainda mais pesada enquanto vivida sob o jugo dos mais fortes. O homem foi criado por Deus e destacado dos outros animais para que vencesse, pela razão, as leis da natureza, gerando ideias, praticando atitudes e criando meios para que uma vida possa ser vivida plenamente sem que outra, para isso, tenha que sofrer e morrer. Aí, creio, o homem terá reconquistado o paraíso que Deus lhe tomou.

Enquanto seus pensamentos se alternavam com o que os olhos lhe mostravam, Alexandre esbarrou numa senhora, toda vestida de preto, com roupas esmeradas, o rosto encoberto por um fino xale rendado, o que denotava ser ela uma pessoa diferente do restante do povo que assistia ao tétrico desfile. Ao atentar para o porte e fisionomia da dama, Alexandre notou algo familiar naquela figura.

— Desculpai-me, senhora — dirigiu-se ele à dama, apenas esboçando retirar o chapéu —, por acaso não sois dona Hipólita, esposa do coronel Francisco Antônio de Oliveira Lopes?

— Não, senhor, não sou quem pensas — respondeu a mulher assustada, afastando-se rapidamente, temendo estar sendo reconhecida por algum espião do vice-rei infiltrado na multidão, procurando os que, ao contrário do que era exigido do povo, manifestassem simpatia pelo condenado e não se rejubilassem com a vitória da rainha sobre seus inimigos.

Alexandre não se conformou com a resposta, pois, se ela fingia não reconhecê-lo para não se dar a conhecer, a fisionomia e o porte da bela senhora eram por demais marcantes para que pudesse ser confundida com outra. A atitude da dama, no entanto, obrigou-o a se dar por satisfeito, sem insistir e parecer impertinente, e vir a comprometê-la. Continuou sua peregrinação, novamente voltando sua atenção para a figura patética que percorria os caminhos da morte, orando e respondendo às ladainhas dos padres, as mãos segurando firmemente o crucifixo com a força dos náufragos que se agarram à salvação oferecida pelo menor graveto.

Por fim, o longo caminho do calvário de Tiradentes, acompanhado por Alexandre, como um Simão Cireneu que sequer podia prestar um curto momento de ajuda ao supliciado, alcançou o local da forca. No largo, os soldados assumiram uma formação triangular em torno do alto patíbulo, enquanto os frades continuavam suas ladainhas, e frei Penaforte e o carrasco Capitania conduziam Tiradentes pelos mais de vinte degraus que levavam ao patamar de onde seu corpo seria projetado no vazio. Enquanto subiam, Tiradentes não pôde deixar de notar que a guarda se postava em formação triangular em volta da forca, o que o fez esboçar um triste sorriso pela ironia do triângulo que parecia homenageá-lo com a lembrança do próprio símbolo da Inconfidência.

Alcançado o alto do patíbulo, voltou-se para o carrasco, clamando novamente para que abreviasse sua morte. Capitania assentiu com apenas um aceno de cabeça, enquanto frei Penaforte insistia para que o condenado se arrependesse de todos os seus pecados, pois em breve estaria diante do julgamento de Deus.

Uma vez no patíbulo, o carrasco, com a destreza da habitualidade, lançou a corda que desenrolara do braço para prendê-la num gancho na ponta da trave que se projetava bem à frente do patamar, enquanto outro frei, José de Jesus Maria do Desterro, guardião do Convento de Santo Antônio, iniciava uma prática, chamando a atenção do povo para o destino dos que desafiavam a obediência devida à rainha, ao príncipe e seus ministros.

Capitania, após amarrar a outra ponta da corda no poste que sustentava a trave, apertou fortemente o laço no pescoço do Tiradentes, deixando a devida folga entre este e o gancho, e num gesto quase imediato o empurrou para o vazio. Antes mesmo que o corpo completasse o primeiro balanço como se fora um pêndulo, pulou sobre seus ombros, cavalgando-o para que com seu peso mais rapidamente se rompessem as vértebras do pescoço, tornando quase imediata a morte, mantendo-se ali sacolejando até ter a plena certeza de que o enforcado morrera.

Constatado que o corpo do Tiradentes já era cadáver, foi ele retirado da forca e colocado sobre a carreta que o conduziria até o quartel do Regimento de Estremós, no Campo de Sant'Ana, onde seria esquartejado por magarefes, salgadas as partes e colocadas em sacos de couro, para serem distribuídas por várias localidades: o quarto superior esquerdo deveria ser afixado em poste no sítio de Cebolas, freguesia de Parahyba do Sul; o quarto superior direito, no centro do arraial de Igreja Nova, em Borda do Campo; o quarto inferior direito, em frente da estalagem em Varginha do Lourenço, onde Tiradentes conquistara a adesão do estalajadeiro João da Costa Rodrigues e do tropeiro Antônio de Oliveira Lopes; o último, numa encruzilhada do Caminho Novo com o Caminho Velho, entre os arraiais de Bananeiras e Bandeirinhas, não longe da capital da província. A cabeça deveria ser mandada para Vila Rica, onde ficaria exposta à vista de todos, dentro de uma gaiola de ferro, no alto de um poste no centro da Praça de Santa Quitéria, para visitação da população, que deveria nela ver o troféu da vitória de Sua Majestade sobre seus inimigos.

Tão logo o corpo do Tiradentes foi empurrado pelo carrasco, Alexandre abaixou a cabeça e fechou os olhos ensopados de lágrimas, incapaz de contemplar o restante da cena, rapidamente se afastando do local, enquanto frei Penaforte iniciava outro sermão, condenando com furor todos aqueles que tramavam ou viessem a tramar contra o Poder Real. Estonteado pela emoção, levou um tempo mais que o normal para alcançar a casa do senhor José Maria da Consolação e Perdões, não tão longe do local da execução, a cada instante se escorando num muro ou poste para dar vazão ao choro de desespero que lhe lacerava a alma com a inconformidade da perda inaceitável. Chegou, por fim, à casa onde Alcina se mantivera todo o tempo ajoelhada no pequeno oratório da família, implorando aos céus pela salvação de Alexandre e paz para a alma do Tiradentes.

No dia seguinte ao da execução do Tiradentes, Alexandre e Alcina começaram os preparativos para o retorno a Vila Rica. Apesar das cautelas exigidas por sua condição de fugitivo, Alexandre ansiava por chegar à vila antes da chegada da cabeça do Tiradentes, que seria para ali enviada. Os demais restos de seu pranteado mestre seriam espalhados por outras localidades do Caminho Novo onde, sozinho, pouco ou nada poderia fazer para retirá-los dos postes da desonra e dar-lhes sepultura cristã, conforme afirmara para si mesmo que faria, como forma de vingança e nova manifestação de rebeldia contra o poder português. Se nada poderia ser feito quanto aos quartos, pelo menos a cabeça, parte sagrada do corpo onde se localizava o cérebro que pensava, e por isso mesmo deveria abrigar a alma, mereceria todos os seus esforços para enterrá-la cristãmente, garantindo assim à sua alma o merecido lugar e conforto no céu.

A viagem foi apressada e cansativa, no lombo de duas mulas e mais uma terceira que transportava as tralhas de viagem. Os pousos mais comuns eram evitados, dada a condição de fugitivo de Alexandre, obrigando ambos a quase sempre acamparem em locais onde pelo menos houvesse água e a certeza de não serem vistos por outros viajantes. Finalmente, com as graças do tempo seco e ensolarado, apesar das noites frias quando já nos altos das montanhas mineiras, chegaram a Vila Rica após quase vinte dias de estafante viagem. De toda forma, chegaram antes que a cabeça do alferes estivesse nas mãos do governador, que tão logo a recebeu providenciou para que fosse exposta dentro de uma gaiola de ferro, aposta sobre o alto de um poste plantado no centro da Praça de Santa Quitéria.

A vila, apesar de ainda traumatizada com os recentes acontecimentos, que continuavam sendo comentados nas casas e nas tavernas, pois quase todos os habitantes haviam sido afetados por eles, fosse por parentesco próximo ou afastado com algum conjurado, por amizade, simples conhecimento pessoal ou relação de negócio, começava lentamente a retomar sua vida rotineira. Os temores aos poucos se amansando, permitindo que as preocupações cotidianas voltassem a ocupar seus lugares no dia a dia Quase todos, no seu íntimo, agradecendo aos céus não terem sido envolvidos naquela trama que indistintamente atingira culpados e inocentes, pois ninguém estivera completamente afastado de suspeitas de sedição, pelo simples fato de terem tido, mesmo que ocasionalmente, qualquer relação com algum dos acusados. Afinal, quase todos os conjurados eram pessoas de expressão na vila e na província, e por isso sempre procurados pelas gentes, em razão de seus ofícios.

Quem se confessara com os padres presos por acaso não ouvira deles qualquer proposta de engajamento no movimento? Os que negociavam com o contratador João Manuel de Macedo, ou o advogado Cláudio Manuel da Costa, ou o ouvidor Tomás Gonzaga, ou buscaram os serviços de médico e dentista do Tiradentes, ou que mantinham relações de negócios com os muitos outros condenados também não podiam ter sido envolvidos na conspiração? O pavor que encobrira como pesada nuvem negra os telhados das casas e as torres das igrejas de Vila Rica somente agora começava a se dissipar, deixando, contudo, ainda uma névoa de desconfiança e medo, ampliando ainda mais o caráter reservado e discreto dos mineiros.

CAPÍTULO XV

O tempo entre sua chegada a Vila Rica e a exposição da cabeça de Tiradentes, inaugurada com um ritual pomposo pelo governador e furiosas prédicas eclesiásticas garantindo as penas do inferno aos insurretos, Alexandre dedicou a elaborar um plano para roubar o sinistro troféu do poder português e procurar pessoas que o pudessem auxiliar na empreitada. De pronto conseguiu arregimentar o jovem Simplício, que tão bem soubera administrar a estalagem na ausência de Alcina e por isso se mostrando de confiança. Seu plano envolvia ainda a presença de uma mulher, capaz de atrair a atenção do soldado que à noite montava guarda no poste onde se achava a cabeça do alferes. Dona Belinha, sua sempre fiel amiga, ainda mantinha aberta a casa de pilatas no Caminho das Pedras, com mulheres que sempre lhe retribuíam o afeto e respeito com que eram tratadas, pela proteção que lhes dava e a forma pouco exploradora como tratava seus negócios. Ali poderia completar a parceria para a arriscada empreitada.

Dois dias depois da chegada da cabeça e sua exposição na praça, os meirinhos a todo tempo conclamando o povo a prestar homenagens à rainha, ao seu filho, o príncipe Dom João, e ao governador, admirando aquele macabro troféu — uma grotesca e quase descarnada cabeça, com os olhos vesgos esbugalhados e apenas semicerrados, com o que restara do pescoço ainda empapado pelo sangue já escuro e ressecado — Alexandre pôs seu plano em execução.

Pelo alto da noite, a vila já adormecida, as ruas vazias e nuvens escuras como que mandadas pelos céus encobrindo qualquer parca luminosidade da lua apenas crescente, Alexandre e Simplício, portando uma escada, dirigiram-se à casa de dona Belinha. Ali, depois de exposto o plano à dona da casa e algumas poucas mulheres tidas por ela como de plena confiança, Alexandre, após esclarecer algumas dúvidas e alertar sobre os riscos da empreitada, acabou por receber o apoio e a disposição de acompanhá-los de uma jovem de belos longos cabelos pretos que emolduravam uma fisionomia quase infantil e risonha, de nome Maria Joaquina, a quem os mais próximos chamavam de Quininha, que sempre tivera uma certa queda por ele e que também conhecera o Tiradentes e ouvira falar de suas pregações e muito se entristecera com sua morte.

Naquela mesma noite, às altas horas, dirigiram-se os três para a Rua Direita, posicionando-se num canto da sua esquina com a Praça de Santa Quitéria, mal iluminada por poucos archotes. A escuridão da noite e a distância entre o poste onde estava a gaiola com a cabeça do Tiradentes e o palácio do governador e a cadeia, prédios situados nas extremidades opostas da praça, onde havia outros sentinelas sonolentos, também favoreciam a expedição, pois bastaria distrair o soldado que guarnecia o poste, eis que os outros, displicentes pelo sono, não houvesse qualquer movimento suspeito que chamasse sua atenção, nada veriam ou não atentariam para o que se passava ali.

Quininha foi calma e insinuosamente na direção do soldado, que logo se alarmou com a chegada inesperada e apontou seu rifle em direção ao vulto que vinha em sua direção.

— Quem vem lá?! — exclamou assustado.

Ao ver que se tratava de uma jovem e atraente mulher, voltou a se acalmar, abaixando o cano da arma.

— Ninguém que lhe queira ofender, meu soldadinho, apenas uma mulher perdida por estas ruas escuras e assombradas, procurando proteção.

O soldado esboçou um sorriso malicioso, ao ver que a figura não aparentava qualquer perigo e, mais que tudo, oferecia-lhe a oportunidade de quebra da monotonia de uma noite de desnecessária guarda a algo que ninguém quereria roubar.

— Que espécie de amparo vosmecê procura? — arguiu esperançoso o soldado.

— Ora — respondeu Quininha, adoçando a voz com toda a malícia que sua profissão já lhe ensinara —, que espécie de amparo uma mulher pode esperar de um homem tão airoso como vosmecê?

Por estas alturas os hormônios do soldado já haviam inundado toda a sua corrente sanguínea, endurecendo-lhe até as botas; as fantasias já ocupando em sua mente qualquer espaço que pudesse conter pensamentos de cautela.

— Pois creia, moça, posso lhe oferecer toda a proteção de que precisa, se me pagar o preço que creio sabe qual é.

Quininha se fez de desconcertada, mas, como que se refazendo, manifestando inocente timidez, perguntou, com voz titubeante, procurando demonstrar surpresa diante da proposta:

— Que preço seria esse, soldado? Posso por acaso pagá-lo?

— Por certo, minha beldade — continuou ele, enquanto olhava para os lados a confirmar que a praça estava realmente vazia. — Basta que nos afastemos até aquele bequinho, ali à direita, para continuarmos lá nossa conversa.

Quininha também olhou para os lados, para cima e para baixo da praça, como a confirmar as impressões do soldado, mas, para não parecer por demais fácil, tentou relutar um pouco, afirmando temer os riscos de serem vistos. Logo, no entanto, cedeu, encaminhando-se com o soldado para o beco. No acanhado e escuro canto, o soldado nem sequer se deu ao trabalho de qualquer preliminar e foi logo levantando os panos da saia e anáguas de Quininha, que não opôs resistência maior que a necessária para não parecer fácil demais, sempre procurando manter o soldado de costas para a praça.

Nesse instante, Simplício correu a posicionar e segurar a escada no poste, enquanto Alexandre, rápida mas cautelosamente, subia, já com as ferramentas necessárias para romper o cadeado que fechava a gaiola, abrindo-a com pouca dificuldade, colocando ao alcance das mãos a cabeça de seu mestre.

O aspecto macabro da cabeça, ampliado pelas sombras mal projetadas pelo fraco archote que iluminava aquele trecho da praça, o fez recuar acovardado, quase caindo da escada. Viu que não teria coragem para tocar naquela coisa carcomida e fétida que fora a cabeça de quem ele mais estimara em toda a vida, após sua própria mãe. A repugnância da morte confrontava o amor e o respeito que devia àquele pedaço de um corpo que já fora vivo e amado. Incapaz de cumprir o que lhe era incumbido, desceu rapidamente e ordenou a Simplício, sem maiores explicações, que subisse e retirasse da gaiola a cabeça, pois ele não conseguira.

Para Simplício não foi tão difícil cumprir a tarefa de tirar da gaiola uma cabeça semidecomposta de um homem que ele mal conhecera, embora sem entender por que Alexandre não o fizera. Logo a meteu no saco com sal que já haviam preparado e desceu mais rapidamente do que subira, correndo em direção à Rua Direita, enquanto Alexandre o seguia com a escada, acenando para Quininha que tudo estava consumado.

A pilata, terminada sua tarefa, enquanto o soldado recobrava o fôlego de seus esforços amorosos, tratou de logo escapulir rapidamente pelo beco que alcançava o início do Caminho das Lajes, ao lado do palácio do governador, rodeando a cidade pela parte mais alta, dali tomando outros becos e atalhos que a levariam de volta à casa de dona Belinha. Sabia que teria de fazê-lo rapidamente, apesar das armadilhas da noite, pois, quando o soldado desse pela falta da cabeça do Tiradentes, o alarme seria dado por toda a Vila Rica e um pandemônio por certo se instalaria por todos os quadrantes

Alexandre e Simplício logo alcançaram a estalagem e trataram de esconder o saco com a cabeça do alferes atrás de um velho armário, num canto de um barracão no quintal da propriedade. Na manhã seguinte tratariam de ver como levar a cabeça para um campo-santo e dar-lhe a sepultura cristã que Tiradentes merecia, ainda que apenas pela parte do corpo que abrigara o que sempre lhe fora mais significativo: seus pensamentos e ideais, e sua alma.

No dia seguinte, quando toda Vila Rica já comentava o sumiço da cabeça, sem ocultar a alegria de ver desaparecer aquele macabro troféu, entendido por quase todos como humilhante para a vila e seus habitantes, Alexandre e Simplício construíram com boa madeira uma caixa capaz de conter a cabeça, preparando ainda uma cruz que seria pregada sobre ela somente na hora do enterramento, para que aquele caixãozinho não chamasse atenção, enquanto era transportado pelas ruas.

Ao cair da noite, procurando o abrigo da escuridão dos becos e ruas sem iluminação, alcançaram a área onde estava sendo construída a nova Igreja de São Francisco de Assis, não longe da Praça de Santa Quitéria, que prometia ser a mais bela de toda a província. No lado interior de uma das grossas paredes da nave, no chão ainda de terra que aguardava as pedras do piso, abriram uma cova profunda e ali depositaram a pequena urna. Nada puseram sobre ela para não identificá-la, sequer uma simples e pequena cruz, bastava a que fora aposta ao tampo do caixãozinho. Quando mais tarde aquela terra viesse a ser consagrada, o Tiradentes também o seria, colocando-o pronto a abandonar o Purgatório e alcançar o Céu.

Alexandre gostaria de ter levado um padre que abençoasse a cerimônia, mas, como não conhecia nenhum que merecesse sua confiança, enterraram a caixa com apenas as orações dos dois que, pela fé e contrição com que foram pronunciadas, substituíam por certo aos olhos de Deus as preces que um sacerdote apenas murmuraria com a seriedade necessária aos protocolos do ritual.

O governador, como seria de esperar, enfureceu-se com o roubo que demonstrava ainda existirem na vila rebeldes que não haviam assimilado a lição que a exposição pretendia demonstrar. A punição do pobre sentinela não foi suficiente para aplacar sua fúria, que, no entanto, pouco durou, pois no fundo da alma acabava por se sentir aliviado, vendo que assim terminava de vez o episódio que tantos aborrecimentos e riscos lhe haviam trazido, além daqueles que aquela gente insubordinada continuava a lhe impor com sua feroz resistência à cobrança de impostos.

A vida de Alexandre parecia ter se encerrado ali, enterrada junto com a cabeça de seu mestre. O movimento pelo qual este dera a própria vida fracassara totalmente. Os que foram poupados da morte já estavam a caminho do degredo longínquo: Freire de Andrada, Álvares Maciel, Tomás Gonzaga, Francisco Antônio de Oliveira Lopes, Aires Gomes, Toledo Piza, Domingos de Abreu Vieira, os Resende Costa, pai e filho, Domingos Vidal de Barbosa Lage, Vitoriano Gonçalves Veloso, e todos os outros, degredados em caráter perpétuo, ou temporário por longos anos, em diversos sítios de Angola e outros domínios portugueses em África; seus nomes e de suas famílias infamados, a maior parte de seus bens apropriados. Apenas de tudo escapara até então o contratador João Rodrigues de Macedo, que mesmo assim, tendo sido credor de muitos nobres e poderosos portugueses, esgotada sua capacidade de suborno, acabou por ver mais tarde confiscada sua fortuna, inclusive sua bela casa na Rua das Flores.

Dos padres, sabia-se apenas que alguns haviam sido condenados à morte, como os padres Rolim e Carlos Toledo; e ao desterro perpétuo nas ilhas de Santiago e Príncipe, nos mares africanos, o cônego Luís Vieira da Silva e o padre Manuel Rodrigues da Costa. Ao final, como tratados os demais, à exceção do Tiradentes, os padres condenados à morte acabaram por ter suas penas também comutadas em degredo.

Voltar à vida de barbeiro em Vila Rica não parecia prudente a Alexandre, pois a qualquer momento poderia cair nas garras do governador, eis que já se tornara por demais conhecido pela soldadesca do Regimento de Cavalaria onde servira como ajudante do agora infame Tiradentes, e o coronel Eduardo Borges (impossível esquecê-lo) poderia continuar à sua procura. Todas as ciências de seus ofícios de barbeiro e sangrador, e até mesmo de tira-dentes, mostravam-se inúteis para sua sobrevivência na região. Restava-lhe manter-se auxiliando a mãe na estalagem, Alcina já um tanto alquebrada pela idade, nunca, porém, ostensivamente. Por outro lado, os bons ofícios do jovem Simplício tornavam sua ajuda dispensável. Instalar-se em alguma outra vila da província era uma hipótese, embora isso ainda o mantivesse sob as vistas e o jugo do governador. A Bahia talvez pudesse ser uma alternativa: terra que lhe disseram ser mais alegre e menos taciturna que as terras mineiras, de povo festeiro e mais chegado ao ócio que às ambições de enriquecimento. Já fora sede da colônia, e sua capital, São Salvador, era cidade grande onde poderia facilmente viver despercebido.

Matutava, porém, que, se havia de recomeçar vida nova, que fosse em outras terras que não aquelas do Brasil, sempre dominado pelos cruéis e despóticos portugueses. Quem sabe, naquela parte ao norte da América, da qual tanto falava seu mestre? Ou mesmo a Europa, onde, diziam, na França o povo derrubara a monarquia, aprisionara o rei e sua família e instalara um governo republicano, nos moldes semelhantes àquele pretendido pelos inconfidentes?

Ainda durante longo tempo confrontou-se com seus dilemas. Alcina instava-o a se manter em Vila Rica, pois as saudades do filho tão querido, que provavelmente não tornaria a ver, haveriam de apressar-lhe a morte. A inconfidência, com o decorrer do tempo que a tudo corrói, afirmava ela tentando demovê-lo da empreitada, também haveria de ser jogada no esquecimento. A mesma dor que atormentava sua mãe também o angustiava, mas era sua própria vida que estava em jogo. Os problemas quanto ao futuro de Alcina não chegavam a preocupá-lo, pois o amparo de Simplício e a atenção de Glória haveriam de atender sua velhice. Os recursos da estalagem também eram suficientes, eis que o filho do senhor José Maria e dona Maria José não a deixaria no desamparo.

O governador por certo estaria ocupado com problemas mais graves que a caça a um reles anspeçada, ajudante de um condenado que já morrera e que se pretendia fosse logo esquecido. Tudo, no entanto, que se embolava em sua cabeça acabava por terminar no desejo de reiniciar a vida de forma integral, em outras terras, outros países, outros continentes, terras onde se construíam os ideais sempre professados pelo mestre.

A inexistência de navios que pudessem conduzi-lo do Rio ao norte da América, onde se formara a nação que era o modelo dos inconfidentes, só permitia que ele pensasse em ir primeiramente para algum porto europeu, de onde trataria de alcançar outros rumos. Uma vez na Europa, a França poderia ser também um destino, desde que ouvira, pelos finais daquele fatídico ano de 1792, as notícias da vitória do povo francês sobre a monarquia. Chegar a Portugal, embarcando disfarçado como tripulante em algum navio de carga, não seria tão difícil. Dali alcançar a América do Norte ou a França, também não. Numa terra ou em outra, de qualquer forma, estaria longe das monarquias repugnadas pelo Tiradentes por seus poderes inaceitáveis, pois nunca sancionados pelo povo.

Marcavam-lhe a alma de forma indelével as palavras do Tiradentes: "Morrer é fácil, meu pobre Alexandre, difícil é viver subjugado. A morte é uma e imediata, enquanto a vida assume muitas formas e percorre todo um tempo de dores, pesares e aflições. E se ela já é dolorosa em sua própria natureza, torna-se ainda mais pesada enquanto vivida sob o jugo dos mais fortes."

Juiz de Fora, MG, maio de 2012

Posfácio

Os inconfidentes que tiveram suas penas comutadas em degredo cumpriram-nas quase todos em várias localidades: Angola, Moçambique e outros sítios e ilhas portuguesas; os padres, em Lisboa. Alguns em relativa liberdade, outros em prisão. A maioria morreu longe da pátria.

José de Resende Costa, filho, voltou ao Brasil em 1809, chegando a ser eleito deputado na primeira Assembleia Constituinte do Brasil, promulgada em 1823 por Dom Pedro I, neto da rainha sob cujas ordens foram condenados os inconfidentes. Seu pai, também condenado ao degredo, após cumprir penas na Guiné-Bissau e em Lisboa, acabou por ser designado para exercer as funções de contador, inquiridor e distribuidor da Ouvidoria de Cabo Verde, onde morreu em 1798.

Da mesma forma, o padre Manuel Rodrigues da Costa, condenado ao degredo perpétuo numa das ilhas do Arquipélago de Cabo Verde, acabou por ficar apenas por pouco tempo preso no Convento de São Francisco da Cidade, em Lisboa, obtendo autorização para voltar ao Brasil, onde chegou a ser eleito para a mesma Constituinte de 1823 e, posteriormente, também para a legislatura ordinária de 1826. Morreu em terras brasileiras em 1844.

O padre Rolim, condenado à forca, teve sua pena comutada em degredo, que acabou por cumprir em Lisboa, primeiramente na Fortaleza de São Julião da Barra e posteriormente no Convento da Saúde, onde gozava de relativa liberdade. Conseguiu retornar ao Brasil em 1805, passando o resto de sua vida no seu Arraial do Tejuco, atual Diamantina, junto com mulher e filhos, onde veio a morrer em 1835, com a provecta idade de 88 anos.

O cônego Luís Vieira da Silva, mesmo tendo sido considerado réu secundário foi condenado ao degredo perpétuo na Ilha de São Tomé. Mas antes foi encaminhado a Lisboa, onde acabou permanecendo na Fortaleza de São Julião da Barra e posteriormente encaminhado ao Convento de São Francisco da Cidade. Foi mais tarde indultado pelo próprio governador, o visconde de Barbacena, tendo-lhe sido permitido retornar para o Brasil, onde morreu, em 1807, em Paraty, no Estado do Rio de Janeiro.

O padre Carlos Toledo, considerado réu de grande importância, foi de início condenado ao enforcamento, pena a que, ao final, acabou não sendo submetido. Findou seus dias no Convento de São Francisco da Cidade, em 1803, após passar quatro anos na Fortaleza de São Julião da Barra.

Tomás Antônio Gonzaga, condenado ao degredo em Moçambique, recebeu, no entanto, por seu prestígio, tratamento todo especial, ao que parece por influência do pai, desembargador na Corte de Suplicação em Portugal. Em Moçambique acabou desempenhando as funções de procurador da Coroa e juiz da Alfândega. Morreu no exílio em 1810, sem nunca esquecer a paixão por sua sempre adorada "Marília de Dirceu".

Alvarenga Peixoto foi enviado a Luanda, em Angola, para cumprir prisão na Fortaleza de São Francisco do Penedo, sendo logo depois transferido para uma prisão no interior, onde, além de já visivelmente enlouquecido, veio a morrer de malária no ano seguinte ao da condenação.

Álvares Maciel, após comutada sua pena para degredo em Luanda, tendo sido acometido de pneumonia e escorbuto na chegada à Fortaleza de São Francisco do Penedo, foi enviado, após a cura, para o interior de Angola, subindo pelo Rio Congo, em região então dominada pelos portugueses. Sua pena de degredo não envolvia a prisão. Tornou-se representante comercial e recebeu do governador de Angola incumbências que envolviam seus conhecimentos de mineralogista, chegando a montar uma pequena siderúrgica. Sua saúde, abalada pelas doenças contraídas, não lhe permitiu viver além dos 44 anos de idade, morrendo em 1804.

O tenente-coronel Freire de Andrada não pagou menos que os outros inconfidentes degredados em troca da forca. Apesar dos esforços do governador, que de início relutou em implicá-lo no movimento, temendo provocar alguma comoção na tropa, foi considerado um dos principais revoltosos e por isso também condenado à forca. A pena foi comutada para degredo em Angola, na Fortaleza de Pedras de Angoche, onde passou a servir rebaixado à categoria de alferes. Em 1798, foi transferido para Luanda, para trabalhar nas Oficinas e Armazéns Reais. Até 1808, tentou em vão obter o perdão real, sempre clamando pateticamente pela falta que lhe faziam a mulher e os filhos, após dezessete anos de pena. Terminou seus dias meio demente. Sem nunca receber qualquer resposta a seus reclamos, acabou falecendo em 1809.

O coronel Francisco Antônio de Oliveira Lopes, também degredado para Angola, foi deixado em Bié, ali vivendo em condições pouco conhecidas, e vindo a falecer em 1800.

Domingos de Abreu Vieira, enviado para Angola, preso na Fortaleza de São Francisco do Penedo, faleceu apenas um mês após sua chegada, aos 68 anos de idade.

O coronel Aires Gomes, além do sequestro parcial de seus muitos bens, acabou por cumprir a pena de degredo em Inhambane, Moçambique, junto com outro inconfidente, Salvador Carvalho do Amaral Gurgel. O coronel também foi dos que pouco resistiram às agruras do degredo em terra inóspita e desconhecida. Morreu quatro anos depois, aos 62 anos de idade.

O contratador João Rodrigues de Macedo, mesmo tendo escapado da devassa, que nos primeiros momentos não chegou a considerá-lo como conspirador, para isso concorrendo, ao que parece, os vultosos subornos oferecidos às várias autoridades coloniais envolvidas no processo — inclusive o próprio visconde de Barbacena —, ao final não escapou da sanha portuguesa, que confiscou grande parte de sua fortuna e seu belo casarão na Rua das Flores, a Casa dos Reais Contratos das Entradas, a

Casa dos Contos, até hoje pertencente ao governo federal, herdeiro de quase tudo que do império veio.

De outros, como o sargento-mor Toledo Piza, Domingos Vidal de Barbosa Lage, João da Costa Rodrigues, Vicente Vieira da Mota, Antônio de Oliveira Lopes, João Dias da Mota, Vitoriano Gonçalves Veloso, Manuel do Rego Fortes e Francisco José de Melo — todos levados ao degredo —, sabe-se que o cumpriram, porém deles se têm poucos e insuficientes registros.

Quanto ao traidor Joaquim Silvério dos Reis, seu intento de ter cancelados seus débitos junto à Coroa foi alcançado, vindo também a receber o cargo público de tesoureiro da Bula de Minas Gerais, Goiás e Rio de Janeiro; uma mansão como morada; pensão vitalícia; título de fidalgo da Casa Real; fardão de gala e hábito da Ordem de Cristo; além de ter sido recebido pelo príncipe Dom João, em Lisboa, que desde 1799 assumira de direito as funções de regente, que já exercia de fato desde 1789. Silvério dos Reis teria sofrido atentados no Rio de Janeiro e voltado a Portugal, mas nunca desistiu de fixar residência no Brasil, apesar de haver aqui deixado a imagem de traidor, que o perseguiu durante o resto da vida. Entre idas e vindas, retornou ao Brasil em definitivo quando da transferência da corte real portuguesa para a colônia, em 1808. Teria morrido em 1819, e seus restos mortais enterrados na Igreja de São João Batista, na capital maranhense. O túmulo foi mais tarde destruído.

A Igreja de São Francisco de Assis — talvez a mais suntuosa das Minas Gerais, pelo belíssimo e arrojado projeto arquitetônico atribuído a Antônio Francisco Lisboa, o Aleijadinho, e pelas pinturas do interior, de mestre Manuel da Costa Ataíde — é considerada um dos mais belos monumentos do barroco português no mundo. Apesar de sua edificação haver sido iniciada em 1765, e sua capela-mor em 1771, somente foi dada como terminada em 1794, e seu cemitério, anexo à capela-mor, construído entre 1831 e 1834. Carlos Drummond de Andrade dedicou-lhe belo poema, onde se destaca o mais famoso verso: "Não entrarei, Senhor, no templo, seu frontispício me basta." Nenhum outro monumento poderia ser, em Vila Rica, mais digno de abrigar os restos do herói.

Bibliografia

ALENCAR, Gilberto de, *Tal dia é o batizado,* Livraria Itatiaia Editora, Belo Horizonte, MG, 1981

ALMEIDA, Manuel Antônio de, *Memórias de um sargento de milícias,* Ateliê Editorial (3ª. ed.), São Paulo, SP, 2007

ANASTASIA, Carla Maria Junho, *A geografia do crime,* Ed. UFMG, Belo Horizonte, MG, 2005

ARAUJO, Ana Cristina, *O terramoto de 1755, Lisboa e Europa,* CTT — Correios de Portugal, Lisboa, Portugal, 2005

AUTOS DA DEVASSA DA INCONFIDÊNCIA MINEIRA (vols. I a X). Câmara dos Deputados/Gov. de Minas Gerais, 1976

BANDEIRA, Manuel, *Guia de Ouro Preto,* Ed. Letras e Artes, Rio de Janeiro, RJ, 1973

CALDEIRA, Jorge (org.), *Brasil, A história contada por quem viu,* Ed. Mameluco, São Paulo, SP, 2008

CAMPOS, Helena Guimarães; FARIA, Ricardo de Moura, *História de Minas Gerais,* Ed. Lê, Belo Horizonte, MG, 2005

CARRARA, Ângelo Alves, *Minas e Currais: produção rural e mercado interno em Minas Gerais, 1674-1807,* Ed. UFJF — Juiz de Fora, MG — 2007

CHIAVENATO, Julio José, *Inconfidência Mineira, as várias faces,* Ed Contexto, São Paulo, SP, 2000

FARACO, Sergio, *Histórias dentro da História (Tiradentes, calvário e glória)*, L&P Editores, Porto Alegre, RS, 2005

FIÚZA, Rubens, *Tiradentes, crônicas da vida colonial brasileira*. Edição de Rita Soares de Faria, Dores do Indaiá, MG, 2006

FRAGOSO, João Luís Ribeiro (org.), *Conquistadores e negociantes. História das elites nos trópicos. América Lusa, sécs. XVI — XVIII*. Ed. Civilização Brasileira, Rio de Janeiro, RJ, 2001

FRAGOSO, João Luís Ribeiro; BICALHO, Maria Fernanda; GOUVÊA, Maria de Fátima (org.), *O antigo regime nos trópicos: a dinâmica imperial portuguesa (sec. XVI — XVIII)*, Ed. Civilização Brasileira, Rio de Janeiro, RJ, 2001

FURTADO, João Pinto, *O manto de Penélope. História, mito e memórias da Inconfidência Mineira*, Ed. Cia. das Letras, São Paulo, SP, 2002

GOMES, Laurentino, *1808 — como uma rainha louca, um príncipe medroso e uma corte corrupta enganaram Napoleão e mudaram a história do Brasil*. Ed. Planeta do Brasil, São Paulo, SP, 2008

GONZAGA, Tomás Antônio, *Cartas Chilenas*, Cia. de Bolso, São Paulo, SP, 2006

GRAMMONT, Guiomar de, *Aleijadinho e o aeroplano. O paraíso barroco e a construção do herói colonial*, Ed. Civilização Brasileira, Rio de Janeiro, RJ, 2008

GRIECO, Donatello, *História sincera da Inconfidência Mineira*, Ed. Record, Rio de Janeiro, RJ, 1990

JARDIM, Márcio, *A Inconfidência Mineira — uma síntese factual*, Biblioteca do Exército Editora, Rio de Janeiro, RJ, 1989

LIMA JR., Augusto de, *História da Inconfidência Mineira*, Ed. Itatiaia, Belo Horizonte, MG, 1996

MAXWELL, Kenneth, *A devassa da devassa — Inconfidência Mineira: Brasil — Portugal (1750-1808)*, Ed. Paz e Terra (6ª. ed. 2005 e 7ª. ed. 2009), São Paulo, SP

MEIRELLES, Cecília, *Romanceiro da Inconfidência*, Média Fashion, São Paulo, SP, 2008

MELLO E SOUZA, Laura de (org.), *História da vida privada no Brasil — volume 1*, Cia. das Letras, São Paulo, SP, 1998

MELLO E SOUZA, Laura de, *Desclassificados do ouro. A pobreza mineira no sec. XVIII*, Ed. Paz e Terra (4. ed.), Rio de Janeiro, RJ, 2004

NEVES, José Alberto de Pinho (coord.), *Tiradentes*, MEC, Brasília, DF, 1993

OLIVEIRA, Almir, *Gonzaga e a Inconfidência Mineira*, Cia. Editora Nacional, São Paulo, SP, 1948

PASSOS, Alexandre, *O Rio de Janeiro no tempo do Onça*, Liv. São José (4ª. ed.), Rio de Janeiro, RJ, 1965

PORTUGAL — DICIONÁRIO HISTÓRICO, *Pombal (Sebastião José de Carvalho e Melo, 1º. Conde de Oeiras e 1º. Marquês de)*, In: http://www.arqnet.pt/dicionário/pombal1m.html

RIBEIRO, Darcy, *Tiradentes — Joaquim José da Silva Xavier (1746-1792)*, In: http://members.tripod.com/

RODRIGUES, André Figueiredo, *Os sertões proibidos da Mantiqueira: desbravamento, ocupação da terra e as observações do governador dom Rodrigo José de Meneses*, Rev. Bras. de História — vol. 23, n°. 46, São Paulo, SP, 2003

SALES, Fritz Teixeira de, *Vila Rica do Pilar*, Ed. Itatiaia, Belo Horizonte, MG, 1999

SANT'ANNA, Sonia, *Inconfidência mineira — uma história privada da Inconfidência Mineira*, Zahar Editora, Rio de Janeiro, RJ, 2000

SOUZA E SILVA, Joaquim Norberto de, *História da Conjuração Mineira de 1789*, Monografia apresentada ao Instituto Histórico e Geográfico Brasileiro, Rio de Janeiro, RJ, 1860

VAINFAS, Ronaldo, *Dicionário do Brasil colonial*, Ed. Objetiva, Rio de Janeiro, RJ, 2001

VEIGA, José Pedro Xavier, *Efemérides mineiras*, Fundação João Pinheiro, CEHC, Belo Horizonte, MG, 1998

XAVIER, Ângela Leite, *Tesouros e fantasmas e lendas de Ouro Preto*, Edição da autora, Ouro Preto, MG, 2007

Este livro foi composto na tipologia
ITC Stone Serif Std, em corpo 9,5/16, e impresso
em papel off-white no Sistema Cameron da
Divisão Gráfica da Distribuidora Record.